Hoffmann von Fallersleben

Meine Leben

Aufzeichnungen und Erinnerungen

Hoffmann von Fallersleben

Meine Leben
Aufzeichnungen und Erinnerungen

ISBN/EAN: 9783743620643

Hergestellt in Europa, USA, Kanada, Australien, Japan

Cover: Foto ©Raphael Reischuk / pixelio.de

Manufactured and distributed by brebook publishing software (www.brebook.com)

Hoffmann von Fallersleben

Meine Leben

Mein Leben.

Aufzeichnungen und Erinnerungen

von

Hoffmann von Fallersleben.

Vierter Band.

Hannover.
Carl Rümpler.
1868.

Druck von August Grimpe in Hannover.

1843.

Zu Neujahr wurde ich eingeladen vom Grafen Eduard Reichenbach nach seinem Gute Waltdorf im Neißer Kreise. Die Einladung war mir sehr willkommen: ich durfte hoffen fern dem Herde der vielen Unannehmlichkeiten einige ruhige und heitere Tage zu verleben. Waltdorf war eine Freistätte für alle Gleichgesinnten, Wirth und Wirthin boten Alles auf, jedem Gaste den stillen ländlichen Aufenthalt lieb und werth zu machen. Die Vormittagsstunden pflegte ich für mich zu sein, ich las, dichtete, schrieb Briefe oder spazierte. Die Nachmittage und Abende waren wir immer beisammen. Wir sprachen über die Zeitereignisse und Tagesfragen. Die Unterhaltung war meist sehr lebhaft, jeder sprach sich frei aus, und es fehlte dann oft nicht an entgegengesetzten Meinungen und Ansichten.

Reichenbach war eine stattliche Gestalt, damals im kräftigsten Mannesalter (geb. 22. Nov. 1812), mit treuherzigem, vertrauengewinnendem Blick, äußerlich meist ruhig und ernst, aber innerlich voll warmer Liebe, die zur Leidenschaft werden konnte für Alles was er wollte zur Erstrebung einer besseren Gestaltung des Vaterlandes. Rücksichtslos und ohne Furcht sprach er jedem gegenüber seine Meinung aus, und seine Gesinnung bewährte er durch die That. Wir kannten uns schon einige Zeit und wurden nun durch den jetzigen längeren Verkehr inniger mit einander befreundet.

Die vierzehn Tage, die ich in Waltdorf verweilte, ver= gingen mir sehr rasch. Ruhiger und heiterer, als ich gekom= men, kehrte ich heim. Den 14. Januar war ich wieder in Breslau.

Meine Ankunft wurde schnell bekannt. Schon am Nach= mittag brachte mir der Pedell meinen Gehalt für die Monate Januar, Februar, März und zugleich eine Vorladung in das Senatszimmer. Was meine Freunde fürchteten, meine Feinde wünschten und ich längst vorhergesehen hatte, erfolgte. Im Beisein des Curators der Universität las mir der Universitäts= Richter Behrends den Beschluß des Staatsministeriums vor, wonach ich ohne Pension meiner Professur entsetzt war.

Der Beschluß war vom 3. December 1842, die königliche Bestätigung vom 20. Dec. Ich unterzeichnete das Protocoll, erbat mir Abschrift, die mir aber verweigert wurde, und empfahl mich.

Ich faßte sofort den Beschluß, Breslau baldigst zu ver= lassen. Schon die nächsten Tage ordnete ich meine Bibliothek und verzeichnete was ich behalten und was ich versteigern lassen wollte.

Am 18. Januar stand das Urtel über meine Absetzung vollständig gedruckt in der Breslauer Zeitung. Weil ich darin eine Verschärfung der ‘gegen mich ausgesprochenen Strafe sah, welche kein Gesetz und keine Allerhöchste Ordre anordnet,’ und zugleich wissen wollte, ob der Abdruck ein amtlicher wäre, so verklagte ich die Breslauer Zeitung, wurde aber vom Ober= Landes=Gerichte mit meiner Klage abgewiesen, weil die Breslauer Zeitung von einer Behörde zur Mittheilung ‘autorisiert’ worden sei. Es wurde also nur bestätigt, was mir bereits auf meine An= frage der Herr GR. Heinke am 19. Januar erklärte, daß der

Inhalt jenes Zeitungsartikels 'allerdings ganz mit dem Ihnen publicierten Beschluß des kön. Staats-Ministerii überein-stimmt.'

Dieser Beschluß lautet also:

Breslauer Zeitung 1843. Nr. 15 vom 18. Januar*).

Inland.

Breslau, 16. Januar.

In der Disciplinar-Untersuchung wider den ordentlichen Professor der Philosophie Dr. August Heinrich Hoffmann, zu Breslau, ist vor Kurzem die definitive Entscheidung erfolgt.

Der Professor Dr. Hoffmann hatte im Herbst des vorigen Jahres in dem Verlage von Hoffmann und Campe in Hamburg unter dem Titel: „Unpolitische Lieder. Zweiter Theil," eine Sammlung von Gedichten herausgegeben, welche bald nach ihrem Erscheinen nicht nur in Preußen, sondern auch in mehreren andern deutschen Bundesstaaten verboten wurden. Der Minister der Geistlichen ꝛc. ꝛc. Angelegenheiten fand sich hierdurch veranlaßt, den Dr. Hoffmann zur Verantwortung über die Herausgabe der gedachten Liedersammlung aufzufordern, und da dieselbe nicht in befriedigender Art erfolgte, die förmliche Disciplinar-Untersuchung wider den Verfasser, als ordentlichen Professor an der Universität Breslau, einzuleiten.

Nachdem der Dr. Hoffmann vollständig gehört worden, wurden die verhandelten Akten dem Königlichen Staatsministerium zur weitern Beschlußnahme vorgelegt.

---

*) Dieser Artikel ging in einige deutsche Zeitungen vollständig, in einige nur auszüglich über. Die Preußische Staats-Zeitung Nr. 21 ließ alle Belegstellen aus den unpol. Liedern weg.

Es kam in Frage: ob für die fernere Behandlung der Sache die Formen, welche die Allerhöchste Ordre vom 12. April 1822, betreffend das Verfahren bei Amtsentsetzung der Geistlichen und Jugendlehrer (Gesetzsammlung von 1822 S. 105) vorschreibt, zur Anwendung zu bringen, oder: ob die Vorschriften der Allerhöchsten Ordre vom 21. Februar 1823, betreffend das Verfahren bei den auf administrativem Wege erfolgenden Dienstentlassungen der Civilbeamten (Gesetzsammlung von 1823 S. 25) für maßgebend zu erachten seien.

In Erwägung, daß die letztere Verordnung eine Mitwirkung des Königlichen Staatsraths vorschreibt, und es wenigstens zweifelhaft schien, ob auch bei dem Verfahren gegen ordentliche Universitäts-Professoren die Kabinetsordre vom 12. April 1822 zu Grunde gelegt werden könne, wurde zu Gunsten des Angeschuldigten die Anwendung des in der Allerhöchsten Ordre vom 21. Februar 1823 vorgezeichneten Verfahrens beschlossen, und nachdem auf den Vortrag zweier Referenten die Beschlußnahme des Königlichen Staatsministeriums dahin ausgefallen war, daß der Dr. Hoffmann aus seinem Amte als ordentlicher Professor an der Königlichen Universität zu Breslau, ohne Pension zu entlassen sei, dem Königlichen Staatsrathe die weitere Berathung der Sache anheimgegeben. Der Königliche Staatsrath nahm jedoch an, daß für den vorliegenden Fall die in der Allerhöchsten Ordre vom 12. April 1822 enthaltenen Vorschriften über die Amtsentsetzung von Geistlichen und Jugendlehrern lediglich Anwendung finden müsse, und erachtete sich daher nicht für competent, ein Gutachten abzugeben.

Durch diesen Beschluß war die Befugniß des Königlichen Staats-Ministeriums, in Gemäßheit der Allerhöchsten Ordre vom 12. April 1822 Nr. 5, zu entscheiden, außer Zweifel gestellt. Um jedes mögliche Bedenken gegen die formelle Behandlung der Sache auch bei dem nunmehrigen Verfahren zu beseitigen, wurden

durch den Minister der Geistlichen ꝛc. ꝛc. Angelegenheiten noch
die Vota der Räthe in der Unterrichts-Abtheilung seines Ministeriums schriftlich zu den Akten erfordert, obschon von dem
Staats-Ministerium bei dessen früherer Berathung angenommen
worden war, daß eine Abstimmung der Räthe nach Nr. 4 der
Verordnung vom 12. April 1822 nur für den Fall vorgeschrieben
sei, wo es sich um die Absetzung eines nicht von Sr. Majestät
dem Könige ernannten Beamten handelt, dessen Entlassung dem
Minister der Geistlichen ꝛc. ꝛc. Angelegenheiten allein durch die
Verordnung übertragen ist. Die Akten sind hierauf, nach Be-
richtigung aller Förmlichkeiten, dem Königlichen Staats-Ministerium abermals zur Berathung und Beschlußnahme vorgelegt
worden.

Der Angeschuldigte, Dr. August Heinrich Hoffmann, ist
seit dem Jahre 1830 als außerordentlicher und seit dem Jahre
1835 als ordentlicher Professor für das Fach der deutschen Sprache
und Literatur in der philosophischen Fakultät an der Königlichen
Universität zu Breslau angestellt gewesen. **Ueber seine bisherigen Dienstverhältnisse lag nichts Nachtheiliges vor.**

Den Gegenstand der Untersuchung bildete die Herausgabe
der genannten Sammlung: „Unpolitische Lieder. Zweiter Theil.“

Der Dr. Hoffmann hat zugestanden, die auf Seite 1 bis
170 abgedruckten Gedichte abgefaßt und dem Druck übergeben zu
haben.

Der Inhalt dieser Gedichte hat als ein durchaus verwerflicher
erkannt werden müssen. Es werden in diesen Gedichten die öffentlichen und socialen Zustände in Teutschland, und respective in
Preußen vielfach mit bitterem Spotte angegriffen, verhöhnt und
verächtlich gemacht; es werden Gesinnungen und Ansichten ausgedrückt, die bei den Lesern der Lieder, besonders von jugendlichem
Alter, Mißvergnügen über die bestehende Ordnung der Dinge, Ver-
achtung und Haß gegen Landesherrn und Obrigkeit hervorzurufen,

und einen Geist zu erwecken geeignet sind, der zunächst für die Jugend, aber auch im Allgemeinen nur verderblich wirken kann.

Diesem Geiste und dieser Richtung gehören besonders die nachstehenden, mit den vom Verfasser gegebenen Ueberschriften bezeichneten, meist bekannten Melodien von Volks-, Studenten- und andern Liedern nachgebildeten Gedichte an:

1) „Großhandel" (Seite 148), worin mit Hinweisung auf Polen, die bei den Friedensschlüssen Statt gehabten Ländertheilungen, als Menschenhandel und Seelenverkäufe bezeichnet und dem Sklavenhandel gleichgestellt sind;

(148) Großhandel.

Mel. Fuchs, du hast die Gans gestohlen,
Gieb sie wieder her.

Sklavenhandel! weh, ich zittre
Bei dem Worte schon;
Alles Grauenvoll' und Bittre
Liegt in diesem Ton.

Nun, den Frevel hat gerochen
Endlich unsre Zeit,
Endlich ward der Stab gebrochen
Dieser Grausamkeit.

Aber ach! es schwand im Kleinen
Nur der Menschenkauf,
Denn im Großen, will es scheinen,
Hört er niemals auf.

Hat man doch auf den Congressen
Seelen gnug verkauft,
Hat zur Wohlthat die Finessen
Gnädigst umgetauft.

Und man wird noch wiederholen
Diese Wohlthat oft,
Denn es giebt noch manches Polen,
Wo man Theilung hofft.

2) „Leoninischer Vertrag" (S. 24), worin mit Hindeutung
auf Deutschland ausgeführt wird, der Bund habe des Vaterlandes Hand und Mund geknebelt, — man solle Strick und
Knebel zersprengen;

(24) Leoninischer Vertrag.

Mel. Es steht ein Baum im Odenwald.

Weh dir! weh dir, mein Vaterland!
Der Bund, dein eigner Saul,
Hat dir gebunden jede Hand,
Geknebelt dir das Maul.

Den Knebel weg, den Strick entzwei!
Frei sollst und mußt du sein!
Und machst du dich nicht endlich frei,
So schlag der Teufel drein!

3) „Die himmlische Etymologie" (Seite 85), worin der
deutsche Bund, wegen des fingirten Fundes des Wortes
„Demagog" lächerlich gemacht wird;

(85) Eine himmlische Etymologie.

Mel. Ich bin der Doctor Eisenbart.

„Ein großer Teufel ist schon Gog,
Ma-Gog ist ein viel größrer noch.
Was aber ist der De-Ma-Gog?
Das ist der allergrößte doch."

So sprach dereinst der Engel Mund,
Und das vernahm der deutsche Bund,
Der machte schnell den Engelsfund
Uns armen, armen Teufeln kund.

4) „Auch ich war in Arkadien geboren" und „Abendlied eines alten Invaliden" (S. 70 und 96), wovon

das erstere die fürstlichen Versprechen, abzuthun die Staatsgebrechen, als eitle Poesie, und das Letztere, mit aus-
drücklicher Hinweisung auf Deutschland, die landesherrlichen
Versprechen als bloßen Schall und Wind darstellt;

(70)   **Auch ich bin in Arkadien geboren!**

Mel. Brüder, lagert euch im Kreise.

Nur Europa hat Geschichte,
Hat noch Sagen und Gedichte.
Sprecht, in welchem Erdenwinkel
Giebt es soviel Poesie?

Von Geschlechte zu Geschlechte
Erben fort die Völkerrechte,
Und die Völker und die Rechte,
Alles ist nur Poesie!

Alle Föderationen,
Friedensschlüss' und Conventionen —
Fragt die ganze Weltgeschichte,
Ist nicht Alles Poesie?

Und die herrlichsten Congresse
Nur aus reinem Volksinteresse —
Ward nicht diese nackte Prosa
Längst zur schmucken Poesie?

Und die Proclamationen
Und die Constitutionen —
War nicht Alles von dem Anfang
Bis zum Ende Poesie?

Und die fürstlichen Versprechen,
Abzuthun die Staatsgebrechen —
Kannten je die alten Heiden
Eine solche Poesie?

Unser Adel ohne Ende,
Unsre Räng' und unsre Stände —

Hatten wohl die Patriarchen
Kindlichere Poesie?

Unser ganzes Sein und Leben,
Unser Hoffen, unser Streben —
Ward nicht Alles, ist nicht Alles,
Alles, Alles Poesie?

---

(96) Abendlied
eines lahmen Invaliden vom J. 1813.

Mel. So mancher steigt herum.
Aus dem Bauer als Millionär.

Wie viel man auch verspricht,
O traut den Worten nicht!
Ein Wort ist Schall und Wind —
Seid doch nicht taub und blind!
O seht euch vor und um,
Seid doch nicht gar zu dumm!
Ist's immer noch nicht Zeit,
Zu werden mal gescheidt?
        O Deutschland! o Deutschland!

Wann kommt denn wohl die Zeit?
Wann wird die Welt gescheidt?
Viel Gutes wird gedacht,
Mehr Schlechtes wird gemacht.
Doch fällt mir gar nicht ein,
Ein Schuft und Lump zu sein.
Wie oft sie auch erliegt,
Die gute Sache siegt —
        Hoch Deutschland! hoch Deutschland!

---

5) „Das allgemeine Beste" (S. 159), worin die Absicht der
Fürsten, das „Beste" der Völker zu „wollen", als bloße
Begierde nach dem Gelde der letzteren, was für ihr „Bestes"
gehalten werde, bezeichnet wird;

(159) **Das allgemeine Beste.**

Ihr Völker, laßt doch euer Klagen!
Laßt euer Zweifeln, euer Zagen!
Daß sich für euch die Fürsten plagen,
Das soll euch allen wohlbehagen.
Die Fürsten sind bei Tag und Nacht
Auf euer Bestes nur bedacht.

Ihr sollt nicht schmähen, sollt nicht schmollen,
Ihr sollt nicht euren Fürsten grollen!
Sollt ihnen Dank und Ehrfurcht zollen,
Weil sie nur euer Bestes wollen!
Zwar ist das Beste von der Welt
Vorläufig immer noch das Geld.

---

6) „Bienenloos" (Seite 57), welches den Satz anführt: der
König nehme, die Unterthanen geben und bienen wie die
Bienen, dürfen jedoch ihre Zunge nie ihretwegen regen;

(57) **Bienenloos.**

Wir geben und der König nimmt,
Wir sind zum Geben nur bestimmt,
Wir sind nichts weiter als die Bienen,
Arbeiten müssen wir und bienen.

Und statt des Stachels gab Natur
Uns eine stumpfe Zunge nur,
Die dürfen wir nie unsertwegen
Und nur im Dienst des Königs regen.

---

7) „Schnaderhüpfel" (S. 59), welches mit hämischer Bitterkeit die Fürsten als Jäger, den Adel als Hund und
das Volk als Wild darstellt, worauf Jäger und Hunde
Jagd machen;

(59) Schnaderhüpfel.

Mel. Mein Schatz ist a Reiter, a Reiter muß sein.

Der Fürst und der Adel stehn immer im Bund,
Der Fürst ist der Jäger, der Adel der Hund.

Der Fürst ist der Jäger, das Volk ist das Wild,
Weil mehr das Regal als das Menschenrecht gilt.

Und gehet der Jäger auf die Hasenjagd,
Hat noch immer der Hund den Vermittler gemacht.

Und wenn es sich handelt um Constitution,
Vermittelt der Adel zwischen Fürst und Nation.

Bläst Jäger und Hund und Haf' in Ein Horn,
Sind wir alle vergnügt von hinten und vorn.

---

8) „Türkische Liturgie" (S. 104), welche das Kirchen-
gebet für den Landesherrn ironisch empfiehlt: — „weil wir
unsere Feinde lieben sollen!" —

(104) Türkische Liturgie.

Mel. Wenn Tage, Jahre, Wochen schwinden,
Wenn wir kein Glück im Wechsel finden.

Wir müssen beten für den Einen,
Und nur für Ihn und für die Seinen.
Wir thaten's gern und thun es gern,
Und flehn für Ihn zu Gott dem Herrn.

Es steht ja in der Schrift geschrieben:
Wir sollen unsre Feinde lieben.
Drum laßt uns beten das Gebet
Für unsers Sultans Majestät!

---

9) „Rokoko's Glaubensbekenntniß" (S. 13), ein satiri-
sches Loblied auf die Vorzüge der Monarchie vor der Republik;

(13) Roccoco's Glaubensbekenntniß.

> Swer lobt des snecken springen,
> unt des ohsen singen,
> der quam nie dâ der lêbarte spranc
> unt dâ diu nahtegal sanc.
>
> Vridanc.

Mel. Ich war erst sechzehn Sommer alt,
    Unschuldig und nichts weiter.

Ich stimme für die Monarchie,
Da giebt's noch Räng' und Stände;
Mit Republik geht Poesie
Und alles Glück zu Ende.

Ich stimme für die Monarchie!
Wenn wir darin nicht wären,
Wie könnten wir doch ohne sie
So viele Leut' ernähren?

Ich stimme für die Monarchie,
Für Würden, Titel, Orden;
In Republiken sind noch nie
Verdienste. was geworden.

Ich stimme für die Monarchie,
Wo die Censur noch waltet,
Wo nicht der Presse Despotie
Nach Herzenslüsten schaltet.

Ich stimme für die Monarchie,
Wo weise wird regieret,
Weil Grundbesitz mit Hab' und Vieh
Nur ist repräsentieret.

Ich stimme für die Monarchie,
Die giebt noch gute Rente;
Es gab die Republik doch nie
Vier oder fünf Procente.

Drum laß ich mir die Monarchie
Auch nun und nimmer rauben:
Wir haben Eine Liturgie,
Und Einen Gott und Glauben.

————

10) „Bauernglaube" (S. 12), worin das Heil der Erde
ein Regal genannt, und den Bauern die Bitte in den
Mund gelegt wird, statt der Kirchen ein einziges Haus
bauen zu lassen, worin sie ihre Qual vergessen könnten;

(12) Bauernglaube.

Mel. Hans war des alten Hansen Sohr.

Ihr gönnt uns wohl das Himmelstheil,
Gönnt jedem daran gleichen Theil:
Das Heil der Erde ward Regal,
Uns blieb allein der Erde Qual.

Was baut ihr neue Kirchen doch!
Wir finden unsern Herrgott noch.
O baut ein einzig Haus einmal,
Drin wir vergessen unsre Qual!

11) „Petitionsrecht" (S. 65), welches den Gedanken aus-
führt: den Unterthanen sei alles zu bitten erlaubt, was
ihnen nichts nütze, — wenn sie aber an ein Versprechen erinnerten, so würden sie mit Hohn zurückgewiesen;
— doch Gott werde dereinst Jene (d. i. die Fürsten), die
ihr geheiligtes Versprechen gebrochen, und noch heute
brechen, — zur Verantwortung ziehen;

(65) Petitionsrecht.

Das Beten und das Bitten ist erlaubt,
Ja, und erlaubt ist Alles überhaupt,
Was niemals nützt den armen Unterthanen.
Wenn wir an ein Versprechen etwa mahnen,
Gesetzlich bitten, was wir fordern können,
Da will man uns das Bitten auch nicht gönnen,
Man weist uns ab mit kaltem Hohn zuletzt:
        Ihr habt die Form verletzt.

Der Herr der Welten höret unser Flehn,
Er naht und ist bereit uns beizustehn,
Er fordert, was wir bitten kaum noch wollten,
Erfüllt was wir nach Recht verlangen sollten.
Zu jenen, die ihr heiligstes Versprechen
Gebrochen haben und noch heute brechen,
Spricht er ein allerhöchstes Wort zuletzt:
    Ihr habt das Recht verletzt.

---

12) „Vieh- und Virilstimmen" (S. 55), welches das
Bitten und Flehen deutscher Unterthanen noch als ärgere
Mißtöne darstellt, als das Brüllen der Ochsen und das
Grunzen des Schweines rc.

(55)   Vieh- und Virilstimmen.

    In solcher Zeit wie diese ziemt es nicht,
    Daß jeder kleine Fehl bekrittelt werde.
           Shakspeare, Jul. Cäsar.

Der Ochse brüllet, es grunzt das Schwein,
Die Schafe bläken, die Frösche schrei'n —
Ob schön das lautet? wird wohl keiner fragen:
Was läßt sich auch von Bestiensprache sagen?

Doch brüllt kein Ochs' und es grunzt kein Schwein,
Noch Schafe bläken und Frösche schrei'n
So unterthänigst, jämmerlichst, wehmüthigst,
Als deutsche Unterthanen tiefst demüthigst.

---

13) „Salziges" (S. 147), worin mit Hindeutung auf die
preußische Salzsteuer der Wunsch ausgesprochen wird, die
Thränen der Unterthanen möchten Salz sein, damit sie
Salz zu ihrem bischen Brote hätten!

(147) **Salziges.**

Wäre das Salz durchaus eine Waare des freien Handels, so
würde die Tonne gewiß nicht mehr als 4—5—6 Thlr. kosten;
was nun jetzt an den Staat mehr dafür bezahlt werden muß,
ist demnach als Steuer anzusehen, der sich Niemand entziehen
kann, da das Salz unentbehrlich ist.

Friedr. Bened. Weber, Handb. der staatswirthsch.
Statistik der pr. Mon. S. 670.

Das Salz ist theuer, billig sind die Zähren:
O wenn doch unsre Zähren Salz nur wären!
Dann hätten wir in unsrer Noth
Auch Salz auf unser bischen Brot.

Warum doch machen sie das Salz so theuer?
O ging' es ihnen allen doch noch heuer
Wie Loth's Gemahlin dazumal!
Dann brauchten wir kein Salzregal.

———

14) „Kuhschnappelsche Volksrepräsentation" (S. 58),
welches die Volksvertretung angreift, weil sie blos Grundbesitz und Gewerbe, nicht auch die geistigen Interessen
der Menschen repräsentire;

(58) **Kuhschnappelsche Volksrepräsentation.**

Ei, was soll noch Kunst und Witz?
Hier gilt nur der Grundbesitz.
Für den Landbau, für's Gewerbe
Schweigt kein Volksrepräsentant;
Doch des Geistes Gut und Erbe
Legen sie in Gottes Hand.

Wie verlassen und verwaist,
Armer, armer Menschengeist!
Wie der Vogel auf dem Dache
Hast auch du kein Vaterland,
Und der Menschheit heil'ge Sache
Gab dir Gott in deine Hand.

———

denen sich noch viele andere von gleicher oder doch ähn-
licher Tendenz, z. B. Seite 8, 27, 40, 60, 80, 94, 120,
149 und mehrere darunter in unzweideutiger Beziehung auf
Preußen (S. 15, 64, 82, 118 und 151) anschließen.

(8) Wir wollen es nicht haben.

Wir sollen hübsch im Paradiese bleiben
Und uns wie's Adam that die Zeit vertreiben,
Und keine Bücher lesen, keine schreiben —
Wir sollen hübsch im Paradiese bleiben.

Wir sollen vom Erkenntnißbaum nicht essen,
Uns freu'n an Allem, was uns zugemessen,
Und des Gebotes nimmermehr vergessen:
Wir sollen vom Erkenntnißbaum nicht essen.

Das Paradies hat uns nur stets verdrossen,
Wie gerne sind wir davon ausgeschlossen!
Drum haben wir von diesem Baum genossen —
Das Paradies hat uns nur stets verdrossen.

Du Paradies der Diener und Soldaten,
Leb wohl, du Jagdrevier der Potentaten,
Wir wollen dein auf ewig nun entrathen,
Du Paradies der Diener und Soldaten!

(27) Wegebesserung.

Laßt uns Gottes Güte preisen,
Die uns gab den Fürstenstand:
Nur wenn unsre Fürsten reisen,
Bessert sich der Weg durch's Land.

Sind auch solche Reisen theuer,
Sind sie uns doch lieb und werth;
Gern bezahlt man jede Steuer,
Wenn man noch erträglich fährt.

(40) Officielle Volkssouveränität.

Er denkt zu viel; die Leute sind gefährlich.
Shakspeare im Jul. Cäsar.

Polizeilich ist erlaubt,
Alles zu verschnapsen;
Keinem wehrt man überhaupt,
Durch die Welt zu tapsen.

Lieber hat man doch, daß sie
Wie das Vieh verdummen,
Denn es kann das liebe Vieh
Höchstens etwas brummen.

Legten Ochs und Esel sich
Auf das Räsonnieren,
Ließe man gelegentlich
Sie auch arretieren.

------

(60) Langweilig und schlecht.

Mel. Mein Lebenslauf ist Lieb' und Lust.

Wie ist die Willkür und Gewalt
Doch in der Welt gemein!
Die Welt ist schon so klug und alt,
Und muß noch dienstbar sein!
Wann bricht der Freiheit goldner Strahl
In unsre Nacht hinein?
Wann endet unser Joch einmal,
Wann unsre Noth und Pein?
    O weh! o weh!
Wann unsre Noth und Pein?

Geduld ist unsre Fröhlichkeit,
Gehorsam unser Glück,
Und niemals kommt Zufriedenheit
In unsre Welt zurück.
Wohl anders wird es jeden Tag,
Doch besser wird es nie.

Wer das ein Glück noch nennen mag,
Ist dumm wie's liebe Vieh,
    O weh! o weh!
Ist dumm wie's liebe Vieh.

----

(80)   Unter des durchl. deutschen Bundes schützenden Privilegien.

Siehe: 33ste Sitz. von 1838, 6te und 23ste von 1840 und
3te von 1841.

Wo kann der Dichter froher sein
Und singen so von allerhand,
Von Tugend, Freundschaft, Lieb' und Wein,
Von König, Gott und Vaterland,
Als uns das Glück vergönnet,
Als ich und ihr es könnet
Unter des deutschen Bundes schützenden Privilegien?

Wo ist ein Land doch weit und breit,
Das so den Dichter liebt und ehrt,
Das so aus tiefer Dankbarkeit
Ihm Hab' und Gut und Ruhm vermehrt,
Als wir es sehn, o Wunder!
Als wir es sehn jetzunder
Unter des deutschen Bundes schützenden Privilegien?

In Luft und Wasser, Wald und Feld
Ist nirgend freier doch ein Thier,
Auch singt kein Vogel in der Welt
Doch jemals freier noch als wir!
Wie bin ich guter Dinge!
Ich trinke, spring' und singe
Unter des deutschen Bundes schützenden Privilegien.

----

(94)   Die alte Leier.

So tröstet euch nun mit diesen Worten unter einander.
1. Thessalon. 4, 18.

Der Edelmann, er schenkt sich fleißig ein:
Ich kenne nur noch diesen Gänsewein.

Mein Vater weiland zahlte keine Steuer;
Das Korn ist wohlfeil jetzt, das Leben theuer.
Doch liegt ein Trost in einer alten Sage,
Die hat sich fortgepflanzt in unsre Tage
Bei allen Armen, Müden, Altersschwachen:
   Der König wird uns glücklich machen.

Der Spielmann hängt die Zitter an die Wand:
Wie glücklich könnte sein der Musikant!
Ich nahm doch nächten hübsches Geldchen ein,
Und 's langt mir noch nicht zum Gewerbeschein.
Doch liegt ein Trost in einer alten Sage,
Die hat sich fortgepflanzt in unsre Tage
Bei allen Armen, Müden, Altersschwachen:
   Der König wird uns glücklich machen.

Der Bauer stürzt spät Abends seinen Pflug:
So hab' ich heute mich gequält genug!
Froh wär' ich, wüßt' ich nur, wovon ich heuer
Bezahlte meine Grund- und Classensteuer.
Doch liegt ein Trost in einer alten Sage,
Die hat sich fortgepflanzt in unsre Tage
Bei allen Armen, Müden, Altersschwachen:
   Der König wird uns glücklich machen.

Der Dorfschulmeister macht die Schulthür zu:
Heut sind es funfzig Jahr, gern hätt' ich Ruh —
Wie aber, wenn ich nun entlassen werde?
Dann fängt erst an die Sorg' und die Beschwerde.
Doch liegt ein Trost in einer alten Sage,
Die hat sich fortgepflanzt in unsre Tage
Bei allen Armen, Müden, Altersschwachen:
   Der König wird uns glücklich machen.

---

(120) Bundscheckig.

Mel. Und so finden wir uns wieder
In dem heitern bunten Reih'n.

Wenn auch unsre Blüthen starben,
Blieben uns die Farben doch,

Und es spielt in schönen Farben
Unser Deutschland immer noch.

Aber, ach! wir sind betrogen
Um ein Zeichen schönrer Zeit,
Denn es wird kein Regenbogen
Aus dem bunten Bundeskleid.

---

(149) Nadowessische Klage.
Mel. Wie i bi verwicha.

Ach, wir armen Narren,
Hoffen stets und harren,
Daß der Freiheit Morgenroth beginnt;
Dürfen doch kaum klagen,
Leise, leise sagen,
Daß wir alle arg betrogen sind.
Kommt denn gar kein Tag,
Der uns trösten mag?
Ist denn Alles, Alles nun vorbei?
Ist denn gar kein Weg,
Ist denn gar kein Steg,
Der uns führt aus dieser Sklaverei?

All ihr hoch Geloben
Ist wie Staub zerstoben,
Und die Täuschung ward nur unser Theil.
Doch im blut'gen Kampfe
Und im Pulverdampfe
Sprachen sie von unserm künft'gen Heil.
Kommt denn gar kein Tag,
Der uns trösten mag?
Ist denn Alles, Alles nun vorbei?
Ist denn gar kein Weg,
Ist denn gar kein Steg,
Der uns führt aus dieser Sklaverei?

---

(15) Eliaswagen.

Denn gewisse Dinge lassen
Sich nicht sagen als durch Denken.
Calderon, „Das Leben ein Traum."

Mel. In des Waldes düstern Gründen.

Soll es erst die Nachwelt sagen,
Was die Mitwelt hat gedacht?
Soll kein Herz zu sagen wagen,
Was ihm Leid und Freude macht?

Nein, ihr wagt nicht mal zu sagen
Und ihr habt's doch oft gedacht:
Daß das fünfte Rad am Wagen
Ist Europas fünfte Macht.

Fünftes Rad, fürwahr du solltest
Ein Eliaswagen sein!
Fünfte Macht, wenn du es wolltest —
Und Europa wäre dein!

Was ich weiter könnte sagen,
Darauf laß' ich mich nicht ein;
Läßt man doch in unsern Tagen
Nur zu gern fünf grade sein.

———————

(64) Krebsgang.

Mel. Seht ihr drei Rosse vor dem Wagen.
Russ. Volksl.

Ihr passet recht zu unsern Zeiten,
Und wisset was uns nützt und frommt!
Ihr werdet immer rückwärts schreiten,
Bis ihr zur Schlacht von Jena kommt.

Doch lieben Leute, laßt euch sagen:
Erreicht ihr wieder euren Zweck,
Ihr werdet wiederum geschlagen,
Und Staat und Kirche liegt im Dreck.

———————

(82) Singfreiheit.

Siehe: Verordnung der kön. preuß. Regierung für Pommern vom
11. Febr. 1813 und zu Arensberg vom 16. April 1821.

Der Vogel hat das Singen frei,
Kann singen wie's um's Herz ihm ist,
Ihn schützt sogar die Polizei
Vor böser Buben Tück' und List.

Und singst du wie's um's Herz dir ist,
Von Vaterlandes Leid und Last,
Und ob du wohl kein Vogel bist,
Beim Flügel wirst du doch gefaßt.*

---

(118) Untersuchung und Gnade ohne Ende.

Mel. Im Felde schleich' ich still und wild,
Lausch' mit dem Feuerrohr.

Die Demagogenfängerei
Sei wieder allgemein!
Man denkt und spricht doch gar zu frei:
Das soll und darf nicht sein!

Laßt dem Gesetze freien Lauf!
Ihr habt genug verziehn.
Macht eure Kerker wieder auf
Für künft'ge Amnestien!

Es ist die höchste Poesie,
Es ist ein wahres Fest,
Wenn sich der Gnadenborn doch nie
Und nie erschöpfen läßt.

---

(151) Kriegslied.

Alle.

Hört wie die Trommel schlägt!
Seht wie das Volk sich regt!
Die Fahne voran!
Wir folgen Mann für Mann.

Hinaus, hinaus
Von Hof und Haus!
Ihr Weiber und Kinder, gute Nacht!
Wir ziehen hinaus, hinaus in die Schlacht
   Mit Gott für König und Vaterland.

   Ein Nachtwächter von 1813.
     O Gott! wofür? wofür?
Für Fürsten-Willkür, Ruhm und Macht
   Zur Schlacht?
Für Hofgeschmeiß und Junker hinaus
   Zum Strauß?
Für unsers Volks Unmündigkeit
   Zum Streit?
Für Most-, Schlacht-, Mahl- und Classensteuer
   Ins Feuer?
Und für Regal und für Censur
   Nur
Ganz unterthänigst zum Gefechte?
   Ich dächte, dächte —

Nicht minder hat der Verfasser in den Dichtungen Seite 16, 54, 62, 93, 107, 108, 113, 114, 134, 160 und 161 auf höchst unwürdige Weise den Adel-, Beamten- und Militärstand angegriffen und verächtlich und lächerlich zu machen gesucht.

   (16) Titelkram und Ordenbettel.
      Etiam capillus unus habet umbram suam
             Publius Syrus.

Ein kurzer Titel und ein dünnes Band
Genüget für ein lang und schwer Verdienst:
Wie lernte sonst dein gutes Vaterland
Daß du was bist was du ihm niemals schienst?

Du gehst, und jeder sieht dein Bändchen an,
Und ist von deiner Ehre hoch entzückt:

Geziemend grüßt dich jetzo jedermann,
Und ist von deinem Titel mitbeglückt.

Fürwahr, es ist nur purer blasser Neid,
Wenn man dir weder Band noch Titel gönnt.
Drum sag' ich auch zu allen jederzeit:
Seid still! er that gewiß was ihr nicht könnt.

----

(54) Die Wahrheitsbill.

Es geschah in alten Tagen,
Daß der liebe Gott befahl:
„Wer nicht will die Wahrheit sagen,
Wird ein Stottrer allzumal."

Wie bei Greisen, Männern, Buben
Da die Stotterei begann!
Auch die Officianten huben
Alle gleich zu stottern an.

Als nun Gott der Herr gesehen,
Daß der Mensch zur Wahrheit will
Schlechterdings sich nicht verstehen,
Hob er auf die strenge Bill.

Und so stottern auch noch lange
Unsre Officianten nicht,
Doch weil ihnen davor bange,
Geben schriftlich sie Bericht.

**(62) Stiftungslied
der adelichen Ressource zu Kuhschnappel.**

Mel. Es kann ja nicht immer so bleiben.

Nie soll es doch ihnen gelingen,
Wir halten vom Ziele sie fern:
Sie bleiben das Lumpengesindel,
Wir bleiben die gnädigen Herrn.

Und haben wir Manches verloren,
So kehret auch Manches zurück;
Stets gehet die Zeit noch im Kreise,
Sie bringet zurück uns das Glück.

Hervor mit den alten Gesetzen,
Und weg mit der Constitution!
Da kommen die besseren Zeiten
Von selber für uns und den Thron.

Drum lasset uns hoffen und harren,
Weil Adel und Tugend nicht stirbt,
Daß endlich der Adel Europas
Sein Recht auch noch wieder erwirbt.

----

(93) Der gute Wille.

Mel. Genießt den Reiz des Lebens,
Man lebt ja nur einmal!

Gern will ich sein ein Rather,
Verlangt nur keine That —
Ich bin Familienvater
Und auch Geheimerath.

Ja freilich, beides bin ich,
Das macht mir viele Pein —
Ich bin gewiß freisinnig,
Wie's einer mir kann sein.

Hätt' ich nicht Frau und Kinder,
Da wär's mir einerlei,
Vorsichtig wär' ich minder,
Spräch' auch noch mal so frei.

Doch ein Familienvater —
Der Punkt ist delicat,
Und noch viel delicater
Ist ein Geheimerath.

(107) Militärisch.

„Ha! was eilt die Straß' entlang?
Wie's da blitzt im Sonnenglanz!
Trommelwirbel, Pfeifenklang!
Lustig, heißa! wie zum Tanz."

Sind Soldaten, ziehn herein,
Kommen vom Begräbniß her,
Müssen jetzo lustig sein,
Als wenn nichts passieret wär'.

Sind Soldaten, liebes Kind,
Die nicht Tod und Teufel scheu'n,
Auf Commando traurig sind
Und sich auf Commando freu'n.

---

(108) Tragische Geschichte.

Mel. Nun sich der Tag geendet hat
Und keine Sonn' mehr scheint.

Jüngst ist ein General erwacht,
Ein tapfrer General,
Dem hat ein Traum um Mitternacht
Gemacht viel Angst und Qual.

Er war im Leben noch erschreckt
Durch keinerlei Gefahr,
Doch hat ein Traum ihn aufgeweckt,
Ein Traum gar wunderbar.

Was träumte denn dem General
In später Mitternacht?
Was hat ihm denn so große Qual
Und so viel Angst gemacht?

Ihn, der gebebt in keiner Schlacht,
Den nichts noch hatt' erschreckt,
Was hat ihn denn um Mitternacht
Aus seinem Schlaf geweckt?

War's Krieg und Pest, war's Hungersnoth?
War's Hülf- und Feuerschrei?
War's Hochverrath und Mord und Tod?
War's blut'ge Meuterei?

Ihm träumte — nun, es war enorm! —
Daß durch das ganze Heer
Erhielte jede Uniform
Hinfort zwei Knöpfe mehr.

---

(113) Chinesisches Loblied.

Stehende Heere müssen wir haben,
Stehende Heer' im himmlischen Reich.
Wär' es nicht wahrlich Jammer und Schade,
Wenn wir nicht hätten manchmal Parade,
Wenn wir nicht hörten den Zapfenstreich?
Stehende Heere müssen wir haben,
Stehende Heer' im himmlischen Reich.

Stehende Heere müssen wir haben,
Weil sie in Umlauf bringen das Geld:
Wo die Soldaten zechen und zehren,
Muß sich der Handel und Wandel vermehren,
Und es verdienet dann alle Welt.
Stehende Heere müssen wir haben,
Weil sie in Umlauf bringen das Geld.

Stehende Heere müssen wir haben;
Wo sie bestehen, bestehen auch wir.
Wenn wir die stehenden Heere nicht wollten,
Wüßten die Junker nicht was sie sollten,
Ach! und die meisten verschmachteten schier.
Stehende Heere müssen wir haben;
Wo sie bestehen, bestehen auch wir.

---

(114) **Vice versa.**

Mel. An einem Fluß, der rauschend schoß,
Ein armes Mädchen saß.

Hochedel nennt der Adel nun
Die Widder insgemein.
Warum soll's nicht der Adel thun?
Soll er nicht dankbar sein?

Der Adel will nur dankbar sein
Und niemals mehr als jetzt:
Die Schafe halten ja allein
Den Adel noch zuletzt.

———

(134) **Löwenpomade.**

Schnauz- und Backenbärte sprießen,
Eh vier Wochen noch verfließen!
O wie groß ist Gottes Gnade!
Auf! wir wollen allenthalben
Uns an Leib und Herzen salben
Mit der deutschen Löwenpomade.

Wagt's, Franzosen, wagt es nimmer,
Denn es ging' euch heute schlimmer
Als dereinst im Katzbachbade:
Unser Kriegsheer ist gar mächtig,
Muth und Barthaar wuchs ihm prächtig
Von der deutschen Löwenpomade.

———

(160) **Brackschafe.**

O zeig's nicht erst durch's Band im Knopfloch,
Die ganze Welt weiß was du bist:
Warum denn zeigst du armer Tropf noch,
Wie billig deine Seele ist?

Doch gut! so zeichnet man was Brack ist
In allen großen Heerden aus;
So lernen wir was Schranzenpack ist
Und reif zum großen Völkerschmaus.

----

(161) Aus Ovids Metamorphosen.

Veut-on avoir la preuve de la parfaite inutilité de tous les
livres de Morale, de Sermons etc., il n'y a qu'à jetter les
yeux sur le préjugé de la Noblesse héréditaire. Y a-t-il un
travers, contre lequel les Philosophes, les Orateurs, les Poëtes
ayent lancé plus de traits satyriques? qui ait plus exercé les
esprits de toute espèce? qui ait fait naître plus de sarcasmes?
Chamfort, Pensées (Paris 1803) p. 171.

Es flickt ein Schneider ein Gewand
Für eine Majestät,
Und wie er's hält in seiner Hand
Und in den Falten späht:
O Wunder, Wunder! was schaut heraus?
Eine Laus, eine Laus, eine königliche Laus.

Der Schneider hüpft vor Freud' empor,
Sieht sie mit Wollust an,
Und holt sein Messer flugs hervor,
Und ach! was macht er dann?
O Wunder, Wunder! er spaltet sie,
Spaltet sie, spaltet sie, dieses königliche Vieh.

„Die eine Hälfte bleibet mir
Von dieser Königslaus;
Es stecket soviel Blut in ihr,
Ein Fürst wohl wird noch draus."
O Wunder, Wunder! er speist sie geschwind,
Und er wird, und er wird, wird ein fürnehm Fürstenkind.

Da fragen die Gesellen ihn:
„Was aber kriegen wir?"
„Die andre Hälft' ist euch verliehn,
Das ist genug für vier,

O Wunder, Wunder! aus der halben Laus
Kommen noch, kommen noch fünfthalb Grafen wohl heraus."

Der Lehrling sah sich Alles an:
„Herr Meister, sagt mir jetzt,
Hier seh' ich, kriegt ja jedermann,
Was krieg' ich denn zuletzt?"
„O lecke, lecke das Messer rein,
Und du wirst, und du wirst 'n schlechter Edelmann noch sein!"

Indem der Verfasser auf solche Weise der öffentlichen Ordnung, den Landesherrn und bestehenden Zuständen feindselige, die Gemüther verwirrende, und zu Mißvergnügen aufregende Gesinnungen und Ansichten durch die von ihm verfaßten und unter seinem Namen dem Druck übergebenen Lieder verbreitete, hat er seine Pflichten als öffentlicher Lehrer, vermöge deren er vielmehr in einem ganz entgegengesetzten Geiste zu wirken berufen ist, gröblich verletzt und seine Unfähigkeit zur Verwaltung des ihm anvertrauten Lehramts dargelegt. Ganz abgesehen von etwa sonst verwirkten anderweiten Strafen konnte derselbe nach Maßgabe der durch das Patent vom 5. Juli 1832 § 5 (Gesetz-Sammlung Seite 216) für die Königlichen Staaten publizirten Bundesbeschlüsse *) und in Anwendung des §. 333 Tit. 20, Thl. II.

---

*) Die Schlesische Zeitung gab den folgenden Tag denselben Artikel mit der Bemerkung: „Der obige Artikel ist uns im Manuscript nicht mitgetheilt worden" und fügte noch Folgendes zur Erläuterung hinzu: „Der am 20. September 1819 gefaßte, gemäß weitern Beschlusses vom 12. August 1824 fortbestehende, provisorische Beschluß über die in Ansehung der Universitäten zu ergreifenden Maaßregeln, wird sowohl im Allgemeinen, als insbesondere hinsichtlich der in den §§. 2 und 3 desselben enthaltenen Bestimmungen, in den geeigneten Fällen, in soweit es noch nicht geschehen, unfehlbar zur Anwendung gebracht werden. „„§. 2. Die Bundes-Regierungen verpflichten sich gegen einander, Universitäts- und andere öffent-

des Allgemeinen Landrechts*) in seinem Amte nicht belassen
werden.

Von diesen Folgen seiner Handlung kann ihn weder der
Einwand, daß die poetischen Ergüsse nicht seine, sondern vielmehr
die Zeitansichten der Gegenwart darstellten, und mit seinem Berufe als Professor nichts gemein hätten, noch die Angabe, daß
die unpolitischen Lieder mit Genehmigung der Hamburger Censur
erschienen seien, befreien. In ersterer Beziehung leuchtet von selbst
ein, daß ein Professor, der verwerfliche Ansichten sich aneignet und
solche, statt sie zu bekämpfen, als Dichter in dem gefälligen Gewande von Liedern und Gesängen durch den Druck verbreitet,
für solche Erzeugnisse als für eigene, auch in seiner Eigenschaft
als öffentlicher Lehrer sich verantwortlich macht. In letzterer
Hinsicht war es aber der vorgesetzten Dienstbehörde des Angeschuldigten, selbst wenn die Censur-Gesetze in Hamburg befolgt

---

liche Lehrer, die durch erweisliche Abweichung von ihrer Pflicht, oder
Ueberschreitung der Grenzen ihres Berufs, durch Mißbrauch ihres recht-
mäßigen Einflusses auf die Gemüther der Jugend, durch Verbreitung
verderblicher, der öffentlichen Ordnung und Ruhe feindseliger, oder die
Grundlagen der bestehenden Staatseinrichtungen untergrabender Lehren,
ihre Unfähigkeit zur Verwaltung des ihnen anvertrauten wichtigen Amtes
unverkennbar an den Tag gelegt haben, von den Universitäten und sonstigen Lehr-Anstalten zu entfernen, ohne daß ihnen hierbei, so lange der
gegenwärtige Beschluß in Wirksamkeit bleibt, und bis über diesen Punct
definitive Anordnungen ausgesprochen sein werden, irgend ein Hinderniß
im Wege stehen könne. Jedoch soll eine Maßregel dieser Art nie anders,
als auf den vollständig motivirten Antrag des, der Universität vorgesetzten
Regierungs-Bevollmächtigten oder von demselben vorher eingeforderten
Bericht beschlossen werden.

Ein auf solche Weise ausgeschlossener Lehrer darf in keinem andern
Bundesstaate bei irgend einem öffentlichen Lehr-Institute wieder angestellt
werden."")"   A. d. R.

*) „Wer den Vorschriften seines Amtes vorsätzlich zuwider handelt,
der soll sofort cassirt werden ꝛc."   A. d. R.

worden, und insofern nach § 1 und 7 des Bundesbeschlusses vom
20. September 1819 den Verfasser der fraglichen Lieder keine
Strafe wegen Uebertretung der Censur-Gesetze treffen könnte, vom
Standpunkte der Disciplin unbenommen, ja ihre Pflicht zu dem
Behuf einzuschreiten, damit ein des akademischen Lehramtes un-
würdiges Glied desselben daraus entfernt werde.

In Erwägung dieser Gründe hat das Königliche Staats-
Ministerium den Beschluß gefaßt, daß der Dr. Hoffmann aus
seinem Amte als ordentlicher Professor an der Königlichen Universität zu Breslau ohne Pension zu entlassen sei.

Dieser Beschluß ist von Sr. Majestät dem König bestätigt
und bereits in Ausführung gebracht worden.

———————

Ich war nicht weiter überrascht: schon am 21. November
v. J. hatte ich vorhergesehen was kommen würde, und mir ge=
dichtet ein 'Trostlied eines abgesetzten Professors:'

Melodie: Nachts um die zwölfte Stunde
Verläßt der Tambour sein Grab.

Ich bin Professor gewesen:
Nun bin ich abgesetzt.
Einst konnt' ich Collegia lesen,
Was aber kann ich jetzt?

2c.

19. Januar überreichte mir ein Student eine Adresse, von
beinahe 50 seiner Commilitonen unterzeichnet, darunter evan-
gelische und katholische Theologen. Der Schluß lautet:

'Es läßt sich nicht Alles hier aussprechen, was wir denken
und fühlen, was wir dann auch von der Zukunft hoffen und
wünschen, es läßt sich nicht vorher bestimmen auf welchem von
den vielen zum Ziele führenden Wegen wir selbst bereinst vor=
bringen werden. Darüber nur sind wir alle einig, was wir

wollen. Wir wollen uns frei machen von Allem, was uns die Vernunft als unrecht und unnütz, als unvereinbar mit dem wahren Wesen der Menschheit anzeigt. Wir haben gefunden, daß Sie in diesem Wollen, in der Thätigkeit für dasselbe uns siegreich und rühmlich vorangegangen sind und noch immer sicher und fest voranschreiten, deshalb lieben und achten wir Sie, deshalb sprechen wir hier den Wunsch aus, daß es Ihnen in Zukunft stets wohlergehen möge, damit wir, im Interesse auch unserer Zwecke und unseres gleichartigen Wollens, noch recht lange das Glück genießen in Ihnen einen tüchtigen Führer in dem Kampf für Wahrheit und Recht zu besitzen. Nehmen Sie zuletzt nun auch noch als ein Andenken an uns die Versicherungen und Betheuerungen mit, daß wir stets Ihr anregendes und mahnendes Vorbild vor Augen den Ideen der wahren Freiheit, dem Zwecke der Menschheitbildung nach, alle unsere Kräfte immer an die Verwirklichung dieser Ideen setzen werden, nehmen Sie das Gelöbniß hin, daß wir alle Ihnen als einem freien Mann, als einem tapfern Vorkämpfer für die höchsten und edelsten Güter der Menschheit, Freiheit, Wahrheit und Recht, in alle Stürme des Lebens, künftighin einst auch selbst schützend und streitend, immer nachfolgen werden.'

Über diese Kundgebung war ich sehr überrascht. Es konnte kein Geheimniß sein, daß ich mich über das Breslauer akademische Leben und Treiben nie sonderlich günstig ausgesprochen hatte, wie es denn in einem Gedichte, unterzeichnet 'Eine Studentenstimme' angedeutet wird. Die dritte und vierte Strophe lauten also:

> O sprich's nur aus ganz unumwunden,
> Daß Du kein einzig deutsches Herz
> In unsrer Musenstadt gefunden,
> Kein Mitgefühl für Deinen Schmerz,
> Daß sich kein Einz'ger drum bekümmert,
> Ob hinter Deinem Spott und Hohn

Der Wehmuth Schmerzensthräne schimmert —
Volksfänger, sieh! das ist Dein Lohn!

O sprich's nur aus zu unsrer Schande,
Was Du bei uns gegolten hast!
Dich fesseln keine Liebesbande,
Kein Burschenherz hält Dich umfaßt. —
Doch nein! vergieb, daß wir geschwiegen,
Da doch die Freiheit Dein Panier!
„In ihrem Zeichen wirst Du siegen,
In ihrem Zeichen siegen wir."

Die Universität verhielt sich sonst ruhig. Die Herren Collegen gaben durch Schweigen ihre Theilnahme zu erkennen. Nur ein Privatdocent wagte sich schriftlich gegen mich auszusprechen: Dr. Freytag. Er war verhindert selbst zu kommen, weil ihn eben damals seine Vorlesungen zu sehr in Anspruch nahmen. Er las auf der Börse vor einem sogenannten gebildeten Publicum über neue Litteratur. Als ich an die Reihe kam, wollte er sich keine polizeiliche Unannehmlichkeiten zuziehen und fragte vorher den Polizeipräsidenten Heinke, ob er denn auch wol über die U. L. reden dürfe? 'O ja, meinte der Herr Präsident, wenn Sie sie weiter nicht loben wollen!'

Mein theurer Hoffmann!

Wenn ich in diesen Tagen des Schmerzes und der Sorge, welche Sie zu durchleben haben, Ihnen die Freundeshand nur in diesem Zettel biete, so halten Sie dies nicht für Mangel an Theilnahme. Meine öffentliche Vorlesung auf Morgen macht mir soviel zu thun, daß ich mich nicht aus der Stube rühren kann. —

Gott tröste Sie und Ihre Kraft. Sie haben Ihrer Gesinnung Ihr äußeres Sein geopfert, Sie werden darin am Ende, wenn die ersten heftigen Eindrücke der Kränkung und des Un-

muthes vorüber sind, einen Trost finden. Freilich würde der
schneller und vollständiger sich einfinden, wenn Sie kein Dichter
wären, denn die weiche, nervöse und reizbare Empfänglichkeit für
Eindrücke, welche Ihnen eigen ist, so wenig das die Welt glauben
mag, wird Ihnen fürchte ich den Kampf erschweren. Doch Muth
und Fassung, mein guter, lieber Freund. Wenn Ihnen die herzlichste Theilnahme eines Mannes, der Ihnen bei allem Entgegengesetzten in seiner Natur warm und herzlich ergeben ist, auch nur
auf einen Augenblick tröstend ist, werde ich glücklich sein. Mündlich mehr, ich habe erst durch die Zeitung etwas Sicheres über
Ihr Schicksal erfahren. Bedürfen Sie irgend etwas?

Ihr

Freytag.

In den ersten Tagen des Februars hatte ich meine Bibliothek geordnet und verzeichnet und ließ sie zu meinem Freunde
Milde hinüber schaffen, der mir dafür ein Zimmer in einem
seiner Nebengebäude eingeräumt hatte. Von meinem Hausrath
behielt ich nur wenig, das meiste verschenkte ich. Das Verzeichniß der zu verkaufenden Bücher war gedruckt. Der Titel lautete:

'970 Bücher aus der Bibliothek des Professors Dr. Hoffmann von
Fallersleben sollen am 22. Mai 1843 zu Breslau öffentlich versteigert werden'

wurde aber von der Censur beanstandet; der 'Professor' war
darin gestrichen. Ich eilte sofort zum Polizeipräsidenten Heinke
und setzte ihm auseinander, daß ich den Professor nicht allein
dem Könige verdankte, sondern auch den zweimaligen Habilita-
tionsleistungen 2c. Der Herr Censor, der als Curator der
Universität die academischen Einrichtungen nachgerade etwas
kennen gelernt hatte, ertheilte dem 'Professor' das Imprimatur.

Obschon ich mich von allen öffentlichen Gesellschaften fern

hielt, um nicht denjenigen, die mir eine freundliche Theilnahme
kundgaben, eine Verlegenheit zu bereiten, so machte ich doch mit
der Lätitia eine Ausnahme. Ich war zu ihrem Balle am
11. Februar eingeladen und fand mich ein. Unter meinem
Gesellschaftsnamen hatte ich ein Lied beigesteuert, das gedruckt
vertheilt und gesungen wurde:

Winterlied.

Mel. „Auf, zu Roß, und fortgeritten.“
Von C. Bröer.

Nur nicht ängstlich, nur nicht zagen
Bei des Winters Noth und Qual!
Heut' ist Winter noch auf Erden,
Morgen muß es Frühling werden,
:|: Frühling wird es doch einmal. :|:

Frühling wird es immer wieder:
Nur getrost! er kommt ja bald.
Niemand kann's dem Frühling wehren,
Jährlich bei uns einzukehren —
:|: Welch ein Trost für Jung und Alt! :|:

Welch ein Trost, daß Eins noch bleibet,
Daß uns noch der Frühling bleibt,
Daß man nicht wie Contrebande
Ihn aus unserm Vaterlande
:|: Streng verbietet und vertreibt. :|:

Frühling du von Gottes Gnaden
Aus dem Himmel hergesandt,
Frühling, komm mit Lust und Scherzen,
Frühling, komm in unsre Herzen,
:|: Komm in unser Vaterland! :|:

Frühling, treib die Nacht von hinnen,
Die uns jetzt noch hüllet ein!
Bring uns alles Gute wieder,
Freud' und Hoffnung, frohe Lieder,
:|: Frische Luft und Sonnenschein! :|:

Und geworden ist es Frühling,
Wenn auch nur für uns allein.
Wo die Freud' im Festesglanze
Frau'n und Mädchen führt zum Tanze,
:|: Muß es immer Frühling sein. :|:

Frühling lebe, unser Frühling
Hoch beim Sang und Festpokal!
Laßt das Jammern und das Zagen!
Muth gefaßt in trüben Tagen!
:|: Frühling wird es doch einmal. :|:

Nr. 6.

Um diese Zeit erhielt ich verschiedene Beweise der Theil=
nahme. So schickten mir zwanzig meiner Verehrer aus Stutt=
gart funfzig Flaschen edelen Schwabenweins.

Stuttgart, den 15. Febr. 1843.

Hochverehrter Herr Professor!

Es scheint endlich das angenehme Jahr der Herren gekommen
zu sein, von dem die Schrift sagt: Es wird eine Bahn sein
und ein Weg, welches der heilige Weg heißen wird, daß kein
Unreiner darauf gehen wird. Es wird da kein Löwe sein und
wird kein reißendes Thier darauf treten noch daselbst gefunden
werden ....*) So herrlich und in Freuden muß es ja wohl
hergehen, seit die Leipziger Allgemeine bei Ihnen verboten, die
deutschen Jahrbücher unterdrückt, die rheinische Zeitung verdammt,
Herwegh aus Preußen hinweg und Hoffmann von Fallersleben
abgesetzt ist?

Mit schmerzlicher Theilnahme haben wir diese Zeitungen eine
nach der andern vernommen. Doch die Hoffnung, daß das Maaß
sich fülle, läßt uns ungetrübtern Blickes in die Zukunft schauen,

―――――――――

*) Jesaja 35, 8.

die der Jugend gehört. Auch Ihre Stunde ist noch nicht ge=
kommen, wir sind glücklich, in Ihnen, weil nicht den Mann des
Hofes, den der Hoffnung beglückwünschen zu können. Der
Kelch der Leiden kann den Boten des Heiles nicht erspart werden.
Auch vor Ihnen ist er nicht vorübergegangen: um so freudiger
zählen wir Sie zu den Heilanden unserer Zukunft.

Auf diese bessere Zukunft mit Ihnen fröhlichen Muthes an=
stoßen zu dürfen, möchten wir in Verehrung und Vertrauen Sie
heute bitten. Schütten Sie die bittere Neige aus dem Kelche
und erlauben Sie freundlichst uns die Freude und den Schwank,
indem Sie mit den Freunden Ihres Herzens zusammen in guter
Stunde von dem Herzerfreuenden Strome, aus dem die schwäbi=
sche Muse schon manchen guten Zug getrunken, alle Trauer und
allen Ärger in das Thal des Vergessens hinunterschwenken lassen.

Was hiemit sich Ihrem heitern Genius weihen möchte, kommt
aus der Mitte eines Kreises, welcher auf Ihrer Stirne den
Eichenkranz mit dem Lorbeer sich verschlingen sieht. Der Geist
der Freiheit in Wissenschaft und Leben, der uns zumeist schon
auf der Universität zusammengeführt, will auch im Lande der
Filister uns zu einem Volk des Eigenthums ausgesondert erhalten.
So sei er unser Fürsprecher bei Ihnen, wenn wir mit dem Glase
in der Hand uns Ihnen nahen, um Ihnen an uns hoffentlich
ein kleines Beispiel zu geben, wie trefflich es Ihnen gelungen ist,
„den Geist der deutschen Jugend zu verderben.“

Wir sind noch jung genug, um Ihre Schüler zu sein. So
treten Sie freundlich hernieder zu uns und nehmen Sie gütigst
an, was wir in gut akademischer Weise im Namen des jugend=
lichen Schwabens Ihnen hier zubringen. Schwaben und Schle=
sien haben in Natur und Bewohner so viel Verwandtschaft: so
hoffen wir, dieß junge Schwabenblut soll bei Ihnen nicht an
Heimweh zu Grunde gehen. Lassen Sie es Gnade finden vor
Ihrem Gaumen. Ein Schelm, der Besseres giebt, als er hat.

Es kann Ihnen mit der Nennung unserer Namen schwerlich gedient sein. Führt Zeit und Geschick je Einen von uns in Ihre Nähe, so möge sein guter Genius ihn also Ihnen vorführen, daß Sie bei fröhlicher Fortsetzung des heute Begonnenen ihn finden, wie Sie ihn suchen.

Mit heilbringendem Zurufe, in vollkommener Hochachtung und freudiger Verehrung trinken wir's Ihrem und Deutschlands Wohle zu! —

Zwanzig Ihrer Verehrer in Schwaben.

Hochverehrter Herr Professor!

Anbei habe ich die Ehre, Ihnen die Huldigung zu übermachen, welche ein Kreis von Freunden, die in gleicher Verehrung auf Sie blicken, Ihnen zugedacht hat. Es hat sich hübsch gefügt, daß der Hof-Keller Ihnen gerade sein Bestes vom Jahrgang 1841 liefern muß. Wir wissen wohl, und ich aus eigener Erfahrung, daß unsere Schwabenweine Nichts für die norddeutsche, an feurigern Geist gewöhnte Zunge zu bieten vermögen. Indessen werden Sie uns ob unsers Wagnisses, wir hoffen und bitten, nicht gram, und nehmen mit dem guten Willen vorlieb.

Was wir aber insbesondere bitten möchten, ist dieß, daß unserer anspruchslosen Gabe die ihr so nöthige Stille zu Theil werde. Es steht das nicht an, damit irgend Demonstrationen machen zu wollen: so wollen Sie gütigst Sorge tragen, daß um dieser zwanzig Gerechten willen, die wir Sie verehrungsvoll begrüßen, unser gutes Stuttgart vor dem Feuer der öffentlichen Nennung verschont bleibe.

——— ——— ——— ——— ———

Stuttgart, 15. Febr. 1843.

Dr. H. Merz.

Um dieselbe Zeit sendete mir der Übersetzer des Beranger zwei Gedichte mit einer Zuschrift:

Unpolitisch.

Politik ist der große Hebel
Der heutzutag die Welt regiert
Und sie an seinem langen Nebel=
Schweif rechts und links gar trefflich führt.

Politische Minister stehen
Am Staatsruder kluggesinnt,
Polit'sche Zeitungsschreiber drehen
Den Mantel nach dem besten Wind.*)

Polit'sche Ref'rendare machen
Brod — Kuchen! — und Carrier' und Sprüng',
Polit'sche Christen, fromme, lachen
Ins Fäustchen, wie so gut das Ding.

Vor Kön'gen stehn polit'sche Dichter!**)
In Staat und Kirche ohne Zahl
Findst du politische Gesichter,
Polit'sche — Schufte überall. —

Doch weh dir, unpolit'scher Dränger,
Der auf Gesinnung, Reinheit dringt,
Doch weh dir, unpolit'scher Sänger,
Der froh und kühn sein Liebchen singt.

Du hast von frei'rem Sinn gehöret,
Von freierm Worte jetzt vielleicht?
Wie bist du doch so arg bethöret,
Du hättest können wissen leicht:

Verziehn wird Alles was verschuldet,
Eins aber meide, Eines flieh!
Politisch sein ist jetzt geduldet,
Doch unpolitisch — ehrlich -- nie!

---

*) Brockhaus. — **) Herwegh.

Dem Volks-Mann.

Was je Gunst, Titel, Lohn erworben,
Lug, Trug, Devotsein, Schmeichelei'n,
Hof-Mann — dazu bist Du verdorben,
Du sollst ein Mann des Volkes sein!

Das hat ein hohes Ministerium,
Gar väterlich gesinnt dem Sohn,
Erwogen und Dich zum Kriterium
„Entlassen ohne Pension."

Was Dienst — was Pension — was Possen!
Wozu auch Dir 'ne Pension?
Ein freier Mann bist Du entsprossen,
Der Braven Achtung ist Dein Lohn.

Was Facultäten, was Minister
Dir bieten können, ist zu arm.
Das sehn sie ein — laß die Philister
Und komm' in unsern offnen Arm!

Verehrter Herr Professor!

Sehr unerwartet, da wir durch ein Mißverständniß schon von einer ganz entgegengesetzten gehört hatten, kam uns die Nachricht vom endlichen Ausgang Ihrer Sache, durch die Zeitungen, und es wurde Ihrer dabei mit lebhafter Theilnahme gedacht. Mögen Ihnen die einliegenden kleinen Gedichte, die in derselben Stunde entstanden, es bezeugen und Ihnen wohlgefallen. — Ihnen kann man weiter Nichts darüber sagen; denn Sie scheinen mir ein Mann der gewußt hat was er that, und wissen wird was er zu thun hat.

„Gern erträgt's
Der Treugesonnene daß er unbesonnen scheint."
Aischylos' Prometheus.

Wie der Donner auf den Blitz folgte die Unterdrückung der Rheinischen Zeitung und gab dem Epigrammatischen Genius, der

in meiner Muse erwacht war, neue Nahrung. Ich hoffe mit
Gottes Hülfe über kurz oder lang mit einem Bändchen in Ihre
Fußstapfen zu treten. Das Schwierigste ist wo Unrecht sowohl
den Einzelnen als das Ganze trifft, sich vor der Bitterkeit zu
bewahren, die dem eigenen Schwert seine Blänke und Schärfe
nimmt und sich selbst schadet.

In der Erinnerung Ihres freundlichen Hierseins regt sich
in uns lebhaft der Wunsch, daß Sie uns doch auch in diesem
Sommer wieder besuchen möchten. — Ist die Zeitungs-Nachricht
wahr, daß Sie nach Belgien gehen würden, so führt Sie ja Ihr
Weg wohl nicht weit von unsrer Thüre vorbei. Wo nicht, so
führt Sie ja doch sonst wohl einmal Ihr Weg in die Gegend.
— Eis und Rheinische Zeitung, die beiden Dinge, die Sie uns
so anempfahlen, werden Sie heuer nun freilich nicht finden. Das
milde Regiment der Zeit macht daß beides zerthaut ist, ehe man
sich's zum Genuß bemächtigen konnte.

Mit herzlichem Gruße

Ihr

Althaldensleben,   Ph. Nathusius.
16. Febr. 1843.

Ich öffne den Brief noch einmal, um wie Sie uns auf-
trugen an die Lieder zu erinnern, die Sie uns sangen und die
Sie uns durch Buchhändler Gelegenheit versprachen. Meine Frau
verlangt danach.

Die letzten Tage meines Breslauer Aufenthalts verwendete
ich zu Abschiedsbesuchen. Den 25. Februar Abends 7 Uhr begleiteten mich einige Freunde zur Post. Am Morgen stand in
den Zeitungen:

Feinden und Freunden ein herzliches Lebewohl.
Breslau, den 25. Febr. 1843.   Hoffmann von Fallersleben.

So endete mein zwanzigjähriges Breslauer Leben.

Nachdem ich einige Tage bei meinen Freunden in Görlitz verweilt hatte, traf ich den 25. Februar in Dresden ein.

In der winterlichen Zeit war an Spazierengehen im Freien nicht zu denken und so mußte ich mich denn beschränken auf den geselligen Verkehr mit Gelehrten, Dichtern, Künstlern und Männern gleicher Gesinnung und gleichen Strebens in politischer Beziehung. Einige kannte ich bereits von früher her, andere lernte ich jetzt erst kennen. Wir trafen uns an verschiedenen Orten und ich verlebte manche angenehme Stunde mit ihnen: Echtermeyer, Ruge, Mosen, E. v. Brunnow, Dr. Hermann, Dr. Keßler, Falckenstein, Klemm, Brendel, Adam, Wieck, Martin, Todt, Bromme. — Carl Ferdinand Adam hatte eines Abends mich mit mehreren der genannten zu seinem Liederkranz eingeladen und erfreute mich auch durch den Vortrag einiger seiner Compositionen meiner Lieder. Eines Tages war ich mit Echtermeyer bei Mosen. Dieser erzählte viel von Herwegh, auch wie sich derselbe kurz vor seiner bekannten Audienz beim Könige gegen Mosen ausgesprochen habe.

Ich eilte nun nach Leipzig. Hauptzweck meiner Reise war, mir einen Verleger zu verschaffen für eine Sammlung meiner Kinderlieder mit Clavierbegleitung. Es waren 50 Stück, ein Drittel davon war erst im December v. J. in Breslau, meist zu schönen Volksweisen, gedichtet. Ernst Richter hatte dazu eine einfache, wohlgefällige Begleitung gesetzt. Das kleine Werk hatte mir große Freude gemacht, und so hoffte ich denn, daß es auch Anderen Freude bereiten würde. Es war Georg Wigand (Firma: Mayer u. Wigand) als Verleger mir empfohlen. Schon den ersten Nachmittag nach meiner Ankunft (4. März) besuchte ich ihn, ich überreichte mein Manuscript und theilte ihm meine Ansichten und Wünsche mit. Er zeigte sich sehr

bereit, wollte sich erst eine Probe setzen lassen, dann seine Be=
rechnungen machen und mir seine Bedingungen sagen. Nach
einigen Tagen lud er mich zum Mittagsessen ein nebst Gustav
Mayer und Robert Blum. Er legte mir den Vertrag vor,
ich unterzeichnete ihn für mich und Richter, und unser Geschäft
war gemacht. Nach einigen Wochen erschien meine Sammlung
unter dem Titel:

> Funfzig Kinderlieder von Hoffmann von Fallersleben. Nach Original-
> und bekannten Weisen mit Clavierbegleitung von Ernst Richter.
> Lpz. 1843. Mayer u. Wigand.

hübsch gedruckt in gr. Querquart, zu dem billigen Preise von
15 Sgr.

Wir waren den Mittag recht heiter. Zuletzt kamen noch
die kleinen Wigande, und nachdem ich ihnen einige Lieder ge=
sungen hatte, baten sie: 'O bring mir doch auch ein Lied mit.
— Mir auch! — Und mir auch!'

Ich hatte noch eine kleine Arbeit mit nach Leipzig gebracht,
die ich auch gedruckt zu sehen wünschte. Ich hatte in der letzten
Zeit zu Breslau aus dem dortigen Adreßbuche ein Breslauer
Namenbüchlein angefertigt. Obschon das nur zunächst ein
Scherz für mich war und auch für Andere sein sollte, so hatte
doch dieser Scherz seine wissenschaftliche Seite, um derentwillen
ich später noch drei ähnliche Namenbüchlein herausgab. Engel=
mann war sofort bereit, diese Kleinigkeit zu verlegen. Ich be=
sorgte die Correctur und noch während meiner Anwesenheit
waren die beiden Bogen gedruckt:

> Breslauer Namenbüchlein, d. i. Einwohner-Namen der Haupt-
> und Residenz-Stadt BRESLAU, nach Stand und Würden, und
> sonstigen Eigenschaften geordnet. Für Liebhaber der deut-
> schen Sprache von Hoffmann von Fallersleben. Lpz., W.
> Engelmann. 1843. 16⁰.

So hatte ich denn meine litterarischen Zwecke erreicht und konnte über meine Zeit frei und nach Belieben verfügen. Ich kam viel zusammen mit Litteraten, Publicisten, Gelehrten und Buchhändlern, und das war, wenn auch nicht immer angenehm, doch immer interessant. Das Leipziger Litteratenthum stand damals in hoher Blüte, es suchte sich durch den Litteratenverein zu einer geschlossenen Körperschaft zu gestalten und so den Buch=händlern, dem Staate und dem Publicum gegenüber seine In=teressen geltend zu machen. Es beherrschte einen großen Theil der Unterhaltungslitteratur durch Redaction von Zeitschriften, durch eigene Erzeugnisse und kritische Besprechungen. Mir ergab sich häufig Gelegenheit, den einen und den andern zu sehen und zu sprechen: Laube, Diezmann, Herm. Marggraff, Heller, Herloßsohn, Öttinger, Dr. Eichler, Chlodwig, Held und von Corvin.

Auch die Publicistik hatte in Leipzig damals manchen Ver=treter. Ich verkehrte viel mit Robert Blum, seinem Schwager Günther und Dr. Julius.

Mit der eigentlichen gelehrten Welt kam ich wenig in Be=rührung. Moriz Haupt sah ich nur Einmal, Buddeus und Wachsmuth lernte ich bei Laube kennen, Wuttke hingegen bewies mir auch jetzt wieder seine treue Anhänglichkeit, durch ihn wurde ich mit Hansen, Prof. der Staatswissenschaften, bekannt.

Sehr lehrreich für mich war auch diesmal wieder der Verkehr mit den Buchhändlern, namentlich Wilh. Engelmann: ich bekam in das Wesen des Buchhandels eine bessere Einsicht und lernte die Unternehmungen der Verleger und die Ansprüche der Schriftsteller besser zu würdigen.

Kurz vor meiner Abreise brachte mir Günther (Heraus=geber der Sächs. Vaterlandsblätter) die frohe Botschaft: 'Die

Gütersloher haben Ihnen auf 5 Jahre, jedes Jahr 80 ℳ gesichert.'

16—22. März in Berlin.

Den ersten Abend war ich bei Jacob Grimm. In traulichen Gesprächen vergingen nur zu rasch die wenigen Stunden. Später lud er mich schriftlich zum Mittagsessen ein. Wir waren sehr vergnügt. Ich gab mehrere lustige Geschichten und einige Kinderlieder zum Besten. Jacob mißbilligte sehr Maßmann's Ausfall gegen mich in seinem schlechten Eraclius.

Von alten Bekannten besuchte ich noch Erk, Dr. Lehmann und Lehfeldt. Letzterer führte mich ins Häringsche Lesecabinet, damals Vereinigungspunkt der liberalen Elemente. Ich traf dort Moriarty, Verf. von O'Connell's Leben, den Elsasser Alexander Weil, Theodor Mügge, Ruttenberg u. a.

Einige Studenten, meist frühere Zuhörer, Zacher, Sommer, Löwenstein, Remer, Schauenburg besuchten mich. Den drei letzteren mußte ich versprechen, mit ihnen und einigen anderen einen Abend zu commersieren, was ich denn auch that.

Zwei Abende war ich bei Wallmüller mit einigen anderen Studenten und den sogenannten Freien: Bruno und Edgar Bauer, Arthur Müller, Köppen, Ludw. Buhl u. a. Es ging wüst und roh her, mir ward angst und bange, als ich sehen und hören mußte, wie hier die Freiheit in Scene gesetzt wurde.

Den 22. März reiste ich ab. Stud. Schauenburg begleitete mich. An Phil. Nathusius hatte ich geschrieben, er möchte mich von Magdeburg abholen lassen. Als wir dort ankamen, wartete schon der Wagen.

Ich blieb nun zwei Tage bei Nathusius, dann eine Nacht bei Pastor Delius in Sezgerde und fuhr von da mit meines Schwagers Gespann nach Fallersleben.

Ich kam mit der Hoffnung, einige Zeit bei und mit den Meinigen ungestört zu verweilen. Es schien sich auch Alles nach Wunsch zu gestalten. Ich beschäftigte mich viel im Garten, spielte mit den Kindern, spazierte im Freien, las Zeitungen, arbeitete und dichtete. Zu meinem Geburtstage begrüßten mich die Kinder mit Glückwünschen und Blumenkränzen. Ich war einige Tage recht unwohl gewesen, jetzt wieder recht munter. Den Abend vorher erzählte mir mein Vetter, Jacob Behne, es sei ihm mitgetheilt worden, daß ich beobachtet würde, und er meinte, ich möchte doch vorsichtig sein. Den 5. April hatte der Drost ein Schreiben von Lüneburg bekommen, hohe Landdrostei wundere sich, daß meine Ankunft noch nicht angezeigt sei. Den 8. April erhielt ich vom Drosten folgendes Briefchen:

'Ew. Wohlgeboren ersuche ich gehorsamst, da ich Ihnen kraft höheren Auftrages Erörterungen zu machen habe, sich heute Nachmittag gegen 3 Uhr bei mir einzufinden. Hochachtungsvoll empfehle ich mich.

v. Drechsel. F., 8. April 1843.'

Der Drost empfing mich sehr freundlich. Er zeigte mir an, daß mir auf Befehl des Königs vom 12. Dec. 1842 der Aufenthalt in den hannoverschen Landen verboten sei, wenn ich nicht ein Domicil nachweisen könne. 'Und das können Sie ja' — fügte er hinzu. 'Ich werde der Landdrostei schreiben, daß Sie hier noch Antheil am Hause Ihrer Frau Schwester hätten.'

Er ließ mich das Schreiben der Landdrostei selbst lesen. Die Nachweisung des Domicils war wahrscheinlich erst in neuerer Zeit als Milderung des kön. Befehls hinzugefügt worden. Der Drost bat mich, nichts davon zu erzählen, wie er denn überhaupt ängstlich wünschte, daß sein Name bei dieser Angelegenheit gar nicht genannt werde. Wir unterhielten uns

über allerlei, namentlich über den Beamtenstand, und ich fand,
daß der Drost ein sehr wohlwollender, und als Edelmann und
Beamter ein ziemlich freisinniger Mann war.

Erst nach anderthalb Stunden kam ich nach Haus. Man
hatte meiner in großer Angst geharrt. Die Kinder kamen mir
weinend entgegen. Ich beruhigte sie, obschon ich selbst unruhig
war, denn ich war fest überzeugt, daß ich am längsten hier gewesen. Ich ging auf mein Zimmer und dichtete.

Und wieder hatt' es mich getrieben
Dahin, wo ich gewandert aus:
Ich kehrte heim zu meinen Lieben,
Froh trat ich ein ins Vaterhaus.

Es zogen alte Kläng' und Lieder
Beseligend durch meine Brust:
Ich war in meiner Heimat wieder,
Im Reiche meiner Jugendlust.

Da wollt' ich unter Blüthenbäumen
Die alten stillen Tag' erneu'n,
Und meine Kindheit wieder träumen,
Und mich wie Kinder wieder freu'n.

Da wollt' ich voller Sehnsucht warten,
Gelehnt auf meinen Wanderstab,
Bis in dem öden Friedhofsgarten
Grün würde meiner Mutter Grab. —

Doch nein — ich soll den Frühling sehen
Nur fern vom väterlichen Haus;
Ich bin verbannt — so muß ich gehen
In eine fremde Welt hinaus.*)

Wenige Tage nachher veranlaßte ich meinen Schwager,

---

*) In Musik gesetzt von 'E. H. z. S.' (Ernst Herzog zu Sachsen-
Coburg.) Lpz. Breitkopf u. Härtel.

sich wegen meiner Angelegenheit beim Drosten zu erkundigen. Letzterer rieth mir abzureisen, Domicilrechte könnte ich nicht beanspruchen, es gehe Alles vom Könige selbst aus.

Am 12. April des Nachmittags traf der Lieutenant der Landdragoner ein. Die Sache war mir sehr verdächtig, obschon er erklärt hatte, er sei nicht um meinetwillen gekommen. In der Dämmerung schleichen die Landdragoner ums Haus herum und spät Abend bewachen sie es aus der Nachbarschaft. Da scheint es mir denn doch gerathen abzureisen. Ich bitte meinen Vetter, auf der Ziegelei einen Wagen für mich bereit zu halten, ich würde mich baldigst einfinden. Um kein Aufsehen zu erregen, gehe ich mit meinem Schwager in den Kuhstall, wir erweitern eine Öffnung in der Wand und kriechen durch. Aus des Nachbars Garten dringen wir weiter durch Hecken und Stackete, und endlich sind wir im Freien. Der Mond scheint hell auf den frisch gefallenen Schnee, ringsum Todtenstille, während eben noch im Hause meine Nichten, um die Landdragoner zu täuschen, die lustigsten Stücke gespielt und gesungen hatten. Der Wagen wartet schon, ich steige ein und in einer Viertelstunde bin ich jenseit der hannoverschen Gränze und um 3 Uhr Morgens zu Braunschweig im deutschen Hause.

Während ich noch im Bette lag, ließ der Herr Drost anfragen, ob er mich besuchen könne. Er wohnte mit mir in demselben Gasthofe. Ich war sehr überrascht, erfuhr aber bald aus seinem Munde den Anlaß zu seiner Reise. Um einem unangenehmen Auftrage sich zu entziehen, hatte er sich entfernt, es war nämlich gestern der strenge Befehl gekommen, wenn ich ausginge, sollte mich stets ein Landdragoner begleiten.

Diese Geschichte bildet den Anfang einer Reihe von Verfolgungen und Belästigungen, denen ich bis zum J. 1861, also

faſt zwanzig Jahre in meinem Geburtslande Hannover aus-
geſetzt war.

13—18. April in Braunſchweig.

Bald nach meiner Ankunft war Herr Leibrock ſo gütig,
mir eine Aufenthaltskarte zu beſorgen. Unangefochten wäre ich
auch ſo wol geweſen, zumal ich gar nicht beabſichtigte, hier
länger zu verweilen.

In angenehmem Verkehre mit Verwandten, Freunden und
Bekannten verging mir die Zeit ſehr raſch. Bei einem Ausfluge nach Wolfenbüttel lieſ ich mir von der dortigen Bibliothek
das Antwerpener Liederbuch vom J. 1544.

19. April. In einer Mittagsgeſellſchaft hatte ich Herrn
Wagenknecht kennen gelernt. Er lud mich ein, mit ihm auf
ſein Gut zu fahren, Kloſter Neuendorf bei Gardelegen, er wolle
mich dann von dort zu Nathuſius begleiten, mit dem er gut
bekannt ſei. Die Einladung war mir ſehr willkommen. Wir
fuhren über Öbisfelde und durch den Drömling. Ich war er-
ſtaunt, durch dieſen einſt ſo verſchrieenen Waldbruch jetzt ſo
bequem fahren zu können, überall Wege, Abzugsgräben und
weite, urbar gemachte Strecken.

In Neuendorf fand ich was ich ſuchte, wahrhaft ländliche
Ruhe, ich ward durch nichts auf- noch angeregt. Nach zwei
ſtillen Tagen brachte mich mein freundlicher Wirth zu Nathuſius.

21. April — 24. Mai in Althaldensleben.

Ein ſchöner Frühling, ich war wohl und heiter und befand
mich unter lieben Menſchen, die mit einem edelen Sinne für
Kunſt und Wiſſenſchaft innige Theilnahme für den Gaſt ver-
banden, der ihnen intereſſant und angenehm war.

Ich bewohnte die Fremdenſtube, ein großes Zimmer auf
ebener Erde mit einer Ausſicht auf den Park. Die Morgen-

stunden war ich immer allein, ich arbeitete oder spazierte im
Freien. Philipp sah ich nicht eher als beim Mittagsessen. Er
war sehr in Anspruch genommen durch sein Gut und die Ober=
verwaltung der Porcellanfabrik, woran noch sämmtliche Erben
Theil hatten. Obschon er sich nichts ansah und von seinem
Zimmer aus regierte, so war er doch von Allem unterrichtet
und hielt Alles in bester Ordnung. Gegen Abend pflegten wir
mit einander zu spazieren und später nach Tische waren wir
immer beisammen. Wir unterhielten uns über ältere und
neuere deutsche Litteratur, Zeitgeschichte, namhafte Persönlich=
keiten, wir musicierten, sangen Volkslieder oder lasen uns etwas
vor. Eines Abends theilte er Bürger's Briefe mit an Phi=
lippine Engelhardt, geb. Gatterer, seine Großmutter. Eines
andern Abends las ich ein Stück aus meinem Leben: 'Mein
Antheil an der Politik.' Maria, Philipps Gattin, trug ihre
Compositionen vor, auch wol deutsche Volkslieder, in die wir
dann gewöhnlich einstimmten. Wir sprachen auch über allerlei
litterarische Arbeiten, mit denen wir uns eben beschäftigten.
Philipp beabsichtigte eine Schrift über das Leben und Wirken
des Matthias Claudius. Er wollte auch das Leben seines Va=
ters schreiben, wozu es ihm doch an Stoff nicht fehlen konnte.
Leider hat er diese Arbeit aufgegeben, da er seine späteren reli=
giösen und politischen Ansichten mit denen seines Vaters nicht
mehr in Einklang bringen konnte. So müssen wir uns denn
begnügen mit den Mittheilungen von fremder Hand, mit dem
'Etwas aus dem Leben des Herrn Gottlob Nathusius in Alt=
haldensleben bei Magdeburg' in den Zeitgenossen*) und dem
Nekrologe der Deutschen. **)

---

*) Neue Reihe Heft XVIII. S. 169—204. — **) 1835. S. 609—626.

An unseren Abendgesprächen betheiligte sich zuweilen auch Herr Elster, der frühere Hauslehrer der Nathusius'schen Kinder. Er war jetzt der Freund der Familie und weil er mit allen Verhältnissen vertraut und in allen Beziehungen stets nur auf das Wohl der Familie bedacht war, so stand er in hoher Achtung — ein weiches Gemüth, überall vermittelnd, beschwichtigend. Ich verkehrte gern mit ihm und fand in seinen Ansichten manche Berührungspunkte. Wenn wir allein waren, besonders auf unsern gemeinschaftlichen Spaziergängen, so wußte er sehr hübsch allerlei zu erzählen aus dem Leben des alten Nathusius, der wirklich ein in jeder Beziehung merkwürdiger Mensch gewesen sein muß.

Unser stilles Leben ward nur zuweilen auf einige Tage unterbrochen durch verwandtschaftlichen Besuch. So kamen zu Anfang Mais Philipps Schwiegereltern und um Himmelfahrt meine Schwester mit ihren beiden ältesten Töchtern.

Da ich in Leipzig mit einigen Buchhändlern zu verhandeln hatte und eben noch die Messe war, so schien mir ein Ausflug dorthin von hier aus sehr passend zu sein. Philipp war bereit, mit mir zu reisen. Den 8. Mai trafen wir in Leipzig ein, wohnten einer Vorlesung in der Buchhändlerbörse bei und Abends einem Essen im Hotel de Pologne zu Ehren Saphir's. Den anderen Tag gab es wieder Gelegenheit, allerlei Litteraten und Buchhändler kennen zu lernen. Von jenen schien Philipp nicht sonderlich erbaut zu sein, aber es war ihm doch ganz lieb, einen Blick in das damalige Litteratenthum gethan zu haben, das sich so breit und wichtig machte und fast die ganze Tagespresse beherrschte. Nachträglich lachten wir noch sehr über Manches, das wir sahen und hörten bei dem Saphirfeste. So trug Gerhard ein Gedicht vor mit jüdischem Accente: 'Wie die Juden

in Brody den Saphir ausgezischt', das Auszischen 'bschißß'
war aber nach ihrer Sprache Beifallsbezeigung. Vom Be-
kränzen des Saphir, wie es die Zeitungen meldeten, hatten wir
nichts bemerkt. Übrigens war ein großer Theil der Litteraten
dem Festessen fern geblieben, denn viele sahen nur, wie damals
gedruckt zu lesen war, in dem 'Humoristen Saphir den Mann
ohne Princip und Gesinnung, den Sklaven seines eigenen Wort-
witzes, der für Geld seinen Humor sehen läßt, aber dabei ein
höchst loyaler Mensch ohne allen Makel ist.'

So freundlich ich hier in dem genußreichen Althaldensleben
aufgenommen, so konnte mir doch das Wanderleben nicht mehr
genügen, ich sehnte mich nach einem bleibenden selbständigen
Aufenthalte an einem Orte, der mir neben anregendem Verkehr
und Hülfsmitteln die gehörige Ruhe zum Arbeiten gewährte und
zugleich Gelegenheit böte etwas zu verdienen. Ich hatte lange
hin und her gewählt und mit Freunden und Bekannten viel
darüber gesprochen. Endlich wählte ich Dresden und schickte
mich an, dort vorläufig mich niederzulassen.

Den 25. Mai, am Himmelfahrtstage, reiste ich ab mit
meinem ganzen Gepäck, es bestand aus zwei Kisten mit Büchern,
einem Koffer und einer Reisetasche. Frau Maria war so gütig,
mir noch ein Geschenk mit auf den Weg zu geben. Ich erfuhr
erst davon, als es mir mein Begleiter, Herr Elster, bei unserer
Ankunft in Magdeburg überreichte. Es war eine sehr willkommene Gabe: Hemden, seidene Taschentücher, Jäckchen und
Vatermörder mit folgenden Zeilen:

> Wer je in meinem Reiche sich bewegt,
> Wird auch hausmütterlich von mir gepflegt.
> Schaut gar einmal ein Junggesell herein,
> So muß sein Hausstand gleich von mir besorget sein.

Darum verzeih, daß ich's nicht konnte lassen,
Mit Deiner Reiseausstattung mich zu befassen,
Und nimm aus Frau Marias Händen
Hier freundlich diese kleinen Spenden.

Ich war sehr gerührt und bat meinen Begleiter, der gütigen Geberin herzlichen Dank abzustatten. Wir blieben bei Herrn Hildebrand, einem Nathusiusschen Oheim, und hatten noch einen sehr vergnügten Abend.

26—30. Mai in Leipzig.

Den ersten Abend besprach ich mich mit meinen Freunden über die neue Ausgabe meiner Gedichte. Sie riethen mir mit Weidmanns in Unterhandlung zu treten.

27. Mai. Im Hotel de Pologne zu Mittag gespeist — eine wunderliche Gesellschaft: in der einen Reihe Saphir, Glaßbrenner, Herloßsohn, ich und Held, in der anderen v. Corvin mit Frau, R. Heller mit Frau und Öttinger, später findet sich noch Wuttke ein. Nach Tische bei Reimer und Hirzel. Abends im Litteratenverein.

28. Mai. Julius Fröbel besucht mich und erzählt von seinem Aufenthalt in Berlin. Alexander v. Humboldt hatte sich geäußert, wenn er nicht eben damals in Paris gewesen, so hätte das mit mir nicht vorkommen können, leider sei meine Angelegenheit in die Hände des Ministers Eichhorn gerathen ꝛc. Zu Mittag bei Reimer. Nach Tische mit Blum, Hildebrand von Marburg und Wuttke im Rosenthal. Abends mit Fröbel, Prutz, Held und Blum im Hotel de Bavière.

29. Mai. Vormittags bei Weidmanns. Sie sind geneigt, die neue Ausgabe meiner Gedichte zu übernehmen. Hirzel überreicht mir einen vorläufigen Vertrag. Ich bin damit einverstanden, und obschon er mich bittet, mich lieber noch zu besinnen, so gehe ich doch darauf ein und unterzeichne.

Zu Mittage mit Fröbel und Prutz im Hotel de Pologne. Wuttke kommt und meldet uns, daß Uhland auf der Raths=bibliothek ist. Wir gehen hin. Uhland gegen mich sehr freund=lich, gegen Prutz, den ich ihm vorstelle, sehr kalt, ja abstoßend. Mir ist die Sache peinlich und unerklärlich. Prutz hat ein langes Lobgedicht auf Uhland veröffentlicht. Ich kann mir nicht denken, daß es diesem unbekannt geblieben ist. Prutz ganz still darüber. Ich spreche nachher mit Fröbel und bin der Meinung, daß Uhland's Verlegenheit nur allein Schuld ist, daß Prutz sich keines freundlichen Empfangs zu erfreuen hatte.

30. Mai. Morgens Julius Campe besucht, dann mit Fröbel im Hotel de Pologne. Auf der Eisenbahn treffe ich Uhland und setze mich zu ihm. Wir fahren zusammen bis Dresden.

30. Mai bis 4. August in Dresden. Stadt und Gegend recht schön. Ich glaubte, alles Übrige würde damit überein=stimmen. Leider überzeugte ich mich bald, daß das nicht der Fall war. Ich war mit sehr bescheidenen Ansprüchen gekommen, aber auch diese wurden wenig oder gar nicht erfüllt. Von dem Augenblicke an, als ich mich für einheimisch betrachtete und Anderen dafür galt, trat das ganze Dresdener Leben in seiner wahren Gestalt mir entgegen: Männer ohne männliche Gesinnung, jedermann höflich und gefällig, wenn es nichts kostet, kleinlich und knickerig im Handel und Wandel, viel Lakaienthum und Philisterei, wenig geistiges Leben, gar keine Gastfreundschaft. Die ganze Be=völkerung schien mir zufrieden mit dem was sie war und was sie hatte; Gewohnheit hielt den Einzelnen ab, etwas anderes, besseres sein zu wollen, so wie die Angst ihn abhielt von jedem Weiter=streben in geselliger und materieller Beziehung. Obschon Jahr aus Jahr ein viele hundert fremde Familien in Dresden leben,

viele tausend Fremde jährlich Dresden besuchen, der echte Dresdener bleibt davon unberührt.

Nachdem ich verschiedene vergebliche Versuche gemacht hatte, mit den eigentlichen Dresdenern näher bekannt zu werden, wendete ich mich nun lediglich an die Fremden, und nur so gelang es mir, den bald langweiligen Aufenthalt etwas kurzweilig zu machen.

Ich hatte eine freundliche stille Wohnung bezogen an der Bürgerwiese. Meine alte Wirthin war mit mir sehr zufrieden und wußte ihre Theilnahme durch Gesprächigkeit an den Tag zu legen. Sie erzählte gern von früheren Zeiten, ihrer Familie und ihrem sel. Mann. Eines Tages als wir auf häuslichen Fleiß zu sprechen kamen, erzählte sie mir: 'Ich habe einmal zu Weihnachten meinen Mann ganz bestrickt.' Ich wunderte mich nicht wenig, sie riß mich aber bald aus meiner Verwunderung, denn sie fuhr fort: 'Ich hatte gestrickt ein Dutzend Mützen, Strümpfe, eine Hose und eine Jacke, wie man sie damals trug.'

Die Morgenstunden blieb ich fast regelmäßig zu Hause und arbeitete. Schon in den ersten Tagen vollendete ich ein Heft Lieder: 'Fliegende Blätter.' Es erschien schon Mitte Junis unter dem von Fröbel gewählten Titel:

Deutsche Gassenlieder von Hoffmann von Fallersleben. Zürich und Winterthur, Verlag des literarischen Comptoirs. 1843. kl. 8°. 26 Lieder.

Darauf vollendete ich die neue Ausgabe meiner Gedichte, es war die dritte, für die vielen weggelassenen der früheren Ausgaben kamen viel mehr neue hinzu. Sie erschien bereits in den ersten Tagen des Augusts:

Gedichte von Hoffmann von Fallersleben. Leipzig, Weidmann'sche Buchhandl. 1843. 8°. (576 SS.)

Im Juli sendete ich an Haupt zu seiner Zeitschrift für Deutsches Alterthum eine Sammlung althochdeutscher Glossen aus Admont, St. Paul ꝛc.*)

Schon Anfang Julis faßte ich den Entschluß, die deutschen Gesellschaftslieder schon jetzt herauszugeben. Dies lange mit Liebe gehegte und gepflegte Werk konnte, da es bereits zu 200 Liedern gediehen war, füglich zum Abschluß gelangen. Gegen Ende Julis schrieb ich die Vorrede und am 5. August übergab ich das Manuscript Herrn Dr. Klee, der die Correctur besorgen wollte. Es war Ludwig Uhland gewidmet und erschien noch im Laufe dieses Jahres:

Die deutschen Gesellschaftslieder des 16. und 17. Jahrhunderts. Aus gleichzeitigen Quellen gesammelt von Hoffmann von Fallersleben. Leipzig, Wilh. Engelmann 1844. gr. 12°. (XVIII. 306 SS.)

Meine tägliche Morgenbeschäftigung wurde nur selten unterbrochen. Im Laufe des Junis besuchten mich Uhland, Walesrode, Schlöffel, Aderholz, Graf E. Reichenbach, Philipp und Heinrich Nathusius; im Juli Eduard und Albert Kießling, Dr. E. Sommer und Rösler aus Görlitz. Mit den meisten pflegte ich dann den Tag über beisammen zu sein. Es war für mich eine oft willkommene Unterbrechung meiner Studien, ich hörte, wie's meinen alten Freunden und Bekannten ging, wir verplauderten angenehm die Zeit im Freien auf weiteren Ausflügen oder auf der Brühlschen Terrasse.

Sehr angenehm war mir die Bekanntschaft mit Walesrode. Wir begegneten uns nachher noch öfter auf unseren Wanderungen.

-----

*) Sie sind gedruckt Bb. 3 (1843) S. 368 ff. 460 ff.

Er erzählte mir viel von Königsberg und überbrachte mir eine Zuschrift unserer politischen Freunde:

Königsberg den 10. Mai.

Dem kühnen Manne, an dessen Schicksal die Unterzeichneten nicht weniger Interesse nehmen als an seinen unpolitischen Liedern, entbieten einen freundlichen Gruß.

H. L. Voigt. E. Höne. Dr. Jachmann. Dr. Jacoby. Emil Castell. Malinski, Justizrath. Ludwig Junk. Dr. G. Dinter. G. Wechsler. Moritz Webel. Ludwig Walesrode.

Dr. von Lengerke. Crelinger.

Die Nachmittage und Abende widmete ich meist dem Verkehre mit Fremden, die sich in Dresden niedergelassen hatten. Der bedeutendste unter ihnen war Ruge, und so muß ich denn seiner zuerst und am meisten gedenken.

Dr. Arnold Ruge hatte sich, nachdem seine 'Hallischen Jahrbücher' in Preußen verboten waren, diese und sich nach Dresden übersiedelt. Die Jahrbücher erschienen seit Juli 1841 unter dem Titel 'Deutsche Jahrbücher' in Leipzig, aber schon im nächsten Jahre wurden sie durch die sächsische Regierung unterdrückt, mit der 24. Nummer war dieser Jahrgang geschlossen. Ruge und sein Verleger Otto Wigand reichten eine Beschwerdeschrift an die zweite sächsische Kammer ein. Diese aber sah durch die Jahrbücher Christenthum und Religiosität bedroht, billigte das Verfahren der Regierung und wies die Beschwerde am 9. Mai mit 52 Stimmen gegen 8 ab. Ein so muthiger, rühriger Geist wie Ruge, dem einer Idee zu Liebe kein Opfer zu hoch war, sah noch immer eine Hoffnung auf Fortsetzung seiner litterarisch-publicistischen Thätigkeit im übrigen Deutschland. Auch diese Hoffnung wurde durch den Bundesbeſchluß vom 4. Juni zerſtört. Ruge gab alſo vorläufig ſein Wirken in Deutſchland auf, aber nicht f ü r Deutſchland und hoffte in Frankreich ſeine Thätigkeit ungehindert und erfolg⸗ reicher fortſetzen zu können. Mir that es weh, daß eine ſo tüchtige geiſtige Kraft dem Vaterlande verloren gehen ſollte, denn ich betrachtete jeden, der das Ausland mit dem Vaterlande vertauſchte, für einen dieſem und uns Verlorenen. Ich ſagte ihm oft: 'Lieber Ruge, bleib hier! Du biſt zu deutſch, Du kannſt nur in Deutſchland recht leben und wirken. Ich bin feſt überzeugt, nach Jahr und Tag kehrſt Du zurück.'

Ruge war zu ſehr eingenommen für die communiſtiſchen und ſocialiſtiſchen Ideen, die ihren Heerd in Frankreich hatten, er erwartete von ihnen eine neue Weltordnung, Heil und Segen für die ganze Menſchheit. Ich ſtand der Sache ſehr fern, hatte nichts darüber geleſen und mochte auch nichts leſen, das war mir viel zu langweilig, aber die Sache intereſſierte mich denn doch. Als Ruge ſpäter von Paris zurückgekehrt war, ganz voll von der neuen Lehre, und wir uns in Dresden wieder trafen, bat ich ihn, um einigermaßen mit dem Weſen und den Zielen dieſer franzöſiſchen Weltbeglückung bekannt zu werden, mir in wenigen Grundzügen ſe i n Syſtem mitzutheilen. Da dictierte er mir denn am 20. November folgende Sätze:

1. Die Welt muß neu werden dadurch, daß alle Menſchen zu Menſchen gemacht werden. Alle Menſchen ſind gleich. Was heißt das?

2. Sie müſſen alle auf gleiche Weiſe zur Freiheit erzogen werden.

3. Sie müſſen von Staatswegen und für den Staat erzogen werden.

4. Der Staat ist die freie Gemeinde, aus der alle hervorgehen müssen.

5. Die freie Gemeinde und das Leben und die Arbeit in ihr sind das Recht und die Pflicht aller Menschen.

6. Die Gemeinde aller freien Menschen ist der einzige Eigenthümer. Es giebt keinen Privateigenthümer, der im Namen der Gemeinde Alles und sogar die Gemeinde selbst besitzt.

7. Es darf also auch keinen Privatbesitzer geben, der durch seinen Privatbesitz den Zwecken der Gemeinde und ihrer Freiheit im Wege steht.

8. Die freie Gemeinde ist der Staat; der Staat hebt also jeden Privatbesitz auf, wo er ihm als ein Hinderniß der Freiheit entgegentritt.

[Schon der jetzige Staat, obgleich er noch Privateigenthum eines Einzelnen ist, verfährt nach diesem Gesichtspunkte: Aufhebung der Privilegien, Expropriationen, Stempelgesetze, Aushebungen zum Soldatendienst, Verwendung von Menschenleben und Eigenthum (gezwungene Anleihen) zur Vertheidigung des Staats, Aufhebung der Klöster, Verbot geheimer Gesellschaften, insofern sie den Zwecken des Staats gefährlich erscheinen.]

9. Alle Staatsbürger arbeiten nur für sich, indem sie für den Staat arbeiten, d. h. alle Staatsbürger sind Staatsbeamte.

[Die Gemeinde verwendet alle zu ihren Arbeiten, und diese dienen allemal zu den Zwecken aller Einzelnen.]

10. Daß der Mensch dem Menschen dient, hört schlechterdings auf, d. i. Aufhebung der Sclaverei.

11. Jeder Mensch ist ein freier Arbeiter im Auftrage des gemeinen Wesens.

12. Es giebt keine andere Auszeichnung als die Ehre, sich durch seine Arbeiten um das gemeine Wesen vorzüglich verdient zu machen und zu wesentlicheren Geschäften verwendet zu werden.

13. Alle Stände hören auf.

14. Es giebt keine Arme und durch Schuld der Menschen Verwahrloste.

So weit Ruge. Das Mittagsmal und auch dieser geistige Nachtisch war beendet. Ich erhob mich und dankte lächelnd mit: 'Gesegnete Malzeit!'

Ruge war immer sehr liebenswürdig und theilnehmend wie auch seine Frau, ich war oft und gern da. Als ich mich mit dem schlechten Essen in den Gasthöfen lange genug gequält hatte und ihm meine Noth klagte, da bat er mich, jeden Mittag bei ihm zu speisen. So waren wir denn die letzten acht Tage vor seiner Abreise meist immer beisammen. An Stoff zur Unterhaltung fehlte es uns nie. Ich wurde immer angenehm angeregt und ich dichtete gern, und weil ihn jedes neue Lied wie ich wußte erfreute, so war er der erste dem ich es vorlas oder vorsang. Die meisten der nachher unter dem Titel 'Salonlieder' erschienenen Lieder sind damals entstanden. — Den 19. Juli nahmen wir Abschied. Um 1 Uhr reiste er ab nach Paris.

Mosen wohnte den Sommer über in Strehlen. Wenn ich ihn besuchte, so war das für mich zugleich ein hübscher Spaziergang, ich ging immer durch den großen Garten. Mosen damals in der Fülle jugendlicher Kraft, gesund und heiter, frisch an Leib, Geist und Gemüth erschien mir neben seiner lieben Gattin wie ein recht glücklicher Dichter. Ich verlebte bei ihm einige frohe Tage. Den 8. Juli feierten wir seinen Geburtstag. Es hatten sich viele Gäste eingefunden. Der große Birnbaum im Garten war bekränzt. Wir speisten im Freien. Ich schenkte ihm meine Kinderlieder und eine Flasche meines Schwabenweins:

> Du weißt, warum er ward gesendet —
> Drum nimm die Prob' aus meiner Hand!
> Auch Dir gebühret, daß Dir spendet
> Den besten Wein das Vaterland.

Am Abend spät erfreuten wir uns noch eines seltenen Genusses: Herr Hase von der kön. Capelle begrüßte mit seinem Waldhornquartett das Geburtstagskind. Unter den Gästen war auch Herr v. Brunnow, er brachte das Hoch aus. Es war ein hübsches Fest. Um Mitternacht zogen wir in heiterster Stimmung unter Waldhornklängen durch den stillen großen Garten heim.

Dr. Frank kannte ich schon von Breslau her. Er setzte hier das ihm geläufige Geschäft des geistreichen interessanten Nichtsthuers fort, wozu er auch als Sohn eines Banquiers ausreichende Fonds hatte. Er bestätigte mir, daß sich mit den eigentlichen Dresdenern gar nicht umgehen lasse. Ich war zuweilen bei ihm in seinem Hause, auch sahen wir uns im Litterarischen Museum und bei Bekannten. Jedesmal bedauerte ich, daß solch ein Mann seine vielen Erfahrungen und Kenntnisse nur in Salons und im Verkehre mit Bekannten verwerthen wollte. Sehr ergötzlich ist mir immer geblieben was mir Ruge eines Tages erzählte. Als die Jahrbücher durch die sächsische Regierung verboten waren, ging Frank zu Ruge um sein Beileid abzustatten: 'Es thut mir, lieber Ruge, um Sie recht leid, daß Ihnen jetzt Ihre litterarische Thätigkeit abgeschnitten ist.' — Ruge erwiederte: 'Ich wundere mich gar nicht, daß Sie mir das sagen; ich wundere mich nur, daß S i e mir das sagen.'

Ernst Freiherr von Brunnow, Dichter und Homöopath. In letzter Eigenschaft machte er sich um Hahnemann sehr verdient, indem er mehrere Schriften desselben ins Französische übersetzte. Als Dichter und Bruder des russischen Gesandten in London zeichnete er sich aus durch seinen Freisinn. Wir spazierten zuweilen mit einander und trafen uns auch öfter in Gesellschaften. Ich kannte ihn nur in geselliger Beziehung; um ihn als Dichter kennen zu lernen, dazu fehlte es mir an Zeit.*)

Bei Gerhard Fleischer verlebte ich mit Mosen einige heitere Abende. Der alte Herr, den ich von Helgoland her kannte, hatte sich die jugendliche Frische bewahrt und pflegte recht heiter zu sein; daneben war er mit allen bedeutenden Erscheinungen auf dem wissenschaftlichen und politischen Gebiete bekannt und betheiligte sich lebhaft bei jeder Unterhaltung.**)

Noch muß ich eines Mannes gedenken, der sich damals sehr theilnehmend gegen mich erwies, das war der kön. Postsecretär Martin. Ich war durch Resch an ihn empfohlen worden. Martin gehörte zu den wenigen freisinnigen Sachsen. Er betheiligte sich trotz seines Amtes bei allen fortschrittlichen Bestrebungen und opferte ihnen und ihren Freunden Zeit und Kräfte. Er war ein offener, redlicher Character mit treuer Anhänglichkeit an Allem was er liebte und ehrte. Er widmete mir manche seiner freien Stunden, die wir dann zu Ausflügen in die Umgegend und zu Besuchen in der Stadt verwendeten.

Mit den eigentlichen Dresdener Gelehrten hatte ich wenig Verkehr. Falkenstein und Klemm sah ich meist nur auf der Bibliothek und mit dem 'Privatbibliothecar Sr. Majestät des

---

*) Brunnow war geb. zu Dresden 6. April 1796 und starb daselbst 5. Mai 1845. Kurze Nachricht über ihn im Nekrolog der Deutschen 1845. S. 398. 399.

**) Vgl. Nekrolog der Deutschen 1849. S. 653—657.

Königs' wurde ich nur durch einen besonderen Anlaß bekannt. Er beabsichtigte bei Engelmann ein bibliographisches Werk über die deutschen Schauspiele der früheren Jahrhunderte herauszugeben. Engelmann trauete dem Dinge nicht recht und bot mir 150 Thaler, wenn ich die Durchsicht der Gräße'schen Arbeit übernehmen und meine Materialien derselben einverleiben wollte. Obschon ich vorher wußte, daß ich auf das Anerbieten nicht eingehen würde, so wollte ich doch nicht unwillfährig sein und meinte, man müsse sich die Sache doch erst ansehen. — Eines schönen Tages besuchte ich den Mann, der so dicke Lehr- und Handbücher der allgemeinen Litteraturgeschichte schrieb. Ich fand in einem dürftig möblirten Zimmer einen kümmerlich aussehenden Herrn in einem sehr abgetragenen Schlafrocke. Es schien als ob ich ihn im Genusse seines Blümchenkaffees gestört hätte. Ich sagte ihm was mich zu ihm führte. Er brachte mir einen Stoß Papierflicken und Fetzen, worauf Büchertitel aus schlechten Quellen, meist Versteigerungs-Katalogen schlecht zusammengeschrieben. Ich erschrak und erklärte unumwunden, daß sich aus solchem Stoffe nichts Gediegenes schaffen ließe. Den weiteren Verlauf der Unterhandlung weiß ich nicht mehr, erinnere mich nur, daß ich mich bald empfahl.

Ich hatte genug an diesem ersten Versuche, den großen Litterarhistoriker*) kennen zu lernen und machte keinen weiteren, wir sahen uns nie wieder.

Die letzten Tage in Dresden war ich recht leidend und

---

*) Brunet, Manuel du Libraire 5. éd. T. II., 1688. 89. beurtheilt viel zu günstig die Gräße'ichen Werke, obschon Herr Gräße sich über den von ihm tüchtig geplünderten d'une manière peu courtoise ausgesprochen hatte.

und mitunter sehr verstimmt. Ich hoffte, wenn ich nur erst wieder unterwegs wäre, so würde sich Alles zum Guten wenden, und so trat ich denn am 4. August meine Reise an. Ich blieb einige Tage in Leipzig, leider aber wurde mein Zustand nicht sonderlich besser. Trotzdem entschloß ich mich den 8. zur Weiterreise. Um beliebig unterwegs bleiben zu können, wenn ich etwa kränker würde, wählte ich die Omnibusfahrt. Gegen Abend traf ich in Naumburg ein. Ich hatte einen muntern Studenten kennen gelernt, Simson aus Königsberg, der sich an mich anschloß und mein treuer Begleiter wurde. Da es uns in Naumburg nicht gefiel, so fuhren wir mit dem Omnibus die Nacht durch bis Weimar, dann mit einem Einspänner bis Erfurt, und dann billig, aber sehr unbequem wieder im Omnibus bis Gotha. Ich fühlte mich wieder recht wohl, und da ich mit meinem Reisegefährten dieselbe Sehnsucht theilte, so schnell als möglich an den Rhein zu gelangen, so entschlossen wir uns zum Eilwagen — ein theueres Vergnügen, ein Platz bis Frankfurt beinahe 10 Thaler! Wir saßen zwar im Hauptwagen, aber dennoch sehr unbequem, und so ward die Hitze uns doppelt lästig. Schauspieler Wallner *) erzählte viele Schnurren und Witze und suchte so die Gesellschaft in guter Stimmung zu erhalten.

Einige Tage in Frankfurt. Ich werde bekannt mit den Buchhändlern Keller, Körner, Suchsland und Sauerländer, mit Dr. Creizenach, Buchdrucker Schneider, Perabeau, J. Funck. Ich sehe die Städelsche Stiftung, Thorwaldsen's Ariadne, die Mainlust, die Kirchhöfe und den Turmplatz.

---

*) Gab später heraus: Universum des Witzes und der ungeheuern Heiterkeit.

Den Abend vor meiner Abreise, 14. August, hatte mich Herr Suchsland zum Abendessen eingeladen. Er wohnte am Main neben der Bibliothek. Aus seinen Fenstern eine herrliche Aussicht auf den Fluß und Sachsenhausen. Es war große Gesellschaft. Noch ehe wir uns zu Tische setzen, kommt eine Gondel mit bunten Laternen den Main herauf und legt sich uns gegenüber mitten im Flusse vor Anker. Die Sänger singen: 'Deutsche Worte hör' ich wieder' und bringen darauf mir ein Hoch aus. Unten am Strande viele Menschen. Bei Tische geht es recht munter zu. Nachdem ein Herr Dr. Müller mir einige freundliche Worte gewidmet, werde ich dringend gebeten, einige Lieder zu singen. Ich singe: 'Zwischen Frankreich und dem Böhmerwald' und das Hohelied vom Censor.

Obschon diese Ehrenbezeigung keine öffentliche war, so wurde sie doch als solche besprochen, und eine Zeitung machte den gehässigen Zusatz: 'Man sieht ihn rüstig und munter an der Wirthstafel seine eigenen Lieder vorsingen', worauf denn eine andere Zeitung berichtigend bemerken mußte: 'H. hat zu Frankfurt im Pariser Hof gewohnt und an der Wirthstafel nur gespeist und gesprochen.'

15. August in Coblenz.

Der Zweck meiner Reise hieher war eine Freundin nach langen Jahren wiederzusehen und ihr meinen Dank abzustatten für die innige Theilnahme, welche sie von neuem mir bewiesen hatte. Um 4 Uhr Nachmittags ging ich zur Laubbach hinaus. Nach 25 Jahren sahen wir uns wieder und erfreuten uns der alten lieben Erinnerungen.

Nachdem ich den ganzen folgenden Morgen im Riesen von meinem Zimmer aus mir den Rhein und das Getümmel am Strande angesehen und vergebens zwei Freunde erwartet habe,

gehe ich zu Karl Bädeker. Da heißt es denn: 'Herr Bädeker
ist ausgegangen, wird aber wol bald wiederkommen.' Ich lasse
mir im Buchladen die Zeitung geben und warte. Endlich frage
ich: 'Wo ist denn Herr Bädeker?' — Da erfahre ich denn:
'Er ist mit dem Dichter Freiligrath spazieren gegangen.' —
Nach einiger Zeit kommt Bädeker, sichtlich verlegen: 'Willst Du
Freiligrath kennen lernen?' — 'Warum nicht? Bring ihn nur!'
— Bädeker kehrt nochmals um und sagt zutraulich: 'Du, sei
gut!' — Ich muß laut auflachen. Freiligrath kommt, wir be=
grüßen uns und unterhalten uns ganz nett. Unterdessen ist es
Mittagszeit. Wie Bädeker sieht, daß wir beide ganz harmlos
mit einander verkehren, so ladet er uns zu Mittag ein.

Wir sind sehr heiter. Ich erzähle viele Schnurren so daß
wir gar nicht aus dem Lachen herauskommen. Nach Tische
frage ich Freiligrath, ob er mich etwas begleiten wolle, ich
müßte noch auf die Laubbach gehen. Er ist bereit. Als wir
auf dem Wege sind, meine ich, wir könnten ja erst noch eine
Tasse Kaffee trinken. Wir gehen in ein Kaffeehaus und sitzen
ganz allein. Wir kommen nun auf die Tagesereignisse zu
sprechen. Ich mache keinen Hehl daraus, daß es allgemein sehr
übel aufgenommen sei, daß Freiligrath gerade zur Zeit, als
Herwegh ausgewiesen worden, ein Gedicht gegen ihn veröffentlicht
habe, allerdings ein zufälliges Zusammentreffen. Freiligrath
spricht sich nun über seine Gesinnung aus, theilt mir einige
seiner neuesten Gedichte mit und bemerkt, daß eins die Censur
nicht passiert habe. Nun, fügt er hinzu, ich würde bald von
seiner politischen Gesinnung eine bessere Meinung gewinnen.
Er ist zutraulich geworden und so glaube ich denn, es auch
sein zu können und lese ihm mein Lied vom Schweigethaler
vor. Wir scheiden in der Hoffnung, uns den Abend wieder=

zusehen, Bädeker hatte uns nämlich zu einem ländlichen Familien=
feste eingeladen.

Ich setze nun meine Wanderung nach der Laubbach fort
und kehre erst nach Sonnenuntergang zurück.

Bädeker hat uns vergebens in seinem Hause erwartet.
Einer seiner jungen Leute ist beauftragt uns nach einem Garten
auf dem linken Moselufer hinzubringen. Ich gehe beim Riesen
vor und hole Freiligrath ab.

Wir befinden uns in einer ziemlich zahlreichen Gesellschaft
von lauter Bädekerschen Verwandten: Oheime, Brüder, Schwe=
stern, Bräute, Vettern. — Nachdem wir alle uns wechselseitig
vorgestellt sind, nehmen wir Platz an einer langen Tafel. Es
geht mir gar zu still her und da mir das unerträglich wird, so
suche ich etwas Leben hinein zu bringen: ich erzähle einige lustige
Geschichten und Witze, stimme ein Lied an und bringe einige
Gesundheiten aus. Nach einiger Zeit ist mein Zweck erreicht,
die Stimmung ist eine belebte, heitere geworden. Um sie noch
zu steigern, gerathe ich ins Politische. Freiligrath sitzt neben mir
und ich singe das Lied vom

Schweigethaler.*)

Mel. Bringt mir Blut der edlen Reben.

Wollt' ein König mir doch geben
  Pension!
O wie ließ' ich hoch ihn leben,
O wie würd' ich ihn erheben!
  Pension! :|:

Sagt, was kann von euch erwerben
  Unser eins?

---

*) Vgl. Jochmann's Reliquien von Zschokke 3, 232.

Soll ich denn vor Hunger sterben?
Soll und muß denn ganz verderben
Unser eins? :|:

Drum juchhe! juchhe! ich bin ein
       Hofpoet!
Denn das bringet noch Gewinn ein:
Deutsches Volk, verzeih — ich bin ein
       Hofpoet! :|:

Ei, wie klingt es so erquicklich:
       Pension!
Ja, ich find' es gut und schicklich,
Und ich nehm' auch augenblicklich
       Pension! :|:

Bädeker nimmt es sehr übel, Freiligrath nicht. Auf dem Heimwege macht mir jener bittere Vorwürfe. 'Aber, lieber Bädeker, Du weißt ja nicht, daß Freiligrath das Lied ja schon kannte, ich habe es ihm am Nachmittage schon vorgelesen.' — Bädeker will sich nicht beruhigen. Als wir aber vor seinem Hause Abschied nehmen und seine beiden alten Oheime mir danken für den frohen Abend, den ich ihnen bereitet hätte — da wende ich mich an Bädeker: 'Hast Du's gehört? Nun gieb Dich zufrieden und leb wohl!'

Ich war mit Freiligrath in der Nähe des Riesen angelangt. Da meinte ich, es wäre hübsch, wenn wir noch so etwas Kühlendes genössen. Freiligrath verstand darunter Champagner.

Im Mai des künftigen Jahres richtete Freiligrath folgendes Gedicht an mich, er beginnt mit jener Nacht im Riesen:

An Hoffmann von Fallersleben.*)

Jetzo, wo die Nachtigall
Schlägt mit mächt'gen Schlägen;
Wo der Rhein mit vollerm Schall
Braus't auf seinen Wegen;
Wo die Dämpfer wieder ziehn;
Wo die grünen Reben,
Wo die Blumen wieder blühn: —
Jetzt auf einmal eben

Denk' ich wieder, wie im Traum,
Jener Nacht im Riesen,**)
Wo wir den Champagnerschaum
Von den Gläsern bliesen;
Wo wir leerten Glas auf Glas,
Bis ich Alles wußte,
Bis ich Deinen ganzen Haß
Schweigend ehren mußte.

Düster mit verkohltem Docht
Flackerten die Kerzen;
Düster und von Zorn durchpocht,
Brannten unsre Herzen;
Dennoch oft, gleichwie ein Blitz,
Finstrer Woll' entquollen,
Brach ein Lachen, brach ein Witz
Hell durch unser Grollen.

Also ward es rasch zwei Uhr!
Trocken die Pokale,
Und der jüngste Kellner nur
Harrte noch im Saale!
Schnarchend lag der kleine Mann
In des Sessels Hafen,

---

*) Ein Glaubensbekenntniß. Zeitgedichte von Ferdinand Freiligrath.
Mainz, Victor von Zabern 1844. S. 307—314.
  **) Zu Coblenz, vom 16. auf den 17. August 1843.

Und wir sagten: „Der Géant,
Wahrlich, ist entschlafen!"

Endlich stand der Junge wach,
Nahm das Licht verdrossen;
Wirr aus seinem Schlafgemach
Kam ein Lord geschossen;
Du doch stiegst die Trepp' hinauf,
Derb und nagelschuhig;
Schriebst noch in mein Stammbuch drauf:
„Cobelenz ist ruhig!" —

Wieder hat seit jener Nacht
Herbes Dich betroffen!
Strom und Frühling sind erwacht —
Hoffmann, wolle hoffen!
Hoff' und laß der Marken Sand!
Mach' Dich auf die Beine!
Deutscher Männer deutsche Hand
Wartet Dein am Rheine!

Was, ob die gelehrte Spree
Feig sich von Dir wandte:
In die Rheinfluth senk' Dein Weh' —
Sie nicht bannt Verbannte!
Neue Freunde warten Dein
An der rebumwallten —
Auf drum, und vergiß am Rhein
Schnödigkeit der alten!

Drum, wo mit der Rede Stahl
Baden's Männer streiten;
Drum auch, wo im Wiesenthal
Lieber Dich umläuten;
Wo die Düssel sluthet hell
Und in Dresel's Keller
Schlag' ein Schnippchen dem Gebell
Deiner Widerbeller.

Ich auch, der ich jene Nacht
Finster mit Dir zechte,

Ich auch, eben vor der Schlacht,
Biete Dir die Rechte!
Ja, auch ich steh' kampfbereit,
Gleich sind unsre Zeichen: —
Mit Bewußtsein wag' ich's heut
Dir die Hand zu reichen!

Herz'ger noch, als dazumal,
Wag' ich's, einzuschlagen:
Schiefer Stellung volle Qual
Mußt' ich damals tragen!
Noch nicht recht aus ganzem Holz
Schien auch Dir mein Leben —
Drum auch war ich noch zu stolz,
Mich Dir ganz zu geben!

Alles das ist nun vorbei!
Frei ward Lipp' und Zunge,
Frei das Auge mir, und frei
Dehnt sich Herz und Lunge!
Vom Gedanken bis zur That
Schlug ich dreist die Brücke;
Hüben steh' ich, und kein Pfad
Führt mich je zurücke!

Vorwärts denn — bis über's Grab!
Vorwärts — ohne Wanken!
Jede Rücksicht werf' ich ab,
Satt hinfort der Schranken!
Nur das Kühnste bind' ich an
Meinen Simsonsfüchsen —
Mit Kanonen auf den Plan,
Nicht mit Schlüsselbüchsen!

Sieh', so biet' ich Dir die Hand,
Einer auch von Denen,
Die sich an des Rheines Strand
Dir entgegensehnen!
Die in's dornige Exil
Gern Dir Rosen flöchten,

Gern ein friedlich Rheinasyl
Dir bereiten möchten!

Komm darum und glaub' an mich —
Aber komm in Eile!
Komm, solang ich festiglich
Noch am Rheinstrom weile!
Eh' ich selber meinen Heerd
Seh' zum Teufel stieben;
Eh' der eignen Lieder Schwert
Westwärts mich getrieben!

Horch, o horch, die Nachtigall
Schlägt mit mächt'gen Schlägen,
Und der Rhein mit vollerm Schall
Brauf't auf seinen Wegen!
Alles keimt und Alles gährt,
Alles windet Kränze: —
Auch den herbsten Kelch geleert
Auf der Zukunft Lenze!

Den andern Morgen wollten wir zusammen reisen. Ich wachte spät auf und erfuhr, daß sich Freiligrath bereits fort begeben hatte. Ich fuhr bald darauf mit dem nächsten Dampfschiffe nach St. Goar. Ich kehrte in die Lilie ein und besuchte Freiligrath, der daneben wohnte. Frau F. schien etwas verlegen. Als ich nach einigen Stunden wiederkehrte, war sie ganz freundlich und gesprächig. Geibel, den ich auch traf, blieb lange sehr ernst und zurückhaltend. Freiligrath schlug einen Spaziergang nach Oberwesel vor, Geibel betheiligte sich. Das Wetter war schön und die Abendkühle am Rhein erquickend. Unterweges begegnete uns eine Frau mit Pflaumen. Freiligrath kaufte sich einige, die Frau kannte ihn und redete ihm freundlich zu: 'Herr Dichter, kaufen Sie doch noch ein paar!'

In Oberwesel kehrten wir ein beim Wirth zum Pfropfen=
zieher. Der Mann erzählte uns mit überschwänglicher Beredt=
samkeit, wie er zu seinem schönen Wirthshausschilde gekommen
sei. Adolf Schrödter habe ihm im Herbste so eins versprochen;
zu Weihnachten sei eine Kiste gebracht, die erst, weil zu viel
im Hause zu thun gewesen, spät Abends geöffnet worden. Da
sei dann seine und der Seinigen Freude groß gewesen. Eine
Zeit lang habe er das Bild ausgestellt, da wäre denn auch ein
Engländer gekommen, der hätte viele Pfund Sterling dafür
geboten, aber ihm sei das liebe Bild für nichts feil in der
Welt.

Wir aßen zu Nacht, tranken einen guten Wein und waren
recht heiter. Ich sang viel, erzählte viele lustige Geschichten
und suchte Alles zu vermeiden, was unangenehm hätte berühren
können. Als ich anstimmte: 'Deutschland, Deutschland über
Alles!' sagte Geibel: 'Auf diesem Gebiete sind wir Eins!' —
Um Mitternacht gingen wir heim, heiter und friedlich wie der
schöne Sternenhimmel, über dem Lurleifelsen ging der Mond auf.

18. August. Mit dem Dampfschiffe nach Mannheim.
Langweilige Fahrt, erst nach 10 Uhr Abends im Pfälzer Hof.

19. August. Es war meine Absicht, die Actenstücke über
meine Absetzung drucken zu lassen. Ich besuchte deshalb zuerst
F. Bassermann und Mathy, die im März eine Buchhandlung
gegründet hatten. Ich überreichte ihnen das Manuscript und
sie waren bereit, es drucken zu lassen, es wurde sofort zur
Censur geschickt, den andern Tag erfolgte das Imprimatur und
noch während ich in Mannheim war, erschien die kleine Schrift:

Zehn Actenstücke über die Amtsentsetzung des Professors Hoffmann von
Fallersleben. Mannheim, Verlag von F. Bassermann. 1843.
8°. 30 S.

20. Auguſt. Bei Baſſermann lernte ich Herrn Bernays kennen, Redacteur der Mannheimer Abendzeitung. Er bot mir eine Wohnung bei ſich an, und da nun das badiſche 25jährige Verfaſſungsjubiläum bevorſtand, ſo zog ich zu ihm und blieb die Feſttage über in Mannheim.

Bernays war ein rühriger, immer ſchlagfertiger Publiciſt. Er hing mit Feuereifer an der Sache des Fortſchritts. Im ewigen Kampfe mit der Cenſur und ſeinen politiſchen Gegnern war er erbittert und heftig geworden, er wußte ſich im Reden wie im Schreiben oft nicht zu mäßigen und bereitete ſich nach manchen Seiten hin viele Unannehmlichkeiten. Darum war denn auch der Verkehr mit ihm nicht eben immer ein erquick= licher, zumal wenn ſelbſt in befreundeten Kreiſen andere An= ſichten und Meinungen ſich geltend machen wollten.

Für die Unbill, die ihm durch die Cenſur ſo reichlich zu= gefügt ward, ſuchte er ſich an der guten Preſſe zu rächen. So hatte er noch vor Kurzem, wie er mir erzählte, mehrere gute Blätter mit den wunderlichſten Nachrichten angeführt. Um jeden Zweifel an der Richtigkeit des Mitgetheilten zu benehmen, hatte er auf feinſtem Papiere geſchrieben, einen vornehmen Namen unterzeichnet und ſich irgend eines gräflichen oder frei= herrlichen Siegels bedient. Die Augsburger Allgemeine, die Frankfurter Oberpoſtamts=Zeitung und einige andere nahmen mit Dank auf, was ihnen von ſo hoher unfehlbarer Hand gütigſt geboten wurde.

21. Auguſt. Am Morgen dichte ich ein Feſtlied, das ſofort in die Druckerei wandert. Spaziergang durch die Stadt. Die Häuſer ſind geſchmückt mit Flaggen, Laub= und Blumen= gewinden und Teppichen. Eine frohe Menſchenmenge im Feier= kleide wogt in den Straßen auf und ab. Um 8 Uhr Muſik

und Feuerwerk auf dem Paradeplatze, Glockengeläute und Kanonendonner.   Die Mannheimer Abendzeitung erscheint auf
feinem Papier mit rother Randverzierung, am Schlusse steht
mein Lied:

Mel. Schier dreißig Jahre bist du alt.

Es blüht im Lande Baden
Ein Baum gar wunderbar,
Hat immer grüne Blätter
Und blüht trotz Sturm und Wetter
Schon fünfundzwanzig Jahr.

Die Früchte, die er bringet,
Die sind Gesetz und Recht,
Gemeinsinn, Bürgertugend
Für uns und uns're Jugend,
Für's künftige Geschlecht.

Die Hand, die ihn gepflanzet,
Gesegnet sei die Hand!
Dank muß ihr heute bringen,
Ja heißen Dank ihr singen
Das ganze Vaterland.

Bring' immer Deine Früchte,
Bring' Deinen Segen dar!
Laß hoffen uns nicht vergebens:
Sei Du der Baum des Lebens
Und Glückes immerdar!

O mag Dich Gott behüten
Vor Willkür und Gewalt!
Wie heute bei Deiner Feier
Blüh' immer frisch und freier,
Du Zierd' im deutschen Wald!

Mannheim, am Vorabend des Festes.

22. August.   Um 10 Uhr Festzug durch die Hauptstraßen
nach dem Marktplatze, unter Kanonendonner und Glockengeläute.
Von den Fenstern der Ressource sehe ich mir Alles an.

Dann großes Festmal. Ich bin Heinrich Hoff's Gast. Es werden mehrere Reden gehalten, aber erst durch die v. Soiron's und Weller's wurde 'die Tafelrunde in die begeistertste Stimmung versetzt, welche bis zum Schluſſe keinen Augenblick mehr unterbrochen wurde.' Der Berichterstatter der Abendzeitung fährt dann fort: 'Die mächtigsten Eindrücke ließ aber gewiß unser Gast Hoffmann von Fallersleben zurück. Nachdem das Lied, das er in unsern Mauern zur Feier des hohen Festtages gedichtet hatte, gesungen und seine Gesundheit stürmisch ausgebracht war, dankte er der Versammlung dadurch, daß er ihr mehrere seiner Gedichte vortrug. Zuerst sprach er das 'Lied eines abgesetzten Professors' und das 'freie Wort', dann sang er in seiner höchst eigenthümlichen Weise mit einem Humore, unter dem der tiefste Schmerz verborgen liegt, das Lied: 'Alles mit hoher obrigkeitlicher Erlaubniß.' Das war mehr als bloßer Beifallssturm, der da losbrach, das war die mächtige Stimme des Geistes der Freiheit, die der herrliche Mann aus jeder Brust gelockt, es war der mächtige Echoruf seiner eigenen begeisterten Worte und prophetischen Ergüſſe, es war der Triumph, den die Wahrheit, den die Ueberzeugung über die Lüge und Halbheit der Gegenwart feierte!'

Das muß demjenigen sehr übertrieben klingen, der die Stimmung in jenen Tagen, namentlich in Baden, nicht miterlebt hat. Es war nichts Beabsichtigtes, Besprochenes, oder gar Befohlenes, es war die freie Äußerung freier Männer. Jeder wollte die Hand mir reichen, jeder mit mir anstoßen. Die Art und Weise, mich zu ehren, war mitunter sehr eigenthümlich. So reicht mir ein Metzgermeister ein volles Glas, ich trinke es aus, er steckt es ein, um es als Andenken aufzubewahren. Ein anderer Bürger trinkt mir zu, ich thue aus demselben

Glase Bescheid; da nimmt er das Glas und — zerschlägt es: 'Aus dem Glase, woraus wir getrunken, soll kein anderer mehr trinken!'

Gegen Abend fahre ich zum Schützenhof hinaus. Ich werde jubelnd empfangen und muß nach der Scheibe schießen. Ich treffe und gewinne ein Prachtexemplar der badischen Verfassung.

Ich war nun noch vierzehn Tage in Mannheim. Ich verkehrte viel mit den badischen Abgeordneten und ihren Freunden: v. Itzstein, Hecker, v. Soiron, Bassermann, Mathy, Winter, den beiden Hoff und Grohe. Ich machte mit ihnen mehrere Ausflüge, eines Tages auch nach Frankenthal zu Willich und Spatz.

25. August speisten wir auf dem Heidelberger Schlosse im Freien. Außer den meisten obgenannten nahmen auch Walesrode und Karl Heinzen daran Theil. Es ging sehr heiter und lebendig her. Der alte Winter brachte ein Hoch auf mich aus, worauf dann Herr Kuchler folgende Verse sprach:

> Ich habe oft schon sagen hören,
> Die Hofleut' seien böse Leut',
> Die auf den Knieen jedem schwören,
> Der eben jetzt vom Thron gebeut;
> Die auf der Brust Goldsterne tragen,
> Aus der das Herz schon längst entschwand,
> Und, um die Wahrheit dran zu schlagen,
> Ein Kreuz an buntgefärbtem Band.
> Auch Schlüssel zu der Kammerpforte
> Der Fürsten trügen sie an sich,
> Verschließend jedem freien Worte
> Den Weg zum Throne ängstiglich.
> Und weil sie stets dem Fürsten schmeicheln,
> So gäb' er ihnen vieles Geld,

Und wer am besten könnte heucheln,
Der würd' am höchsten angestellt.
Kurzum, glaubt man den Lästerreden,
Sind Hofleut' jeder Tugend bar —
Doch das sind Reden der Poeten,
Daran ist auch kein Wörtchen wahr.
Ich hab' 'nen Hofmann heut gesehen
Mit eignen Augen, bin nicht blind,
Da konnt' ich denn so recht verstehen,
Wie all das eitel Lügen sind,
Der hat vor Thronen nie gekrochen,
Der Freiheit schlug sein kühnes Herz,
Die Wahrheit hat er ausgesprochen,
Ihr galt sein Lied in Ernst und Scherz.
Nicht auf dem Rocke — von der Stirne
Blitzt ihm des Geistes heller Stern,
Vom Meere bis zur Alpenfirne
Horcht jeder seinem Liede gern.
Und von des schweren Kreuzes Lasten,
Vom Schloß, das es am Munde trägt,
Das Volk zu retten, ohne Rasten
Kämpft er, so lang das Herz ihm schlägt.
Und seiner Harfe freie Lieder,
Sie schlagen an der Fürsten Ohr
Und steigen zu dem Volke nieder,
Zur Freiheit raffen sie's empor. —
    Kann klarer sich's als Lüge zeigen,
Was von Hofleuten man gesagt?
Ja, der ward noch, anstatt zu steigen,
Von seiner Stelle fortgejagt!
Will einer mir den Hofmann schelten,
Das duld' ich nicht seit dieser Frist:
Der Hofmann soll mir alles gelten,
Wenn's der von Fallersleben ist.

Heidelberg, 25. Aug. 1843.   Kuchler.

Von da begaben wir uns in den Schützenhof und später
in den badischen Hof, wo ich wohnte. Hier brachten mir die

Studenten ein Fackelständchen. Der Stadtdirector hatte es verboten, der Prorector erlaubt. Die fremden Musicanten wurden den andern Tag ausgewiesen und die Fackelträger, lauter Stiefelputzer, vor die Polizei geladen. Die beiden Hauptverbindungen der Studenten hatten sich vereinigt, jede sendete ihren Sprecher, mich zu begrüßen. Letztere waren mit mir den folgenden Tag zum Mittagsessen bei Itzstein eingeladen.

Ich kehrte nach Mannheim zurück und wohnte die letzten acht Tage bei F. Hecker.

5. September reiste ich ins Oberland, um das Wiesenthal und seine Mundart näher kennen zu lernen. Unterwegs besuchte ich noch Rindeschwender und machte mit ihm und seiner Familie einen Ausflug nach Baden-Baden. Ich ging dann über Straßburg nach Basel und so nach Lörrach.

Es war gerade Sonntag (10. Sept.), als ich bei heiterem Wetter durch die schöne Gegend fuhr. Überall begrüßten mich freundliche Gesichter. Um Mittag besuchte ich den jüngeren Grether. Ich traf ihn in seiner Küche beim Kugelgießen. 'Nun, sagte ich, es geht hier wol recht kriegerisch her?' — 'Ja, erwiederte er, es ist heute Schützenfest in Schopfheim. Fahren Sie mit!' — Ich bin sofort bereit und wir fahren im Einspänner hinüber. Wir kommen kurz vor einem Gewitter an. Wir kehren in den Pflug ein und gehen dann sofort zum Ball der Schützengesellschaft im Engel. Grether's Schwager, der Bürgermeister Gottschalk, empfängt mich herzlich wie einen alten Freund. Es geht recht lustig her. Die Bergmusicanten von Kandern spielen und die Schopfheimer Meidli im schwarzen Kopfputz mit langen Zöpfen lassen keinen Tanz vorübergehen. Um 12 Uhr setzt sich Alles zu Tisch. Gottschalk hält eine

Rede in der heimischen Mundart und bringt ein Hoch auf mich
aus. Alles stimmt freudig ein.

Den andern Tag gehen wir zum neuen Schießhause, wel=
ches man dem alten Itzstein zu Ehren 'zum Itzstein' nennen
wollte, wozu aber die Genehmigung der Behörden nicht erlangt
werden konnte. Sechs Scheiben sind aufgestellt. Die Preise
(Gaben) hangen an einem Schirmdache. Es wird mit Stutzen
geschossen, 200 Schritt weit und aus freier Hand. Auch ich
werde aufgefordert, mein Heil zu versuchen, ich danke aber, denn
wenn einer vorbeischießt, so tritt hinter der Scheibe ein Hampel=
mann hervor, der die Hände über dem Kopfe zusammenschlägt,
worauf dann ein allgemeines Hohngelächter entsteht. Ich dachte:
Was deines Amts nicht ist, da laß deinen Fürwitz. — Abends
8 Uhr fahren wir im Mondschein heim.

Den andern Tag lernte ich den Rechtsanwalt Euler kennen.
Ich sprach von dem Hauptzweck meiner Reise und bat ihn, mir
zur Ausführung behülflich zu sein. Er war sehr bereitwillig,
und damit wir recht ungestört das Allemannische treiben könnten,
lud er mich ein, bei ihm zu wohnen. Das war mir sehr will=
kommen. Euler kannte genau die Mundart seiner Heimat und
hatte darin auch gedichtet. Die genaue Durchsicht meiner Lieder,
welche wir sofort begannen, war bald vollendet, so wie auch ein
Nachtrag 'Grammatisches.' Schon am 17. Sept. schrieb ich
meine Vorrede und konnte am Schlusse mit Recht sagen: 'Herr
Rechtsanwalt Euler war so gütig, mir über die Aussprache und
Formenlehre, und die Bedeutung der Wörter genügende Aus=
kunft zu ertheilen und selbst meine früheren und einige neueren
allem. Gedichte streng durchzugehen, um ihnen ein mundart=
liches Gepräge zu geben, das kein Sprachforscher noch ein Ein=
geborener hinfort anfechten kann. In dieser neuen Gestalt, in

dieser sprachlichen Gesichertheit übergebe ich nun mit vollständigeren Worterklärungen meine Sammlung der deutschen Welt und wünsche, daß sie auch dort Theilnahme finde, wo sie bis jetzt als eine Heimatlose betrachtet worden ist.'

Euler war ein lieber gemüthlicher Mensch. Er widmete mir seine ganze Zeit, und damit mir die Erinnerung an seine Heimat eine nachhaltig angenehme werden möchte, so führte er mich in die Umgegend, auf die Berge und in die Örter, welche schöne Aussichten gewährten. Eines Abends war ich mit ihm auf dem Röttler Schlosse. Die Aussicht prachtvoll: in der Ferne die Gletscher im rosigen Scheine der Abendsonne, das erste Alpenglühen, welches ich sah. Die anderen Abende waren wir in Tüllingen, Weil, Stetten. Durch ihn lernte ich auch den Kirchenrath Hitzig kennen, einen liebenswürdigen alten Herrn, der mir viel von Hebel zu erzählen wußte, mit dem er sehr befreundet gewesen war. In dem Gedichte 'Die Wiese' hat Hebel seines Freundes Hitzig also gedacht:

> Lueg mer e wenig ufe, wer stoht dört oben am Fenster
> in si'm neue Chäppli, mit sine fründlige Auge?
> Neig di fin, zeig wie, und sag: 'Gott grüessich, Her
>   Pfarer!'

Ich erhielt von ihm zum Andenken zwei Gedichte, das eine ist ein

Wunsch für den freien Mann.

> Wie frei und froh der Vogel fliegt
> Und leicht von Ast zu Ast sich wiegt,
> Sich seiner Freiheit freuet:
> So wandert auch der freie Mann,
> Der dichten und der singen kann,
> Recht thut und Niemand scheuet;
> Er wandert frank und frei dahin
> Mit immer heiterm frohen Sinn.

Doch auch allein die Freiheit macht
Nicht froh den Vogel — Tag und Nacht
Er suchet bis er findet
Ein Weibchen und ein warmes Nest,
In dem sich's ruhig losen läßt,
Und man sich wohl befindet;
Hier freut er erst der Freiheit sich
Mit seinem Weibchen inniglich.

Auch fühlet sich der freiste Mann
Oft arm, wenn er nicht flüchten kann
Ins eigne Haus — wenn's stürmet —
Wo an des Weibchens warmer Brust
Er sicher ruht in süßer Lust,
Und eignes Dach ihn schirmet.
Drum wünsch' ich dir, dem freien Mann,
Ein eignes Haus und ein Gespan.

Lörrach, 16. Sept. 1843.   J. W. Hißig.

Den Tag nachher gab mir auch Euler einige Zeilen zum
Abschiede. Er hatte mit mir die feste Hoffnung auf eine bessere
Zukunft, und schloß sein Gedicht:

Der HofMa fehlt, doch d'Hoffnig nit,
Dass uf der dütschen Erde
So mengs was no im Arge lit
Nootno cha besser werde.

Drum sagi: HoffMa hoff, es cha
Nit allewil so blibe;
Es seig Di Trost, Du guete Ma,
Di Werk wird Früchte tribe.

Den 18. September begleitete er mich nach Efringen.
Dort nahmen wir Abschied auf baldiges Wiedersehen, aber wir
sahen uns nie wieder: er starb einige Jahre nachher, der alte
Hißig erst 31. August 1849.

19.—30. September wieder in Mannheim. Ich wohnte

wieder bei Hecker und verkehrte nur mit seinen Freunden. Walesrode, mit dem ich in Heidelberg und Rastatt zusammengetroffen, war auch wieder einige Tage bei uns.

Die Bürger von Weinheim hatten uns zum Sonntage (24. Sept.) zu sich eingeladen. Früh morgens bei heiterem Wetter fuhren wir hinüber: Hecker, Itzstein, Soiron, der Philologe Müller und ich. Wir wurden festlich empfangen und in den Gartensaal bei Herter am Berge geführt. Der Saal war hübsch ausgeschmückt, an der einen langen Wand prangte aus Georginen und Astern gebildet WILLKOMMEN VOLKS-FREUNDE. Es begann bald ein großes Mittagsmal mit Reden, Trinksprüchen und Gesang. Ich singe manches Lied und es wird mir manches Hoch' gebracht. Nach Tische kommt der Liederkranz. Alles strömt in den Saal, uns zu sehen, nur mit Mühe können wir unsere Abfahrt bewerkstelligen. Unter dem lautesten Jubel fahren wir zum Ort hinaus.

Den Tag vor meiner Abreise war ich noch zusammen mit Hecker, Itzstein, Soiron, Mathy, Bernays und einigen anderen im grünen Berge zu Oggersheim, es hatten sich auch die Frankenthaler eingefunden. Mathy erzählte, wie sich in Dürkheim in Gegenwart der Frau Schröder und seiner Frau der Prof. Otto aus Breslau über mich geäußert habe. Alle waren empört und beschlossen, den Herrn Geh. Rath Prof. Otto nächsten Samstag für seine schamlosen Lügen und Verläumbungen zu züchtigen.

Die neue Ausgabe meiner allem. Lieder war fast vollendet, bis zum 6. Bogen hatte ich die Correctur selbst besorgt. Sie erschien bald darauf:

Allemannische Lieder von Hoffmann von Fallersleben. Nebst Worterklärung und einer allemannischen Grammatik. Fünfte, im Wiesenthale verbesserte und vermehrte Ausgabe. Mannheim, Verlag von Friedrich Bassermann. 1843. 8°. 127 S.

1. Oct. mit dem Dampfschiffe nach Mainz, 2. nach Geisenheim. Karl Dresel empfängt mich mit den Worten: 'Gut, daß Sie kommen — wir haben Sie schon lange erwartet. Nun suchen Sie sich ein Zimmer aus. Sie werden doch den Winter hier bleiben?' Ich mußte das freundliche Anerbieten ablehnen, blieb aber den Tag dort. Nach Tische fuhren wir auf einem Leiterwagen in großer Gesellschaft zur Stephanshauser Kirchweihe.

3. Oct. in Köln. Abends zusammen mit den Männern der Rheinischen Zeitung: Dr. Jung, Dagobert Oppenheim, Mevissen 2c.

4. Oct. in Düsseldorf. Ich wohnte in den 3 Reichskronen. Ich traf dort den Geh. Reg.-Rath v. Sybel, der sofort einige Gesinnungsgenossen von meiner Ankunft benachrichtigte. Nachmittags fuhr ich mit Notar Euler auf seinen Landsitz. Abends war ich im Domhardt'schen Gasthofe. Es fanden sich dort ein die Advocaten Dr. Weiler und Wesendonck, Referendar Cantador, Auscultator Bloem, Dr. Wolfg. Müller, Buchhändler Bötticher, Musiklehrer Knappe, und nach und nach kamen immer mehr Theilnehmer. Auch die Liedertafel betheiligte sich an dem unversehens entstandenen Feste und trug mehrere Lieder vor. Es wechselten nun Reden, Trinksprüche und Lieder mit einander, und dann und wann gaben draußen die Trompeter der Ulanen ein Stück zum Besten — Alles mir zu Ehren. Daß auch ich mich betheiligte, erfahre ich aus einem Zeitungsberichte von damals, worin es am Schlusse heißt: 'H. v. F. trug eine Menge seiner neuesten Lieder vor. Sein lebendiger, recitierender Gesang und der Witz fanden, wie überall,

die unverkennbarste Anerkennung; die Begeisterung war ohne
Gränzen, bis in späte Nacht war man in lauter Freudigkeit
zusammen. Wir können offenbar stolz auf den Empfang sein,
den der Dichter bei uns fand; er ehrt den Gast nicht minder
als den stets sich freier entwickelnden Geist unserer Stadt.'

Von allen denen, die den Abend redeten, ist mir keiner so
lebhaft in der Erinnerung geblieben wie Anton Cantador. Als
ich über die Erlebnisse der letzten Tage mir damals Einiges
aufzeichnete, gedachte ich seiner also:

'Cantador sprach am vorgestrigen Abend über Glaube,
Liebe und Hoffnung so schön und rührend, daß mir die Thränen
in die Augen kamen. Eine poetische Natur, schwärmerisch beseelt
für Freiheit und Vaterland, jungfräulich liebenswürdig und
dabei kön. preuß. Referendarius.' — Der geniale junge Mann
starb leider schon im Januar 1847.

6. Oct. Meine Freunde hielten ein Strafgericht über
meinen Breslauer Collegen Otto*) und sendeten mir ein Protocoll, das nachher mit einer Einleitung in den Sächsischen
Vaterlands-Blättern 1844 vom 9. und 11. April auszüglich
mitgetheilt ward:

Breslau. (Universität. — Hoffmann von Fallersleben.) Die politische Gesinnung, welche sich im Allgemeinen auf der Universität, d. h. unter den Professoren bekundet,
wie diese Träger der freien Wissenschaft ihre Freiheit bethätigen,
läßt sich am nächsten in Bezug auf den Mann entnehmen, der
ihnen früher angehörte und in Folge seiner freien unabhängigen

---

*) Adolf Wilh. Otto, Prof. der Anatomie zu Breslau, † 14. Januar
1845: vergl. Nekrolog der Deutschen 1845, S. 26—29, und Nowack,
Schlesisches Schriftsteller-Lexikon 1. Heft (1834) S. 125—127.

Denkungs- und Handlungsweise aus ihrem Kreise entfernt wurde, in Bezug auf Hoffmann von Fallersleben. Indem das Collegium, dessen Mitglied er als ordentlicher Professor war, die Art und Weise, in welcher er ohne gerichtliche Untersuchung, blos nach Willkühr abgesetzt wurde, stillschweigend hinnahm, ohne auch nur den Versuch eines Einwandes dagegen zu wagen, erklärte man sich dort, wo die Eigenschaft als Lehrer der freien Wahrheit gerade die unabhängigste Stellung im Staate verlangt, zu abhängigen, überzeugungslosen Dienern ministeriellen Gutdünkens. Welchen beklagenswerthen Eindruck diese Stellung auf die Lehrer der Hochschule selbst, wie auf die Jugend, die dort der Wissenschaft obliegt, endlich haben muß, braucht hier nur angedeutet, um ermessen zu werden. Kann man erwarten, hat man je gesehen, daß blinde Werkzeuge eines über ihnen waltenden Ministerwillens je ein vorzüglicheres, ja anderes Interesse kennen, als das Wohlgefallen des allmächtigen und dessen Beweise in Gehaltszulage, Beförderungen und Orden? Wird bei dem Einreißen dieser Grundsätze nicht die Wissenschaft in den Koth getreten, ihren Priestern zur melkenden Kuh werden? Dringen diese traurigen Betrachtungen sich Einem bei unsern Universitätsverhältnissen nur zu häufig und zu eindringlich auf, so ist es doch eine erfreuliche Erscheinung, daß sich wenigstens in der protestantisch-theologischen Facultät, wohl in Folge einer immer gewaltsamer hervortretenden und am einflußreichen Ort begünstigten katholisicirenden Richtung, theilweise eine selbstständige Ueberzeugung sich geltend macht, die vielleicht einer Aufopferung fähig ist. Auf dem Lehrstuhle ist bis jetzt die philosophische Facultät durch fanatischen Obscurantismus und Autoritätsweisheit in der Person des Professor Braniß besonders hervorgetreten; im geselligen Leben aber scheint ihr die medicinische Facultät den Rang ablaufen zu wollen. Wie bei seinen früheren vornehmen, liberal sein wollenden Freunden, so ist auch den Professoren, seinen früheren Collegen, Hoffmann ein Stein des Aerger-

nisses geworden, und die Anerkennung und Hochachtung, die er
im deutschen Vaterlande genießt, hat ihre Alltäglichkeit nur um so
mehr hervorgehoben und hat so für sie Veranlassung gegeben, ihrem
Aerger Luft zu machen, und in welcher würdigen Weise! Um
dem deutschen Dichter doch wenigstens etwas am Zeuge zu flicken,
behauptet einer seiner Collegen, Hoffmann habe nie ein Collegium
zu Stande gebracht. Armer Mann! es ist unnöthig, daß sich
derselbe über die Zahl seiner angemeldeten Zuhörer (der zahlreichen Hospitanten nicht zu erwähnen) und seiner zu Stande gebrachten Collegien ein Zeugniß von der Quästur ausstellen lasse,
da unter den Docenten der Breslauer Universität selbst Hoffmann-
sche Schüler sind; und wir fragen jeden Mann von Urtheil, ob
der Minister es bei Gelegenheit der Absetzung Hoffmann's unbe-
nützt gelassen hätte, wenn er ihm einen derartigen Vorwurf hätte
machen können? — Durch noch gröbere Unwahrheiten und noch
öffentlicher hat sich ein anderer Mann, G. O. M. R. Prof.
Dr. Otto seine Sporen verdienen wollen; in Folge dessen wurde
derselbe Held einer tragikomischen Scene, die er selbst in Breslau
in einer Art und Weise erwähnt, welche uns drängt, einen aus-
führlichern Bericht darüber möglichst wörtlich mitzutheilen, den
neun der Mehrzahl nach durch ganz Deutschland rühmlichst bekannte Männer als der Wahrheit getreu unterzeichnet haben,
nämlich: Obergerichtsadvocat und Abgeordneter Doctor Hecker,
Verlagsbuchhändler Hoff, Obergerichtsadvocat und Ausschußmitglied
von Soiron, Buchhändler und Abgeordneter Carl Mathy — aus
Mannheim, der praktische Arzt Doctor Bettinger, Advocat Spatz,
Advocat und ehemaliger Abgeordneter Willich sen., Advocat
Willich jun. — aus Frankenthal, und der ehemalige Redacteur
der Mannheimer Abendzeitung Doctor C. L. Bernays. In Gegenwart der Genannten, denen sich noch der Fabrikant und Gutsbesitzer H. Buhl, Sohn, aus Ettlingen, anschloß, wurde Nach-
stehendes vorgetragen.

„Dieser Mann" (vorher geht sein Signalement nebst einigen
Specialitäten über seinen Aufenthalt in Dürkheim an der Haardt,
wo er die Traubencur gebrauchte) „befand sich am 25. September
im Gasthofe zu den vier Jahreszeiten an der Wirthstafel und
ließ sich in ein Gespräch mit drei Herren aus Crefeld ein, welche
ihn nach Herrn Professor Hoffmann von Fallersleben fragten.
Der Professor Otto gab ihnen über seinen ehemaligen, jetzt abgesetzten Collegen eine Auskunft, deren Hauptsätze hier angeführt
werden:

„Den Hoffmann von Fallersleben mag man bei uns nicht,
man verachtet ihn.

„Er ist ein gemeiner, sinnlicher Mensch.

„Er kömmt Jedem um ein Glas Wein ins Haus und singt
seine Lieder vor. Er ist ein zudringlicher Mensch; er drängt sich
den Leuten auf und sie können ihn nicht los werden.

„Er ist nicht wegen seiner Lieder abgesetzt worden, sondern
wegen seiner Faulheit, weil er seine Bibliothekgeschäfte nicht
besorgte, und wegen seines gemeinen Betragens.

„Das Einzige, was man ihm zugestehen kann, ist einiges
Versificationstalent."

Die Fremden staunten ob dieser Aeußerungen über einen
Mann, den sie, wie das ganze deutsche Volk, hochachteten. —
Zwei Frauen aus Mannheim, welche bei Tische waren und Herrn
Professor Hoffmann von Fallersleben kannten, waren über jene
Schmähungen entrüstet und hielten dem Herrn entgegen:

Herr Hoffmann von Fallersleben sei in Mannheim, wo er
sich gegenwärtig aufhalte, allgemein geachtet; sein Betragen sei
nicht gemein, sondern das eines gebildeten Mannes; weit entfernt,
sich Jemandem aufzudrängen, könne er nicht einmal allen Einladungen folgen, welche von den angesehensten Familien an ihn
ergehen; daß er nur seiner Lieder wegen abgesetzt sei, gehe
aus den gedruckten Actenstücken über seine Amtsentsetzung hervor,

worin ausdrücklich bemerkt stehe: Ueber seine bisherigen Dienstverhältnisse lag nichts Nachtheiliges vor. — Was endlich das Versificationstalent betreffe, so sei dieser Ausdruck höchst ungeeignet für die ausgezeichnete, von der Nation anerkannte Dichtergabe, welche Herr Hoffmann mit seiner gründlichen wissenschaftlichen Bildung und seinen seltenen Kenntnissen verbinde.

Der fragliche Herr war einigermaßen verblüfft über diese Entgegnung von Seiten zweier Frauen, blieb aber doch auf seinen Behauptungen stehen und setzte bei: er spreche hiermit die Meinung der ganzen Stadt Breslau aus. (Wir bedauern die ganze Stadt Breslau!)

Dies ist der Vorgang vom 25. September.

Da nun hier Männer beisammen sind, welche Herrn Hoffmann von Fallersleben persönlich kennen und wohl wissen, daß die Aussagen des Prof. Otto Lügen und Verleumdungen enthalten, so wird darauf angetragen, in Berathung zu ziehen, in welcher Weise dem Prof. Otto die verdiente Züchtigung zu ertheilen und Herrn Hoffmann von Fallersleben Genugthuung zu verschaffen sei.

Nach gepflogener Berathung ward beschlossen: Freitag den 6. October begeben sich sämmtliche Anwesende nach Dürkheim, um den Prof. Otto an öffentlicher Tafel zur Rechenschaft zu ziehen, über den Verlauf ein Protocoll aufzunehmen 2c.

Dieser Beschluß wurde ausgeführt, wie folgt: die oben Genannten trafen Freitag den 6. October, Vormittags gegen eilf Uhr, im Gasthofe zu den vier Jahreszeiten in Dürkheim ein. Zufällig traf es sich, daß an demselben Tage ein unter dem Namen Polychia bestehender Verein von Naturforschern seine Versammlung in Dürkheim hatte; viele Mitglieder, darunter Aerzte, Apotheker, Professoren aus Heidelberg, Mannheim, Carlsruhe, Neustadt, Deidesheim 2c. speisten in den vier Jahreszeiten und sie hatten den Prof. Otto, den sie nur als Fachgenossen kannten, als Ehrengast geladen. Er saß in ihrer Mitte, so daß man während des Essens ihn nicht sprechen konnte.

Beim Nachtisch aber veranlaßte Doctor Bettinger den ihm bekannten Präsidenten der Polychia, Herrn Doctor Schulz, den Prof. Otto zu fragen, ob er den Herrn Hoffmann von Fallersleben kenne. Nachdem der Prof. Otto kaum einige Worte gesprochen, worin er andeutete, daß er nicht viel von Hoffmann von Fallersleben halte, so fiel ihm einer der Anwesenden in die Rede und rief:

„Wie können Sie sich unterstehen, von einem Manne wie Hoffmann von Fallersleben in dieser Weise zu sprechen!" —

Doctor Schulz und andere Mitglieder der Polychia erhoben sich mit Wärme und erklärten: Der Prof. Otto sei ihr Ehrengast, sie könnten daher nicht dulden, daß man ihn auf solche Art mißhandele.

Doctor Bettinger und Doctor Bernays bemerkten sofort dem Doctor Schulz, daß man mit ihm nichts zu thun habe, und daß die Eigenschaft eines Gastes der Polychia hier schlecht angebracht sei.

Inzwischen hatte sich Mathy auf einen leer gewordenen Stuhl dem Prof. Otto gegenüber gesetzt und sagte ihm: Er bedauere ebenfalls, daß ihm in solcher Weise begegnet worden sei, bäte ihn aber, ruhig fortzufahren. — Die Uebrigen hatten sich unterdessen hinter den Stühlen, dem Prof. Otto gegenüber gruppirt und beschwichtigten auch diejenigen Mitglieder der Polychia, welche während des weiteren Gesprächs den Prof. Otto in Schutz nehmen wollten. Insbesondere bemerkte Willich sen. auf den Ruf: das sei ja ein förmliches öffentliches Gericht, — „man habe dazu ein vollkommenes Recht, indem die Beleidigung des Herrn Hoffmann von Fallersleben hier öffentlich geschehen sei."

Der Prof. Otto erzählte nun: Hoffmann sei als Custos der Universitätsbibliothek in Breslau faul gewesen, so daß sogar der

Minister habe einschreiten und verfügen müssen, ihm seinen Gehalt statt pränumerando hinfort postnumerando und nur dann
auszuzahlen, wenn er seine Schuldigkeit gethan habe. Daher
komme die Bitterkeit Hoffmann's gegen die Universität und die
Regierung, eine Bitterkeit, die sich immer stärker geäußert und
endlich zu seiner Absetzung geführt habe.

(Wir bemerken zur Belehrung des Breslauer Herrn Professors, daß der Regierungsbevollmächtigte einmal eigenmächtig
dem Professor Hoffmann von Fallersleben seinen Gehalt als Custos zurückbehalten hat, weil Letzterer, auf vernünftige und recht-
liche Gründe gestützt, sich weigerte, das Buch allein weiter zu
führen, daß aber im Widerspruch mit der Behauptung des Herrn
Prof. Otto der Minister die Auszahlung des Gehaltes
befohlen hat.)

Am Schlusse der langen, gegen das Ende immer ungereim-
ter werdenden Rede rief der Wirth zum Mohrenkopf in Mannheim H. Wolff: „Sie haben schön preußisch gesprochen, aber
doch schlecht!" —

Mathy fragte hierauf, ob nicht die Bibliothekangelegenheit
Hoffmann's schon 1839 erledigt worden sei? — Der Prof. Otto
bejahte dies. Mathy fragte weiter: ob nicht Hoffmann die Be-
bliothekgeschäfte darum nicht mehr wie früher besorgen konnte,
weil er zum Professor ordinarius befördert worden, was doch
schwerlich geschehen wäre, wenn er seine Schuldigkeit nicht gethan
hätte? Auch dies gestand Prof. Otto zu. Mathy fuhr fort:
„Sie müssen also zugeben, daß die Bibliotheksache mit der Absetzung Hoffmann's nicht zusammenhängt, und Sie müssen Herrn
Professor Hoffmann als einen Ehrenmann in jeder Beziehung
anerkennen?" —

Otto: „Darüber habe ich kein Urtheil." —

Als mehrere der Anwesenden ihre Entrüstung über diese
Aeußerung laut werden ließen, fielen einige Mitglieder der Po-

lychia ein: es habe Jeder seine Meinung und man dürfe einen Fremden nicht beleidigen.

Darauf sprach Hecker: „Sie haben vollkommen Recht; man soll einen Fremden nicht beleidigen, wenn er es nicht verdient; man soll einen Abwesenden nicht verunglimpfen, — das ist feig, denn er kann sich nicht vertheidigen; man soll einen Unglücklichen nicht verleumden, — denn das ist schlecht. Was würden Sie von einem Menschen halten, der dies gethan hat, meine Herren?

Sie, mein Herr Geheimerath, haben am Mittwoch vor acht Tagen, bei wildfremden Leuten, am öffentlichen Gasttische, den hier fremden, abwesenden und nach ihren Begriffen unglücklichen (— denn in Ihren Augen muß das höchste Unglück sein, von der Professur abgesetzt zu werden —) Hoffmann geschmäht und verleumdet, daß Frauen sich seiner annahmen und Sie wegen unziemlichen Benehmens (um mich glimpflich auszudrücken) zurecht weisen mußten. Sie mußten von Frauen erst erfahren, was Sie einem ehemaligen Collegen, mit dem Sie noch Tags vor seiner Entsetzung auf's freundlichste verkehrten, für Rücksichten zu tragen hatten, und daß Verleumdung sich nicht zieme, die um so platter war, als die gedruckten Actenstücke über die Dienstentsetzung Hoffmann's Sie der Unwahrheit überführten.“

Eine Stimme: „Aber warum das hier — an der Wirthstafel?“

Hecker: „Ein gutes deutsches Sprichwort sagt: Wo sich der Esel wälzt, da muß er Haare lassen.“ —

Der Prof. Otto gerieth in sichtliche Verwirrung und fing an zu zittern; doch entgegnete er: Wer einige Erfahrung im Leben habe, lege wenig Gewicht auf das, was Frauen mit Leidenschaft, vielleicht auch unweiblich äußern.

Mathy fuhr fort: „Heute also wollen Sie kein Urtheil über Herrn Hoffmann von Fallersleben haben; aber am Mittwoch vor acht Tagen haben Sie eins ausgesprochen; Sie haben zu Fremben, die sich bei Ihnen nach Herrn Hoffmann erkundigten, gesagt, er sei ein gemeiner Mensch; haben Sie das nicht gesagt?“

Der Prof. Otto entgegnete, er habe nur gesagt, man habe den Hoffmann in schlechter Gesellschaft gesehen. (Rechtfertigt Euch, Ihr Breslauer, mit denen Hoffmann umging!)

Mathy: „Nein, Sie haben gesagt, er sei ein gemeiner Mensch; übrigens kommt das auf Eins heraus. Sie haben aber noch mehr gesagt; Sie haben behauptet, er dränge sich den Leuten auf, er ...“

Der Prof. Otto stand nun zitternd und blaß auf, murmelte, er brauche sich hier nicht verhören zu lassen, nahm seinen Hut und wankte gegen die Thüre. Ehe er aber diese erreichte, trat ihm Verlagsbuchhändler Hoff entgegen, bot ihm ein Exemplar der „zehn Actenstücke über die Amtsentsetzung des Professor Hoffmann von Fallersleben“ an, mit der Bemerkung, er möge hieraus Belehrung schöpfen.

Der Prof. Otto wies dies Buch zurück und als Hoff es ihm in den Hut steckte, zog er es heraus, schleuderte es auf den Boden und stürzte aus dem Zimmer.

Nun wendete sich Mathy an die Mitglieder der Polychia, erzählte ihnen den Vorgang vom 25. September und fuhr fort: „Die Züchtigung, welche der Mensch jetzt erhalten hat, war milde; er hat mehr verdient. Er mußte gestraft werden an dem Orte, wo er gesündigt hat, und fragen Sie Ihr eigenes Gewissen, was ein Mensch verdient, der seinen ehemaligen Collegen, den er für unglücklich halten muß, weil er abgesetzt ist, öffentlich vor Fremden verleumdet. Sie werden Alle erkennen müssen: ihm ist recht, ihm ist nicht zu viel geschehen.“ — Die Meisten gaben ihre Zustimmung zu erkennen. Nun erhob Hoff das Glas und brachte folgenden Toast aus:

„Meine Herren, lassen Sie uns nach dieser längeren unfreundlichen Störung ein Lebehoch ausbringen dem deutschen Dichter, der die Schmerzen der Gegenwart singt, der, was in jedes braven Deutschen Brust lebt, — was die Freiheit will, mit ergreifender Wahrheit in seinen Liedern darstellt, wie kein Anderer begeistert und erhebt; dem darum abgesetzten Professor, dem Dichter der besseren deutschen Zukunft, Hoffmann von Fallersleben! Er lebe hoch!" — Alle stießen an und brachten dem Gefeierten ein dreimaliges donnerndes Hoch!

Damit war die Strafe für den Sünder, die Genugthuung für den verleumdeten Ehrenmann vollendet und urkundlich dessen ist dies Protocoll aufgenommen worden. Folgen die Unterschriften der oben Genannten.

So viel zur Vervollständigung dessen, was jener Herr über jenen Vorfall zu verlautbaren beliebt. Er reiste den Tag darauf ab und nach Berlin, wo er sich den rothen Adlerorden dritter Classe mit der Schleife holte. — φ. γ.

***

Bis gegen Mitte Octobers verweilte ich an der Ruhr und verlebte angenehme Tage in der Familie einer Jugendfreundin.

Ich wandte mich nun wieder dem Rheine zu. Am Geburtstage des Königs, 15. October, traf ich in Düsseldorf ein. Zu meinem Leidwesen höre ich von polizeilichen Nachforschungen über die Theilnehmer an dem neulichen Domhardtschen Abend, die Namen wären nach Berlin geschickt und eine Untersuchung würde nicht ausbleiben, (was sich leider nachher bestätigte!). Ich will Notar Euler überraschen und werde selbst überrascht: ich treffe dort eine große Gesellschaft, in die ich sofort als Gast eingeführt werde. Mich begrüßen viele Bekannte, Musikdirector Julius Rietz sehe ich hier zuerst.

Den andern Tag spaziere ich mit Dr. Wolfg. Müller und Bötticher nach Pempelfort. Nach Tische besuche ich mit mehreren ein Kaffeehaus. Euler versteigert ein Grundstück. Wei-

ler will mich das öffentliche Gerichtsverfahren kennen lehren.
Kaum eingetreten bietet er ohne zu wiſſen worauf 'fünf drauf!'
So geht es fort bis 2700 Thlr. Da erkläre ich ihm, ich ſei
völlig befriedigt und bitte ihn ſein Bieten einzuſtellen. Die
ganze Geſchichte war eine ganz gewöhnliche Verſteigerung, die
meinem Lehrmeiſter theuer zu ſtehn kommen konnte, denn um
ein Haar wurde ihm das Grundſtück, deſſen Werth ſchon weit
überboten war, zugeſchlagen. — Am Abend große Geſellſchaft
bei Bötticher. Wir ſind recht heiter und bleiben lange beiſam=
men. Ich lerne den Dr. Viehoff kennen.

17. Oct. in Köln. Ich wohne im Mainzer Hof. Abends
zuſammen mit Dr. Lüning, der wieder nach Zürich zurückkehrt;
er hatte vierwöchentliche Erlaubniß in ſeiner Heimat zu weilen.

Den andern Tag beſuche ich Aſſeſſor Jung. Seine pracht=
volle Hauseinrichtung erinnert an die glänzende Zeit der Hanſa,
wozu auch Köln einſt gehörte. Wir machen noch einige Beſuche
und ſpeiſen dann im kön. Hofe.

Abends mir zu Ehren ein Abendeſſen im Mainzer Hof:
Jung, Muſikdirector Dorn, Dagobert Oppenheim, Karl Hein=
zen, Buchhändler Dumont, Dr. Stucke, Thome, einige Aerzte
und Advocaten und Welter's, des Gaſtwirths Schwager, Baron
Bleuten. Anfangs ging es ſehr ſtill, faſt feierlich her. Ob
man größere Theilnahme erwartet hatte und ſich jetzt getäuſcht
ſah — ich weiß es nicht. Ich dachte nicht weiter darüber nach
und ſuchte meinerſeits dazu beizutragen, alle in heitere Stim=
mung zu bringen, die ſich denn auch allmählich einſtellte. Sehr
ergötzten wir uns, wie der holländiſche Baron J. A. v. Bleuten
einige Proben ſeiner holländiſchen Überſetzung meiner Unpoliti=
ſchen Lieder zum Beſten gab. Er verehrte mir den andern
Morgen eine Abſchrift. Wahrſcheinlich iſt nichts davon gedruckt

worden, und so mag denn ein Lied hier eine Stelle finden, U. L. 2, 108. 'Tragische Geschichte. Jüngst ist ein General erwacht.'

Treurige geschiedenis.

Laatst is om middernacht ontwaakt
Een dapper Generaal,
Dien heeft een droom verschrikt gemaakt,
Veroorzaakt angst en kwaal.

Hij stond in 't leven onverwrikt
Bij allerley gevaar,
Doch is hij door een droom verschrikt,
Een droom hoogst zonderbaar.

Wat droomde dan die Generaal?
Waardoor is hij ontwaakt?
Wat beeft hem zulken grooten kwaal
En zoo veel zorg gemaakt?

Hij had in 't schriklijkst oorlogsvuur
Gesidderd noch gebeefd.
Wat is 't dan dat hem op dit uur
Zoo zeer beangstigd heeft?

Was 't oorlog, pest of hongersnood?
Was 't brand of hulpgeschrei?
Was 't hoogverraad of moord en dood?
Was 't bloed'ge muiterij?

Hij droomde — ach! het was enorm! —
Dat in 't geheele heer
Bekwame iedre uniform
Twee, ja twee knopen meer!

19. Oct. Mittagsessen bei Assessor Jung: Banquier Stein, Mevissen, Dr. Stucke und zwei liebenswürdige Frauen, Frau Jung und ihre Schwägerin, Frau Stein.

Abends im Mainzer Hof mit Turnlehrer Euler, Mevissen und Stucke. Der Oberkellner flüstert mir zu, eben sei ein Po-

lizeibeamter angekommen, um mich zu beobachten. Ich setze
mich ihm gegenüber und die übrigen Herren, denen ich diese
Neuigkeit mitgetheilt, nehmen neben mir Platz. Die polizeiliche
Theilnahme wirkt sehr belebend auf unsere Stimmung, ich er-
zähle so viele Schnurren, daß sich der Polizist selbst nicht des
Lachens erwehren kann.

Den andern Tag fuhr ich mit dem alten Dresel, der mir
schon früher seine Ankunft angezeigt hatte, den Rhein hinauf.

21. Oct. bis 10. November in Geisenheim.

Wenn man in den Ort hinein kommt von Rüdesheim
her, so sieht man bald zwei große Häuser, im französischen
Stile des vorigen Jahrhunderts gebaut. Sie liegen links an
der Straße, haben eine Aussicht auf den Rhein und waren ursprünglich Ein Gebäude. In dem rechten Flügel wohnte die
Familie Dresel. Der Alte hatte darin mit seinem Schwager
Lade eine Weinhandlung gegründet und viele Jahre gemeinschaftlich betrieben, später dies Verhältniß gelöst und sich mit
seinem Sohne Karl verbunden, nachdem dieser sich mit der
Tochter eines Grafschaftsbesitzers verheirathet. Das Geschäft
in dieser neuen Gestalt stand wie das alte in hohem Ansehen
und schien in erfreulicher Entwickelung zu gedeihen. Beide Familien zählten mit zu den ersten des Rheingaues, zeichneten sich
vor allen aus durch Bildung, Freisinn und Gastfreundschaft,
und standen durch Freundschaft und Verwandtschaft mit vielen
Familien anderer Gegenden in Beziehung.

Der alte Dresel hatte etwas Biederes, Einnehmendes in
seinem Wesen. Er hatte als Reisender für sein eigenes Geschäft viele Länder gesehen und viele Menschen kennen gelernt,
Knigge's Umgang mit Menschen fleißig studiert und die Kunst
erworben, mit allerlei Leuten leicht und angenehm zu verkehren.

Obschon er von geringem Herkommen war und gern davon
erzählte, so war er doch allmählich bequem, genußsüchtig und
aristokratisch geworden, obschon er liberale Ansichten auf reli-
giösem und politischem Gebiete aussprach und zu vertheidigen
wußte. Der Liberalismus jener Tage gehörte mit zum guten
Tone, er vermittelte zugleich angenehme Bekanntschaften und
konnte die Geschäftsverbindungen vortheilhaft erweitern. Dresel
sah sich gern betrachtet und geehrt als den freisinnigsten Rheingauer, den Repräsentanten eines bedeutenden Geschäfts und einer
angesehenen Familie. Wir verkehrten oft und viel mit einander,
ich verdanke ihm manche Gefälligkeit und manche angenehme
Stunde.

Karl Dresel, lebendig und jugendlich frisch, angenehm in
Gesellschaft von Bekannten und Fremden, gemüthlich mit den
Seinigen und unter Freunden, dem Gast ein immer freundlicher
Wirth. Nur in der Ueberlast der Geschäfte oder wenn er an
seinem Herzübel litt, sah man ihn ernst und verstimmt. Er
arbeitete unablässig an seiner Fortbildung, hatte sich eine schöne
Bibliothek gesammelt, las viel und suchte sein Interesse an
Kunst und Wissenschaft auch noch zu beleben durch eifriges
Sammeln von Autographa und durch den Verkehr mit Künstlern und Gelehrten, der ihm eine angenehme Erholung und
fast zum Bedürfnisse geworden war. Von edeler Gesinnung
beseelt suchte er das Gute mit Rath und That zu fördern,
war beglückt durch das Glück Anderer, besonders der Seinigen
und seiner Freunde und freute sich über jeden Beweis von Theilnahme, von welcher Seite er ihm auch kam.

Er war ein vortrefflicher Mensch und hatte eigentlich nur
Einen Fehler, nämlich den, daß er ein Geschäftsmann war und
sein mußte, daß er den Streit der Pflicht mit seinen Neigun-

gen nie zu seinem und seiner Familie Besten zu schlichten wußte.

Von Karls sechs Brüdern waren damals drei zu Hause, Julius und Hermann mit im Geschäfte, Gustav wartete auf eine ihm zusagende Stellung. Er war vor einiger Zeit aus Amerika zurückgekehrt und wußte so lebendig von seinen Fahrten, besonders in Texas, zu erzählen, daß ich allezeit sein dankbarer Zuhörer war. Julius, eine mehr in sich gekehrte Natur, hatte mehr Sinn für eine freie Thätigkeit als für Comptoirarbeiten, er träumte lieber und dichtete und las viel. Verschieden von den beiden war Hermann. Ich kam mit ihm am wenigsten in Berührung. Er hatte sich als Reisender für das Geschäft nicht eben glücklich versucht und verstand es besser, in Tracht, Manieren und Lebensweise den feinen Weltmann zu spielen.

Ich hatte nicht die Absicht, sehr lange in Geisenheim zu bleiben, aber die freundlichen Zureden meiner neuen Freunde und jeder neue sonnige Herbsttag in dem lieblichen Rheingau verzögerten meine Abreise. An Unterhaltung fehlte es mir nicht. Wenn nicht bei uns Gesellschaft war, so suchten wir sie uns auswärts zu verschaffen. Wir machten Ausflüge nach Wiesbaden, Johannisberg, Aßmannshausen und dem Rheinstein, besuchten August Reuter in Rüdesheim, Eberhard Soherr und Klein in Bingen, fuhren zu Itzstein in Hallgarten, zum alten Kratz in Oestrich und zum Professor Hofmann in Winkel.

Es war am 5. November, als wir dem letztern, meinem Namensvetter, einen Besuch abstatteten. Karl Dresel hatte mich schon gehörig vorbereitet und so war mir denn dieser damals merkwürdigste Mann des Rheingaues nicht ganz fremd. Er empfing uns recht freundlich. Ich war erstaunt, in diesem 90jährigen Greise so viel Jugendfrische zu finden. Eine immer noch kräftige Gestalt, voll Leben in Sprache, Geberden und Bewegung der Glieder. Er hörte schwer, wir mußten laut sprechen, er sprach auch laut, und wenn er seiner Rede einen besondern Nachdruck geben wollte, so faßte er mich beim Arm und drückte mich oder zupfte mich am Kleide.

Er erzählte uns viel aus seinem Leben und immer mit großer Lebendigkeit, wir hörten mit gespannter Aufmerksamkeit zu. Als wir heim gekommen waren, versuchten wir die einzelnen Thatsachen zu ordnen und mit dem was Karl bereits früher aufgezeichnet hatte, zu vergleichen. Wie Schade, daß sich der alte Herr, der sich sein halbes Leben und wol noch länger mit den Jesuiten, ihrer Geschichte und ihren Umtrieben so viel zu schaffen machte, nie zu bewegen war, seine eigenen Erlebnisse aufzuzeichnen.

Hier nur Einiges aus seinem bewegten Leben.

Hofmann wird Professor in Mainz. Er wird von seiner Facultät zum Bibliothecar vorgeschlagen, Georg Forster aber vom Kurfürsten dazu ernannt. Forster kümmert sich, wie Hofmann erzählte, wenig um die Bibliothek, kauft englische und französische Reisebeschreibungen und übersetzt sie mit seiner Frau. Mainz wird belagert und geht den 14. Oct. 1792 an die Republicaner über. Schon im Oct. Jacobiner-Club. Treffen bei Frankfurt. Hofmann wird gefangen. Er weiß zu entkommen, eine Frau bringt ihn bei Eltvill über den Rhein. Er geht nach Mainz in den Club, der seine Sitzungen im Theater hält. Er nimmt oben auf der Gallerie Platz. Forster stellt die Frage: 'Wie kommt's, daß die Franzosen, die uns einst so willkommen und lieb waren, jetzt so verhaßt sind?' Alles schweigt. Hofmann schreit von oben hinab: 'Das will ich euch beantworten.' Er besteigt die Kanzel und donnert gegen Eu-

stine, der mit seinem ganzen Generalstabe anwesend ist. Cu=
stine vertheidigt sich. Hofmann will die Kanzel besteigen, man
weigert es ihm. Endlich dringt er durch. Merlin zieht den
Degen, Hofmann auch: 'Ihr habt das Gesetz, was jemand
französisch vorträgt, das kann ein anderer deutsch sagen — das
will ich auch thun.' Er legt seinen Degen nieder: 'Citoyen
Merlin, erst werde ich antworten, dann stehe ich zu Diensten.'
Er spricht nun so stark gegen Custine, daß dieser mitsamt sei=
nem Generalstab abzieht.*) — Mainz wird belagert und geht
in die Hände der Preußen über (22. Juli 1793). Hofmann,
Militär= und Verwaltungs=Chef der rheinischen Republik wohnt
der Capitulation bei. Er geht nach Paris und wird vor dem
Convente angeklagt. Er vertheidigt sich, er habe die Conven=
tion nicht unterschrieben. Er wird zur Belohnung Comman=
deur eines Reiterregiments in der Vendée. Custine angeklagt,
Hofmann als Zeuge gegen ihn. Custine 28. August 1793
guillotiniert. Hofmann erhält vom Wohlfahrtsausschusse eine
geheime Mission nach England. Er wird nach Ostende ver=
schlagen und gefangen genommen. Er flüchtet nach England.
In London besucht er ein Hofconcert. Clemens von Metter=
nich, sein ehemaliger Schüler, erkennt und verräth ihn. 'Das
war, fügte er hinzu, Metternich's erste diplomatische That!'

---

*) Von Hofmann's leidenschaftlichem Wesen hatte auch Forster zu
leiden. In einem Briefe an seine Frau vom 31. Jan. 1793 spricht sich
Forster über H. also aus: '" mit seinem Capuzinerton, seinen Grimassen
und seiner Pöbelsprache, und seinen niedrigen, giftigen Scherzen muß
immer bei einem sogenannten Volk, das für Vernunft, Anstand und edle
Beredtsamkeit keinen Sinn hat, die Oberhand behalten.' Forster's Brief=
wechsel 2. Th. S. 405.

Er lebt dann in den Niederlanden und geht nach Hamburg, wo er viel mit Klopstock verkehrt.*)

***

Karl Milde hatte mich zu sich nach Breslau eingeladen, ich wollte bald kommen. Ich reiste nun über Mainz, Frankfurt, Schulpforta, Leipzig, Dresden zunächst nach Eichberg im schlesischen Gebirge. An jedem Orte hielt ich mich einen oder zwei Tage auf, um mich auszuruhen und auch alte Freunde und Bekannte zu besuchen. Von Dresden aus sendete ich die Salonlieder an Fröbel in Zürich.

26. November traf ich in Breslau ein. Obschon ich Tag und Stunde vorher gemeldet hatte, wann ich ankommen würde, so war doch niemand auf dem Bahnhofe mich zu empfangen. Mein Gepäck war das letzte, welches verabreicht wurde. Mit Mühe und Noth erlangte ich eine Droschke, die letzte, in welcher ich der Vierte war. Erst spät Abends trat ich in Milde's Haus ein, ohne mein Gepäck, es war im Wagen liegen geblieben, ich erhielt es erst den andern Tag.

Ich war sehr verstimmt und ahndete nichts Gutes für meinen neuen Aufenthalt, vergaß aber bei der freundlichen Aufnahme bald das Unangenehme meines Einzugs.

Den nächsten Tag richtete ich mich häuslich ein. Ich wohnte in meinem alten Zimmer unter meinen Büchern.

Ich besuchte nun nach und nach meine alten Freunde und Bekannten. Ich bemerkte bald, daß die meisten, wenn auch nicht eben verlegen, doch sehr befangen waren. Eine äußere unab-

---

*) Andreas Joseph Hofmann, geb. zu Würzburg 14. Juli 1754, † zu Winkel im Rheingau 6. Sept. 1849.

hängige Stellung macht deshalb noch nicht unabhängig und frei
im geselligen Verkehre: die meisten nahmen Rücksicht auf be=
freundete hochgestellte Beamte oder geld= und einflußreiche Leute
anderer Gesinnung. Man mied mich eben nicht, aber man
suchte mich auch nicht. Niemand machte mir einen Gegenbesuch.
Die wenigen Beweise freundlicher Theilnahme, die mir hie und
da noch wurden, hoben um so greller das hervor was mich
schmerzlich berühren mußte. Auffallend, daß gerade die soge=
nannten aristokratischen Kreise, in denen ich früher mich auch
zuweilen blicken ließ, es jetzt gerade nicht an Aufmerksamkeit
für mich fehlen ließen.

Ich zog mich nun ganz auf mein Zimmer und meine
Studien zurück, mied alle öffentlichen Gesellschaften und kam
nur dann und wann Abends bei Philippi mit Resch zusammen.

Ich war recht fleißig. In den ersten Tagen des Decem=
bers vollendete ich den 7. Theil der Horae belgicae, ferner
besorgte ich eine saubere Abschrift von Wernher von Elmendorf
für Haupt's Zeitschrift.*)

Der gute Erfolg meiner Kinderlieder mit Clavierbegleitung
erregte den Wunsch in mir, eine neue Sammlung zu veran=
stalten. Ich ging zu Ernst Richter und besprach mit ihm mein
Vorhaben. Er ging gern darauf ein, meinte jedoch, um dieser
Sammlung einen eigenthümlichen und größeren Werth zu ver=
leihen, wäre es gut, wenn wir uns von den ausgezeichnetsten
Componisten der Gegenwart Beiträge dazu erbäten. Ich ver=
kehrte nun viel mit Richter, der freilich durch amtliche und son=
stige Arbeiten damals sehr in Anspruch genommen war. Ich
versah ihn wieder mit Volksweisen aller Völker und ließ mir

---

*) 4. Bd. S. 284—317.

dann diejenigen, welche er für unsern Zweck geeignet fand,
mehrmals vorspielen, bis ich sie fast auswendig wußte. Wenn
ich dann nach Haus kam, so fand sich immer Zeit und Lust
einen Text dazu zu dichten. Ich war sehr glücklich, ich lebte
wieder ganz in der Kinderwelt und dichtete aus ihr für sie mit
wahrer Herzenslust. Ich wiederholte meine Besuche öfter und
brachte immer ansprechende Melodien heim, die ich dann bald
mit neuen Texten versah. Kurz vor Weihnachten — und das
war meine beste Christbescherung — waren 50 Kinderlieder
fertig und es bedurfte nur noch der Harmonisierung der bereits
vorhandenen Volksweisen und der Composition einiger für un=
sere besten Meister zurückgelegten Texte.

Im Milde'schen Hause war ich betrachtet wie ein alter
Hausgenosse, der frei über seine Zeit verfügen konnte, und das
war mir sehr lieb. Die Abende war ich fast nie zu Hause
und manchen Mittag anderswo zu Tische. Bei den größeren
Mittagsessen war ich immer zugegen, es gab deren nur fünf.
Ich kannte alle Gäste von früher her außer den Oberbürger=
meister Pinder und seine Frau. Letztere war recht hübsch und
interessant. Wol habe ich der Freiheit immer gern den Hof
gemacht, aber nie einer Frau, welche jene nicht besser zu reprä=
sentieren verstand wie Frau Pinder.

Zwischen mir und Milde war eine Kühle des Gefühls
eingetreten, die sich keiner zugestehen, deren sich aber wol jeder
bewußt sein mochte. Mir schien es, als ob meine Hausgenos=
senschaft auf Milde's Verkehr mit vornehmen und hochgestellten
Leuten störend wirkte und seine Neigungen, die er nie gern be=
schränkt sah, aus Freundschaft jetzt mitunter beschränken mußte.
So erklären sich denn die Worte, die ich schon am 10. Decem=
ber schrieb:

'Ich komme mir vor wie ein Staatsgefangener, der sehr anständig behandelt wird, dem es an Essen und Trinken nicht fehlt, dem manche Bequemlichkeit vergönnt ist 2c. 2c., der vieles und vielerlei hat, aber niemanden dem er sagen könnte was ihm auf dem Herzen liegt.'

Das Weihnachtsfest war herangekommen. Ich bescherte Manchem etwas, und auch mir wurde beschert. Ich freute mich der Freude der Kinder, war aber nicht so froh wie einst an derselben Stelle in derselben Familie. Den andern Tag war großes Mittagsessen. Ich war ungewöhnlich stille. Bald nach Tische entfernte ich mich für den übrigen Theil des Tages. Es war mir wohler mit Resch allein zu sein bei Philippi.

Einige Tage nachher war es mir, als müßte ich die Luft verändern.

Ich entschließe mich rasch zu einem Ausfluge nach Waldorf. Am 29. Dec. frühmorgens begleitet mich ein Hausknecht mit der Laterne zum oberschlesischen Bahnhof und um 7 fahre ich ab.

Und um nun dies für mich verhängnißvolle Jahr mit etwas Freudigem zu endigen, so mag Robert Blum es beschließen mit dem womit er in seinem mir erst spät zugekommenen 'Vorwärts' mein Leben schließt. *)

———

Was nun den Werth der „Unpolitischen Lieder" betrifft, so haben sich fast alle Blätter Deutschlands, welchen schroff entgegen-

———

*) Vorwärts! Volks-Taschenbuch für das Jahr 1843. Herausgegeben von Robert Blum und Friedrich Steger (Lpz. R. A. Friese 1843) S. 120—138.

stehenden politischen Ansichten sie auch huldigen mögen, dahin ausgesprochen, daß sie eine der glänzendsten und trefflichsten Erscheinungen unserer Literatur sind; nur der blaßgelbe Brotneid und die knechtisch-gemeine Perfidie — wie sie die Elberfelder Zeitung darstellt — haben ein anderes Urtheil gefällt. Mit spielender Leichtigkeit und der wohlgefälligsten Gewandtheit weiß Hoffmann alle Dinge zu erfassen und zu einem Liedchen zurecht zu legen; mit schlagendem Witze, nie versiegender Laune und einer scharfen, aber immer noch zierlichen Ironie geißelt er das Schlechte, Veraltete und Unwahre. Seine Spitzen treffen immer mit Sicherheit das erkorene Ziel, aber der Getroffene selbst muß dem Dichter das Zeugniß geben, daß er seine Waffe meisterhaft und ritterlich geführt hat. So wechseln Scherz und Ernst, Spott und Klage, Lust und Schmerz in den „Unpolitischen Liedern" stets mit Anmuth ab, die auch hinsichtlich der Behandlung, der Handhabung der Sprache und der metrischen Formen dem Gelungensten unserer Literatur beigezählt werden müssen. Die darin herrschende Gesinnung ist eine der Wahrheit, dem Rechte und der Freiheit treu und rein ergebene. Fortschritt, Verbesserung, Veredlung und freie Entwickelung aller Kräfte des Geistes und des Leibes will Hoffmann in Staat und Kirche, im Leben und in der Gesellschaft, in Kunst und Wissenschaft; dieses Streben leuchtet unverkennbar aus allen seinen Schöpfungen hervor. Dabei spricht die reinste, aufrichtigste Liebe zu seinem Vaterlande, treue Anhänglichkeit an deutsche Sitte und deutschen Sinn und warme Theilnahme für das Glück und die Leiden seines Volkes aus jeder Zeile und wohl könnte man den „Unpolitischen Liedern" als Sinnspruch voranstellen, was Hoffmann (1. Th. S. 165) so schön als wahr sagt:

> Treue Liebe bis zum Grabe
> Schwör' ich Dir mit Herz und Hand:
> Was ich bin und was ich habe
> Dank' ich Dir, mein Vaterland.

In der Freude wie im Leide
Ruf' ich's Freund' und Feinden zu:
Ewig sind vereint wir beide,
Und mein Trost, mein Glück bist Du!

Überhaupt ist Hoffmann als Dichter durch und durch deutsch; jene Innigkeit, Gemüthlichkeit und Herzlichkeit, die eine schöne Eigenthümlichkeit der poetischen Erzeugnisse unserer Literatur sind, finden sich bei ihm im reinsten Gepräge. Durch seine beständige Beschäftigung mit dem deutschen Volksliede hat er die schöne Art desselben sich zu eigen gemacht und dichtet in derselben mit bestem Erfolge. Vorzugsweise sind es heitere scherzhafte, sogenannte burschikose Lieder, die ihm meisterhaft gelingen und in denen das allgemeine Urtheil ihm eine wirklich außerordentliche Befähigung einstimmig zugesprochen hat. — Eben so einstimmig ist das anerkennende Urtheil über ihn als Gelehrten, wo tiefes und gründliches Wissen, unermüdliches Forschen und Streben und lichtvolle Behandlung des Gegenstandes Hand in Hand gehen; seine Verdienste um unsere alte Sprache und Literatur sind in der That groß.

Persönlich ist Hoffmann die liebenswürdigste und anziehendste Erscheinung: eine hohe, kräftige, männlich schöne Gestalt, die nicht dazu geschaffen ist, Verbeugungen und Katzenbuckel zu machen, ein freundliches, lachendes, frisches, gesundes Gesicht, mit geistreichem Ausdrucke und einem satyrischen Zuge um den Mund ein klares, treues, deutsches Auge voll Feuer und Leben, blondes, etwas langes Haar und Bart. Seine Sprache hat einen niederdeutschen Anklang und das scharfe hannoversche S (?), sein ganzes Wesen ist einfach, ungezwungen und treuherzig. — Im schlichten Rocke, einfacher, wenig zierlicher Weste, das Halstuch leicht um den Hals geschlungen und den Kragen des Hembes breit darüber herabhängend, eine prunklose runde Mütze als Kopfbedeckung und einen gewichtigen Stock — den Wanderer andeutend — in der Hand, so pilgert er durch Deutschland und man kann mit Recht von ihm sagen (U. L. 2. Th. S. 1):

Er ist noch nicht verlocket worden
Durch Titel, Mod' und andern Tand;
Ihm kann noch sein der schönste Orden
Die Liebe für das Vaterland.

Niemand ahnt in dieser Erscheinung den deutschen Gelehrten und Professor, aber der gemüthliche, frohe, volksthümliche Dichter zeigt sich bald, wenn er mit geistig belebter, ungeschminkter, offener Rede sein geistiges Wesen entfaltet. Im trauten Freundeskreise ist seine Unterhaltung äußerst lebendig, geistvoll, fesselnd und herzgewinnend; wo es ihm nicht behagt, da sieht er oft sehr mürrisch drein und offenbart nur zuweilen durch ein schlagendes und treffendes Witzwort sein Inneres. —

Wie nun Hoffmann's Zukunft sich gestaltet, ob eine deutsche Hochschule den „Abgesetzten" zu gewinnen trachten wird, oder ob sich die „deutsche Einheit" abermals dadurch offenbart, daß er von allen Universitäten als „abgesetzt" betrachtet wird, das muß die Zeit lehren. Als er „suspendiert" wurde, verbreitete sich das ebenso ehrenvolle als erfreuliche Gerücht: die Bürger Breslaus hätten durch Unterzeichnung ihm seinen Gehalt gesichert; es muß sich nun zeigen, ob dasselbe wahr war. Bewahrheitet es sich nicht — was der gesinnungskräftig hervorgetretenen Stadt wegen mehr zu bedauern wäre als des Dichters wegen — so hat das deutsche Volk eine schöne und heilige Pflicht an ihm zu erfüllen und es wird ihr genügen. Über seine Zukunft hat er sich selbst (Sächs. Vaterlands-Blätter 1843. Nr. 13) ausgesprochen und dieser Ausspruch möge unsern Aufsatz schließen:

Trostlied eines abgesetzten Professors.

Ich bin Professor gewesen:
Nun bin ich abgesetzt.

Einst konnt' ich Collegia lesen,
Was aber kann ich jetzt?

Jetzt kann ich dichten und denken
Bei voller Lehrfreiheit,
Und Keiner soll mich beschränken
Von nun bis in Ewigkeit.

Mich kümmert kein Staatsminister
Und keine Majestät,
Kein Bursch und kein Philister,
Noch Universität.

Es ist noch nichts verloren:
Professor oder nicht —
Der findet noch Augen und Ohren,
Wer Wahrheit schreibt und spricht.

Der findet noch treue Genossen,
Wer für das Rechte ficht,
Für Freiheit unverdrossen
Stets eine Lanze bricht.

Der findet noch eine Jugend,
Beseelt von Tugend und Muth,
Wer selbst beseelt von Tugend
Und Muth das Gute thut.

Ich muß das Glas erheben
Und trink' auf mein eigenes Heil:
O, würde solch freies Leben
Dem Vaterlande zu Theil!

Der Professor ist begraben,
Ein freier Mann erstand —
Was will ich weiter noch haben?
Hoch lebe das Vaterland!

Mein Weg führte mich zunächst nach Neiße. Ich hoffte dort den Grafen Reichenbach, den ich besuchen wollte, zu treffen.

Ich erkundigte mich nach ihm und erfuhr, daß er zu einem Austernschmause bei Zerboni eingeladen sei, aber es abgeschlagen habe, weil er mich erwarte. Es wurde sofort eine Staffette an ihn abgeschickt, und er fand sich bald ein. Der Austernschmaus begann. Gegen 20 Einheimische betheiligten sich dabei, Leute die gerne Austern aßen und auch bezahlen konnten. Sehr harmlose Unterhaltung, die Austern waren das Beste. Wir übernachteten im Mohren.

Den andern Tag (30. Dec.) waren wir zum Mittagsessen beim Buchhändler Burckhardt eingeladen. Am Nachmittag kamen mit der Post Krönig und Rudolf Gottschall. Noch denselben Abend fuhren wir alle vier nach Waltdorf. Wir waren in bester Stimmung und feierten den folgenden Abend im traulichen Familienkreise den heil. Silvester.

Am Neujahrsmorgen schrieb ich an Milde. Ich meldete ihm meinen Entschluß, Breslau zu verlassen und dankte ihm für alles Liebe und Gute, das mir durch ihn und seine Familie zu Theil geworden.

Am Mittag traf Rector Kabierske von Neiße ein. Er wollte mir die Volksweisen aufzeichnen zu den Liedern, welche mir die junge Frau Gräfin gesammelt hatte. Am Nachmittag kamen die Mädel des Dorfes und sangen. Dem musikverständigen Schulmanne gewährte es selbst viele Freude, meinen Wunsch zu erfüllen: er zeichnete eine Anzahl schöner und seltener Weisen auf und ergänzte somit meine bisherige Sammlung. Zehn Texte theilte ich später mit im Deutschen Museum von Prutz (1852. II. S. 161—171), die ich dann mit der damaligen Einleitung und einigen Zusätzen nebst 17 anderen Volksliedern in meinen 'Findlingen' 1. Bd. (1860) S. 91—120 wieder abdrucken ließ.

Den Tag über pflegte ich für mich allein zu sein und zu arbeiten. Die Abende waren der gemeinschaftlichen Unterhaltung gewidmet. Gottschall war auf einige Tage zurückgekehrt nach Breslau und kam dann den 7. wieder; auch Resch fand sich denselben Tag noch ein, wir holten ihn von Mockwitz ab. Gottschall las uns an zwei Abenden sein fünfactiges Schauspiel 'Robespierre.'*) Es machte einen guten Eindruck und gab Anlaß zu allerlei ästhetischen und politischen Erörterungen. Gottschall, damals sehr begeistert für Alles was sich als Streben nach Freiheit und Glück in der Geschichte und dem heutigen Leben der Völker offenbart, war über sein Lebensziel noch nicht im Klaren. Ich sprach deshalb ihm meine Wünsche für seine Zukunft aus, unter andern den Wunsch: Lieber erst viel studieren als viel edieren.

Unser stilles Leben wurde plötzlich unterbrochen: den 8. war, wie es auf allen Gütern üblich ist, große Jagd. Es waren dazu viele Officiere von Neiße und die benachbarten Gutsbesitzer eingeladen. Um 7 Abends großes Jagdessen, woran übrigens nur zwei Officiere theilnahmen. Es ging sehr heiter und harmlos zu: es wurden viele Gesundheiten ausgebracht und viele lustige Geschichten erzählt. Nur gegen das Ende geriethen wir in die Politik. Wir beabsichtigten in einer Adresse an die 2. badische Kammer unsere Zustimmung auszusprechen zu dem Mathy'schen Antrag auf Preßfreiheit. Reichenbach brachte jetzt die Sache zur Sprache und ließ sich von einigen Anwesenden durch Handschlag ihre Mitwirkung geloben.

Unterdessen traf ein Brief von Milde ein, der schon am 3. Januar, also unmittelbar nach Empfang meines Briefes

---

*) Es erschien im folgenden Jahre bei Burckhardt in Neiße.

geschrieben war. Milde sprach sich recht schulmeisterlich und so
unwürdig und lieblos über mein früheres, jetziges und künftiges
Leben und Treiben aus, daß ich nicht die Stimme eines Freundes, sondern eines wildfremden Menschen zu hören glaubte, die
mir nur unverständlich und gleichgültig sein mußte und blieb.
Ich gab den Brief Reichenbach: er las und war empört, er
wollte, daß ich sofort meine Bücher zu ihm nach Waltdorf
kommen ließe. 'Nein! erwiederte ich, ich will keinen solchen
Schritt thun, und wenn ich noch berechtigter dazu wäre — ich
werde schweigen. Ich bin der Familie diese Rücksicht schuldig.
Wozu etwas thun was meinen Feinden nur willkommen wäre?
Es wird sich Alles schon entwickeln.'

Merkwürdig, mit Milde's Brief empfing ich zugleich einen
Brief von Rudolf Müller, der mich abermals dringend zu sich
nach Holdorf einlud.

Den 15. Jan. Abends traf ich wieder in Breslau ein.
Milden gegenüber that ich als ob ich gar keinen Brief von ihm
erhalten hätte. Wer solche Vorwürfe, wie er mir machte,
einem Freunde machen kann, hat längst aufgehört ein Freund
zu sein und verdient nicht, daß man sich gegen ihn zu rechtfertigen sucht. Ein Brief hatte uns geschieden und kein Gespräch und nichts konnte uns wieder vereinen.

Ich blieb wieder einige Tage in Breslau und war mit
den Vorbereitungen zu meiner Abreise beschäftigt.

Den 20. Januar besuchte ich Dr. Wuttke in Brieg und
verweilte einige Tage in seiner Familie. Für meine Gesellschaftslieder erhielt ich einige Ausbeute. Durch die Güte des
Prof. Matthisson konnte ich die Gymnasialbibliothek benutzen,
ich fand für meinen Zweck 67 alte Liederbücher. Den letzten

Tag besuchten wir das Zuchthaus. Der Inspector führte uns in die verschiedenen Arbeitszimmer, und erzählte uns die Lebensgeschichte der Hauptverbrecher. Drei Stunden dauerte der Spaziergang und der Eindruck war ein so trauriger, daß ich ihn lange nachher nicht verwinden konnte und nie wieder ähnliche Anstalten besucht habe.

Abends trafen wir mit dem Oberbergrath Reil zusammen. Er war Adjutant bei Lützow gewesen, er gab uns manchen Aufschluß über das Lützow'sche Corps. Wuttke zeichnete sich nachher Manches auf.

Den 27. Ball der Lätitia im Wintergarten. Um 9 Uhr erscheine auch ich und werde von allen Seiten freundlichst begrüßt. Nach Beendigung des Cotillons um ½2 Uhr beginnt das Abendessen. Es werden verschiedene Gesundheiten ausgebracht und drei Lieder gesungen. Erle der Vorsteher bewillkommnet mich in einer langen Rede. Ich singe als Dank das Lied vom Deutschen Philister. Allgemeiner Jubel. — Um 5 fahre ich nach Haus.

Am 28. Jan. frühmorgens auf der Eisenbahn bis Brieg, dann mit der Post weiter, Mittags in Neiße. Abends mit Dr. Paur, Krönig und Reichenbach bei Burckhardt. — Den 29. Jan. mit den drei letzten im Schlitten nach Schönwalde.

Wir übernachten auf der Besitzung von Burckhardt's Schwiegervater, hart an der österreichischen Gränze. — Den andern Tag nach Freiwalde und von dort zu Fuß über den Berg nach Gräfenberg. Ein mühsamer Weg, wir waten oft im Schnee bis an die Hüften. Erst um 1 Uhr in der Wasserheilanstalt. Wir besuchen einen Badegast. Er führt uns in den Speisesaal, der sich durch Einfachheit und Kälte auszeichnet. Nach der beschwerlichen Wanderung sind wir in Schweiß gerathen, es ist uns sehr unbehaglich, denn im Saale sind höchstens 8º Wärme, über 10º darf es nie sein. Das Essen nicht sonderlich. Auf dem Tische ein Wachstuch, worauf durch weiße Striche angedeutet ist, wie weit das Gebiet jeder kleinen Eßgesellschaft geht. Das Wasser das Beste. Da weiter kein Getränk gereicht wird, so müssen wir uns dazu bequemen, doch muß ich gestehen, daß mir nie im Leben ein Trunk Wasser besser geschmeckt hat. Unser Landsmann führt uns noch in sein Zimmer, worin er mit sieben zusammen wohnt. Es riecht überall so nach Schweiß, daß ich froh bin, als wir unsern Rückweg antreten. Wir sprechen viel über Prießnitz, den wir auch sahen, und glauben, daß der Mann es verstanden hat, besser noch für sich als für die leidende Menschheit zu sorgen. In Freiwalde trinken wir bei dem Conditor Kaffee und fahren dann nach Schönwalde. Gleich nach unserer Ankunft untersuchen wir den Keller und finden Stoff genug, um uns eine Bowle zu brauen. Gemüthlich plaudern wir dann bis in die Nacht hinein.

Nur auf wenige Tage kehrte ich nach Breslau zurück und reiste am 6. Febr. ab. Ich war dann in Eichberg am Bober bei Eduard Kießling bis zum 20. Febr.

Ich fuhr auf der Eisenbahn bis Freiburg und dann mit dem Postschlitten über den Schmiedeberger Berg. Herrliche Winterlandschaft, Bäume und Sträuche dick bereift, so daß man überall menschliche und Thiergestalten zu sehen glaubt, eine ergötzliche Unterhaltung. In Schmiedeberg wartete schon Eduard mit dem Schlitten auf mich, wir fuhren bald ab, die Bahn war schön und zeitig erreichten wir Eichberg.

Ich verlebte stille frohe Tage. Der Verkehr mit Eduard und Albert Kießling war ein sehr angenehmer und belebender. Albert hatte die juristische Laufbahn aufgegeben und lebte seiner Kränklichkeit wegen hier auf dem Lande bei seinem Bruder. Er war ein denkender Kopf und hatte viel gelernt. Ich suchte ihn zu schriftstellerischer Thätigkeit zu ermuntern, und bemerkte auch zu meiner Freude, daß er Neigung zeigte, seine Gedanken, Meinungen und Ansichten über die mancherlei Zeitfragen aufzuzeichnen und von Zeit zu Zeit zu veröffentlichen. Ich glaubte, daß das für ihn gar keine anstrengende Beschäftigung sein könnte, da er ja oft Stunden lang, selbst wenn wir schon im Bette lagen, sich mit mir unterhielt.

Während ich ihn zu etwas Zeitgemäßem ermunterte, dachte ich an etwas Ähnliches, an ein 'Freiheitsbüchlein', worin die freisinnigen Aussprüche deutscher Schriftsteller zusammengestellt werden sollten.

Von hier aus schrieb ich eines Tages an Resch. Ich war sehr wehmüthig gestimmt, es war mir, als ob ich nach den letzten traurigen Begegnissen in Breslau wol schwerlich wieder dorthin kommen, also weder ihn noch die treu gebliebenen Freunde wiedersehen würde.

Eichberg am Bober 19. Febr. 44.

Lieber Resch!

Wohnung, Essen und Trinken ist viel, sehr viel, ja für die meisten Menschen Alles, aber für mich nur sehr wenig. Der Freund hat etwas Edleres, Besseres dem Freunde zu geben, seine Liebe. Alle Gaben der Welt können diese nicht ersetzen. Nur über den Mangel dieser Liebe kann ich klagen, aber ich sollte es eigentlich nicht, denn ich wußte, daß ein Verhältniß, das meiner Seits über zwanzig Jahre lang die innigste Theilnahme und Anhänglichkeit bewahrte und bewies, anderer Seits längst zu einer bloßen Ruine geworden, dran nichts Lebendiges als das Immergrün der Erinnerung. Ja, ich wußte es, ich hätte den ersten Eingebungen meines Herzens folgen und ganz für mich leben sollen. Ich that es nicht und habe nun reichlich dafür gebüßt. Ist es nicht bejammernswerth, daß mich der bloße Gedanke: 'nicht mehr in Breslau zu sein', trösten und erquicken konnte! Ist es nicht schrecklich, daß ich heute vor Freude aufjauchzen kann, wenn ich ausrufe: 'ich bin nicht mehr in Breslau!' Jean Paul hat von dem Immergrün unserer Gefühle geschrieben; ich weiß vom Verschießen menschlicher Gefühle zu schreiben. Was einst für mich grünte, ist jetzt verschossen, bleich und aschgrau geworden. Es ist als ob ich Alles, was ein Menschenleben Süßes und Bitteres, Böses und Gutes hat, selbst durchleben soll. Gut, ich werde es, und es wird mir auch hinfort der Muth nicht fehlen, den Kampf mit dem Widerwärtigen siegreich durchzukämpfen. Und gehen die Freunde meiner Jugend mir alle verloren, der Freunde des Vaterlandes und der Freiheit werden immer mehr, und sie sind meine Freunde. Sie werden mich vertheidigen und schützen, wenn es etwas der Art bedarf, und mit mir lachen über den kläglichen Vorwurf, daß ich nur aus Eitelkeit und um der Genußsucht willen mein Amt aufs Spiel setzte.

Leb wohl!

Den 21. Febr. nahm ich Abschied. Albert begleitete mich bis Hirschberg, dann fuhr ich im Postschlitten bis Liegnitz, blieb dort die Nacht und reiste dann weiter mit der Schnellpost nach Frankfurt und mit dem letzten Zuge nach Berlin. Spät Abends 23. Februar traf ich im Rheinischen Hof ein.

Was ich nun über meinen Aufenthalt in Berlin erzähle, gründet sich auf mein Tagebuch, meine Erinnerung und die mündlichen Mittheilungen Anderer.

24. Febr. Den ganzen Morgen Schneegestöber. Ich gehe erst um 12 Uhr aus. Zunächst besuche ich Wilhelm Besser. Ich höre, daß heute Wilhelm Grimm's Geburtstag ist, und die Studenten ihm und seinem Bruder einen Fackelzug bringen wollen. Ich entschließe mich daher, nicht jetzt zu ihnen hinauszugehen, sondern erst den Abend. Um 2 bei Bote und Bock. Ich überreiche ihnen einige Richter'sche Compositionen, sie sind bereit den Verlag zu übernehmen. Dann zu Mittag gespeist im Rheinischen Hof. Um 8 hinaus in den Thiergarten zu den Grimm's. Ich werde sehr herzlich von der Familie empfangen. Bald kommt der Fackelzug. Gendarmen und Polizisten voran. Die Studenten stellen sich im Halbkreise auf. Nach einer kurzen Anrede folgt ein Lebehoch den Brüdern Grimm. Wilhelm steht mit seiner Gesellschaft auf dem Balcon und hält eine Dankrede. Nebenan in Jacob's Zimmer, das nicht erleuchtet ist, stehe ich mit Besser am offenen Fenster. Um die Rede zu hören, neige ich mich etwas zum Fenster hinaus. Da nun mein Gesicht vom Fackelschein beleuchtet ist, mag man mich erkannt haben. So wie die Rede zu Ende ist, ruft eine Stimme: 'Hoffmann von Fallersleben hoch!' und die ganze Menge stimmt laut jubelnd ein. Ich bin ganz bestürzt und noch mehr sind es die anwesenden Gelehrten. Niemand spricht ein Wort, nur Jacob sagt: 'Es ist hübsch, daß man auch Sie noch hat leben lassen.' Ich weiß nicht, was ich machen soll, und möchte doch auch nicht unartig erscheinen. Wilhelm Grimm ist hinunter gegangen; als er wieder herauf kommt, gehe ich in den Haufen der Studenten, reiche einigen die Hand und danke ihnen. Ihrer zwanzig kommen dann zu uns, trinken ein Glas Punsch und singen mehrere meiner Lieder. Nachdem ich mich zu morgen Mittag bei Frau Grimm zu Tische eingeladen habe, nehme ich Abschied

und gehe mit den Studenten heim. Haſſenpflug macht einen tiefen Diener.

25. Febr. Um Mittag zu den Grimm's. Als wir eben über den Verkauf meiner Bibliothek ſprechen, tritt Lachmann ein, damals Rector magnificus. Er iſt überraſcht mich dort zu finden und geht erſt mit Wilhelm, dann mit Jacob ins Nebenzimmer. Ich ahnde nicht, daß es den geſtrigen Abend betrifft. Wir ſetzen uns zu Tiſche; Bettina, die etwas ſpäter kommt, nimmt ebenfalls Platz. Obſchon ſie und ich allerlei Scherze zum Beſten geben, ſo entwickelt ſich doch keine rechte Heiterkeit, man ſcheint verſtimmt zu ſein. Bald nach Tiſche brechen wir auf. Ich begleite Frau Bettina bis an ihre Wohnung unter den Linden. Wir ſprechen unterwegs noch viel über den geſtrigen Abend. 'Ja, ſagt ſie, das Hoch, das Ihnen gebracht wurde, kam den Leuten ſo recht von Herzen.'

Gegen Abend mit Dr. Rutenberg zum Kroll'ſchen Wintergarten. Es iſt Sonntag und viel Publicum dort. Während wir umhergehen, bemerke ich, daß wir von allen Seiten betrachtet werden. 'Komm, ſage ich, laß uns fortgehen! Es iſt mir hier unheimlich: wir werden beobachtet.' Wir gehen, doch um noch etwas mit einander zu plaudern, beſuchen wir ein Weißbierhaus. Kaum haben wir uns niedergelaſſen, ſo bemerken wir, daß ſich an einem entfernten Tiſche zwei Leute mit uns zu beſchäftigen ſcheinen. 'Das iſt aber doch zu arg!' ſage ich zu Rutenberg, und in demſelben Augenblicke kommt auch ſchon einer jener Herren zu uns: 'Verzeihen Sie — wir haben eine Wette gemacht: nicht wahr, (ſich an mich wendend) Sie ſind der Herr Hoffmann von Fallersleben?' — Wir laden unſere theilnehmenden Beobachter ein, bei uns Platz zu nehmen, und ſind dann noch ein Stündchen beiſammen.

26. Febr. Frühmorgens meldet mir der Kellner, es sei ein Herr da, der mich durchaus sprechen müsse. Ich will ihn erst nicht annehmen, aber der Kellner wird abermals zu mir hineingeschickt. 'Nun, sage ich ärgerlich, er mag kommen!' Er tritt ein: 'Herr Professor, ich bin der Polizeirath Hofrichter, ich muß mich eines unangenehmen Auftrages entledigen: ich muß Ihnen anzeigen, daß Sie auf Befehl der Polizei noch heute Berlin zu verlassen haben.' — Ich lade ihn ein, sich zu mir ans Bette zu setzen. Ich bitte ihn, mir die Gründe zu sagen. Er meint, es bedürfe dessen weiter nicht, er habe mir nur den Befehl mitzutheilen. Wir unterhalten uns ganz traulich und ich erfahre denn so die Gründe. Das Lebehoch von Seiten der Studenten und mein ihnen dafür ausgesprochener Dank haben diese Maßregel veranlaßt. 'Wir wissen, bemerkt er, daß die Studenten Ihnen eine besondere Ehre zu erweisen beabsichtigen, und darum muß dem vorgebeugt werden, man will so etwas nicht ꝛc.' — Ich frage nun, ob es denn eine bestimmte Ausweisung sei? — 'Nein, es ist bloß eine Maßregel, die unter den jetzigen Umständen den Behörden nothwendig geschienen hat.' — Ich meinte, wenn ich nur noch bis morgen Abend hier bleiben könnte — ich sei heute Abend eingeladen; es würde zu sehr auffallen, wenn ich Berlin plötzlich verließe. — 'Nun, erwiedert er, die Nacht können Sie noch hier bleiben, aber mehr kann Ihnen nicht gestattet werden. Ich werde sehen, was der Herr Präsident jedoch meint. Kommen Sie um 12 zu mir.'

Ich gehe nun zur Bibliothek und bespreche mit Pertz den Verkauf meiner altdeutschen Handschriften und niederländischen Bücher. Ich überreiche ihm mein Verzeichniß mit Preisen. Ich soll die Handschriften einschicken.

Ich besuche W. Besser, erzähle ihm was mir seit diesem Morgen begegnet ist, und bitte ihn, meine Handschriften von Leipzig in Empfang zu nehmen und dann der kön. Bibliothek mitzutheilen.

Dann eile ich zu Hofrichter. Der Mann ist ganz freundlich und theilt mir mit was der Herr Präsident gesagt hat.

Ich fahre sofort zum Hrn. v. Puttkammer. Ich erzähle ihm ganz einfach meinen Antheil an dem Grimm'schen Ständchen. Er bittet mich, ihm diese Erzählung von Oranienburg aus schriftlich mitzutheilen, es sei das sehr gut für meine Zukunft im preußischen Staate. Er erlaubt mir, bis morgen Abend 6 Uhr hier zu bleiben und bittet mich, meine Rückreise nicht über Berlin nehmen zu wollen. 'Die Studenten sind zu aufgeregt. Es ist nothwendig, daß der Zündstoff fern gehalten wird, man muß das Feuer dämpfen und nicht aufschüren.' Schließlich erinnert er sich meines Bruders, er habe unter ihm im Finanzministerium gearbeitet und viel von ihm gelernt.

Den Abend wollte ich mit einigen Freunden und Bekannten in einer Weinstube auf der Poststraße zubringen. Als wir eintreten, finden wir die beiden Bauer, Bruno und Edgar, in einem unzurechnungsfähigen Zustande. Bei ihren rohen, gemeinen Äußerungen wird uns so unbehaglich, daß wir bald auswandern. Wir gehen in eine Weinstube unter den Linden, und sind mehrere Stunden fröhlich beisammen.

27. Febr. Bei Dr. Nauwerk sehr ergötzliches Mittagsessen vier Gemaßregelter: Dr. Lorentzen kommt eben aus einem stundenlangen Verhör, Dr. Rutenberg muß um 4 auf die Polizei, Dr. Nauwerk zum Decan und ich zur Post.

Um 6 Uhr verlasse ich Berlin. Herr Hofrichter sagt mir noch, als ich eben in den Wagen einsteige, ein herzliches Lebewohl.

---

27. Febr. bis 10. März in Oranienburg.

Runge war sehr erfreut, und bot Alles auf, mir meinen fast unfreiwilligen Aufenthalt angenehm zu machen. Wir waren täglich in Gesellschaft mit seinen Freunden und Freundinnen: Bürgermeister Hempel, Techow, Karl Pilarik, v. Schlicht, Dr. Rücker, Prediger Cochius. Runge spielte immer den Liebenswürdigen, war stets wohl und munter und von unverwüstlichem Humor. In einer Gesellschaft, worin auch der Bürgermeister zugegen, brachte er folgenden Trinkspruch aus:

> Etwas muß der Mensch doch lieben
> Hier in dieser Welt voll Pein;
> Kann er keine Mädchen lieben,
> Ei, dann liebt er kühlen Wein,
> Und dann liebt er noch dabei
> Eine wohllöbliche Polizei.

Als wir wieder einmal auf Breslau zu sprechen kamen, bemerkte er: 'In Breslau sind in diesem Jahrhunderte nur drei Dinge von Bedeutung vorgekommen: Chladni ist dort gestorben, Runge abgereist, Hoffmann abgesetzt.'

Wie durch seine Scherze und Witze suchte er auch durch seine Gerichte zu ergötzen. Bei einem Mittagsessen am 7. März mußte eben zum Vorschein kommen was eben die Jahreszeit nicht mit sich brachte: grüne Erbsen, Spargel, Krammetsvögel und Krebse.

Dr. Rutenberg besuchte uns auf einige Tage und wußte noch allerlei Neuigkeiten zu erzählen. Die Polizei wäre noch eifrig bemüht, die Anstifter des Hochs auf mich zu ermitteln;

auch spräche man davon, daß man entdeckt habe, ich wäre schon heimlich seit 8 Tagen in Berlin gewesen um eine Störung des Grimm'schen Festes einzuleiten, und dergleichen Abgeschmacktheiten mehr.

Es war gut, daß ich schon in den ersten Tagen meinen Brief an den Polizei-Präsidenten v. Puttkammer schrieb. Er lautet:

Ew. Hochwohlgeboren

fühle ich mich veranlaßt, eine Mittheilung über die Ereignisse vom 24. Febr., insoweit sie mich betreffen, einzusenden, mit der Bitte, selbige den hohen Behörden zur Berücksichtigung vorlegen zu wollen.

Seit dem Jahre 1818 bin ich mit den Brüdern Grimm durch gemeinsame Studien und vaterländischen Sinn verbunden. Ich hege für diese Männer die innigste Liebe und Verehrung und habe diese Gesinnung immerfort für sie bewahrt und an den Tag gelegt. Es gehörte für mich zu den genußreichsten Abschnitten meiner Reisen, wenn ich mit ihnen verkehren konnte. Ich habe sie in Cassel und Göttingen, dann wieder in Cassel und endlich im vorigen Frühjahre in Berlin besucht. Auch diesmal freute ich mich sehr darauf, sie wieder einmal zu sehen und zu sprechen.

Am Freitagabend (23. Febr.) ganz spät kam ich in Berlin an. Den Samstag war starkes Schneegestöber. Ich machte mich aber dennoch auf den Weg. Ich besuchte zuerst den Buchhändler W. Besser: 'Wann sind Sie gekommen?' — 'Gestern Abend ganz spät.' — 'Waren Sie schon bei den Grimm's?' — 'Nein. Ich werde jetzt zu ihnen gehen.' — 'Das trifft sich ja hübsch: Wilhelms Geburtstag ist heute und die Studenten bringen bei der Gelegenheit beiden einen Fackelzug.' — 'Nun, da will ich lieber auch diesen Abend hingehen.'

Um 8 Uhr Abends trat ich in die Wohnung der Brüder Grimm und wurde von allen wie sonst auf das Herzlichste empfangen. Es waren allerlei Leute zugegen, die ich zum Theil schon von früher kannte: Hassenpflug, Homeyer, Huber, Pertz, v. Richthofen, Trendelenburg, nebst vielen Frauen (Bettina) nnd Kindern.

Bald kam der Fackelzug. Die ganze Gesellschaft trat hinaus auf den Balcon. Ich blieb in dem unerleuchteten Seitenzimmer rechts, um mir von dort aus Alles mit anzusehen und anzuhö=ren. Nachdem ein Lied gesungen und den Brüdern Grimm ein Hoch ausgebracht war, nachdem W. Grimm für sich und seinen Bruder gedankt hatte, ertönte plötzlich der Ruf: Hoffmann von Fallersleben hoch! Ich war betroffen und trat vom Fenster zurück, die ganze Gesellschaft war verlegen, ja zum Thetl bestürzt. So sehr mich eine Ehrenbezeigung in Verbindung mit den Brüdern Grimm sonst erfreut hätte, so mußte sie mir jetzt bedenklich erscheinen, bedenklich in Berlin, von wo aus ich abge=setzt war und wohin, nicht weil, sondern nachdem sie abgesetzt waren, die Grimm berufen wurden. Trotzdem hielt ich es für unhöflich, gar nichts auf das mir ausgebrachte Hoch zu erwie=dern. Als Wilhelm von unten zurückkehrte, ging auch ich hin=unter, trat in die Mitte der Studenten und sagte zu ihnen fol=gende Worte:

'Meine Herren, ich danke Ihnen herzlich, daß Sie an einem Tage, an welchem Sie meinen Freunden, den Brüdern Grimm, solche Ehre erwiesen, auch meiner gedenken.'

Ich blieb nachher so lange in der Familie Grimm, bis sich die Gesellschaft trennte. Ich ging dann geraden Weges und allein in den Rheinischen Hof.

Dies ist die getreue Darstellung eines Ereignisses, das zu einer polizeilichen Maßregel Veranlassung gab, die mich meinen Freunden und litterarischen Geschäften plötzlich aus Berlin entriß ꝛc.

Oranienburg, 29. Febr. 1844.

Die Erklärung der Brüder Grimm erfolgte den 6. März in der Allg. preußischen Zeitung. Sie lautet:

'Die auswärtigen Blätter überbieten sich in falschen Nachrichten über den letzten Fackelzug. Sie mögen in ihren Widersprüchen untergehen, nur die baare Unwahrheit muß widerlegt werden und kann vor hundert und hundert Zeugen nicht bestehen, daß Dr. Hoffmann von Fallersleben in den Kreis der Studirenden von Wilhelm Grimm sei hinabgeleitet worden. Erst als dieser seine Rede vollendet hatte, nur von einem Deputirten begleitet, hinuntergegangen und wiedergekehrt, der Gesang aber geschlossen war, erscholl plötzlich und außerhalb des Zuges aus einzelnen Stimmen das alle Anwesende überraschende Lebehoch für Hoffmann. Kein Mensch hat diesen ein Wort reden hören. Er war, ohne daß wir irgend von seiner Ankunft wußten, in die Gesellschaft getreten; es schien in keiner andern Absicht, als um zu dem ihm bekannten Geburtstag Glück zu wünschen. Unsere Sache ist es nicht, ihn zu meiden, weil er von Anderen gemieden wird. Wir kennen ihn seit 1818 persönlich: das sind lange Jahre her, in welchen er uns willfährig litterarische Dienste leistete und sich immer theilnehmend gegen uns bewies. Sein unverdrossener Fleiß hat dem Betrieb der altdeutschen Litteratur manche Frucht getragen und wesentlichen Vorschub gethan. Das Schicksal, von dem er betroffen worden ist, thut uns leid: diese Empfindung verbindet uns aber nicht, seine Meinungen und Handlungen zu vertreten oder gut zu heißen. Daß er uns diesmal ein ungelegener Gast kam und alle Freude störte, wird er selbst fühlen. Albern aber muß es erscheinen, wenn man jetzt, auf solchen Anlaß hin, in öffentlichen Blättern uns gleichsam unsere politische Gesinnung abfordert, die wir zur rechten Zeit nicht verholen, sondern bewährt haben. Nichts hassen wir bitterer, als sie jeden Augenblick, ohne Noth, zur Schau zu tragen und frevelhaft preiszugeben. Schon längst haben wir sehnlich gewünscht, daß man uns nicht immer in ungemessenen Ausdrücken, die nicht uns, nur unsern Feinden lieb sind, hervorziehe. In dem Qualm des Parteiwesens, von welcher Seite er aufsteigt, können wir nicht athmen. Wollen wir in Ruhe und Frieden arbeiten, so werden wir doch Niemand unbefugt an uns rütteln lassen. Daß eine harmlose, von reiner Gesinnung der Studirenden ausgegangene Ehrenbezeugung muthwillig so verdorben wird, ist nicht blos von uns, sondern von Allen, denen die Fortdauer deutscher Universitäten am Herzen liegt, lebhaft zu beklagen.

Jacob Grimm. Wilhelm Grimm.'

Ich war sehr überrascht und schmerzlich berührt, daß mir so etwas widerfahren konnte von zwei Männern, die ich so sehr liebte und verehrte, wie ich es bei allen Gelegenheiten mündlich und schriftlich gegen sie und Andere kund gethan hatte. Eben deshalb nahm ich mir vor, nichts in dieser Angelegenheit gegen sie zu veröffentlichen, sondern mich nur gegen meine Freunde und Bekannten auf die einfache mündliche Erzählung alles dessen zu beschränken, wodurch diese traurige Erklärung hervorgerufen war, und der Presse meine Vertheidigung zu überlassen. Ich hätte denn auch wirklich nicht nöthig gehabt, mich zu verantworten; die Presse übernahm dies Amt mit einer bis dahin nie vorgekommenen Einstimmigkeit: das berühmte Bruderpaar hatte das Gericht der öffentlichen Meinung hervorgerufen, und — die öffentliche Meinung entschied.

Zur Kenntniß der damaligen politischen Stimmung in Deutschland, wie sie trotz Censur und Polizei sich aussprach, mögen folgende Artikel dienen:

Berlin, 6. März. (Köln. Zeit.) Die Erklärung der Brüder Grimm in Betreff ihres litterarischen Freundes Hoffmann (von Fallersleben) wird hier um so weniger gebilligt, als jenen beiden Gelehrten gar keine Verpflichtung zum öffentlichen Hervortreten oblag. Die Lieblosigkeit aber gegen einen Mann, welcher ihnen persönlich gar nichts zu Leide gethan, so wie das Pochen auf die eigene politische Gesinnung, der hochfahrende Ton und die Andeutung, als ob Hoffmann sich eingedrängt, um ein Lebehoch zu erhaschen, können unmöglich Anklang finden. Der Eindruck, den dieses, wenn auch offene und hinterhaltslose, dabei aber sehr überflüssige Verfahren der Professoren Grimm in Deutschland machen wird, dürfte wohl kein günstiger sein. Uebrigens wird der Fackelzug für gewisse Theilnehmer noch Folgen haben. —

Berlin, 9. März. (Köln. Zeit.) Die Erklärung der Gebrüder Grimm gegen ihren ehemaligen Schüler und Freund ist taktlos und unedel vorgekommen. In dieser Weise sich aussprechen, mag allerdings schlimmer erscheinen, als eine gänzliche Verwerfung, denn selbst das Lob, welches Hrn. Hoffmann in wissenschaftlicher Beziehung ertheilt wird, erhält eine ganz besondere Färbung durch die Art, wie es einem bereitwilligen Diener der gelehrten Herren ertheilt wird. An dieser Erklärung ist aber Alles bemerkenswerth, selbst der schlechte und geschraubte Styl; hoch anzuerkennen ist es jedoch, daß so vielbesprochene Leute wie Grimm alle die vielen falschen Gerüchte ernstlich zerstören, welche über ihre Denkungsweise und Meinungen sich lange genug verbreitet hatten. So würdige Gelehrte wollen nichts als die ungestörte Ruhe zu ihren Forschungen; die Unruhe der Partei muß ihnen widerstreben, und nichts kann falscher sein, als die Voraussetzung, daß ein gerügter einzelner Act ihres Lebens sie fortgesetzt zum Bekenntniß einer politischen Richtung verurtheile. Ein einziger Irrthum ist in jener Erklärung, der nämlich, daß einige Stimmen außerhalb des Kreises das Lebehoch für den unwillkommenen Eindringling ausgebracht hätten. Diesem muß leider widersprochen werden, denn es stimmten in der That alle Anwesenden ein, doch gewiß nur, weil sie eben nicht meinten, etwas Strafbares zu begehen!

Vom Niederrhein, 12. März. (Köln. Zeit.) Die unglückliche Erklärung der Gebrüder Grimm findet auch bei uns einstimmigen, und leider müssen wir hinzufügen, vollkommen gerechten Tadel. Die ganze Anschauung und Auffassungsweise, aus welcher sie hervorgegangen, ist eine so wenig zu billigende, daß uns die sehr milde Annahme, sie sei das Product einer Taktlosigkeit, wie man sie bei unseren Stubengelehrten häufig findet, unhaltbar erscheint. Man sieht es dem Actenstücke an, wie daran herumgedrechselt wurde, ehe es fertig war. Und wäre es wirklich nur aus Taktlosigkeit und Uebereilung hervorgegangen, so würde es doch schon von allem Möglichen, nur nicht von Edelmuth, und nicht von jener Rücksicht zeugen, die man einem Freunde, einem Studiengenossen, einem Manne endlich schuldig ist, dem man doch einiger Maßen zum Dank verpflichtet ist, den ein großer Theil der Nation lieb und werth hält, dem aber die höheren Kreise in Berlin nicht gewogen sind, der obendrein schon ein Ausgewiesener war. Die Brüder Grimm sollten am besten wissen, wie wohl es thut, wenn man in Leiden standhafte Freunde findet, und wie nichts mehr schmerzt, als in trüben Tagen von jenen verlassen zu werden, von welchen man sich ganz anderer Dinge versah. Sie werden auch auf die öffentliche Meinung Gewicht zu legen haben, an die sie früher selbst sich gewandt. Die Tage, in denen „Ruhe“ die größte Bürgerpflicht war, sind für Männer, die irgendwie an die Oeffentlichkeit heraustraten, ein- für allemal vorüber; die Nation hält ihre Blicke auf sie gerichtet, und wenn es heute Einer macht, wie im Alterthum Pyrrho von Elis, der seinen Lehrer Anaxarchus im Graben liegen sah, ihm aber die Hand nicht reichte, um demselben herauszuhelfen, so darf er auf alles Andere eher rechnen, als auf günstiges Urtheil oder Beifall. Die Grimm sind einmal, ob mit oder ohne ihr Zuthun, mag dahin gestellt bleiben und ist auch vollkommen gleichgültig, öffentliche Charaktere geworden, und sie haben am allerwenigſten ſich zu beklagen, daß man ſie bei jeder Gelegenheit in den Qualm der Parteien hineinziehe. Sie haben ſich Theilnahme und Ovationen verſchiedener Art gefallen laſſen, und damals mit nichten darüber geklagt, daß man ſie in ihrer „Ruhe" ſtöre. Warum jetzt auf einmal? Sie mußten doch wiſſen, daß „Ruheſtörung" nicht in der Abſicht des Hrn. Hoffmann gelegen hatte. Er war gekommen, alte Freunde an einem feſtlichen Tage zu überraſchen, und zwar in ſeiner ſchlichten, einfachen Weiſe. Ein von ihm nicht hervorgeruſener Zwiſchenfall ſetzt die Brüder Grimm in Verlegenheit und Herrn Hoffmann ohne Zweifel auch. War es der richtige Weg, dieſe Störung der Gemüthsruhe durch die leidige Erklärung beſeitigen zu wollen? Wir wiederholen es, dieſe pyrrhoniſche Ruhebefliſſenheit paßt nicht in unſere Zeit. Wer ſie ſich bewahren will, muß nicht in einer Stadt mit 300,000 Menſchen, ſondern von allem Geſchäft und von der Oeffentlichkeit entfernt auf dem Lande in völliger Abgeſchiedenheit leben. Die halcyoniſchen Tage von ehemals ſind vorüber, beſonders in Berlin, wo Alles im Streiten und in Kämpfen begriffen iſt, in die jeder vorragende Kopf, und zwar mit Recht, hineingezogen wird. Die neuere Zeit iſt einmal zubringlich, und die Liebhaberei an Ruhe, welche die Gebrüder Grimm überkommen hat, und die ihnen das höchſte Gut zu ſein ſcheint, wird daran nichts ändern. Wir erkennen mit Dank die großen Verdienſte an, welche Jacob Grimm ſich um die deutſche Sprache und Wiſſenſchaft erworben hat, und bewundern ſeine ungeheure Gelehrſamkeit. Wir hätten aber gewünſcht, daß dieſe letztere nicht die Gefühle der Freundſchaft oder nur der ganz gewöhnlichen Schicklichkeit in den Hintergrund gedrängt hätte, und daß ſie gepaart geweſen wäre mit billiger Rückſichtsnahme auf einen Collegen, deſſen Verdienſte um die deutſche Litteratur jene, auf welche Wilhelm Grimm Anſpruch hat, denn doch um ein ſehr Bedeutendes überragen. Die Deutung, als hätten die Herren

Grimm mit ihrer Erklärung gegen einen mißliebigen Mann, der ihnen an einem Abend einmal eine Freude verdarb, servile Zwecke verfolgt, weisen wir übrigens entschieden zurück. Aber schlimm genug, daß man solche Aeußerungen überhaupt hören muß. Und die so sehr ersehnte „Ruhe" möchte nun wohl auch noch lange auf sich warten lassen, ganz davon zu geschweigen, daß es den Herren Grimm nicht gleichgültig sein kann, sich einen Schritt erlaubt zu haben, dem so leicht Niemand Beifall giebt.

✶✶ Vom Niederrhein, 14. März. (Köln. Zeit.) Der Eindruck, den die merkwürdige Erklärung der Gebrüder G r i m m in der gebildeten Welt gemacht, hat in allen Blättern Urtheile hervorgerufen, welche als betrübende und zugleich erfreuliche Urkunden der Zeit da stehen. Betrübend nennen wir diese Beleuchtungen, weil ihre Lichter einen dicken, schwarzen Schlagschatten an zwei Persönlichkeiten herausstellen, auf welche die echte Wissenschaft und die gesinnungsvolle Vaterlandsliebe stolz war; betrübend, weil es schmerzt, an öffentlichen Charakteren, deren wir so wenige haben, einen Rost zu gewahren, der das Eisen ihrer Gesinnungs- und Thatkraft bereits so weit angefressen zu haben scheint, daß sie ohne Noth den Genossen gleicher Studien, den Genossen gleichen Schicksals, den Freund zu verläugnen eilen, sobald ein Hauch von seiner Ungnade über den blühenden Saum ihres wohlgesicherten Besitzthumes streift und dessen Ertrag gefährden könnte. Erfreulich aber sind jene Beleuchtungen, weil sie die Einstimmigkeit der deutschen Presse in der Kritik einer Handlungsweise darthun, welche so wenig zu dem Bilde paßt, das seit 1838 das Volk in seinem Tempel tüchtiger, in Wissen und Wollen entschiedener Männer von den beiden Brüdern aufgestellt hatte: erfreulich, weil sie die Urtheilsreife des unbestechlichen Geschwornengerichtes der öffentlichen Meinung bestätigen. — Die Erklärung dreht sich um das, was sie eigentlich will, um die Verläugnung Hoffmann's, in einem geschraubten und vornehmen Tone, den man von J. Grimm am wenigsten erwartet hätte. Wie konnte sein gerader deutscher Sinn sich zu der Wendung hergeben: „es schien, als sei H. in keiner andern Absicht in die Gesellschaft getreten" (damit ja Niemand den Herren eine Einladung zutraue!) „als um zum Geburtstage Glück zu wünschen!" Fühlte denn Grimm nicht das Gehässige, das Verdächtigende dieser wälschen Phrase? sah er nicht den verdeckten Polizeistempel, den dieses „es schien" an der Stirn trägt? Oder sollte etwa das Lob, welches in der Weise, wie es wohl F. A. Wolf seinen Mitarbeitern zu spenden pflegte, der wissenschaftlichen Thätigkeit Hoffmann's in dem Sinne des Xenienverses:

„Wenn die Könige bau'n, haben die Kärrner zu thun", gezollt wird, sollte das den Freund über die lieblofeste der Erklärungen trösten: „er sei ein unwillkommener Gast", — eine Erklärung, welche, unter vier Augen schon hart genug, alles Maß der Sitte überschreitet, alle Heiligkeit der Gastfreundschaft brandmarkt, wann sie einem Verbannten als öffentlicher Steckbrief nachgeschleudert wird?

„Gib dem Herrn eine Hand, er ist ein Flüchtling — sagte eine Großmutter zu ihrem Enkel, als ich am 16. Dec. 1837 die Gränze überschritten hatte" — —. Wer war dieser Flüchtling? wer schrieb unmittelbar nach der That jene Worte nieder, die uns allen damals wie glühende Thränen auf's Herz fielen? — Es war Jacob Grimm, derselbe Mann, der zwei Zeilen weiter (in der Schrift über seine Entlassung) wehmüthig klagt! „Und wo ward ich so genannt? In meinem Geburtslande, das an dem Abende desselben Tages ungern mich wieder aufnahm, meine Gefährten sogar von sich stieß." Wie? und er hatte 1844 keine Hand für den Entlassenen? er nahm den „immer theilnehmenden" Freund ungern wieder auf? er buckte sich zu denen, die, wie er selbst im J. 1838 Seite 1 jener

Schrift sagt, „ihre Theilnahme mit scheuer Beklommenheit an den Tag legen", oder „wie die Krähen angeflogen kommen, dem, den sie für todt halten, die Augen auszuhacken"? (S. 2.) Sollen wir jetzt ihn auch zu den Männern zählen, „deren die Welt voll ist, die das Rechte denken und lehren, sobald sie aber handeln sollen, von Zweifel und Kleinmuth angefochten werden und zurückweichen"? (S. 2) oder gar zu denen, „welche, sonst vorlaut und stolz genug, vor aller Gewalt verstummen und jede Ungnade als das unerträglichste Unglück betrachten, auf Kosten ihrer selbsteigenen Denkungsart zur Nachgiebigkeit bereit sind und schnell erfinderisch Scheingründe für ihre Abtrünnigkeit nicht bloß hervorsuchen, sondern sie auch anders Gesinnten auf alle Weise anempfehlen"? (S. 25) oder zu denen, welche (S. 26) in einer aus Boethius' „De Consolatione" citirten Stelle als solche geschildert werden, die, obgleich trefflich, doch aus Charakterschwäche, wenn ihnen etwas Unbehagliches begegnet, vielleicht die reine Gesinnung (innocentiam) zu bewähren aufhören, wenn sie bei dieser ihre äußere — ruhige — Lage nicht schützen können? — Müssen wir nicht den Brüdern mit Horatius zurufen:

Eheu!
Quam temere in vosmet legem sanxistis iniquam!?

Es kann unsere Absicht nicht sein, zu untersuchen, ob die Staatsregierung im Recht war oder nicht, als sie den Universitätsprofessor Hoffmann absetzte; nach den bestehenden Gesetzen und Vorschriften kann darüber kein Zweifel obwalten. Wir fragen nur, ob es einem Grimm zustand, den Entlassenen, folglich Unglücklichen, so schnöde abzufertigen, wie die Erklärung es thut. J. Grimm's Grundsätze über das Wirken eines öffentlichen Lehrers auf Universitäten sind (oder waren?) folgende: „Die deutschen hohen Schulen, so lange ihre bewährte und treffliche Einrichtung stehen bleiben wird, sind höchst reizbar und empfindlich für alles, was im Lande Gutes oder Böses geschieht. Wäre dem anders, sie würden aufhören, ihren Zweck so, wie bisher, zu erfüllen. Der offene, unverdorbene Sinn der Jugend fordert, daß auch die Lehrenden, bei aller Gelegenheit, jede Frage über wichtige Lebens- und Staatsverhältnisse auf ihren reinsten und sittlichsten Gehalt zurückführen und mit redlicher Wahrheit beantworten. Da gilt kein Heucheln — da kann auch nicht hinter dem Berge gehalten werden mit freier, nur durch die innere Ueberzeugung gefesselter Lehre über das Wesen, die Bedingungen und die Folgen einer beglückenden Regierung. Lehrer des öffentlichen Rechts und der Politik sind kraft ihres Amtes angewiesen, die Grundsätze des öffentlichen Lebens aus dem lautersten Quell ihrer Einsichten und Forschungen zu schöpfen; Lehrer der Geschichte können keinen Augenblick verschweigen, welchen Einfluß Verfassung und Regierung auf das Wohl oder Wehe der Völker übten; Lehrer der Philologie stoßen allerwärts auf ergreifende Stellen der Classiker über die Regierungen des Alterthums, oder sie haben den lebendigen Einfluß freier oder gestörter Volksentwickelung auf den Gang der Poesie und sogar den innersten Haushalt der Sprachen unmittelbar darzulegen. Alle diese Ergebnisse rühren an einander und tragen sich wechselseitig." (S. 20, 21.) Ferner (S. 28): „Die Geschichte zeigt uns edle und freie Männer, welche es wagten, vor dem Angesicht der Könige die volle Wahrheit zu sagen; **das Befugtsein gehört denen, die den Muth dazu haben.** Oft hat ihr Bekenntniß gefruchtet, zuweilen hat es sie verderbt, nicht ihren Namen. **Auch die Poesie, der Geschichte Wiederschein,** unterläßt es nicht, Handlungen der Fürsten nach der Gerechtigkeit zu wägen. Solche Beispiele lösen dem Unterthanen seine Zunge da, wo die Noth drängt, und trösten über jeden Ausgang." — Seine Ansichten über das Treiben der Absolutisten, über das Wesen der Oeffentlichkeit und deren Hemmung spricht er (S. 11 u. S. 32) so aus: „Die Absolutisten unternehmen es wohl, wenn ihrer Ansicht der Vordergrund unserer Zeit zu eintönig und abgeblichen erscheint, ihn mit grellen Farben aufzumalen und vor unsere Augen Fratzen hinzustellen, welche die Zukunft hohnlachend niederreißen wird." — „Die Oeffentlichkeit steht als wohlthätige zugleich und gefährliche, aber unausrottbar gewordene Macht den Schritten der Regierung zur Seite. Und wie verbotene Früchte süßer scheinen, kehrt sich auch der Vortheil augenblicklicher Hemmung bald hernach wider die, welche sie verursachen, wenn sich die geschehenen Dinge mit desto stärkerem Schwunge Luft machen und das Gerücht ihnen erhöhten Reiz leiht. Des Verbots, der Censur kurzsichtiges Auge vermag doch bloß in unmittelbarer Nähe und Gegenwart zu sichern, die drohenden Uebel der Zukunft gewahrt es nicht." — Nun fragen wir wieder: durfte ein Mann, der durch ein Manifest im Jahre 1838 unter Darlegung solcher Gesinnungen von dem Urtheilsspruche einer Staatsregierung an das deutsche Volk appellirte, jetzt ohne alle Noth einen abgesetzten Amtsgenossen mißhandeln, der als deutscher Dichter in seiner Poesie, dem „Wiederschein der Geschichte" seiner Zeit und ihrer Parteiungen, nach J. Grimm's eigenen Grundsätzen zum Aussprechen seiner Gedanken „befugt war, weil er den Muth dazu hatte"? Wir verehren J. Grimm's wissenschaftliche Größe, aber diese Verehrung „verbindet uns nicht, seine Meinungen und Handlungen gut zu heißen." Einen Spiegel haben wir ihm vorhalten wollen aus seinem eigenen Leben, aus seiner eigenen Schrift; nie haben wir geahnet, daß wir die wenigen Bogen derselben seit sechs Jahren aufbewahrt haben würden, um heute einem durch ihn Verunglimpften zur Schutzwaffe gegen den eigenen Verfasser zu dienen. Er und das Publikum schienen jene schönen und jetzt doppelt merkwürdigen Blätter vergessen zu haben. „Albern" erscheint es aber mit den Gebrüdern Grimm auch uns, ihnen jetzt noch, nach der Erklärung vom 4. März, ihre politische Gesinnung abfordern zu wollen.

12. April. (Börsennachrichten der Ostsee.)

Die Erklärung. Geist und Charakter.

Auch wir haben bereits angedeutet, wie wir über die bekannte öffentliche Erklärung der Gebrüder Grimm vom 4. März und deren damit zusammenhängendes Benehmen denken, und seitdem manche neue Urtheile darüber in öffentlichen Blättern gelesen. Die Mehrzahl derselben hat uns befriedigt, vor Allem das in der Kölner Zeitung (vom 21. März)*), worin wir so ganz unsere eigenen Ansichten ausgedrückt finden. Unter den wenigen, die uns nicht allein nicht befriedigt, sondern stark mißfallen haben, nennen wir die in der Deutschen Allg. Zeitung und dem Hamburger Correspondenten.

Es ist wahrhaft betrübend, auch bei dieser Gelegenheit wahrzunehmen, daß ein Theil unserer Deutschen Presse, entfernt die Gesinnung festzuhalten, welche die Zeitverhältnisse so dringend fordern, an Abhängigkeit und Mantelträgerei erkrankt ist. Freilich ist dieser Theil nur klein, aber immer noch zu groß, um nicht wirklichen Nachtheil mehrfacher Art anzurichten.

Der Hergang der Sache, um die es sich handelt, ist von der Tagespresse bereits zu mannigfach besprochen worden, als daß wir nöthig hätten, darauf zurückzukommen. Es gilt hier einfach die Frage: Ist es zu entschuldigen, zu vertheidigen, wenn Jemand gegen einen langjährigen Freund ungaßlich verfährt, ihn gerade in einem Augenblick, wo es sich nur um Documentirung wahrer Freundschafts-Gesinnungen handelte, von sich weist, verdächtigt und schmäht, bloß deshalb, weil er das Mißgeschick gehabt hat, in Ungnade bei seinem Vorgesetzten zu fallen und seine materielle Existenz zu verlieren, und dann hinterher noch eine öffentliche Erklärung abzugeben, um alles dieses zu beschönigen, in Wahrheit

---

*) der vorhergehende Artikel.

aber so recht eigentlich durchblicken zu lassen, wie sehr man fürchtet, hohe Gunst einzubüßen? Wir sagen: Nein, es ist nicht zu entschuldigen und zu vertheidigen.

Untersuchen zu wollen, in wie ferne Hoffmann von Fallersleben, der sich hier als der auf erwähnte Weise von den Gebrüdern Grimm geschmähte Freund darstellt, sein Schicksal verschuldet hat oder nicht, das gehört nicht hierher, sondern einer anderen, besonderen Besprechung an. Nur so viel scheint uns klar, daß er seine Ansprüche als Freund durchaus nicht eingebüßt hatte, und eine Berücksichtigung derselben, eine aufrichtige Theilnahme um so eher von Männern erwarten mußte, die so hoch in der literarischen Bildung stehen, und die — was besonders in Betracht kommt — einem ganz ähnlichen Schicksal erst wenige Jahre vorher unterlagen und, ohne warme Theilnahme von Seiten Anderer, auch bis zu diesem Augenblicke noch das Bittere desselben fühlen möchten.

Die Endfrage läuft darauf hinaus: Darf man Geist und geistigen Ruf höher stellen, als Charakter? Wir sagen auch hier wieder nein, entschieden nein, und wünschen, im Interesse Deutschlands, recht sehr, daß letzterer hier mehr und mehr obsiege und ganz die Würdigung finde, die ihm gebührt. Was Geist ist, vermögen oft nur Wenige zu fassen. Nicht so, was Charakter ist, dessen Inhalt und Wesen sich jedem einfach Begabten und Unbefangenen aufdrängt und nie verleugnet werden darf, ohne jenen stark in Schatten zu stellen und in einem ganz zweifelhaften Lichte erscheinen zu lassen.

Die Wirkung der Grimm'schen Erklärung war in Bezug auf mich keine sonderlich nachtheilige; allerdings nahmen einige Geheime Räthe und Akademiker gegen mich Partei, die bisher gleichgültig zugeschaut hatten, dagegen aber gewann ich auch wieder viele für mich, und es erwuchs auch für mich noch ein materieller Vortheil. Die Beisteuern für mich kamen auf's Neue zur Sprache und wieder in Gang, und das Motto, womit an einem Orte eine Sendung für mich begleitet war: 'Bei uns kein Grimm gegen Hoffmann' war auch an anderen Orten maßgebend.

Am meisten leid that mir, daß Andere um meinetwillen in Untersuchung und Strafe geriethen. Der Studiosus Albert Tiede, der, wie er selbst erklärte, 'das Hoch lediglich aus eigenem Antriebe ausgebracht' hatte, wurde consiliiert, und der Dr. Eduard Meyen mußte eine zweimonatliche Gefängnißstrafe absitzen. Meyen spricht sich darüber folgendermaßen aus:*)

'Als bei einem den Gebrüdern Grimm von den Studenten gebrachten Ständchen vor deren Hause im Thiergarten noch dem bei dem Feste anwesenden Hoffmann von Fallersleben ein Hoch ausgebracht war, sollten Dr. Rutenberg und ich mit Gewalt dies Hoch veranlaßt haben. Wir waren einmal die bösen Geister, von denen alle Opposition gegen die Regierung ausging. Wir wurden nach der Polizei citiert, und gleich darauf wies ein Artikel der 'Vossischen Zeitung' höhnisch auf uns hin. Ich erwiederte darauf: 'Das Hoch auf Fallersleben habe mich zwar herzlich gefreut, ich habe aber nicht mit eingestimmt, weil ich gewußt, daß ich polizeilich beobachtet worden sei.' Diese Erklärung ärgerte furchtbar, weil ich dadurch die 'polizeiliche Aufsicht' auf's Tapet brachte. Herr v. Puttkammer erließ eine Gegenerklärung gegen mich, in der er nichts zu sagen wußte, als daß ich die Urheberschaft geläugnet habe. Gleich darauf erklärte der Student Tiede in der 'Vossischen Zeitung', daß er das Hoch auf Hoffmann aus eigenem Antrieb ausgebracht habe, und ich erließ eine zweite Erklärung, in der ich das Verfahren der Polizei gegen mich als ein 'will-

---

*) Berliner Reform vom 11. Januar 1862.

kürliches' bezeichnete. Dieses Wortes wegen erhob Herr v. Puttkammer eine Injurienklage gegen mich, und obgleich die Sache
erwiesen war, verurtheilte mich das Kammergericht in erster In-
stanz zu 4 Monat, in zweiter zu 2 Monat Gefängnißstrafe.
Gerichte urtheilen eben nur formell. Die Sache geht ihnen über
die Form verloren. Varnhagen begreift dieses Urtheil nicht, weil
er die richtige Veranlassung nicht kennt.*) Er glaubt, ich wäre
nur verurtheilt worden, weil man mich für den Urheber des
Hochs erklärt und ich mich eventuell dazu bekannt habe. Durch
diesen Prozeß erhielt ich Einsicht in die Polizeiberichte. Darin
las ich denn, wie ich auf Tritt und Schritt an dem Abend des
Ständchens verfolgt worden war. Mit wem ich gegangen und
gesprochen — Alles war darin verzeichnet.'

<hr>

Den 10. März des Abends verließ ich Oranienburg.
Man hatte mir auf der Post gesagt, wenn ich mit der Rostocker
Schnellpost bis Löwenberg führe, so könnte ich von dort bequem
und schnell in die Schweriner Gegend kommen. Von Löwenberg war allerdings eine Verbindung dahin, aber eine sehr
schlechte. Ich fuhr die Nacht durch über Rheinsberg und kam
gegen Mittag des folgenden Tages in Wittstock an. Kurz
vorher fragte ich den Postillon, ob denn die Post weiter ginge.
'Ja, erwiederte er, da können Sie sich erst Wittstock mal recht
ansehen — die Post geht Abends um 11 Uhr weiter.' —
Schöne Aussicht: zwölf Stunden in Wittstock! Ich mußte mich
drein ergeben. Still für mich hatte ich mir die Zeit im Gastzimmer vertrieben, an Ausgehen war nicht zu denken, es schneite
und regnete. Als um 10 Uhr Abends zwei Hamburger Kauf-
leute mit Extrapost ankamen und mich als Bekannten begrüßten,

---

*) Tagebücher 2. Bd. S. 365.

da erfuhr erst der Gastwirth, wer ich war; er begleitete mich freundlich an den Wagen und gab mir das Versprechen: 'Wenn Sie wieder einmal nach Wittstock kommen, so werden wir Alles aufbieten, Ihnen den Aufenthalt angenehm zu machen.'

Ich fuhr nun die zweite Nacht durch und traf gegen Morgen in Perleberg ein. Jetzt war ich auf der Berlin-Hamburger Straße, benutzte den Eilwagen bis Ludwigsluft und von da die sich daran schließende Post nach Schwerin. Um 8 Uhr Abends den 12. März traf ich dort ein.

Auf der Hausflur des Postgebäudes war das Reisegepäck ausgelegt. Während ich nach dem meinigen suchte, trat mir ein Mann entgegen, der mich suchte. Es war Müller. Hoch erfreut hieß er mich herzlich willkommen, erst heute habe er meinen Brief erhalten, sein Fuhrwerk hätte drei Tage in Güstrow vergeblich auf mich gewartet.

Wir verweilten eine kurze Zeit im Hôtel du Nord und gingen dann zu den Kunstreitern. Dort erwarteten uns Müller's Frau und Bruder. Wir wurden schnell mit einander bekannt. Wir ergötzten uns noch eine Zeit lang an den Kunstreitern, speisten dann zu Nacht und fuhren nach Holdorf. Das war die dritte Nacht unterwegs. Um 4 Uhr Morgens kamen wir an.

Wie es einem geht bei Persönlichkeiten, die einem lieb und werth sind, die man aber noch nie gesehen hat, so ging es auch mir in Bezug auf Müller. Ich hatte mir ein ganz anderes Bild von meinem neuen Freunde gemacht, der mir sein Herz und Haus öffnete: ich hielt ihn für einen ältlichen, stillen, bedächtigen und gemüthlichen Herrn. Ich fand einen Mann in der Blüthe des Mannesalters, jugendlich frisch und munter, lebenslustig, kräftig, theilnehmend, empfänglich für alles Gute

und Schöne. Als ich ihn näher kennen lernte, freute ich mich
seines freundschaftlichen und offenen Wesens. Seine Aufmerk=
samkeit und gastliche Fürsorge war so groß, daß ich oft verlegen
und ängstlich wurde. Er konnte in Gesellschaften sehr liebens=
würdig sein; er wußte, wenn er bei guter Laune war, die
trockenste Gesellschaft zu beleben und zu erheitern. Er war
dann unerschöpflich in Erzählung meklenburgischer Geschichten,
Schwänke und Schnurren. Er hatte viel Sinn für Musik und
Poesie, und beides kam mir sehr zu statten. Er konnte auf
dem Clavier so viel spielen, daß ich durch ihn eine Menge
Volksweisen aus meiner Sammlung kennen lernte und dann
benutzen konnte. An Politik nahm er großen Antheil, und es
gab für uns täglich Gelegenheit zu politisieren, da ja nun auch
endlich das patriarchalische Meklenburg in die politische Be=
wegung mit hineingerathen war. Er hatte zwar nicht Gelegen=
heit wie andere, seine politischen Ansichten auf den Landtagen
zu vertreten — er war nur Pächter seines Schwiegervaters —,
aber er nahm an allen Bestrebungen der bürgerlichen Ritter
lebendigen Antheil.

Die erste Zeit war ich sehr viel durch Besuche und Reisen
in Anspruch genommen. Dann später gestaltete sich mein hie=
siges Leben ganz nach Wunsch in dem stillen ländlichen Holdorf.

Das Haus war einstöckig, oben mit drei Giebelzimmern
versehen, das nach Westen bewohnte ich. Hinter dem Hause
war ein ziemlich großer Garten, vorn Blumenbeete, hin und
wieder Obstbäume und Fruchtsträuche, links eine Anlage mit
seltenen schönen Rosen und rechts eine Kegelbahn. Die Wirth=
schaftsgebäude schlossen den Hof in einem länglichen Viereck ein.
Das Gut war von mäßigem Umfange, meist lauter Ackerland
nebst einem kleinen Gehölz, dessen Hälfte zu Buchholz gehörte.

Die Wege waren den größten Theil des Jahres schlecht, bei nassem Wetter unergründlich. Die Gegend bot wenig dar; da sie hügelig ist, so sind die Aussichten nie recht weit. Sehr hübsch ist der nahe Hävener See.

Des Morgens stand ich sehr früh auf, und wenn ich gefrühstückt hatte, begab ich mich auf mein Zimmer und arbeitete. Nach Tische pflegte ich einen Spaziergang zu machen, gewöhnlich in das Gehölz.

Das Wetter war nicht immer einladend. Bei den scharfen, oft heftigen Nordwestwinden konnte ich mich ohne Nachtheil für meine Gesundheit nicht hinauswagen. Überhaupt fand ich das Klima nicht eben angenehm. Es dauerte lange, bis es Frühling wurde. Den 30. April sah ich die erste Kirschblüthe, den 4. Mai die ersten Maikäfer und den 9. Mai hörte ich die erste Nachtigall, doch hatte sich der Storch schon den 4. April eingefunden; ihm zu Ehren dichtete ich mein Storchlied.

Die Abende wurden im Kreise der Familie verbracht: wir plauderten, musicierten, politisierten. Die Zeitungen und die kleine Hausbibliothek boten uns mancherlei Stoff. Wenn wir in unseren Gesprächen auf Dinge geriethen, die wir gar nicht oder nicht recht wußten, so mußte uns Pierer aus der Noth helfen, sein großes Universallexikon ließ uns selten im Stich.

Unser Gut gränzte an Buchholz, das Gut des Dr. Schnelle. Ich war gleich die ersten Tage dahin eingeladen. Ich wurde sehr herzlich empfangen. Es schmerzte mich nur, daß Müller mich nicht begleiten konnte, er lebte mit Schnelle sehr gespannt, beide hatten seit längerer Zeit schon gar keinen Verkehr mit einander. Meine Bemühungen, das frühere Verhältniß wieder herzustellen, blieben vorläufig erfolglos.

Schnelle stand damals an der Spitze der bürgerlichen

Rittergutsbesitzer, deren nächstes Ziel dahin ging, gleiche Rechte mit den adelichen zu erlangen. Daraus entwickelte sich dann später eine Opposition gegen die adelichen Ritter und die Regierung. Schnelle konnte mit Recht diese Stellung einnehmen, Niemand war so vertraut mit der meklenburgischen Verfassung und den dortigen Zuständen und den Wünschen und Bedürfnissen des Volks. Dabei war er ganz erfüllt von der Idee des Rechts und durchdrungen von der Nothwendigkeit der Beseitigung aller Hindernisse gegen das Erstreben besserer Zustände, rücksichtslos in seiner Unabhängigkeit und unabhängig in seinem Wollen und Können, ein fester, ehrenwerther Charakter, ein wahrer Ritter ohne Furcht und Tadel. Durch alles das und das Wohlwollen, das er jederzeit gegen mich bewies, stand ich ihm sehr nahe, und ich verkehrte viel und gern mit ihm. Dazu kam nun noch, daß seine treffliche, liebenswürdige Frau mich als ein Mitglied der Familie betrachtete und ich in ihrer Gesellschaft und unter den lieben fröhlichen Kindern meine Heimatlosigkeit vergaß und auch fröhlich wurde.

Ich muß nun noch erzählen von den mancherlei Aufmerksamkeiten und Ehren, die mir hie und da im Lande erwiesen wurden. Es erfolgten viele mündliche und schriftliche Einladungen. Mochte auch viel Neugier mit Veranlassung dazu sein, so war doch größer noch die Theilnahme an meinem Leben und Schicksal.

18. März große Gesellschaft in Buchholz. Einige Nachbaren und Schweriner. Es wird sehr fein gespeist, viel gesungen und getrunken. Alles in heiterer Stimmung.

21. März Fahrt nach Gerdshagen bei Güstrow zum alten Müller, der hier Pächter ist, während er sein Rittergut Holdorf an seinen Neffen und Schwiegersohn verpachtet hat. Den fol-

genden Tag großes Mittagsmal, wobei auch Pastor Lierow, ein berufstreuer Geistlicher, Verfasser mehrerer lyrischen Gedichte.

22. März Fahrt nach Güstrow. Festmal im Gasthofe am Markte. Vor Tische anderthalb Stunden im Buchladen bei Opitz. Einige Güstrower kommen unter allerlei Vorwänden, mich dort zu sehen. Einer fordert russische Wicken und Saaterbsen, wartet aber nicht, bis sie kommen, sondern gesteht, daß er nur mich habe sehen wollen. Dann beginnt das Mal. Zugegen sind unter anderen Manecke von Vogelsang, Domänenrath Dencker und Wien von Hohenfelde.

27. März Fahrt nach Wismar. Zeitig dort. Ich besuche den Fischmarkt und den Hafen und dann den alten Herrn Crain, Rector der gelehrten Schule. Er zeigt mir das älteste Wismarsche Stadtbuch aus dem 13. Jahrhundert. Merkwürdig, daß darin unter den neu aufgenommenen Bürgern kein slavischer Name vorkommt. Ich kehre in den Gasthof zurück. Viele Viergespanne kommen vorgefahren. Die Wismarsche Zeitung vom 21. enthielt unter ihren Vermischten Anzeigen folgende:

'Zu Ehren des Hrn. Prof. Hoffmann von Fallersleben versammelt sich am Mittwoch den 27. d. M., Mittags 2 Uhr, bei dessen Anwesenheit, eine frohe Gesellschaft in meinem Hause. Mit deren Genehmigung lade ich zur Theilnahme ein jeden, der sich dazu geneigt und berufen fühlt.

Böckel, Gastgeber zur Stadt Hamburg.'

Also eine frohe Gesellschaft, und es ist wirklich eine sehr frohe. Nachdem Rector Crain ein Hoch auf den Großherzog ausgebracht hat, folgt Deiters mit einem Hoch in Versen auf mich. Ich danke mit: 'Ich bin Professor gewesen —.' Es ist von Wirkung, so daß Crain bemerkt, er habe nicht geglaubt, daß das lebendige Wort eine so gewaltige Wirkung machen könne. Dann trägt noch ein Candidat Peters ein Gedicht an mich vor. In allgemeiner Heiterkeit endet spät Abends das Mittagsmal, es bleiben nur noch zurück ganze Batterien leerer Flaschen auf der langen Tafel.

29. März schon wieder eine 'Kunstreise.' So nannten wir scherzhaft von jetzt an meine Ausflüge zu denen, die mir eine Ehre erweisen wollten. Herr Hillmann in Rambow hatte uns, einige Verwandte und einige Herren von Wismar zum Mittagsessen eingeladen.

2. April in Holdorf Feier meines Geburtstages. Müller's Freunde und Verwandte haben sich eingefunden. An einem Bogen von Wachholder prangt mein Name, davor ein Altar mit einer Flamme, und im Transparente: DEM FREIEN MANNE. Die Thür öffnet sich und ein Gesang ertönt: 'Der guten Sache!'; dann folgt ein Hoch. — Diese einfache, aber herzliche Feier freute mich sehr.

6. April Fahrt nach Gerdshagen bei Kröpelin zu Mühlen=bruch. Nächster Anlaß die Verlobung seiner Tochter Emilie mit Theodor Müller, Rudolfs Schwager, und seiner Tochter Elise mit dem Advocaten Scharenberg in Rostock.

Den andern Tag, Ostersonntag, großes Gastmal, wozu auch die benachbarten Gutsbesitzer und Pastor Vortisch von Satow geladen sind. Der Herr Pastor hatte schon lange den Wunsch gehegt, mich persönlich kennen zu lernen. Dieser Wunsch geht nun bei einer so feierlichen Gelegenheit in Erfüllung. Der Herr Pastor sitzt bei Tische neben mir und weiß gar nicht in seiner Herzensfreude, was er mir alles Liebes und Schönes sagen soll. Er hat die unpolitischen Lieder nicht allein gelesen, sondern auch erläutert, und weiß die meisten auswendig. Nach aufgehobener Tafel kommt er mit seiner Gemalin auf mich zu

und überreicht mir freudestrahlend seine goldene Repetieruhr:
'Nehmen Sie das zum Andenken!' — 'Lieber Herr Pastor,
ein Andenken nehme ich schon an, nur nicht ein so kostbares!'
— 'Wir bitten inständigst. Es ist kein Gedanke von heute.
Wir haben schon lange daran gedacht, meine Frau und ich,
Ihnen ein Zeichen unserer Liebe und Verehrung zu geben.'

Auf allen diesen Fahrten war Rudolf mein treuer Be=
gleiter; die folgenden machte ich ohne ihn.

19. April Fahrt nach Hohenfelde zu Otto Wien, Schnelle's
Freund. Große Gesellschaft: drei Geistliche, darunter Pastor
Fuchs, Wien's Verwandter, dann die Nachbaren, Mitglieder der
Familie Pogge und Christian Klockmann. Ein heiteres Fest=
mal, das mir mehr als Ehre, das mir die Liebe trefflicher
Menschen einbrachte und eine freundliche Erinnerung blieb.

Von Kölzow sendete mir einige Tage später Adolf Fuchs
ein Gedicht zu, gleichsam eine Verherrlichung des 19. Aprils:

Nun, o Hoffmann, da ich aus Deinem eigenen Munde
    Deine Lieder gehört, und Dein begeistertes Wort,
Treibt mich's, Dir in ungeschminkter Sprache des Herzens
    Zu gestehen, was ich bei Dir und durch Dich empfand.
Schmerz, das war es zuerst, und Haß, daß man Dich verstoßen.
    Aber der Haß wie der Schmerz, beide vermischten sich bald
Mit der Freude, ja, mit der Freude, da ich erkannte
    Wie Du, ein tapferer Mann, Deine Verbannung ertrugst.
Freilich, dacht' ich, Er ist's ja, der da singet: 'Dein Frühling
    Kann nicht schwinden! — Es bleibt ewiglich gleich Dein Geschick! —
Jeglichen Augenblick noch kannst Du ihn finden, den Frühling!'
    Und dann sah ich ja Dich, Dich, den Verstoß'nen geehrt!
Was Du prophetisch einst von den Heimatlosen gesungen
    In dem 'verwüsteten Dorf', siehe, das war nun gescheh'n:
All Dein Hab' und Gut war 'des Feindes Beute' geworden;
    Doch, 'der den Armen giebt', 'der die Verstoßenen liebt';

Hatte Dir Freunde erweckt, die unter ihr schützendes Obdach
    Dich geleitet, die Dich freundlich mit Speise gelabt,
Und an ihrem Heerd Dich erwärmt . . . .
    Also, dacht' ich, und schaute Dir in Dein leuchtendes Antlitz.
    Doch, o Hoffmann, ich bin arm, wie Du selber es bist.
Pflegen kann ich Dich nicht, wie die Reichen unter den Deinen,
    Aber so feurig, wie ich jemals die Freiheit geliebt,
Also Dich zu lieben, das hab' ich still mir geschworen:
    Sieh, ich dachte mir Dich, da ich ins Auge Dir sah,
Als den Mann, der nicht allein zu reden gelernt hat
    Von der Freiheit. Sieh, Höheres sah ich in Dir:
Den Wahrhaftig - Freien! . . . .
    Lebe dann wohl, o Mann! Was Dich auch treffe, leb' wohl!
Ewig bin ich mit Dir in der reinen Liebe der Freiheit,
    Ewig in Wort und That, Leben und Tode vereint.

20. April mit Otto Wien nach Scharpzow zu Karl Müller, Rudolfs Bruder. Ich lernte ihn jetzt erst näher kennen. Ein offener, biederer Charakter, ein Freund heiteren, geselligen Verkehrs, übte er nach edler mecklenburger Art die liebenswürdigste Gastfreundschaft. Schon unterwegs hatten wir erfahren, daß Karl Nauwerck zum Besuche dort sei. Wir feierten ein fröhliches Wiedersehen im Kreise gleichgesinnter Männer. Nauwerck hatte seine 'Berliner Blätter' mitgebracht, worin er allerlei Zeitfragen behandelt. Er las uns mehreres daraus vor und vermehrte somit den Stoff zu interessanter Unterhaltung. Von diesen Blättern erschienen damals 6 Nummern bei Julius Springer in Berlin; sie sind nachher wie so viele Blätter und Blüthen von dem Herbststurme der Reaction verweht worden. — Den zweiten Abend fand sich Fritz Reuter ein. Er erzählte uns stundenlang von seinem siebenjährigen Gefängnißleben so lebendig, so humoristisch, daß wir uns gar nicht satt hören konnten. Ich bat ihn mehrmals dringend, Alles aufzuzeichnen und gerade so, wie er es eben erzählt hatte. Ich versprach

mir den größten Erfolg davon. — Den Tag darauf noch recht vergnügt mit Rauwerck in Hohenfelde.

23. April mit Wien zu Herrn Pogge auf Roggow. Große Gesellschaft. Bei Tische bringe ich ein Hoch auf die deutschen Frauen aus, es waren mehrere Frauen und Fräulein zugegen. Es ging sehr heiter zu. Ich sang mehrere meiner neuesten Lieder. Erst Abends spät fuhren wir heim.

———

Zu diesen mancherlei Beweisen der Theilnahme in Meklenburg kamen während meines dortigen Aufenthalts auch noch zwei von auswärts.

Die 'Germania' in Christiania sendete mir durch Vermittelung Itzstein's eine mein Streben anerkennende Zuschrift mit einem Wechsel von 204 Mark Banco. An dieser Summe hatten sich nicht allein die Mitglieder des Vereins, meist deutsche Handwerker betheiligt, sondern auch einige in Bergen, Malmö und Lund wohnende deutsche und nichtdeutsche Volksfreunde. In Betreff der Geldsammlung sagt die Zuschrift:

'Wie soll auch die strebende Jugend angefeuert werden, sich der heiligen Sache des Rechts und der bürgerlichen Freiheit mit voller Lust und Liebe zu weihen, wenn ein Volk von 40 Millionen Köpfen den im Kampfe für jene höchsten Güter bewährten Männern der That nicht einmal eine sorgenfreie Lage gewährleistet? Mit bloßen Lebehochs und dem leeren Klingklang der Gläser ist wenig geholfen.'

Dann wird erwähnt, daß meine Lieder in der Ursprache mit großem Beifall gelesen würden und daß der Staatsarchivar

Wergeland, der reichbegabteste unter den norwegischen Dichtern einige ins Norwegische übersetzt habe.*)

'Auf solche Weise, heißt es dann weiter, knüpft sich, wie wir hoffen, zwischen den Freigesinnten zweier stammverwandten Völker ein immer kräftigeres Band, wovon uns der jüngst vergangene Abend des 2. April, an dem wir in außerordentlicher Versammlung Ihren 46ten Geburtstag feierten, neuerdings überzeugte; denn auch zu diesem Gedächtnißfeste, das in einfachster Weise mit einem Vortrage**) über die deutschen Dichter der Gegenwart begangen wurde, hatte sich eine nicht geringe Zahl theilnehmender Norweger und Dänen eingefunden.'

------

*) Als Probe lag bei: Drammens Adresse Nr. 19. 'Frei und unerschütterlich' 2c. 2c. mit deutschem und norwegischem Texte. Der letzte lautet also:

Forbundstegn.

Vore Egeträer gro
fri, urokkelige.
Smykkede med grönne Blade
holde de i Stormen Stade,
vakle ei og vige.

Egen, vilden Veir tiltrods,
vil til Himlen sträve.
Den vil os til Mönster stille,
og som den vort Hoved ville
frit og fast vi häve.

Derfor os den tydske Eeg
väre Forbundsmärke,
at i Gjerning og i Tanke
vi ei vakle eller vanke,
modige og stärke.

Henr. Wergeland starb schon im nächsten Jahre!

**) Von Georg Fein.

Den 3. Juni wurde ich überrascht durch ein schönes Ge=
schenk: die 'Lätitia' in Breslau sendete mir einen silbernen
Becher, woran in Emaille das Bild der hübschen Jungfrau
Lätitia, und rings umher die Namen der Ehren=, auswärtigen
und einheimischen Mitglieder. Die beiliegende Zuschrift lautet
also:

Lieber Herr Professor!

Die Lätitia sendet Ihnen die freundlichsten Grüße und zu=
gleich diesen Reisebecher, auf dem Sie unsere Namen um das
Bild der Schutzpatronin eingegraben finden. Nehmen Sie ihn
als einen kleinen Beweis unserer unveränderlichen Theilnahme an
Ihrem Leben und Wirken, als ein Zeichen unserer Liebe für die
Sache, der Sie; gleich den Besten der Zeit, Kopf und Herz
widmeten, der Sache des deutschen Vaterlandes. Wie einst denen,
welche sich dieser Sache mit Überzeugung und wahrem Streben
hingeben, die Anerkennung ihrer Mitbürger nicht fehlen wird, so
wird namentlich der Dichter des Volkes im Herzen dieses Volkes
seine Stätte finden.

Wir, die wir auch in der Ferne das Streben des deutschen
Dichters mit Liebe und Freude begleiten, werden der Zeiten nicht
vergessen, als Sie unter uns saßen und Ihre Lieder in unseren
Herzen das erste Echo fanden — dem dann ein weithallenderes
folgte. Und so soll der Becher, den wir bei unserem gestrigen
Maifeste mit einem Hoch auf Sie und den Frühling einweihten,
auch ein Symbol dessen sein, was Ihre Lieder für uns und die
Lätitia gewesen sind, ein Symbol der Hoffnung auf Deutschlands
Zukunft!

Leben Sie recht wohl!

Die Lätitia.

Breslau,
d. 5. Mai 1844.

In Holdorf hatte ich viele Lieder gedichtet, die ich dann bei verschiedenen Gelegenheiten hie und da sang. Da sie sehr beifällig aufgenommen wurden, so wollte ich sie gerne meinen Freunden und Bekannten als Andenken zurücklassen. Das konnte nur durch den Druck ausgeführt werden. Aber wo drucken lassen? Der größte Theil der Lieder wäre von der Censur gestrichen. Es blieb also nur Ein Weg übrig: sie ohne Censur drucken zu lassen. Ein Freund war bereit, die Sache auszuführen. Eines schönen Maitages, den 24. war mein Manuscript in seinen Händen, und bald darauf erschien ein Heft in 16⁰, 52 Seiten mit 31 Liedern und den Melodien in Steindruck:

> Maitrank. Neue Lieder von Hoffmann von Fallersleben. (Mit Melodieen.) Paris. Verlag von Renardier. 1844.

Drucker und Verleger wurden nie, auch mir nicht einmal, bekannt. Es waren übrigens nicht lauter politische, sondern auch Kinderlieder darunter: Habt ihr ihn noch nicht vernommen? — Zeisig, mein Zeisig, was fällt dir denn ein? — Wenn die Nachtigallen schlagen ꝛc. ꝛc.

Endlich stand meine Abreise fest. Nachdem ich in Holdorf und der Nachbarschaft Abschied genommen, begleitete mich Rudolf eine Strecke und ich fuhr dann allein weiter nach Kressin, wohin mich Herr Stierling eingeladen hatte. Ich traf dort zu meiner großen Freude den Pastor Hoyer von Posarin, der einst mit mir zu gleicher Zeit Schüler des Pädagogiums in Helmstedt gewesen war. Den andern Tag besuchten wir ihn in Posarin.

Den 10. Juni reiste ich weiter über Berlinchen und

Rheinsberg nach Wentow zu Herrn Brandes, einem Freunde Rudolf Müller's. Ich verweilte einige Tage um noch einmal Rudolf zu sprechen, der dann auch mit einigen Verwandten eintraf.

Den 18. Juni nach Oranienburg. Einige Tage mit meinen Freunden zusammen. Rutenberg kam zu mir auf einen Tag von Berlin herüber. Den 23. fuhr mich Karl Pilarik bis vor's Oranienburger Thor. Ich bestieg dort eine Droschke und kutschierte um Berlin herum. Rutenberg erwartete mich schon. Nauwerck und Sander fanden sich bei uns ein. Letzterer erzählte, Bettina sei um eine Pension für mich beim Könige eingekommen! Denselben Tag noch nach Köthen zu Alfred von Behr.

25—29. Juni in Leipzig.

Den ersten Abend noch mit Robert Blum im Litteratenverein. Eines Tages mit ihm bei Diezmann zum Mittagsessen. — In einigen vornehmen Buchhändlerkreisen nimmt man entschieden Partei für die Grimm's. Ich thue nichts dagegen, als daß ich das Thatsächliche vom 24. Februar erzähle. Mit Engelmann abgeschlossen wegen der 'Spenden' und Pars VII. der Horae belgicae.

Den Abend vor meiner Abreise brachten mir die Studenten ein Ständchen vor dem Hôtel de Bavière unter großer Betheiligung des Publicums. Es schien dazu keine polizeiliche Erlaubniß gegeben, auch wol keine erbeten zu sein. Als der Gesang gesungen und ein Hoch ausgebracht war und ich gedankt hatte, war Alles wie verflogen. Ein Polizist erschien darauf und fragte den Portier: 'Wer ist denn das, dem sie hier eben ein Ständchen gebracht haben?' — und der Portier fand nichts darauf zu erwiedern nöthig als: 'Das ist ein deutscher Mann.'

Im Gastzimmer folgte dann noch eine heitere Sitzung. An unserm Tische saß auch ein Graf Schulenburg-Wolfsburg. Er erzählte folgende hübsche Geschichte aus unserer Heimat.

'Eines Tages bin ich auf der Entenjagd. Als ich eben in meinem Jagdanzuge in den hohen Wasserstiefeln, aber beschmutzt von unten bis oben aus dem Busche hervortrete, fährt der Wagen meines Bruders auf mich zu, das Kutschenfenster öffnet sich und es beginnt die Vorstellung: 'Herr Bischof Dräseke — Mein Bruder —' Jener, beide Hände bewegend wie man beim Segenertheilen pflegt, spricht salbungsvoll: 'Ich segne Sie, ich segne Sie!' Denken Sie sich — mich beschmierten Kerl!'

Den 30. Juni traf ich Karl Dresel in Frankfurt und fuhr mit ihm nach Geisenheim. Dort ruhte ich mich etwas aus, und besprach mich mit dem alten Dresel über meine Badereise.

Den 3. Juli reiste ich nach Mannheim. Ich blieb einige Stunden in Mainz. Bei Victor von Zabern traf ich Freiligrath. Ich war nicht eben angenehm überrascht. Die Rhein- und Mosel-Zeitung hatte auf eine mich sehr beleidigende Weise sich über unser Zusammentreffen in Coblenz ausgesprochen. Da von Freiligrath keine Widerlegung erschien, so nahmen meine Freunde an, daß er diesen Artikel verfaßt habe oder doch zu ihm in Beziehung stehe. Er erklärte mir nun, daß beides nicht der Fall sei, und ich würde mich bald von seiner Gesinnung überzeugen, er lasse jetzt Gedichte drucken, wol 20 Bogen, die solle ich abwarten.

Daß ich unter obigen Umständen bis zu diesem Augenblicke

mißtrauisch gegen Freiligrath war, ist erklärlich und verzeihlich). Den 3. Mai noch verfaßte ich in Holdorf ein

Lied eines pensionierten Poeten.*)

> Jam et pecuniam accipere docuimus.
>> Tacitus de Germ. 15.

Mel. 's Ist nichts mit den alten Weibern.

Einst hab' ich auch gesungen
Für's liebe Vaterland,
Und wie war ich doch begeistert
Und für Freiheit entbrannt!

Was half mir die Begeistrung?
Ich litt dabei nur Noth:
Jubelnd sang ich Freiheitslieder,
Und ich hatte kein Brot.

Es paßt die Knechtschaft besser
Für den gelehrten Stand:
Kaum gedacht, und es hatte
Gleich das Blatt sich gewandt.

Drum bin ich jetzt geworden
Ein Dichter mit Pension.
Alle Kunst erhält Belohnung
Nur vom Königesthron.

Was brauch' ich jetzt noch Freiheit?
Was brauch' ich's Vaterland?
Hab' ich doch dreihundert Thaler
Gutes preußisch Courant.

Willkommen, Bruder Geibel!
Und Bruder Freiligrath!
Und Du lieber Bruder Kopisch!
Ich bin Euer Kamerad.

---

*) Gedruckt im Maitrank Nr. 8.

Nachdem ich zweimal das Dampfschiff verfehlt hatte, fuhr ich mit einem späteren und kam erst um 10 in Mannheim an.

Der Zweck dieser Zwischenreise war: mir für das zweite Heft meiner Kinderlieder mit Clavierbegleitung einen Verleger zu verschaffen. Die Bassermann'sche Buchhandlung, mit der ich schon im Verkehr stand, schien mir die geeignetste dafür zu sein. Als ich die Herren Bassermann und Mathy nicht fand — sie waren beide Abgeordnete —, so fuhr ich mit des letztern Bruder nach Carlsruhe. Wir gingen in die Kammersitzung und dann zum Essen im holländischen Hof. Hier traf ich mit Bassermann und Mathy zusammen. Nach kurzer Verhandelung war der Vertrag abgeschlossen. Später begrüßte ich noch im Pariser Hof Itzstein, Hecker, Buhl, Bissing u. a. Welcker lud mich ein nach Heidelberg in seine neue Wohnung. Um 7 Abends fuhren wir heim.

5. Juli bis 2. August in Soden.

Soden liegt in einer lieblichen Gegend am Fuße des Taunus. Es hat viele Mineralquellen, die zum Baden und Trinken benutzt werden. Ich ließ mich nur auf das Trinken ein und beobachtete pünktlich die üblichen Verhaltungsregeln.

Nach einigen Tagen befand ich mich sehr schlecht und mußte zu einer minder starken Quelle übergehen. Aber auch danach wurde mir nicht besser, und weil ich doch nun einmal eine vierwöchentliche Brunnencur mir vorgenommen hatte, so hielt ich mich nur Curhalber auf wie viele Studenten nur Studierenshalber Universitäten besuchen. Überdem trat in der Mitte des Monats so schlechtes Wetter ein, fortwährend Regen und Kälte, daß schon dadurch alles Brunnentrinken von selbst aufhören mußte. Bei allem Langweiligen, welches am Ende jeder Badeort hat, war es doch für mich hier meist angenehm und mitunter sehr kurzweilig. Obschon Soden eigentlich nur ein Frankfurter Bad und Vergnügungsort ist, und von eben so viel Frankfurter Juden wie Christen besucht wird, so finden sich doch auch andere Leute ein, die angelockt durch die schöne Gegend und die Leichtigkeit, schnell her- und wegzukommen, eine Zeitlang hier verweilen.

Es war mitunter recht lebhaft: einige Männer besuchten ihre Frauen, andere ihre Verwandten und Freunde, noch andere kamen um diesen oder jenen Badegast kennen zu lernen. Und so machte ich denn manche Bekanntschaft.

Von den Curgästen gehörten zu meinem näheren Umgange der Schauspieler Baison, der Litterat Ebner, der Americaner Willis, der Criminalrichter Genth, der alte Dresel, Frau Antolka Hiller, Frau Gutzkow, Frau Mendelssohn, Frau Althaus und ihre Tochter Elisabeth. Baison verließ uns schon in den nächsten Tagen und Genth starb am Schlagfluß den 16. Juli.

Gutzkow war zum Besuche seiner Frau herübergekommen. Ich traf ihn auf einem Spaziergange in Begleitung von Baison, Ebner und Wihl. Ich war eben nicht angenehm überrascht: er hatte für mich etwas Kaltes, Unheimliches in seinem Gesichte. Wir gingen lange neben einander, bis er sich zu einem Gespräche mit mir herabließ. Als einmal die Unterhaltung angebahnt war, da konnte ich es denn doch nicht unterlassen, ihn wegen seiner Schandartikel gegen mich zur Rede zu stellen. 'Sagen Sie, wie kamen Sie eigentlich dazu gegen mich zu schreiben?' — Zögernd kam er dann mit der Entschuldigung heraus: 'Campe wünschte es, ich möchte gegen Sie schreiben.' — Also darum! jede andere Erklärung wäre mir

lieber gewesen als dies Geständniß eigener Erbärmlichkeit. —
Nachher saßen wir bei Baison in der Laube; Gutzkow war ge=
sprächiger, als er merkte, daß ich nicht wieder auf seine Tele=
graphendienste für Campe zurückkommen mochte. Seine Frau
war zugegen und wie immer so jetzt vor ihrer bevorstehenden
Abreise recht freundlich: 'Sie sind so oft in Frankfurt gewesen
und uns immer vorbeigegangen, jetzt dürfen wir doch wol hoffen,
daß Sie uns besuchen!' —

Obschon damals Gutzkow einen Theil der Tagespresse beherrschte und für seine Zwecke auszubeuten verstand, so gab es
doch noch immer selbstständige Männer, die für sich und ihre
Gesinnungsgenossen auftraten, wenn es galt, die Ehrenhaftigkeit
ihres politischen Lebens und Strebens gegen Verdächtigungen
und Verunglimpfungen zu vertheidigen. So hatten die 'Rheinischen Blätter' (Beilage zur Mannh. Abendzeitung) vom
6. Juli 1844 folgenden merkwürdigen Artikel:

* Des Herrn K. Gutzkow

politische Prätensionen, die sich in neuester Zeit zu Gunsten des
jungen Deutschlands gegen die hegelisch-politischen Bestrebungen
ausgesprochen, haben wir neulich in der Aachener Zeitung mit
einigen Worten in ihrer wahren Bedeutung zu bezeichnen gesucht,
so weit es an jenem Orte thunlich war. Herr Gutzkow stattet
der Dame Politik blos als Dilettant mitunter einen Besuch ab,
um ihr zu zeigen, daß er sie hinter den Theaterkoulissen nicht
ganz aus dem Auge verloren; er ist bei seinen Besuchen aber
ungalant genug, die Dame durch Herabsetzung ihrer treuen An-
hänger, die ihr Leib und Seele gewidmet haben, vor den Kopf
zu stoßen, während er mit der Seltenheit seiner Dilettantenbesuche
auch die Bescheidenheit des Dilettanten verbinden sollte. Eine
wie große Autorität Herr Gutzkow auf die früher bezeichnete

Weise auch geworden ist, so hat er es doch noch nicht so weit
gebracht, daß man gleich den Hut abzieht, wo er sich nur blicken
läßt, und wenn er keinen Anstand nahm, den Aristarchen über
das Wirken von Leuten zu spielen, die zehnmal mehr politisches
Verdienst haben als Herr Gutzkow poetisches, so blieb uns zur
Erklärung eines so auffallenden Auftretens nur die Annahme
egoistischer Motive übrig, nicht etwa die günstige Präsumtion, er
wolle mit einer ernsten Theilnahme sich nunmehr dem politischen
Leben zuwenden. Die Leute der Politik scheinen den Hrn. Gutzkow
überhaupt sehr zu geniren. Schon früher hat er in Versen seinem
gedrückten Herzen gegen die „Zeitungshelden" Luft gemacht, vielleicht weil die Verwegenen sich unterstehen, der Welt noch Interesse für andere Dinge zuzumuthen, als für die Dramen des
Hrn. Gutzkow. Wir unserseits gestehen, daß wir einem Zeitungshelden, der im Stillen dann und wann einen stärkenden Tropfen
ehrlicher Gesinnung in das Meer der öffentlichen Meinung gießt,
ein weit größeres Verdienst zuschreiben, als einem poetisch-politi-
schen Dilettanten, der in einer Zeit wie die unsrige beifallslüstern
nur hinter dem Thespiskarren herrennt. Wäre Herr Gutzkow
wirklich der Mann, für den er sich zu halten scheint, so würde
es einigermaßen zu entschuldigen sein, wenn er von der Theilnahme,
die sich der Politik und andern Dingen zuwendet, eine größere
Portion für seine Bestrebungen in Anspruch nähme. Aber er hat
mit der Zeit die Illusionen, die sein Bild früher als eine glänzende Erscheinung emporgehoben, so ziemlich zerstört, und weder
die Vorurtheile, die über sein Gesinnungsstreben, noch diejenigen, die
über seine Begabung bestanden, gerechtfertigt. Bei der Betrachtung seiner Wirksamkeit drängt sich die Wahrnehmung auf, daß
er es nicht über eine gewisse Linie hinausbringt, daß sein Geist,
wie seine Gesinnung ausgewachsen ist. Ein Riese ist aber nicht
daraus geworden. Die Bahn eines hübschen Talents wird er
nicht verlassen, aber ebensowenig wird er sich auf einen genialen

Berg versteigen, eben weil er ein Talent, ein gewandtes, flinkes, routinirtes Talent, aber keineswegs ein Genie ist, wenn er auch die Prätension des Genie's in reichlichem Maße besitzt. Was er schreibt, ist immer nett und berechnet, auch mitunter fein, auch mitunter geistreich, aber es hält sich immer auf einer gewissen Linie und wird hierdurch im ganzen sogar monoton, es hat die Gleichförmigkeit der Fabrikarbeit. Das Einzige, wodurch er die Monotonie zerstören könnte, wäre mitunter eine Kühnheit, wie er sie früher wohl auf anderm Gebiet versucht hat, aber Hr. Gutz-kow ist zahm geworden, sehr zahm, so daß man an seinen slavi-schen Stammbaum erinnert wird, und er bleibt lieber monoton, als daß er auch nur an das Obercensurgericht appellirte. Viel-leicht hofft er ein Gegenmittel gegen die Eintönigkeit in seiner gerühmten Fruchtbarkeit zu finden, und durch die große Zahl seiner literarischen Familie den Eindruck aufzuheben, den die stereotype Gleichheit ihrer Gesichter macht. Gutzkow mag ein Buch schreiben, worüber er wolle, man wird immer schon vorher wissen, wie hoch und in welchem Schlag das Product wachsen wird. Er wird ein ganz nettes, gestutztes, gleichgewachsenes und luftiges Schlagholz produciren, worin seine Damen und Herren nach aufgehobenem Thee können spaziren gehen, ohne die Besorg-niß, daß sie durch die wilde Jagd kühner Gedanken und Gesin-nungen gestört werden; aber er wird es nie zu einem tief schat-tigen und abwechselungsvollen Hochwald bringen, worin das Horn des Jägers und der Ton der Amsel schallt, worin hier eine riesige Eiche die Nachbarschaft überragt, dort ein dunkles Nadel-holz gegen das helle Grün der Blätter absticht, dann wieder ein Berg seinen krausen Haarwuchs über die Umgebung erhebt, und worin man mehr als einmal sich ergehen kann, ohne sich zu langweilen. Und ein Bach? Nein, einen Bach wird man ver-gebens darin suchen. Daß trotz diesem Mangel an genialer Triebkraft und saftigem, strömendem Leben Herr Gutzkow das ganze Gebiet der Literatur zu kultiviren gesucht hat, kann nur auf Rechnung seiner überall hervortretenden Eitelkeit geschrieben werden. Er möchte sich gern ein Universalgenie tituliren lassen, und bringt es doch nur zu einem Universalschreiber. Er bildet sich ein, nicht blos Kritiker, sondern auch Publicist, nicht blos Publicist, sondern auch Philosoph, nicht blos Philosoph, sondern auch Poet zu sein. Und gerade durch das, was er nicht ist, ruinirt er sich. Wenn man so die Richtschnur seiner natürlichen Anlage verloren hat, wie Gutzkow, dann muß allerdings ein abnormer Zustand, eine Störung des geistigen Organismus eingetreten sein und diesen Zustand und die Störung wissen wir eben nur der Eitelkeit und einem weichlichen, bis zur Krankhaftigkeit gesteigerten Ehrgeiz zuzuschreiben, der Herrn Gutzkow vielleicht noch üble Streiche spielen wird. Wir wundern uns, daß er noch nicht eben so als Philologe, Historiker, Botaniker, Mineraloge ꝛc. aufgetreten ist, wie als Poet. Wenn Herr Gutzkow sich nicht durch die Eitelkeit hätte verleiten lassen, sein zu wollen, was er nicht ist, sondern sein Talent auf dem Posten gelassen hätte, worauf die Natur und die Zeit es hingewiesen, nämlich auf dem Posten der Kritik und der Publicistik, dann würde er es zu einem ganz andern literarischen Charakter gebracht und eine ganz andere Befriedigung erlangt haben, als auf dem bisherigen Wege. Es würde eine Einheit in sein Streben gekommen sein, wenn er es der Gesammtheit gewidmet hätte, und er würde eine andere Theilnahme gefunden haben, als die flüchtige Theilnahme der Theaterabende, auf die sich das Goethe'sche Wort anwenden läßt:

Ich stürme von Begierde zum Genuß
Und im Genuß verschmacht' ich nach Begierde.

Herr Gutzkow möchte die Zeit in sein Theater treiben und zur perpetuellen Abonnentin machen. Aber die Zeit hat andere Dinge zu thun, als dem Herrn Gutzkow die Stangen seines

Ruhmeszelts nachzutragen und sie wird ihn laufen lassen, wenn er nicht mit ihr gehen will. Der Clavierspieler Lißt hat ein Wort gesprochen, das wir ihm höher anrechnen, als seine ganze Virtuosität. Er sagt: „das Talent verpflichtet!" Herrn Gutzkow's Wahlspruch dagegen scheint zu sein: das Talent verlangt! Sein Talent ist ein Vielfraß. Als Kritiker und Publicist hätte er, trotz der Ungunst der Verhältnisse, hundertfache Gelegenheit gehabt, die Pflichten seines Talents zu erfüllen, aber er zog die unangenehmere Partie vor, als Poet Bühnenkomplimente und Schauspielerapplaus einzukassiren. Der Kritiker genügte ihm nicht und der Publicist forderte vielleicht zu viel Character oder zu viel Opfer durch Selbstverläugnung, die allerdings keine Kinder der Eitelkeit sind. Gutzkow'sche Eitelkeit und Publicistik kann man in unserer Zeit nur vereinigen, wenn man sich verkauft, und dazu wird er sich wenigstens schämen.

Nun sucht er den Ersatz in andern Gebieten, und die hat er zu beackern gewußt. Es fehlt ihm jetzt blos noch ein Wagen mit vier Pferden, worin er mit ästhetisch-aristokratischem Air, als Repräsentant des jungen Deutschlands, seinem Theaterruf durch die Welt nachfahren könnte. Heute Gutzkow, morgen Gutzkow, übermorgen Gutzkow und immer Gutzkow. Er möchte das ganze Gebiet der Literatur zu einem Echositz machen und alle Morgen Gutzkow rufen, so daß es den ganzen Tag durch die ganze Literatur wiedertönte: Gutzkow. Wenn die deutschen Blätter so grausam sein wollten, Herrn Gutzkow zu tödten, so brauchten sie blos ein halbes Jahr nicht mehr zu sagen: Gutzkow. Gutzkow lebt nur für seinen Namen und von seinem Namen. Das ist ungenügsam und genügsam zugleich. Der reiche arme Gutzkow! Er wird sich vielleicht wundern, daß ihm diese Mahnungen von einer Seite herkommen, die er für eben so unberechtigt dazu halten wird, als er es selbst zu seinen Ausfällen gegen die Leute der Politik war. Aber wir haben nun einmal ein kürzeres Maß um den Abstand der Großen zu messen, als Herr Gutzkow. Wenn wir gestorben sind, dann wächst über das Grab des Einen so gut das Gras der Vergessenheit, als über das Grab des Andern, und die paar Blümchen, die der Eine vor dem Andern voraus hat, sind im Sturm der Jahre bald verschwunden. Deßhalb messen wir die Berechtigung nicht nach der Menge von Kirchhofsblumen, die Einer mehr als der Andere im Garten seiner Eitelkeit sich groß zieht, sondern nach dem Willen und der Fähigkeit für etwas Andres zu streben und zu leben, als für die leidige Persönlichkeit. Die Anwendung eines solchen Maßstabs aber stellt jeden rechtschaffenen „Zeitungshelden" mit Hrn. Gutzkow zum Wenigsten gleich, selbst wenn er nächstens Hofrath werden sollte. Wir halten es für gut gethan, daß man sich mit solchen Hofrathsnaturen bei Zeiten verständigt, damit die oscillirenden Speculanten wenigstens nicht den Triumph haben, über ihr wahres Wesen die Welt lange in Zweifel zu halten.

K. H.

Mendelssohn war zum Besuche seiner Frau eingetroffen. Er kam eben aus England, wo er ein großes Concert geleitet hatte. Ich besuchte ihn und war sehr erfreut: diese feine, vielseitige Bildung, dies milde, liebenswürdige, dies bescheidene Wesen des hochgefeierten Künstlers — eine seltene Erscheinung in der Tonkünstlerwelt! Wir sprachen über Breslau und das dortige Gelehrten= und Künstlertreiben, über deutsche Litteratur, Volkslieder, Choräle u. dgl. Er dankte mir herzlich für die großen Freuden, die ich ihm durch meine Lieder bereitet hätte. Er erzählte, daß der 'Blümlein Tanz' ('Maiglöckchen läutet in dem Thal') mit englischer Übersetzung in London von ihm her= ausgegeben sei mit noch 5 anderen Liedern von mir.

Eines Tages spazierten wir gegen Abend die Anhöhe hinauf 'zu den drei Linden.' Als wir dort angelangt waren, setzte sich Mendelssohn in eine Vertiefung, holte seine Mappe hervor und zeichnete eine jener zwei Linden, die dritte ist nämlich nicht mehr vorhanden. Unterdessen pflückte ich Blumen und wand ein Sträußchen, das ich auf die Bank legte.

Ich ging dann wieder nach Blumen zu einem zweiten Sträußchen. Wie ich damit fertig und mein erstes wiederholen wollte, konnte ich es nicht finden. Ein Frankfurter Madamchen auf der Bank reichte es mir: 'Iß des das Ihnen Ihrige?' Mein Sträußchen war zu schön für diese Frankfurter Schönheit, ich nahm es als mein Eigenthum zurück.

Es ist meine alte Liebhaberei, Blumensträuße zu winden und besonders ganz kleine. Ich wetteiferte darin mit Frau Mendelssohn, die aber dabei auf eine andere Art verfuhr sowol in der Form der Sträußchen als in der Wahl und Zusammenstellung der Farben.

Später machte ich mit Mendelssohn einen weiteren Ausflug. Wir holten Freiligrath von Kronthal ab, gingen nach Königstein und bestiegen dann den Falkenstein. Uns entzückte die rigiartige Aussicht. Auf dem Hin- und Rückwege erzählte uns Mendelssohn viel von den englischen Eigenthümlichkeiten und manche ergötzliche Geschichte.

Eine eben so freundliche, liebe Erscheinung war auch Frau Mendelssohn. Ich hatte sie schon vor Ankunft ihres Gemals kennen gelernt. Zuletzt wurde ich noch zu Mittag eingeladen und verlebte mit ihnen einige recht heitere Stunden.

In der ersten Hälfte Julis war auch Ferdinand Hiller einige Male in Soden. Ich war zweimal sein Tischgast. Hiller war meist ernst und still, mehr mit sich als anderen beschäftigt. Während Mendelssohn ein Centrum war, das seine Strahlen ausströmte, schien mir Hiller eins, das alle in sich auffing; was sich ihm näherte, schien nur um seinetwillen da zu sein. Er kam mir vor wie sein großes Album mit den vielen gefeierten Namen, das er mehr zu seiner, als ihrer Verherrlichung zu zeigen schien.

Noch muß ich eines Mannes erwähnen, mit dem ich viel und gern verkehrte: Hermann Friedrich Georg Ebner. Er gehörte zu den Frankfurtern, die das 'Handels- und Gewerbs-Adreßbuch nach ihrem bürgerlichen Stande oder Geschäfte' unter Literaten aufführt. Er war ein fleißiger und gewandter Mitarbeiter an vielen Zeitschriften und hatte sich nach und nach so viel Vermögen erworben, daß er ein eigenes Haus bewohnen und sorgenfrei leben konnte.

Außerdem lernte ich noch kennen Dr. Creizenach, Dr. Friedleben, Dr. Wagner, Gründer und Herausgeber der Didaskalia, und den Candidaten Friedrich Ludwig, der eigens von Frankfurt um meinetwillen herüber gekommen und mir seine Maria Magdalena verehrte.

Von Soden aus machte ich einige weitere Ausflüge.

Den 20. Juni folgte ich einer Einladung zum Feste der Mainzer Liedertafel im Hôtel Barth in Castel. Mittags war ich bei Theodor von Zabern zu Gaste und lernte seinen Schwiegervater, den Geh. Staatsrath Jaup kennen. Nachher traf ich mit Esser, dem Director der Liedertafel zusammen. — Abends 8½ begann das Fest. Der alte Schott führte mich zu Tische. Es wurde gut gesungen, gut gegessen und getrunken. Schott brachte ein Hoch auf mich aus. Ich sang zum Danke mein Lied:

Ja, ihr habt es denn endlich vollendet ꝛc.

Die Stimmung schien mir etwas gedrückt, weshalb ich
denn auch nicht zu bewegen war, noch etwas vorzutragen. Erst
später erfuhr ich, woher diese Stimmung: das heutige Fest war
der deutschen Advocaten = Versammlung bestimmt gewesen, die
bekanntlich nicht zu Stande kam. Ein Bericht über das Fest
im 'Rheinischen Telegraphen von Ed. Ries' Nr. 59 gedachte
auch meiner:

'Es war ihm wohl bei diesem Feste, und seine Nähe wirkte
wohlthuend, und der alte Rhein muß gejubelt haben, wie er
draußen den jubelnden Gruß der Liedertafel an Hoffmann vernahm.
Wer hätte auch nicht mit einstimmen mögen in das „Hoch" für
Hoffmann? Es ist eine eigene Ehrfurcht, die einen beim Anblick
dieses kerngesunden deutschen Mannes mit der kerngesunden deutschen
Gesinnung umschleicht, man fühlt, daß es dieser Mann gut mit
seinem Vaterlande meinen muß. Hoffmann von Fallersleben
antwortete mit einem seiner begeisternden Lieder, das er vortrug
und das sich einer eben so begeisternden Melodie anschloß.'

Den 25. besuchte mich Döbler mit Frau. Er sagte, daß
er schon lange den Wunsch gehegt habe, mich persönlich kennen
zu lernen und mir zu danken für das schöne Lied: 'Der Döbler
ist ein Zaubermann.' Wie er es zuerst in England gelesen,
sei er außer sich vor Freude gewesen. Er habe es dann ins
Englische übersetzen lassen, aber die Engländer hätten die Pointe
nicht gefaßt, einen Polizisten nach unseren Begriffen kenne man
dort nicht. Wir gingen nun zu Freiligrath; die mit ihnen ge=
kommen, Frau Gutzkow und Dr. Wihl schlossen sich an. Freilig=
rath begleitete uns nach Soden zurück. Ich mußte Döbler
versprechen, sein Gast in Frankfurt zu sein und seiner nächsten

Vorstellung beizuwohnen. Den 27. erfüllte ich mein Versprechen. Zu Mittag speisten wir im Schwan, wozu auch Frau Gutzkow und Dr. Wihl eingeladen waren. Den Abend bewunderte ich auf der Bühne Döbler's Nebelbilder, die von ihm erfunden waren. — Döbler war ein stiller, sinniger Mann, in seinem Fache ausgezeichnet, ein wahrer Künstler, dabei sehr leidend in Folge der vielen und großen Anstrengungen. Seine Frau dagegen, eine geborene Hamburgerin, war munter und gesund, immer heiter und gesprächig.

Freiligrath wohnte mit seiner Frau in Kronthal, einer kleinen stillen Badeanstalt in einem waldigen Thale, die erst vor 10 Jahren ins Leben trat. Wir besuchten uns wechselseitig, doch war ich öfter in Kronthal als er in Soden. Die letzten Tage vor meiner Abreise war unser Verkehr besonders lebhaft. Wir sahen uns täglich. Den 29. Juli las ich ihm die 'Hoffmannschen Tropfen' vor, die erst im September gedruckt wurden. Den 31. Juli fuhren wir nach Frankfurt und speisten bei Ebner zu Mittag. Obschon es seinerseits keiner Erklärung mehr bedurfte, daß er ganz zu unserer Partei gehörte, so hielt ich es doch nicht für überflüssig, ihn als einen Gleichgesinnten zu begrüßen, zumal ich voreiliger Weise mein Mißtrauen früher in einem Liede ausgesprochen hatte. Den 1. August traf ich ihn nicht in Kronthal, er war nach Homburg gegangen. Den 2. kam er mit seiner Frau nach Soden herüber und ich sang ihm zum Abschiede dieses Lied:

Willkommen im Freien!

Sie hatten den Käfich versilbert,
Sie lockten Dich hinein,
Du trautest dem trüglichen Scheine,
Und mußtest gefangen sein.

Da bist Du inne worden,
Daß Du was Besseres bist,
Daß auch für Dich ohne Freiheit
Kein Leben hienieden ist.

Da bist Du hinaus geflogen,
Hinaus in die frische Luft,
Hinaus in das freie Leben
Zu Blumen- und Laubesduft.

Entwöhnt der Käfichsnahrung
Singst Du durch Wald und Flur,
Willst leben wie Deine Genossen
Von Gottes Gnaden nur.

Sing fort, o freier Vogel,
Dein Lied im Freiheitston!
Der stumme Dank des Volkes
Ist mehr als Königeslohn!

—————

Wir nahmen von einander Abschied ohne die tröstende Hoffnung, uns bald wiederzusehen. Der Druck seiner neuesten Gedichte ward noch in diesem Monate vollendet, aber erst im . folgenden (Sept.) dem Buchhandel übergeben. Sie erschienen unter dem Titel:

'Ein Glaubensbekenntniß. Zeitgedichte von Ferdinand Freiligrath. Mainz, Verlag von Victor von Zabern 1844.' 8⁰. (XVI. 324 SS.)

Es sind 44 Gedichte, zwei davon, die ältesten, von 1841 und 1842 aus Darmstadt, die jüngsten, ihrer 6, vom Mai 1844 aus Aßmannshausen, die übrigen aus St. Goar aus den Jahren 1843 und 1844. Das Vorwort lautet:

Die jüngste Wendung der Dinge in meinem engern Vaterlande Preußen hat mich, der ich zu den Hoffenden und Vertrauenden gehörte, in vielfacher Weise schmerzlich enttäuscht, und sie ist es vornämlich, welcher die Mehrzahl der in der zweiten Abtheilung dieses Buches mitgetheilten Gedichte ihre Entstehung verdankt. Keines derselben, kann ich mit Ruhe versichern, ist gemacht; jedes ist durch die Ereignisse geworden, ein eben so noth- wendiges und unabweisliches Resultat ihres Zusammenstoßes mit meinem Rechtsgefühl und meiner Überzeugung, als der gleich- zeitig gefaßte und zur Ausführung gebrachte Entschluß, meine vielbesprochene kleine Pension in die Hände des Königs zurück- zulegen. Um Neujahr 1842 wurde ich durch ihre Verleihung überrascht; seit Neujahr 1844 hab' ich aufgehört, sie zu er- heben.

Indem ich mich solchergestalt, durch Wort und That, offen und entschieden zur Opposition bekenne, schicke ich gleichwohl der zweiten Abtheilung die erste, schicke ich den unzweideutigen Stim- men einer ausgebildeten und in sich gefesteten politischen Mei- nung die minder sicheren und bewußten einer erst werbenden und sich gestaltenden voraus. Ich kann nicht anders! Wer am Ziele steht, soll auch den Umweg nicht verläugnen, auf welchem er es erreicht hat! Dies mein Glaube, und dies der einzige Grund, der mich gerade bei dieser Gelegenheit zur Wiederver- öffentlichung jener älteren Gedichte bestimmt. Andere Motive, vollends solche des Hasses und des Neides, wie man sie einst bei meinem Liede gegen Herwegh vorausgesetzt hat, sind mir jetzt so fremd, wie sie es damals waren, und ich stelle sie hiermit auf's Entschiedenste in Abrede. Es ist mir hauptsächlich darum zu thun, eine nunmehr hinter mir liegende Übergangsepoche mei- ner poetischen und politischen Bildung auch sichtbar für mich und Andere zum Abschluß zu bringen.

Und so leg' ich denn diese Sammlung, Älteres und Neuestes, vertrauensvoll an das Herz des deutschen Volkes! Die Besonne- nen und ruhig Prüfenden, hoff' ich, werden die zahlreichen Fäden

leicht entdecken, welche aus der ersten Abtheilung des Buches in
die zweite herüberführen. Sie werden es erkennen, hoff' ich, daß
hier nur von einem Fortschreiten und einer Entwicklung die Rede
sein kann, nicht aber von einem Übertritt, nicht von einem buh=
lerischen Fahnentausch, nicht von einem leichtfertigen Haschen nach
etwas so Heiligem, wie die Liebe und die Achtung eines Volkes
es sind. Sie werden es vielleicht um so eher, wenn sie gleichzeitig
erwägen, daß die ganze Schule, die ich so eben als Individuum
vor den Augen der Nation durchgemacht habe, doch am Ende nur
die nämliche ist, welche die Nation in ihrem Ringen nach politi=
schem Bewußtsein und nach politischer Durchbildung, als Ge=
sammtheit selbst durchlaufen mußte und zum Theil noch durch=
läuft; — und das Ärgste, was sie mir vorzuwerfen haben, wird
sich zuletzt vielleicht auf das Eine beschränken: daß ich nun doch
von jener „höheren Warte" auf die „Zinnen der Partei" herab=
gestiegen bin. Und darin muß ich ihnen allerdings Recht geben.
Fest und unerschütterlich trete ich auf die Seite Derer, die mit
Stirn und Brust der Reaction sich entgegenstemmen! Kein Leben
mehr für mich ohne Freiheit! Wie die Loose dieses Büchleins
und meine eigenen auch fallen mögen: — so lange der Druck
währt, unter dem ich mein Vaterland seufzen sehe, wird mein
Herz bluten und sich empören, sollen mein Mund und mein Arm
nicht müde werden, zur Erringung besserer Tage nach Kräften
das Ihrige mitzuwirken! Dazu helfe mir, nächst Gott, das Ver=
trauen meines Volkes! Mein Gesicht ist der Zukunft zugewandt.

Ferdinand Freiligrath.

Nach dieser rückhaltlosen Erklärung durfte sich die Presse
gar nicht erst den Kopf zerbrechen, warum und wie Freiligrath
in den Freisinn hinein gerathen war. Das Ereigniß war aber
zu bedeutend und mußte besprochen werden, und da dies nur
in regierungsfreundlichem Sinne geschehen konnte, so waren die
Stimmen natürlich mehr wider ihn als für ihn. Die Allge=

meine Zeitung stellte am 10. Oct. in ihrer 284. Nr. mehrere Urtheile zusammen. Zur Probe:

* † **Vom Main,** 6. Oct. Ueber Ferdinand Freiligraths „ein Glaubensbekenntniß" haben sich bereits vielfache Stimmen vernehmen lassen; es wurde dem Dichter zujauchzendes Lob und bitterer Tadel. Nachdem Freiligrath auf die „Zinnen der Partei" von seiner „höhern Warte" getreten, wird er auch parteiisch beurtheilt, und es ist Pflicht eines jeden, der es redlich mit Freiligraths ausgezeichnetem Dichtertalent meint, vermittelnd zwischen seinem Berufe und seinem Irrthum aufzutreten, so wie es damals geschah, als er von dem politischen Zelotismus, dem er nun huldigen will, angefallen wurde. Freiligrath ist weder durch den innern Drang, noch durch die äußern Verhältnisse zum politischen Dichter berufen oder gar gemacht worden und nur die falsche Stellung, in welche er durch seine frühern Gedichte „aus Spanien" und „ein Brief," vielleicht auch durch die ihm verliehene Pension oder vielmehr durch die darüber laut gewordenen Urtheile gerathen, machte ihn irre an seinem wahrhaften Dichterberuf. Aber unter welchen Umständen sind jene Gedichte entstanden, und unter welcher Berücksichtigung und Hinweisung wurde ihm die Pension? Das Gedicht „aus Spanien" verfaßte Freiligrath, als ihn ein Frankfurter Freund dringend aufforderte, für den Vortrag im Museum ein Gedicht einzusenden. Er hatte kein passendes liegen, und ergriff mit seiner glühenden Einbildung den Tod Diego Leons zum Gegenstand seines zugesagten Gedichts. Freiligrath lebte damals noch in politischer Unschuld, und es verletzte ihn nicht einmal, wie ihm Herwegh in den „Vaterlandsblättern" und Friedr. Funk im „Morgenblatt" geantwortet. Herwegh schrieb darauf noch einige freundliche Worte aus der Schweiz an Freiligrath, und forderte ihn auf zur liberalen Partei überzutreten. Freiligrath ließ die Aufforderung unbeachtet. Als er aus dem einsamen St. Goar seinen „Brief" gegen Herwegh geschleudert,

da glaubte Herwegh einen unversöhnlichen Feind in Freiligrath erkennen zu müssen, und er verfolgte ihn mit wahrem Hasse. Und doch war es nur die Schicklichkeit, welche Freiligrath in Herweghs Brief verletzt glaubte. Eine politische Gesinnung wollte Freiligrath gegen den excentrischen Poeten nicht geltend machen, denn er war von Grund seiner Seele liberal. Die Verleihung der Pension spricht dem nicht entgegen. Freiligrath erhielt sie unerwartet, als dem König von Preußen vorgestellt worden, daß der Zweck, der den Dichter nach Darmstadt gerufen, die Herausgabe der englischen Zeitschrift, vereitelt worden. In dem betreffenden Rescripte wurde bemerkt, daß die Pension von dem Könige so lange Freiligrath verliehen werde, bis man eine für ihn geeignete Anstellung aufgefunden. Irgend eine Bedingung war an die Pensionsverleihung nicht geknüpft, und Freiligrath konnte nach wie vor seine unabhängige Gesinnung bewahren. So unbedeutend die Pension von 300 Thlr. war, so erweckte sie doch den Neid anderer, und diese verfolgten Freiligrath mit Angriffen und auch mit falschen freundlichen Vorstellungen so lange, bis er die königliche Auszeichnung als eine drückende Last erkannte. Er konnte aber immerhin dem König die Pension zurückgeben, er brauchte deshalb nicht ein offener Feind des Königs zu werden. War Freiligrath mit dem Gange der Dinge in Preußen, seinem neuen Vaterlande, nicht zufrieden, konnte er sich — fühlte er sich dazu berufen — in männlicher freier Sprache darüber aussprechen. Die Nation forderte ihn aber nicht dazu auf, sondern nur die Partei. Die deutsche Nation macht andere Ansprüche an Freiligrath als Dichter, und die vielen Auflagen seiner Gedichte beweisen, daß sie noch mehr von seinem Dichtergenius erhofft. Freiligrath möge von dem welschen Boden, auf den ihn ein Irrlicht geführt, ins deutsche Vaterland zurückkehren, und die deutsche Nation bald mit dem schon vorbereiteten zweiten Theile seiner Gedichte beschenken. Sind es doch gerade auch seine hervorra-

genden Eigenschaften als Dichter, welche seine Zeitgedichte werth=
voll machen. In politischer Beziehung mögen sie als die augen=
blickliche Verirrung eines edeln Geistes gelten. Auch Freiligrath
hat nun seine Wallyperiode und er wird einst lächelnd auf sie
zurückblicken.

Die Aachener Ztg. vom 1. Oct. sagt: „Es gibt zweier=
lei Dichter: den plastischen, welcher conservativ sein muß, weil
nur das fest Bestehende seinen bildenden Händen Stand hält,
und den, welcher in und von der Zeit lebt, welcher sich in den
Strom der Gegenwart stürzt und von ihm sich tragen läßt.
Unsere Zeit ist so mit sich beschäftigt — und gut, daß es so ist
— daß sie nur Sinn für sich hat; ihr Schaffen, ihr Sein und
Werden, darum drehen sich alle ihre Interessen. Nur der Dich=
ter ist ihr Dichter, welcher ihre Bestrebungen, ihre Verwandlun=
gen, ihre Hoffnungen zu treffen weiß. Für den Genius, welcher
außer ihr leben wollte, könnte sie Achtung, nicht Liebe empfinden,
und welcher Genius will gern außer seiner Zeit stehen? Freilig=
rath konnte es am wenigsten, er hat nicht die Kraft, für alle
Zeit zu dichten, und glücklich genug, wenn er seiner Zeit genügte.
Er fand eine Saite, die widerklang in der Phantasie seiner Zeit=
genossen; darauf wurde die Zeit eine politische, und Freiligrath
schleuderte seinen Stein gegen Herwegh, aber die Hand zitterte
ihm und der Stein fiel auf ihn zurück. Man sagte ihm, er sei
nicht, wie David, von Gott begeistert, seine Schleuder sei eine
bezahlte gewesen. Man hatte Unrecht. Es war nicht Feilheit,
es war nur menschliche Schwäche, welche den Dichter irre führte.
Das Gemüth war gut, aber der politische Verstand war schwach,
der Schwärmer war dem Politiker über den Kopf gewachsen.
Wer wollte deshalb den Stab über ihn brechen? Nur der kann
es, der nie geglaubt hat, und wir beneiden den nicht, der immer
gezweifelt. Der Enthusiasmus hat jetzt den Dichter verlassen,
oder vielmehr er ist zurückgeschlagen, und bricht sich jetzt nach

anderer Seite durch. Er ist wieder frei geworden und blickt hell um sich. Immer ist eine solche Umwandlung interessant, um so mehr, wenn sie offen eingestanden wird. Freiligrath thut dies in seinem neuesten Gedichteband, den er mit Recht „ein Glaubensbekenntniß" nennt."

Man ging aber noch weiter: man trauete Freiligrath so wenig Selbstständigkeit zu, daß man ihn als einen zu seiner neuen politischen Richtung von mir Verführten hinstellte, und diese Albernheiten gingen dann später in die Geschichten der neuesten deutschen Litteratur über.

Das Unangenehmste dabei für Freiligrath und mich war unstreitig, daß seine Verwandten und viele seiner Freunde ihn als den Verführten und mich als den Verführer ansahen. In ihrer philisterhaften Lebensanschauung hielten sie es für ein Unglück, daß Freiligrath eine Pension von 300 Thlrn. aufgab, wodurch er zu nichts verpflichtet gewesen war; so etwas konnte nach ihrer Ansicht nicht aus eigenem Antriebe kommen, das mußte durch fremden Einfluß bewirkt sein. Freiligrath ahndete das, und sendete einem Freunde schon den 18. August von Mainz aus sein ‘Glaubensbekenntniß’ mit einigen Zeilen. Es ist mir lieb, daß ich dieselben in der Urschrift besitze — der Mann, an den sie gerichtet sind, hat sie mir verehrt. Ich theile sie mit, um das zu bestätigen, was Freiligrath wollte, und daß es ihm nie eingefallen ist, einem andern die Verantwortlichkeit seiner Schritte zuzuschieben.

Verehrter Herr!

Nehmen Sie gütigst das beikommende Buch als späte, wenn auch hoffentlich nicht zu späte, Antwort auf den freundlichen Brief an, den Sie mir vor zwei Jahren zu schreiben die Gewogenheit hatten. Ich denke, daß er sich seinem ganzen Inhalte

nach durch das „Glaubensbekenntniß" erledigt findet, und unter=
lasse drum alle weiteren Auseinandersetzungen und Commentare.
Ich denke, wir verstehen uns!

Eine Bitte hab' ich Ihnen aber noch vorzutragen. Die
nämlich, daß Sie sich veranlaßt finden möchten, meiner guten
Schwiegermutter*) einige Worte der Erläuterung und des Trostes
zu sagen, wenn sie sich, wie ich vermuthe, über diese meine jüng=
sten Gedichte mehr oder weniger entsetzen sollte. Suchen Sie ihr
die Uberzeugung mitzutheilen, daß das Volk mehr zu bedeuten
hat, als die Fürsten; daß „das Glaubensbekenntniß" ein aus
innerem Drange hervorgegangenes Werk, daß es eine Nothwen=
digkeit ist, der ich ohne Widerstreben folgen mußte. Ein klares,
verständiges Wort eines dritten wird hier mehr und besser wirken,
als alle directe schriftliche Auseinandersetzung von meiner eigenen
Hand. Ich verlasse mich darum vertrauensvoll auf Ihre Güte,
und danke Ihnen im Voraus herzlich für Alles!

Mit den freundschaftlichsten Grüßen, auch von meiner Frau,
treu ergeben

Mainz,   F. Freiligrath.
18. Aug. 1844.

Den 3. August verließ ich Soden. Ich folgte einer Ein=
ladung Karl Dresel's nach Geisenheim. Von Mainz fuhr ich
des Nachmittags mit dem Dampfschiff ab. Als ich in Geisen=
heim ausstieg, begegnete mir Karl mit seiner Frau und mehre=
ren Verwandten von Köthen: 'Gut, daß Sie kommen, Sie
müssen mit, wir reisen alle fort.' Es blieb mir keine Wahl,
ich bestieg mit ihnen wieder ein Dampfschiff, und war um 9½
Abends wieder in Mainz. Wir waren ganz vergnügt im
Hôtel Barth.

---

*) Frau Prof. Melos zu Weimar.   H.

Den andern Tag fuhren wir zum Schützenfeste nach Frei=
weinheim. Es stürmte und regnete. Während die Anderen
nach der Scheibe schossen, saßen wir im Zelte und spielten Whist.
Auch ein Vergnügen. Bei Tische ging es sehr lärmend zu.
Obschon wir zu gemütlicher Heiterkeit nicht gelangten, so blie=
ben wir doch lange beisammen und kamen erst spät heim nach
Geisenheim.

Sehr angenehm lebte ich vier Wochen in dem mir so lieb
gewordenen Rheingau. Ich benutzte jede Zeit zum Arbeiten
oder Spazierengehen, wenn ich nicht gesellig in Anspruch genom=
men wurde. Freilich gab es der Zerstreuungen sehr viele:
Fremde, Freunde, Verwandte kamen und gingen, hierhin, dort=
hin ward ein Ausflug unternommen, dieser und jener benach=
barte Freund besucht, auch fehlte es nicht an größeren Abend=
oder Mittagsessen bei uns oder anderen, bei Itzstein in Hall=
garten, Schultz und August Reuter in Rüdesheim. Eines Ta=
ges fuhren wir im Omnibus nach Kreuznach und blieben dort
zwei Tage. Wir besuchten Abraham Voß. Er zeigte mir das
Hainbundsbuch und wünschte, daß ich es herausgeben möchte;
auch sah ich viele Briefe berühmter Männer aus dem Nachlasse
seines Vaters J. H. Voß.

----

1. September großes Zweckessen im weißen Roß zu Bingen.
Schönes Wetter. Wir fahren nach Rüdesheim hinüber und
holen unsere Freunde ab, die Weinhändler Schultz, A. Reuter,
den alten Jett u. a. Unser zehn im Nachen nach Bingen. Es
finden sich ein Rheingauer, Rheinhessen, Rheinbaiern und Rhein=
preußen. Vom weißen Rosse gehen wir jedesmal zu den An=
fahrtstellen der Dampfschiffe, um die ankommenden Gäste zu
begrüßen. Auch Itzstein und Soiron kommen. Ich finde viele

Bekannte. Als ich den alten Hofmann von Langenwinkel be=
merke, gehe ich auf ihn zu: 'Na, Vetter! nun sehen wir uns
ja doch noch früher wieder!' Das bezog sich auf die Worte,
die er mir bei meinem letzten Besuche scherzhaft nachrief, als
er oben mit dem Lichte stand und ich die Treppe hinabging:
'Na, Vetter, wo sehen wir uns denn wieder? Wol, wie der
Fuchs sagte, beim Kürschner auf der Stange!' — Um ½2
zu Tische. Itzstein, ihm zur Rechten der alte Hofmann, zur
Linken ich, ihm gegenüber Dupré von Mainz; neben mir zur
Linken der alte Dresel, vor mir der Grafschafts=Besitzer Tenge
von Barkhausen, Karl Dresel's Schwiegervater. Tischmusik,
gutes Essen und 42er. Nach dem dritten Gerichte bewillkomm=
net Klein von Bingen die Gäste. Leisler bringt ein Hoch aus
auf die zweite badische Kammer und Itzstein. Der alte Hof=
mann spricht mit jugendlichem Feuer über das was war und
ist, und wie es heute billig sein sollte. Dann folgt ein Hoch
auf Brunck und auf mich. Darauf wird mein Itzstein=Lied
vertheilt und mit Begeisterung gesungen:

Willkommen, Vater Itzstein!

Mel. Noch ist Polen nicht verloren.

Füllt die Gläser bis zum Rande!
Brüder, stoßet an!
Denn es gilt dem Vaterlande,
Gilt dem bravsten Mann.

Vaterland, freue dich!
Deine Nacht wird immer heller:
Itzstein, unser Stern,
Leuchtet nah und fern.

Beide sind ja ungetrennet:
Wo man's deutsche Land

Irgendwo auf Erden nennet,
Ist auch Er genannt.
Vaterland, freue dich! 2c. 2c.

Laßt uns streben, laßt uns streiten
Auf der Freiheit Bahn,
Fortgeh'n mit dem Geist der Zeiten,
So wie Er's gethan!
Vaterland, freue dich! 2c. 2c.

Laßt uns ohne Furcht und Bangen
Trotz der Willkür Macht
Treu an Recht und Wahrheit hangen,
So wie Er's gemacht!
Vaterland, freue dich! 2c. 2c.

Laßt uns öffentlich besprechen
Voller Männermuth
Unsre Leiden und Gebrechen,
So wie Er es thut!
Vaterland, freue dich! 2c. 2c.

Laßt uns sein in schlimmen Tagen
Ehrenwerth wie Er,
Einig sein und nicht verzagen,
Standhaft sein wie Er!
Vaterland, freue dich! 2c. 2c.

Füllt die Gläser bis zum Rande!
Brüder, stoßet an!
Denn es gilt dem Vaterlande,
Gilt dem bravsten Mann.

Vaterland, freue dich!
Deine Nacht wird immer heller:
Ibstein, unser Stern,
Leuchtet nah und fern.

Darauf folgen noch einige Trinksprüche und Reden. Der alte Hofmann spricht gegen die Pfaffen, Hergenhahn über gute

Presse und guten Druck, und ich singe das Lied vom deutschen Philister. In allgemeiner Heiterkeit endet das Fest, jeder kehrt befriedigt heim.

Dem Grafschaftsbesitzer hatte mein frisches, munteres Wesen gefallen, er glaubte in mir einen angenehmen Begleiter und Gesellschafter zu finden für seine Vergnügungsreise, die er dieser Tage antreten wollte. Selbst wagte er jedoch nicht, mir einen Antrag zu machen; er beauftragte demnach seinen Schwiegersohn, mich zu fragen, ob ich wol geneigt wäre ihn zu begleiten. Karl kam lächelnd an mich heran: 'Du, mein Schwiegervater möchte gern mit Dir eine Reise nach Italien machen.' — 'So? fragte ich ganz bedenklich — das ist weit hin, und ich bin auch nicht im Mindesten dazu vorbereitet.' — 'O, meinte er, das wird sich schon machen — komm nur, sprich selbst mit ihm!'

Herr Tenge wiederholte was Karl mir gesagt hatte. Ich machte allerlei Einwendungen. Ich wußte recht gut, wie mißlich es ist, mit jemandem den man nicht weiter kennt eine so weite Reise zu machen, daß eines reichen Mannes Neigungen und Bedürfnisse von den meinen gar zu verschieden sein könnten, daß vielleicht seine etwaigen Launen mir jeden Genuß verleiden möchten u. dgl. Doch dachte ich dann wieder: du bist ein freier Mann, darfst niemanden um Urlaub bitten, versäumst nichts und lernst mit guter Gelegenheit ein fremdes Land kennen, eine gemeinschaftliche Reise ist immer ein Wagniß, also wag' es nur! Und ich wagte es: ich ging auf das freundliche Anerbieten ein.

Da die Reise in den nächsten Tagen vor sich gehen sollte, so nahm ich den folgenden Tag, den 2. Sept. Abschied von Geisenheim und ging nach Frankfurt, um mir Paß und Kleidung

zu besorgen. Mit Soiron fuhr ich auf dem Dampfschiffe bis
Mainz. Wir trafen angenehme Gesellschaft: Abraham Voß
und den Grafen Haslingen mit Gemalin.

Als ich in Mainz ans Land stieg, rief ein Packenträger
mir freundlich zu: 'Gute Tag, Herr Hoffmann von Fallers-
lebe!' Da fragt ihn ein anderer: 'Wer ist denn des?' —
'Viech, des weißt du nit? Des ist der erste Dichter, wo mer
alleweil hott!' — Was würde ein Gervinus sagen, wenn ein
Rheinschnake seine Litteraturgeschichte fortsetzte!

Am Abend auf der Taunusbahn nach Frankfurt. Ich
treffe mit Heinrich Hoff zusammen im Pariser Hof, wir wohnen auf Einem Zimmer.

Den folgenden Tag kaufe ich mir einen Reiseanzug und
schicke meinen Paß an den österreichischen und den preußischen
Gesandten zum Visieren ins Ausland. Der letztere weigert
sich, er nimmt Ausland für deutsche Bundesstaaten, ich muß
selbst hingehen und erklären, daß ich nicht in das inländische,
sondern ausländische Ausland reisen will.

Um Mittag komme ich nach Wiesbaden und kehre in die
'4 Jahreszeiten' ein. Tenge ist auch noch den nächsten Tag
von Familiengeschäften in Anspruch genommen. Um mir die
Zeit zu vertreiben, bin ich meist im Cursaale oder in den Um-
gebungen. Ich finde mancherlei Bekannte, so auch Karl von
Meusebach. Er ist jetzt bei der Regierung in Trier und hat
sich als Censor einen nicht eben beneidenswerthen Ruf erworben. Wie oft ergötzte er mich einst, wenn er als kleiner Junge
in seines Vaters Stube auf dem Sopha tanzte, daß die Locken
ihm um's Haupt flogen und er dazu auf einer Violine herum-
strich. Er hieß lange nachher noch 'der Spielmann.' Wie
hätte ich ahnden können, daß er es je auf einem andern, einem

verächtlichen Streichinstrumente zur Meisterschaft gebracht haben
würde!

Als ich eines Nachmittags im Cursaale allein an einem
Tische sitze, setzt sich Herr v. Bauer, Tenge's Schwager zu mir.
'Sie wollen also mit Tenge eine Reise machen?' — 'Ja wol.'
— 'Da bedauere ich Sie —' — 'Wie so?' — 'O das ist
ein unruhiger Mensch, Pitschaft der unaufhaltsame! Sie werden
es erleben!'

5. Sept. Tenge hat seine Geschäfte vollendet und ist
reisefertig. Wir steigen in eine Droschke und fahren zur Eisen=
bahn. Wir kommen zu spät und müssen hinterdrein kutschieren.
Guter Anfang. Als wir in Mainz den Dampfschiffahrtsleuten
unser Gepäck übergeben, fehlt meine Reisetasche. Ich eile mit
dem nächsten Zuge nach Wiesbaden zurück, höre auch sogleich,
daß in der Wilhelmsstraße eine Reisetasche gefunden ist, eile
zur Polizei, weise mich als Eigenthümer aus, unterschreibe ein
Protocoll und fahre sofort mit meiner Tasche zum Bahnhof.
Ich habe gerade noch so viel Zeit, den nächsten Zug benutzen
zu können. Auf dem Mainzer Bahnhofe treffe ich Jarcke. Ich
frage ihn, ob ich wol unangefochten durch die Lombardei reisen
könne. Er meint, man würde mir österreichischer Seits nicht
hinderlich sein. Mit Karl Dresel besuche ich die beiden Zabern.
Victor will mir das Glaubensbekenntniß mitgeben, ich danke
aber, ich halte es für gerathener, der österreichischen Mauth
und Polizei keinen Genuß zu bereiten.

Wir fahren bis Mannheim. Den Abend bin ich im
Pfälzer Hof mit Hecker und Mathy zusammen.

6. Sept. Mit Tenge auf der Eisenbahn bis Oos. Un=
terwegs ruft mich Adolf Follen an, er will nach Lahr und
redet mir zu, ebenfalls dahin zu gehen. Da nun Tenge sich

Baden-Baden ansehen will, so verabreden wir, uns in Lahr wieder zu treffen. In Oos steige ich ein, als eben der Zug nach Offenburg in Bewegung ist. Ich stürze in den Wagen hinein und komme so mit dem Schrecken davon. Follen glaubte, ich sei zurückgeblieben. In Offenburg sind wir wieder beisammen. Der Posthalter Seger bewirthet uns vortrefflich und kutschiert uns nach Lahr hinüber.

Frau Hofräthin Welcker mit ihren Kindern reist eben dahin. Sie erzählt mir von einer Volksliedersammlung, die ein junger Mann gemacht und nun niemand drucken wolle. (Ich habe sie nachher zur Benutzung erhalten, aber wenig damit anfangen können.) Der Sammler ist der Musiker Föppel in Freiburg.

Den Abend ist große Bürgerversammlung im Rappen. Musik, Lieder und Trinksprüche. Follen sehr überrascht.

7. Sept. Die Bürger geben mir zu Ehren ein Mittagsessen. Follen reist weiter. Als wir in schönster Heiterkeit sind, kommt Tenge dazu und freut sich, mit vergnügt sein zu können. — Am Nachmittag mit der Post weiter über Dinglingen nach Freiburg. Im Engel treffe ich wieder mit Follen zusammen.

8. Sept. Nachdem wir den Freiburger Münster mit seinem stattlichen Thurme, dem reichverzierten Hauptportale und den schönen Glasmalereien bewundert haben, setzen wir unsere Reise im Einspänner fort. Durch's Höllenthal zu Fuß. Großartige Natur, besonders der oft abgebildete Hirschsprung. Im Gasthause zum Rößli speisen wir zu Mittag. Das Essen ausgezeichnet und billig, die Gerichte nehmen kein Ende. Wir wundern uns über die vielen Gäste. Die Männer sind ganz städtisch, die Frauen bäuerlich gekleidet, aber in den kostbarsten seidenen Stoffen. Wir erfahren, daß es Uhrenhändler aus dem

benachbarten Lenzkirch sind, deren Geschäfte von dort aus sich
über die ganze Welt erstrecken. Heute zum Sonntag haben sie
sich zu einem gemeinschaftlichen Schmause hier eingefunden. —
Wir kommen am Titisee vorbei, dann durch Lenzkirch und er=
reichen des Abends Bonndorf.

9. Sept. Im Einspänner weiter nach Schaffhausen. Um
12 im Hôtel Weber. Prachtvolle Aussicht auf den Rheinfall.
Um 1 Gasttafel. Neben mir ein wohlbeleibter Herr im schwar=
zen Frack mit dem rothen Adlerorden: der Hofprediger Strauß.
Wir kommen mit ihm ins Gespräch, und Tenge bemerkt, daß
wir zu den Naturforschern nach Mailand gehen. Ich kann das
Lachen nicht lassen. Allerdings war Tenge ein Naturforscher
geworden, er hatte sich den ganzen Weg mit der Natur unsers
armen Gauls beschäftigt, der doch die Möglichkeit leistete.

Gegen 3 Uhr fahren wir nach Schaffhausen, treffen aber
für die Post zu spät ein, sie ist ganz besetzt und wir müssen
mit einem Verdeckplatz vorlieb nehmen. Der Sitz bequem und
die Aussicht recht frei. Leider kommen uns drei Gewitter ent=
gegen und wir werden sehr naß. Auf der letzten Station hört
es auf zu regnen, und da will ein Engländer mit mir den
Platz tauschen. Welche Großmuth! Wir freuen uns nun an
der herrlichen Aussicht auf die Glarner Alpen, die von der
Abendsonne beleuchtet vor uns liegen. Naß, aber mit Humor
erreichen wir Zürich. Das Hôtel Baur ist besetzt, wir finden
ein Unterkommen im Hôtel du Lac.

10. Sept. Um 8 Uhr auf dem Dampfer den Zürichsee
entlang. Trübes Wetter, aber rechts und links Alles sichtbar.
Zu Uznach steigen wir aus und fahren nun mit noch 11 in
einem engen Omnibus bis nach Wesen, besteigen wieder ein
Dampfschiff und landen zu Ende des Wallensees in Wallenstedt.

Von da mit dem Postwagen nach Chur. Wir kommen durch Sargans und Ragaz. Während ich die hohen Berge bewundre und mich über das ganze Thal freue, erstaunt und ärgert sich Tenge über die vielen versumpften Wiesen. Abends spät im Posthorn zu Chur.

11. Sept. Des Morgens mit der Post weiter an Fels=berg vorbei nach Reichenau am Zusammenfluß des Vorder= und Hinterrheins, und dann nach dem Marktflecken Thusis. We=nige Minuten jenseits beginnt die merkwürdige Felsschluchtstraße, die unter dem Namen Via mala weltbekannt ist. Wo sie endet, öffnet sich das freundliche Schamserthal mit dem Haupt=orte Andeer. Der Weg bietet dann noch viel Sehenswerthes dar bis Splügen, das bereits 4034' ü. d. M. liegt. Wir speisen hier zu Mittag. Zum ersten Male Wein als Gemein=gut bei Tische. Die Straße nimmt von hier aus eine immer höhere Steigung und erreicht auf dem Gipfel des Splügenpas=ses eine Höhe von 6500' ü. d. M. Oben wenig Vegetation, Forstcultur schlecht, besonders auf der italienischen Seite, mäßig bewaldete Anhöhen. Die hier nur vorkommenden weiß blühen=den Alpenrosen sind verblüht. Uns begegnet kein lebendes Wesen, nur einige Postpferde ohne Führer. An der österreichi=schen Gränze werden wir von den Mauthbeamten untersucht und nach Einsicht unserer Pässe nicht weiter behelligt. Die neue Straße, die erst 1818—23 von der Bündtner und der österreichischen Regierung gebaut wurde, ist wirklich eine Kunst=straße, lauter Schlangenwege über einander so wie mehrere überwölbte Gänge, die sogenannten Gallerien. Die Schutzge=länder am Wege sind jedoch nur von Holz, zwei Stangen durch einen Pfahl verbunden, und sehr niedrig. Da kann einem schon angst und bange werden, wenn man daran vorbeitrabt und

neben sich in einen Abgrund von oft 2000' hinabsieht. Die Postillone fahren immer im starken Trabe hinab, selbst da wo sie wenden müssen. Die Pferde gehen freilich mit merkwürdiger Sicherheit. — Wir sehen dann noch den herrlichen Wasserfall des Madesimo, der nicht weit von der Straße 700' herabstürzt. Darauf kommen wir nach dem Dorfe Pianazzo und überschreiten den Madesimo. Von hier ab senkt sich die Straße. Als wir jenseit Campo dolcino sind, wird es leider dunkel, wir bemerken nur noch in der Nähe die hohen Kastanienbäume und hören das Rauschen der Gießbäche. Unheimlich tönt der Schrei der Hirten, wenn sie mit ihren Heerden uns entgegen kommen.

Um 9 Uhr Abends treffen wir in Chiavenna ein. Es regnet und nebelt immerfort. Ein alter Fisch und Gemsencotelett ist unser Abendessen, wir hätten wol etwas Besseres verdient.

12. Sept. Mit der Post an den Comer-See. Wir sitzen im Cabriolet und hätten die schönste Aussicht vor uns haben müssen, der Regen aber dauert fort. Stark strömende Bergwasser ergießen sich hie und da über die Straße. An einer Stelle ist es so arg, daß der Postillon absteigen und die Pferde hindurchleiten muß. Bald nach uns hat kein Wagen mehr durchkommen können. Wir fahren am Lago Mezzola vorüber, dann durch zwei Felsengallerien. Hie und da Wiesen, Weidenbäume, Pappeln, Mais. Die Einfassung der Straßen sehr schön. Hier die ersten echten Italiener, braune Gesichter, barfüßig und barbeinig, mit Sandalen, spitzen Hüten, Regenmänteln und Schirmen.

Nach unserer Ankunft in Colico eilen wir sofort in vollem Regen auf's Dampfschiff. Wir fahren quer über den See nach

Gravedona. Der Deutschitaliener Paolo Ciappa, Kunsthändler in Halle an der Saale, empfiehlt uns eine Osteria. Wir müssen durch eine lange enge Gasse, in der Mitte der Rinnstein, und eben darein ergießen sich die Traufen, nirgend Dachrinnen, und so zu guter Letzt noch recht von unten und oben durchnäßt erreichen wir das empfohlene Gasthaus. Sein Schild das gewöhnliche Zeichen, ein frischer Kastanienzweig, und der Wirth sehr zuthulich und geschäftig. Wir bekommen ein großes Zimmer, worin nichts als vier Betten und ein kleiner Waschtisch. Wir bestellen ein Mittagsessen, und nach einiger Zeit wird ein echt italienisches aufgetragen: erstlich nicht tutti frutti, sondern tutti carni, ein Fleischmischmasch, worin sogar Hahnenkämme, dann Fische in Öl geröstet. Teuge macht ein bedenkliches Gesicht, er verschmäht diese italienischen Leckerbissen und stillt seinen Hunger mit Brot, während ich mit meiner deutschen Natur, die alles Eigenthümliche kennen lernen will, nicht davor zurückschrecke. — Nach Tische klärt sich das Wetter auf und wir machen einen Spaziergang auf eine Anhöhe. Dort ist gerade Jahrmarkt (mercato in fiera). Die Krämer sind beschäftigt, ihre Kisten und Kasten, die in der Kirche stehen, auszupacken. Draußen sind schon allerlei Waaren, Geräthschaften und Lebensmittel zum Kauf ausgelegt. Das merkwürdigste ist mir ein Schaffellschlauch mit Öl. — Hinter einer Mauer sind mehrere Männer versammelt, die eifrig einem Stegreifdichter zuhören, der mit einem einsaitigen Instrumente seine Verse begleitet. Wir treten unter sie; einer der französisch kann und sich als einen Napoleonischen Krieger in Rußland darstellt, sucht uns auszukundschaften, und als er glaubt, genug über uns erfahren zu haben, theilt er es seinen neugierigen Kameraden mit. Es dauert auch nicht lange und der Improvisatore besingt uns; so viel ich verstehen kann, sagt er: Das sind vornehme Signori, die kommen aus dem hohen Norden und wollen unser schönes Italien kennen lernen 2c. — Wir steigen höher hinauf und werden durch eine wunderschöne Aussicht belohnt. Um uns Maulbeerbäume, Weinreben, laubenartig gezogen, darunter und daneben Mais, höher hinauf Kastanien. Wir spazieren hinab nach der Seeseite und besehen eine Schule. Der Lehrer allein darin, er zeigt uns mit Wohlbehagen die Liste seiner Schüler, er hat deren 74. Dann zum Palazzo, den zu Ende des 16. Jahrhunderts ein Cardinal Galli bauen ließ. Armuth und Edelsinn: große Zimmer und nichts Ordentliches darin. — Wir besuchen abermals den Jahrmarkt. Viele Geistliche mit ihren Köchinnen wandeln ganz traulich unter dem harmlosen Landvolk umher.

13. Sept. Wir besehen eine Seidenspinnerei in der Nähe Gravedona's, eine großartige Anlage. Tausende und aber tausende einzelne Fäden werden hier je zu zweien oder mehreren verbunden. Das Ganze wird von zwei Mühlrädern in Bewegung gesetzt.

Wir müssen lange am Ufer warten, bis uns der Nachen ans Dampfschiff bringt. Wir fahren den See entlang bis Como. Die Ufer der Südseite sind sehr reizend: zwischen den Kastanien, Maulbeer- und Obstbäumen und Weinstöcken überall Villen, hie und da Cypressen, Feigen- und Olivenbäume. Sehr hübsch liegt die Villa Sommariva, nach ihrer jetzigen Besitzerin, der Prinzeß Charlotte Marianne, Villa Carlotta genannt.

Als wir anlanden, eröffnet sich uns ein Bild des echten dolce far niente: eine Gesellschaft junger Männer sitzt, zum Theil das Haupt gestützt, auf der Mauer unbeweglich und blickt in großer Selbstbehaglichkeit in die Welt hinein. Tenge außer sich, daß die Kerle so faul da sitzen, er kann sich nicht genug wundern. 'Nun, sage ich, glauben Sie nicht, daß die Kerle sich noch mehr über Sie wundern würden, wenn sie erführen, daß Sie ein Grafschaftsbesitzer sind, der sich so viele Sorgen macht und sich mitunter so sehr plagt?'

In Como speisen wir zu Mittag und fahren mit dem Corriere nach Mailand. Wir sitzen oben im Imperial. Es ist sehr unbequem hinauf und hinunter zu kommen. Tenge achtet diese Unbequemlichkeit nicht, wo angehalten wird, eilt er seinen Durst zu löschen, in die erste beste Osteria. So auch in Carsaniga. Da es nicht ersichtlich ist, ob es weiter geht oder umgespannt wird, so bitte ich ihn, sitzen zu bleiben. Er aber will durchaus den Vino versuchen, steigt hinab und kehrt ein. Nach einiger Zeit folge ich ihm und bitte ihn dringend, sich zu beeilen. Unterdessen sehe ich, wie sich eben der Kutscher zur Weiterfahrt anschickt. Ich auf meinen Platz, und wie jener seine Peitsche schwingt und die Pferde antreibt, schreie ich so laut ich kann: 'Halt! halt!' Das eine Vorderpferd dreht sich um und bringt den ganzen Zug in Verwirrung und zum Stehen. Der Kutscher flucht: 'Bestia tedesca' u. dgl. Unterdessen kommt Tenge und nimmt gelassen seinen Sitz ein. Der gehorsame Gaul hatte unter den Österreichern gedient und deutsch gelernt. Wir lachen aus Leibeskräften und mein Nachbar, der Dr. Droop von Hamburg, lacht herzlich mit.

Wir kommen nun in die lombardische Ebene. An den Straßen junge Maulbeerbäume, rechts und links Mais- und Reisfelder. Es ist einem oft, als ob man durch eine fruchtbare Gegend Norddeutschlands reist. Wir erreichen erst spät Mailand und steigen im Hôtel Reichmann ab.

14. Sept. Unser erster Gang in den Dom und auf den

Dom. Das Maſſenartige des gewaltigen Baues von lauter blendend weißem Marmor macht großen Eindruck. Die viele Kunſtarbeit aus verſchiedenen Jahrhunderten iſt bewunderns= werth. Der Bau ward 1386 begonnen, im 16. Jahrhundert weiter fortgeführt, ruhte dann lange, bis er endlich unter Na= poleon und Franz I. vollendet wurde. Schon nach dieſer kurzen Geſchichte läßt ſich keine Einheit des Stils erwarten, und ſie iſt denn auch wirklich nicht vorhanden. Überhaupt ſcheint mir von Anfang an ein Mißverſtehen der deutſchen Baukunſt obzu= walten; ſpäter hat man dieſe noch durch franzöſiſche Einfügſel verhunzt: die Vorderſeite mit ihren neufranzöſiſchen Fenſtern und Thüren hat für ein deutſches Auge etwas Störendes, ja Beleidigendes.

Von hier zum Arco della Pace. Er iſt urſprünglich gegründet von Napoleon I. zur Verherrlichung der franzöſiſchen Siege in Italien, dann 1814 ins Öſterreichiſche überſetzt und zum Friedensbogen gemacht. — Darauf beſehen wir die Ge= mäldeſammlung im Palazzo del Duca Litta und die Kunſt= ausſtellung in der Brera. Um 4 Uhr erſt zu Hauſe, von allem Wandeln und Sehen völlig erſchöpft. — Nach Tiſche im Garten mit den Malern Haſenclever und Julius Hübner, wir unter= halten uns über deutſche und italieniſche Kunſt. — Nachdem ich mit Tenge dann noch einen Abendſpaziergang gemacht, gehen wir zu Bette. Er iſt noch immer nicht müde und wir unter= halten uns über ſein Lieblingscapitel, über Gemeindeordnungen.

15. Sept. Am Morgen zur Polizei. Viel Gedränge. Nach dreimaligem Verſuche, unſere Päſſe zurückzuerhalten, gehen wir fort. Wir beſuchen wieder die Brera, ſpazieren durch die Stadt und ſpeiſen um 3 Uhr zu Mittag.

Um 5 Uhr zur Arena. Dies umfangreiche Amphitheater,

das sonst nur zu Pferde- und Wettrennen dient, ist heute unter Wasser gesetzt. Zwei stattlich ausgerüstete Schiffe mit mittelalterlich gekleideten Kriegern, Sängern und Musikchören bewegen sich in feierlicher Unbeholfenheit auf dem kleinen Wasserspiegel. Darauf folgt das Wettschiffen junger Männer, dann junger Mädchen. Sie sind alle vom Comersee, aber nicht in ihrer Volkstracht, sondern ziemlich phantastisch aufgeputzt. Alle Plätze sind besetzt, so daß wir es nur zu einem Stehplatze bringen konnten. Ergötzlich ist es, wie die vielen tausend Frauen in Einem fort mit ihren Fächern sich Luft zuwedeln. Das Feuerwerk, womit die ganze Festlichkeit schließt, läßt viel zu wünschen übrig. Mein lieber Tenge ist mir wie unter den Händen verschwunden. Glücklich erreiche ich noch einen Omnibus, der zur Piazza del Duomo fährt. Um 11 Uhr findet sich mein Reisegefährte wieder ein, er ist noch im Theater della Scala gewesen.

16. Sept. Um 1 Uhr mit der Courierpost nach Genua. Unerquickliche Reisegesellschaft: ein Grieche aus Smyrna, ein Pfaffe, ein stummer Engländer und drei geschwätzige Italiener. Der weite Weg bietet nichts Sehenswerthes: ebene Flächen mit Wiesen, Maulbeerbäumen, und hier und da Mais und Reben. In der Nacht kommen wir ins Gebirge.

17. Sept. Morgens um 8 Uhr in Genua. Wir spazieren in der Stadt umher. Die Straßen meist eng und dunkel, steil und schmutzig. Im Palazzo d'Andrea Doria schöne Aussicht.

18. Sept. Wir setzen unsere Spaziergänge fort. Während ich nach Tische in einem Kaffeehause mit Landsleuten ruhig plaudere, findet Tenge nirgend Ruhe; er will einen Berg besteigen, geräth in die Festungswerke, wird von dem Wachtposten

zurückgewiesen und tritt schweißtriefend und unbefriedigt den Rück=
weg an. Unsere Abreise ist beschlossen. Für das Visieren unserer
Pässe müssen wir 32 Francs bezahlen. Ich singe: 'Und es
lohnt sich ein Deutscher zu sein!'

Wir fahren gegen Abend mit dem Lombardo, einem nea=
politanischen Dampfschiffe, nach Livorno. Genua, das sich am
Abhange des Gebirges ausdehnt, gewährt von der Seeseite einen
herrlichen Anblick. Wir machen Bekanntschaft mit Anton Fahne
und seiner Frau. Er ist ein Alterthumsforscher und Kunstfreund
und Kenner. Sein Reisezweck stimmt zu dem unsrigen; wir
finden es bald wechselseitig passend und angenehm, die Reise
gemeinschaftlich fortzusetzen. Bei Tenge's Unruhe und Hast, so
schnell als möglich Alles zu sehen und so schnell als möglich
weiter zu kommen, ist es mir ganz lieb, daß er sich künftig in
seiner Selbstherrschaft beschränken wird und die Wünsche Anderer
zu den seinigen macht. — Um 8 Uhr essen wir zu Nacht und
um 10 Uhr gehen wir zu Bette.

19. Sept. Um 8 Uhr Morgens wohl und munter in
Livorno. Wir lassen uns durch den Freihafen fahren und gehen
dann nach Pisa.

Wir besuchen den Dom, das Battisterio, Campo santo,
einige Kirchen und öffentliche Plätze. Im Battisterio wurden
wir auf eine wunderliche Weise erschreckt. Der Custode macht
uns eben aufmerksam auf den schönen Wiederhall und begleitet
in theatralischer Stellung mit einer zierlichen Handbewegung
seine Stimme. Wir blicken nach oben und lauschen. In dem=
selben Augenblicke klappert es sehr stark mit einer Blechbüchse
hinter uns. Wir sehen uns um, Tenge schreit: 'Das ist der
Teufel!' Ein Büßer in schwarzem Gewande mit einer Capuze
über dem Kopfe, worin nur zwei Öffnungen für die Augen,

bettelt uns an. Schrecken, Staunen und Gelächter bewill-
kommnen den ungebetenen Gast.

Um 5 Nachmittags auf dem Dampfschiffe Ercolano nach
Civita = Vecchia. Das Meer stark bewegt. Beim Nachtessen
fehlen schon viele Reisende. Ich gehe zu Bette, kann aber nicht
schlafen. Es stürmt gewaltig, besonders als wir zwischen Elba
und dem Festlande sind. Das Schiff schwankt sehr, die Kanonen rollen hin und her, die Wellen schlagen oft auf das
Verdeck. Es ist Mitternacht. Ich werde seekrank und muß
viel leiden. Das dauert bis der Tag anbricht. Tenge ist verschont geblieben.

20. Sept. Am Morgen in Civita=Vecchia. Als ich ans
Land steige, fühle ich erst recht, wie elend ich bin. Nachdem
wir die Plackerei mit der Paßpolizei und der Dogana über-
wunden haben, nehmen wir mit Fahne einen Vetturino bis
Rom. Bei Sonnenuntergang erreichen wir die traurige Romagna.
In Palo halten wir an und kehren ein. Es ist eine schauder-
hafte Kneipe. Unter den unheimlichen Gästen wird es uns
ganz unheimlich. Nach dem langen Fasten verspüre ich etwas
Eßluft. Ich bestelle mir Salat. Der Wirth bringt mir Lattich-
stengel und begießt sie mit dem Öle der brennenden Lampe.
Da fehlt nicht viel und ich werde wieder seekrank. Nachher
haben wir mit dem Wirthe noch einen tüchtigen Zank, er will
das uns gebührende Geld nicht wieder herausgeben. Wäre ich
nur etwas wohler gewesen, ich hätte gewiß das Lied angestimmt
vom Rinaldini:

> 'In des Waldes finstern Gründen,
> In der Höhle tief versteckt.'

21. Sept. Um 10 Uhr Morgens in Rom. Obschon
unsere Koffer plombiert sind, so müssen wir doch noch zur

Dogana, damit wir ja nicht auf den Gedanken gerathen, man könnte zum Vergnügen in Italien reisen. Eine Stunde später erst im Hôtel d'Allemagne bei Franz (Rösler) in der Via de' Condotti.

Wir besprechen, was wir Alles sehen müssen, und wenn uns Zeit und Lust übrig bleibt, sehen wollen. Jahne ist mit mir der Meinung, daß wir nicht sehen wollen um zu sehen, sondern um sehend zu genießen, und uns dieses Genusses noch in der Erinnerung zu erfreuen.

Wir gehen in den Caffe greco. Wir finden dort Andreas Achenbach und spazieren mit ihm. Dann treffe ich Maler Siegert von Breslau und Prof. Karl Witte. Jener ist erst aus Sicilien zurückgekehrt und bleibt den Winter hier, dieser geht schon heute nach Deutschland. Witte wie immer der überschwängliche Italiener. Er erzählte, er habe von Capris Myrthen eine Ruthe für seine Kinder gewunden.

Nach Tische mit Achenbach und von Rothen auf dem Monte pincio. Später beim Eisessen sehe ich Kuranda. Ich fühle mich wieder recht wohl, die Seekrankheit hat mich gesund gemacht, freilich eine Pferdecur.

22. Sept. Wir besuchen die Peterskirche. Ein Colossal- und Prachtbau. Wer an einem Bauwerke großartige Verhältnisse und unermeßliche Räume bewundert, kommt hier aus der Bewunderung gar nicht heraus. Wir gehen auf und ab, ich spüre gar nicht, daß jemand von uns den gewaltigen Eindruck spürt, von welchem unsere Schriftgelehrten so voll sind.

Die andachtsvollen Gläubigen küssen den Fuß des ehernen Petrusbildes. Jeder aber wischt vorher die Stelle ab, ehe er seinen Kuß anbringt. Die einen halben Zoll dicke Sandale und die große Zehe sind schon weggeküßt. Man entschuldigt das heutige Statuenküssen damit, daß es auch im alten Rom schon gewesen sei (s. Lucretius I, 317). Übrigens soll dies heil. Petrusbild nach dem Urtheile der Archäologen das Bild eines römischen Senators sein. — Die Mosaiken fesseln lange unsere Aufmerksamkeit. — In den großen Räumen ist eine angenehme Luft, während draußen der Scirocco weht.

Wir setzen zu Wagen unsere Denkmalschau fort: wir besuchen das Colosseum, die Triumphbogen, das Pantheon (Rotunda).

Unterwegs ist Tenge mit einem westfälischen Landsmann bekannt geworden, einem Bückeburger, der in Rom die deutschen Pilger umherführt und sonst heilige Geschäfte macht. Tenge kauft ihm einige geweihte Rosenkränze ab. Der Mann ist lieber ein römischer Bummler als Bückeburger Handwerker, der sehr weltlich für Frau und Kinder sorgen müßte.

Um 5 Uhr zum Quirinal. Die Schweizer in ihrer alten blaurothgelben Landsknechtstracht und mit ihren Hellebarden umstellen den Hof. Eine Procession kommt langsam herein= geschritten und macht in der Mitte Halt. Der Papst erscheint auf dem Balcon, umgeben von einigen Carbinälen, und ertheilt ihr seinen Segen. Einem glücklichen Zufalle verdankten wir dies seltene Ereigniß.

Wollte man alle römischen kirchlichen Feiern und alle Volksfeste sehen, so müßte man wenigstens ein Jahr in Rom bleiben, wie es der französische Maler Antoine Jean Baptiste Thomas machte, der Alles der Art recht hübsch dargestellt hat.*)

Auf dem Wege nach dem Caffe greco bekommen wir

---

*) Un an à Rome et dans ses environs. Recueil de dessins lithographiés, dessiné et publié par Thomas. Paris 1823. fol.

die Corso=Spazierfahrten zu sehen, aber kein wirklich hübsches Gesicht.

Der Hunger treibt uns nun in den Lepre, eine echt römische Osteria, mehr malerisch als reinlich. Man reicht uns den Speisezettel: es ist ein ganzer auf einer Seite bedruckter Foliobogen. Danach sind in der Trattoria del Lepre in Via Condotti num. 9. e 10. zu haben: Zuppe 62, Bolliti 52, Fritti 69, Umidi 141, Erbe 69, Rosti 89, Rifreddi 7, Pasticceria 60, Credenza 25, Frutti 28, Vini 25, Acque gazose, also Salate und Früchte mit eingerechnet 602 Gerichte, freilich sind darunter viele detto, detta, dette, detti mit kleinen Verschiedenheiten, auch ist nicht Alles zu gleicher Zeit zu haben, aber doch jedesmal Auswahl genug, und dennoch hatten wir unsere liebe Noth, etwas zu finden das uns schmeckte.

23. Sept. Am Morgen zur Kirche San Giovanni in Laterano, nach der Inschrift Ecclesia Lateranensis vrbis et orbis caput, die Cathedrale des Papstes. Viel Sehens= werthes, besonders die alten Mosaiken. Daneben Überreste eines Klosterhofs mit einem Bogengange von theils gewundenen, theils schlichten Säulen mit verzierten Knäufen. Die italienischen Alterthumsforscher sprechen von diesem Werke altdeutschen Stils gar nicht, die Deutschen nur beiläufig.*)

Von hier zu den Thermen des Caracalla.

Am Nachmittag ins Capitol. Links die antiken Bildwerke und Mosaiken, rechts zwei Säle mit Gemälden. Die italieni= sche Walhalla mit Büsten berühmter Künstler und Gelehrten, meist auf Canova's Kosten.

Abends mit Achenbach Cyperwein getrunken.

---

*) Platner in der Beschreib. der Stadt Rom 3. Bd. 1. Abth. (Stuttg. 1837.) S. 545.

24. Sept. Fahne kommt zu uns. Wir entwerfen eine Tagesordnung, die denn auch bald in Vollzug gesetzt wird. Um 10 zum Palazzo Borghese: Gemäldesammlung. Um 12 zum Forum romanum. Wir umgehen und besehen es von allen Seiten. In glühender Hitze besteigen wir dann die Paläste der Kaiser. Gewaltige Trümmer. Oben Weinstöcke und Granaten mit reifen Früchten, Öl- und Feigenbäume. Tenge hat noch gar nicht genug gesehen, er will noch zur Cloaca maxima. Wir haben nicht die mindeste Lust dahin, der Weg ist weit und die Hitze unerträglich, doch müssen wir ihm schon den Gefallen thun, er hat ja noch einen practischen Zweck dabei, er will danach auf seinen Gütern etwas Ähnliches anlegen. Wir bequemen uns also, und nachdem wir die rechte Richtung eingeschlagen, erreichen wir endlich durch Fragen unser Ziel. Und was finden wir? Ein hohes nach der Stadtmauer hin offenes Gewölbe, unten spärliches Wasser und ein Weib, das eben daran mit Waschen beschäftigt ist. Tenge steht sehr überrascht da und muß selbst lachen, als ich ihm zurufe: 'Du hast's erreicht, Ottavio!'

Nach Tische zur Villa Borghese: spärliches Grün, dünne Bäume, Akazien, Platanen, Cypressen, umsonst suchen wir Schatten.

Abends mit Fahne im Caffe greco. Wir unterhalten uns über Kunstrichtungen und Italien. Um 9 befriedigt heim, während Tenge noch erst Befriedigung in der Oper sucht.

25. Sept. Wir haben uns einen Wagen auf mehrere Tage gemiethet, um uns das Sehen zu erleichtern. Wir fahren zum Vatican. Hoher Genuß in der Gemäldesammlung: wir verweilen am längsten vor Rafael's Werken. Nachher lassen wir uns die Zimmer des Papstes zeigen.

Darauf zum Monte testacceo. Wir essen Kastanien und trinken Falcone, der frisch aus den kühlen Kellern kommt. Oben auf dem Scherbenberge eine weite Aussicht.

Nach Tische zu den Bädern des Titus. Durch die alten Fresken ward einst Rafael angeregt, Ähnliches zu malen. Wir halten uns nicht lange auf. Die Ausdünstung der Erde ist nach Sonnenuntergang sehr unangenehm. Eine Merkwürdigkeit muß ich noch erwähnen. An einer Wand, etwa drei Fuß über dem Boden, steht angeschrieben: QVI HIC MINXERIT AVT CACARIT DEOS IRATOS HABEAT. Also auch Warnungsinschriften im alten Rom!

Zur Belohnung für unsere Anstrengungen gewähren wir uns noch einen erquickenden Genuß: wir essen Eis, das in Rom wirklich ganz vortrefflich ist. Auch mehrere Künstler und Kuranda haben sich zu demselben Zwecke eingefunden.

26. Sept. Am Morgen wieder zum Vatican: wir widmen einige Stunden der Sammlung der herrlichen Bildwerke. — Um 12 in der Umgegend einige Grabmäler besucht.

Nach Tische in der Villa Albani, die mich lebhaft an Winckelmann erinnert. Wir freuen uns der Kunstwerke, aber nicht der Gartenanlagen: die regelmäßig beschnittenen Baumwände haben für mich etwas Unerquickliches; es ist ein Verkennen aller lebendigen Natur, wenn Bäume, Sträuche und Blumen verwendet werden, um mit den Gebäuden ein architektonisches Ganzes zu bilden. Erklären läßt sich am Ende Alles, aber darum noch nicht rechtfertigen. So sagt Urlichs*): 'Die Baumwände sollen nichts Anderes sein als Wände, zu deren

---

*) Beschreibung der Stadt Rom 3. Bd. 2. Abth. S. 457.

13*

Materiale man sich anstatt der Steine und des Mörtels der lebendigen Bäume und Sträuche bedient.'

27. Sept. Abermals zum Vatican. Wir besehen die etruskischen Sammlungen. Von da zur vaticanischen Bibliothek. Der Custode zeigt die alten Heidelberger Kataloge. Er thut sehr ängstlich. Ein Bibliotheks-Diener legt uns einige alte Handschriften mit Miniaturen vor. Wir spazieren durch mehrere Säle: alte Fresken, altitalienische Malereien ꝛc.

Nach Tische fahren wir auf den Monte ianiculo, dann in die Villa Pamfili: geschmacklose Anlagen.

28. Sept. Tengen wird es nachgerade langweilig: er will immer sehen, Tag und Nacht sehen, seine Neugier ist unersättlich, bei unseren Wanderungen in der Stadt rennt er in jede Kirche, die sich in der Nähe zeigt. Um ihn zu beschäftigen, ziehen wir den Förster zu Rathe, und wenn uns noch etwas Sehenswerthes begegnet, so empfehlen wir es unserm sehluftigen Freunde, und er eilt von hinnen und sieht es sich an.

Ich bleibe den Morgen zu Hause und dichte. Ich bin froh, daß ich den großen Schatz des Gesehenen nicht noch mehr anhäufen und einen Eindruck mit dem anderen beseitigen muß.

Erst nach Tische unternehmen wir eine gemeinschaftliche Wanderung. Wir besuchen eine Villa, die Förster sehr reizend findet, wir finden das gar nicht. Wir durchschreiten aber doch einige Gänge mit den hohen steifen beschorenen Hecken, und sind, weil wir nichts erwarteten, auch nicht enttäuscht und kehren vergnügt zur Stadt zurück.

29. Sept. Es ist Sonntag. Wir fahren um 8 Uhr nach Albano. Von der alten Via Appia sahen wir neulich ein Stück, wie es erst vor kurzer Zeit zum Vorschein gebracht war, es hatte 15 Fuß unter dem Schutt gelegen. Dieser alte

Weg ist sehr schmal gewesen und das Pflaster aus Polygonen zusammengefügt. Die neue Via Appia, auf der wir jetzt fahren, ist breit und schön gepflastert, aber welch ein trauriger Weg! Die Gegend öde, kein Baum, keine Bank, kein Haus am Wege, nur eine einzige erbärmliche Hütte für Fuhrleute und Eselstreiber. Die Felder verwildert, hie und da Wiesen und gepflügtes Land, worauf aber hohes Unkraut. Tenge ärgerlich über die schlechte Landwirthschaft; er meint, ein einziger Morgen könnte bei guter Bearbeitung so viel geben als jetzt zehn. Am Abhange des Gebirges Reben, Ölbäume und Rohr. Albano ein freundliches Städtchen. Wir kehren ein in's Hôtel d'Angleterre. Hinter dem Hause ein hübscher Garten, der hübscheste den ich bis jetzt in Italien sah: Terrassen mit Blumen und Bäumen und freundlicher Aussicht. Es ist Kirchweih. Das ganze Landvolk ist auf Eseln ins Städtchen gekommen. Gewöhnlich sitzen Mann und Frau auf einem Thiere und die Esel sind trotzdem eben so munter wie ihr Kirchweihpärchen.

Um 2 nach Frascati durch die sogenannte Gallerie. Das ist ein vielgerühmter Weg, an dessen beiden Seiten alte Rüstern stehen, die aber eben nicht stattlich aussehn, sie sind oft mit Steinschaften gestützt oder untermauert. Unterwegs ein Wäldchen. Ich bemerke keinen graden Baum, und unter den Weibern, die noch nach Albano ziehen, auch nicht ein einzig hübsches Gesicht. Von Frascati sieht man in eine öde Gegend, durch die wir dann nach Rom zurückkehren.

29. Sept. Am Morgen mit dem Pilgerführer ins Kloster Filippo Neri zu Dr. Augustin Theiner, Mitglied dieser Congregation. Er ist sehr erfreut mich wiederzusehen. Wir unterhalten uns viel über Breslau. Er ist daselbst auf dem Hinter-Dome den 11. April 1804 geboren und hat dort seine Schul-

und Universitätsstudien vollendet. Anfangs studierte er nur katholische Theologie, dann ging er zur juristischen Facultät über und beschäftigte sich besonders mit Kirchengeschichte und canonischem Recht. Er war vier Jahre lang Amanuensis an unserer Bibliothek und stöberte für sich und seinen Bruder alle Bücher durch, worin sich irgend Ausbeute für ihre Zwecke erwarten ließ. Er schleppte oft so viel Bücher fort, daß ich mich sehr unzufrieden darüber äußern mußte, zumal ich nicht wußte wozu das Alles. Endlich kam denn das dreibändige Werk von ihm und seinem Bruder zum Vorschein: 'Die Einführung der erzwungenen Ehelosigkeit bei den christlichen Geistlichen und ihre Folgen' (Altenburg 1828). 1829 ging er nach Halle und wurde dort Dr. juris. Das geistliche Ministerium bewilligte ihm eine Unterstützung zu einer wissenschaftlichen Reise für das Quellenstudium des canonischen Rechts. Im December desselben Jahrs ging er nach Wien und blieb dort eine Zeitlang. Ich hatte nie geglaubt, daß er etwas Bedeutendes auf wissenschaftlichem Gebiete leisten würde. In Breslau war er allerdings recht fleißig, aber flüchtig und wühlig, so daß ich auf ihn das schlesische Wort 'Schußbartel' anwenden konnte. In Wien verfolgte er noch eine freisinnige Richtung in seiner Wissenschaft und war noch sehr fern von einem Geistlichen. Kopitar erzählte mir, daß Theiner eines Tages, wie er eben von der Hofbibliothek kam, auf dem Josephsplatze eine Musikbande fand. 'Wollt Ihr mich nach Hause spielen?' — 'O ja, lieber Herr!' — Und die Kerle spielten ihn durch alle Straßen und er schritt stattlich hinterdrein wie ein Triumphator. — In Paris begann dann seine Bekehrung, Anfang der 30er Jahre, und er ward ein eifriger Schreiber im Interesse der römischen Kirche und ihres Oberhauptes.

Theiner ladet mich ein, mit ihm einen Ausflug nach Tivoli zu machen. Ich kann nicht darauf eingehen, wir haben bereits unsere Abreise beschlossen.

1. October. Des Morgens um 6 Uhr mit dem Vetturino aus Rom. Selten wol hat jemand in so kurzer Zeit so viel gesehen, wir können in dieser Beziehung sehr zufrieden sein. Wenn ich aber an diese Tage des freilich unruhigen, aber doch großen Genusses zurückdenke, so kann ich einer Stimmung nicht unerwähnt lassen, die ich in Rom nie zu bewältigen vermochte. In einer Stadt immer unter Trümmern alter Herrlichkeit wandeln, bei jedem Genusse, den die Gegenwart beut, sich nie des Gedankens an die Hinfälligkeit aller irdischen Dinge erwehren können, hat für mich auf die Dauer etwas Drückendes, Peinliches, das bei allen herrlichen Schätzen des Alterthums wol gemildert, aber nie beseitigt wird. Die Gegenwart begnügt sich nicht mit dem was war, ihr Streben und Ringen will etwas schaffen, ihr Gebiet ist die Zukunft, darin ruht ihre Hoffnung, ihr Trost und der Lohn für all ihr Trachten und Dichten.

Der Weg bietet nichts Belangreiches dar. Um 5 Abends sind wir bereits in Civita-Castellana. Erstes gutes italienisches Gasthaus. Die Gegend im Abendrothscheine reizend: so müssen italienische Landschaften gemalt werden.

2. Oct. Um 3 Uhr Morgens Kaffee getrunken, um 4 ausgefahren. Dicker Nebel, der erst schwindet als wir uns dem Gebirge nähern. Narni ein freundliches Städtchen. Die Gegend sehr gebirgig, der Weg mitunter beschwerlich. Wir gehen eine weite Strecke durch einen Wald. Es begegnen uns viele Menschen, die uns alle anbetteln. Da ich weit voran gehe, so verweise ich sie an meine Nachfolger, die aber ebenfalls mit einem via, va via, via via die unheimlichen Gäste ab-

speisen. Da sagt denn einer mit mitleidiger Miene: 'Die armen Signori, sie haben nichts für uns als ein Via.' — Spät Abends in Spoleto.

3. Oct. Um 5 ausgefahren. In Foligno wird angehalten. Wir frühstücken in der Post. Im Speisesaale auf dem Tische vor dem Spiegel steht ein ausgestopfter zweibeiniger Esel. Wir machen einen Spaziergang in die Stadt. An der Hauptkirche bemerken wir schon von fern angeklebte Papierbogen, je bedruckt mit einem schwarzen Todtenkopfe, ein Zeichen, daß in der Kirche ein Todtenamt gehalten wird. Wir treten ein. Nicht weit vom Eingange liegt eine Leiche wie auf einem Paradebette, ein Edelfräulein in weißem Kleide mit weißseidenen Schuhen. Vorn an einer Bank betet ein Franciscaner, sonst niemand in der Kirche. Tenge kann sich jedoch nicht überzeugen, daß es eine Leiche ist, tritt nahe an sie heran und behauptet dann doch noch: 'Es ist eine Puppe!'

Dem Esel von Foligno widmete ich folgende Verse:

> Viel' Esel auf den Straßen,
> Und Esel hier und da!
> Fürwahr, das Land der Esel,
> Das ist Italia.
>
> Vierbeinig waren alle,
> Und niemals fiel mir ein,
> Daß auch ein Esel jemals
> Zweibeinig könnte sein.
>
> Ins Posthaus zu Foligno
> Vergeßt ja nicht zu gehn,
> Da ist ein Ausgestopfter
> Mit Haut und Haar zu sehn.
>
> Nun nehm' ich's auch in Deutschland
> Für gar kein Wunder an,
> Wie's Esel mit zwei Beinen
> Bei uns auch geben kann.

Zu der vorletzten Strophe fügte ich diese Anmerkung hinzu: 'Dieses können zu Nutz und Frommen deutscher Naturforscher meine Reisegefährten bestätigen. Besagter Esel steht im Speisesaale auf dem Tische vor dem Spiegel; er fehlt noch in allen Reisehandbüchern über Italien, denn er ist jünger als Reichenbaur, Lewald, W. v. Lüdemann und Ernst Förster.'

Unterwegs herrliche Aussicht nach Assisi. Wir kommen noch so zeitig nach Perugia, daß wir einen Spaziergang machen können. Nachdem wir uns etwas erquickt, gehen wir in die Akademie der schönen Künste: eine sehenswerthe Sammlung etruskischer Alterthümer und altitalienischer Bilder.

Auch unser Wirth hat eine Kunstsammlung oder eigentlich einen Kunsthandel. Wir sehen sie an: lauter zusammengeraffter Kram. Fahne kauft ein etruskisches Rauchgefäß, von dessen Unechtheit er sich erst später überzeugt. Während er mit dem Wirthe handelt, hält dessen Frau das Gefäß in den Händen. Das langweilt Tengen und er schreit ihr zu: 'Alter Drache, setz doch das Ding endlich hin!' Sie erwiedert ganz freundlich mit dem Kopfe nickend: 'Si, Signore, si, si!' und wir lachen laut auf.

Der Gasthof ist gut und mochte wol der erste Perugias sein. Der Wirth hatte oben an der Treppendecke alle Wappen derjenigen Potentaten in Fresko abmalen lassen, welche er die Ehre hatte zu beherbergen — eine eigenthümliche Dankbarkeit.

4. Oct. Um 4 Uhr Morgens nach Arezzo. Der Trasimener See, jetzt Lago di Perugia, in Morgenbeleuchtung, blaugrün, die Anhöhen blau mit rosigem Auffluge. Zu Mittag in Camuscia. Angenehmer Weg, auf den Kornfeldern Ulmen mit Reben. Allmählich hört dann der Weinbau auf.

5. Oct. Erst um 6 Uhr aufgebrochen. Mittags in Ju-

cifa. Weinlese an den Wegen. Wir kaufen Trauben. Abends um 7 in Florenz. Wir wohnen Hôtel la Fontana.

6. Oct. Der Dom großartig, aber geschmacklos. Im Battifterio besehen wir die berühmten ehernen Thüren und die Fresken. Nach Tische im Garten des Palazzo Pitti, das Schönste daran die Aussicht auf Florenz. In der Arena Lustspiel und athletische Künste. In einem Kaffeehause zu Nacht gegessen und am Dom Eis. Ermüdet zu Bette.

7. Oct. Den Vormittag in den Sammlungen des Palazzo degli uffizi und des P. Pitti. Der Himmel ist bewölkt und die Luft unerträglich. Abends starkes Gewitter mit Sturm.

8. Oct. Viel spaziert. Wir besuchen eine Werkstatt, worin die Florentiner Mosaiken gemacht werden. Wir wollen Strohhüte kaufen, sie sind uns aber doch zu theuer.

Den folgenden Tag setzen wir unsere Reise fort mit dem Vetturino über Pisa nach Livorno, von da mit dem Vesuvio nach Genua und dann, 11. Oct., mit dem Corriere nach Mailand. Weil wir alle sehr angegriffen sind, so bleiben wir noch den folgenden Tag.

13. Oct. Um 4 aufgestanden. Mit der Post nach Sesto Calende. Zwei Carabiniers begleiten uns, als ob wir Staatsgefangene wären. Wenn uns ja Räuber anfallen sollten, so sind gewiß unsere Schutzmänner die ersten, die Reißaus nehmen. — Nachmittags von 1—6 Uhr auf dem Lago maggiore. Wir landen in Magadino und fahren sofort weiter nach Bellinzona.

14. Oct. Mit einem Vetturino nach Airolo. Von Faido ab wird die Gegend wilder und unfruchtbar, und der Ticino braust in einem sehr engen Felsenbette. Bald sind wir in einer großartigen Alpenwelt. Wir fahren auf der neuen Straße.

Da es mir im Wagen unbehaglich wird, so gehe ich eine Strecke
zu Fuß, erst hinter dem Wagen. Das halte ich aber nicht
lange aus, die Straße ist frisch mit kleinen eckigen Steinen
beschüttet. Ich versuche es nun auf dem Fußpfade. Der führt
aber zu nahe am Abgrunde her und ich werde schwindelig. Ich
muß also unter drei Uebeln das kleinste wählen, und steige
wieder in den Wagen.

Tenge, der schon seit einigen Tagen unwohl war, ist krank
— kein Wunder! er reist als Courier und weiß mit seinen
Kräften nicht Haus zu halten; ein solches Travellern ist mir
noch nie vorgekommen. Sein Schwager v. Bauer hat Recht
gehabt. Wir sind besorgt um ihn und sehr verstimmt; als
wir ihn aber an seinem Bette besuchen und aus seinem Munde
hören, daß ihm besser ist, da sind wir wieder vergnügt, wir
lassen ihn Camillen trinken und nehmen mit Champagner vorlieb.

15. Oct. Wir fahren zeitig aus im dichten Nebel, der
lange anhält, und kommen um Mittag oben auf dem Gotthard
an. Im Hospiz (6750' ü. d. M.) freuen wir uns wieder
deutsch zu hören. Das Wetter wird etwas besser. Wunder-
bares Thal der Reuß. Als wir zur Teufelsbrücke kommen,
steigen wir aus und gehen hinüber. Es ist mir nicht möglich,
an die Brückeneinfassung zu treten, um hinabzuschauen, ich muß
hinan kriechen, und selbst dann noch wird mir so eigen zu
Muthe, als ich den tiefen Abgrund mit der tobenden Reuß vor
mir erblicke.

Um 5 sind wir in Flüelen und eine Stunde nachher besteigen wir das Dampfschiff, das uns nach Luzern fährt. Leider sehen wir nichts vom Vierwaldstädter See, es ist dunkel,
und überdem regnet es und stürmt sehr stark. Um 9½ Uhr
kommen wir in Luzern an und kehren in die Wage ein.

Den anderen Tag nehme ich Abschied von meinen Reisegefährten. Teuge und Fahne mit Frau gehen nach Basel, ich
nach Zürich.

***

16. Oct. bis 10. Nov. in Zürich.

Ich kehrte wieder in Sonneck bei Adolf Follen ein. Er
führte mich in das früher von mir bewohnte hübsche Zimmer,
und übte auf die liebenswürdigste Weise seine edle Gastfreundschaft. Ich fand ihn heiterer wie früher und theilnehmender
für das politische Leben in Deutschland. Diese Theilnahme
schien in dem Grade zu wachsen als seine Hoffnung auf bessere,
seinen Wünschen entsprechende Zustände in der Schweiz immer
geringer ward. Eben darum hielt er sich auch immer noch fern
dem geselligen Leben der Züricher. Gewohnheit und Bequemlichkeit mochten mit dazu beitragen. Übrigens fand er jetzt
geistige Anregung und Unterhaltung zu Hause genug in seiner
neuen litterarischen Erwerbsthätigkeit, er hatte sich nämlich bei
dem 'Literarischen Comptoir' betheiligt durch sein doppeltes Vermögen, durch Geld und Geist. Gleich nach meiner Ankunft
überraschte er mich mit einer kleinen Liedersammlung, die während meiner Abwesenheit im Lit. Comptoir erschienen war:

Hoffmann'sche Tropfen. Zürich und Winterthur 1844. 16⁰. (78 SS.
  mit 35 Liedern.)

Meine eben vollendete italienische Reise gab uns reichen
Stoff zur Unterhaltung: ich erzählte meine Erlebnisse und Stim-
mungen, meine Freude an Allem, was Natur und Kunst mir
geboten, aber auch meinen Ärger über die überschwänglichen
Lobpreisungen unserer Landsleute von Dingen, die weder schön
noch merkwürdig, ja oft nicht einmal des Erwähnens werth
sind. Bei solchen Gelegenheiten pflegte ich dann eins und das

andere meiner italienischen Lieder mitzutheilen. Follen war sehr
erfreut darüber und meinte, das gäbe einen hübschen Beitrag
zu dem 'Deutschen Taschenbuche', das sie herauszugeben beab=
sichtigten. Da mir nun auch noch von Anderen zugeredet
wurde, diese Gedichte zu veröffentlichen, so dichtete ich noch einige
dazu. Als nun meine Sammlung sich von 18 auf 40 Gedichte
vermehrt hatte, ordnete ich sie und legte sie Fröbel und Follen
vor. Wir versahen sie nun mit Überschriften und lachten bei
diesem Geschäfte dermaßen, daß einmal Follen von der Anstren=
gung Seitenstiche bekam. Der Titel Diavolini, den ich vorge=
schlagen hatte, fand Beifall. Diavolini, kleine Teufelchen, sind
Gewürzplätzchen, womit sich besonders beim Carneval die Mas=
ken zu werfen pflegen.*) Nach einigen Tagen waren meine
Diavolini gedruckt. Sie erschienen in dem 'Deutschen Taschen=
buche.'

. Die Morgenstunden war ich zu Hause und arbeitete. Die
Temperatur im Zimmer war eine sehr angenehme. Follen hatte
durch alle Zimmer Zinkröhren legen lassen, die durch heißes
Wasser erwärmt wurden. Ob diese Art von Stubenheizung
bei großer Kälte draußen hinlängliche Wärme gewährte, schien
mir fraglich. Wenn das Wasser in die Röhren gelassen wurde,
gab es immer ein bauchrednerisches Getöse. — Nachmittags
ging ich mit einigen Bekannten spazieren, am See oder auf
den Anhöhen. Das Wetter war mitunter noch sehr angenehm.
Mehrere Abende war ich hie und da zum Essen eingeladen, und
traf dann diesen oder jenen meiner Bekannten. Wir waren

---

*) Valentini giebt folgende Erklärung: Spezie di zuccherini, di
sapore acutissimo, composti principalmente collo spirito di canella,
garofano e simili detti diavolini.

immer sehr heiter. — Mein Verkehr beschränkte sich auf einige Professoren der Universität: Oken, Eduard Bobrik, C. J. Löwig, Müller, Hodes, v. Orelli, Sauppe; ferner Wilhelm Schulz, Lüning und J. E. Pipitz.

Eines Abends versammelten sich auf der Platte mir zu Ehren einige Deutsche und Schweizer. Krauskopf's Harmonie, ein Singverein, sang mehrere meiner Lieder. Ein Schweizer brachte mir ein Hoch aus. Nachdem ich mit Liedern gedankt, nahm Wilh. Schulz das Wort und sprach ganz vortrefflich.

Einige Tage später war ich wieder auf die Platte eingeladen. Franz Abt, Musikdirector am Theater, ließ seine Compositionen meiner Lieder vortragen. 'So viel Stern' am Himmel stehen' gefiel mir am besten.

Den 4. November lud mich der 'Deutsche Handwerkerverein zur Eintracht' ein. Es ward ein Lied gesungen, das der Maschinist Anton, Vorsteher des Vereins, mir zu Ehren verfaßt und vierstimmig gesetzt hatte. Ich dankte mit einigen Worten und brachte ein Hoch dem 'freien Worte.'

Gustav Anton war ein tüchtiger, strebsamer Fabrikarbeiter. Er hatte mir von seinem Leben erzählt und von seinen Neigungen, und wie lange er mit sich gekämpft habe, ob er nicht seinen bisherigen Lebensberuf mit einem anderen, ihm mehr zusagenden vertauschen solle. Endlich habe er sich in seinem Herzenskummer an Uhland gewendet. Die Worte eines solchen bewährten Volksfreundes hätten sehr wohlthätig auf ihn gewirkt, so daß er seitdem treu seinem jetzigen Berufe Poesie und Musik nur als angenehme Nebenbeschäftigung treibe, und sich und Anderen damit schon manche Freude bereitet habe. Er theilte mir den Brief Uhland's mit. Obschon ich denselben schon anders-

wo*) habe drucken lassen, so findet er doch hier eine noch pas=
sendere Stelle:

Tübingen, den 27. Nov. 1842.

Geehrtester Herr!

Sie wünschen in dem Zwiespalt, worein Ihre Neigung zu
Musik und Poesie mit Ihrer äußeren Stellung gekommen ist,
meinen Rath zu vernehmen. Wie schwierig es aber ist, über
Verhältnisse, die man nicht aus eigener, näherer Beobachtung
kennt, Andere zu berathen, werden Sie bei genauerer Erwägung
selbst ermessen. Über Ihre Kenntnisse in der Mechanik kann ich
nicht urtheilen, über Ihr musikalisches Talent ebenso wenig, und
über das poetische nur nach den Proben, die Ihrem Schreiben
beigelegt sind. Die Poesie auch äußerlich zum Lebensberufe zu
nehmen, würde ich selbst dem entschiedensten Dichtertalente niemals
anrathen, auch diesem ist, nach meiner Ansicht, ein Widerhalt in
anderwärtiger Berufsthätigkeit nöthig und heilsam. Sodann ist
insbesondre das Feld der lyrischen Dichtkunst so reichlich und
mannigfach angebaut, daß nur eine ausgezeichnete poetische Eigenthümlichkeit hier noch auf Erfolg rechnen darf. Eine solche vermag ich aber in den mitgetheilten Versuchen nicht zu erkennen.
Dem Inhalte nach scheinen mir die Anforderungen an eine wahrhaft poetische Leistung, nach Idee und Ausführung, nicht gehörig
erwogen zu seyn, und was die Form betrifft, so ist die Handhabung der Sprache und des Versbaues sehr unsicher. Damit
will ich nicht den Werth schmälern, den Ihnen die Beschäftigung
mit der Poesie als erheiternde und geisterhebende Beigabe zu den
Anstrengungen und Beschwerden des täglichen Lebens hat. Für
Ihre Berufswahl aber würde ich, soweit ich unter den bemerkten
Umständen überhaupt urtheilen kann, für das Rathsamste halten,
daß Sie, nachdem Ihr bisheriges Verhältniß sich gelöst hat, sich

---

*) Weimarisches Jahrbuch 3. Bd. S. 215. 216.

eine andre Anstellung suchen, bei der Sie die bereits erlangten Kenntnisse und Fertigkeiten in der Mechanik, welche Sie ja selbst hoch stellen und die jetzt so bedeutend in das Leben eingreift, so viele Kräfte in Anspruch nimmt, weiter ausbilden und sich eben in diesem Fach eine bessere Zukunft bereiten können. Sie haben selbst in Ihren Liedern über die nothwendige Thatkraft in den Kämpfen des Lebens, über die emsige Treue in nützlichem Wirken und über das Vertrauen auf eine höhere Leitung der menschlichen Geschicke sich Wahres und Gutes zugerufen, möge dieser ernste, männliche Sinn auch in der Ungunst Ihrer gegenwärtigen Lage sich nachhaltig bewähren.

Nehmen Sie freundlich auf, was aufrichtig und wohlmeinend geschrieben ist.

Ihr ergebenster

L. Uhland.

———————

Der October war zu Ende gegangen. Da ich nun ernstlich daran dachte, die Schweiz zu verlassen, so wollte ich doch zuvor noch nach Winterthur, um mit dem Lit. Comptoir abzurechnen. Fröbel hatte mich zu dem Zwecke schon früher eingeladen.

Den 30. Oct. fuhr ich hinüber. Es war uns beiden lieb, daß wir zusammen kamen, um das Geschäftliche zwischen uns abzumachen und Manches für die Zukunft zu besprechen.

Fröbel gab mir folgende Auskunft:

Im Januar 1844 verließen die Salonlieder die Presse, wurden nur auf Verlangen versandt . 3000

Im Sept. deff. Jahrs wurde ein neuer Abdruck veranstaltet, ebenfalls nur auf Verlangen 2000

Hievon wurden in Blumenfeld 500 confiscirt und am 25. Oct. 645 auf Verlangen an Buchhändler expedirt.

Im Sept. 1844 erschienen die Hoffmann'schen Tropfen 3000

Im gleichen Monat wurden neue Ausgaben von den Gaſſenliedern   (10000)
     und von den Deutſchen Liedern veranſtaltet   (2000)

Die aufgeſtellte Rechnung vom Febr. 1843 bis Sept.
1844 ergab für mich ein Guthaben von 786 fl. 40 Kreuzer.
Ich war ſehr angenehm überraſcht. Leider iſt es dabei geblieben, denn ich habe nie einen baaren Kreuzer zu Geſicht bekommen. Allerdings hatte ich 320 Exemplare von den Deutſchen
Liedern, 1050 von den Gaſſenliedern und 500 von den Salon-
liedern nach und nach erhalten, die mir als Honorar angerech-
net wurden. Da ich dieſelben aber für Freunde und Bekannte
beſtellte und dieſe von Anderen nicht immer Geld erhielten,
auch mitunter von der Polizei die Exemplare weggenommen
wurden, ſo war der Reinertrag für mich nur ein geringer.

Die Geſchäfte des Lit. Comptoirs waren anfangs ſehr
viel verſprechend, ja ſie galten für glänzend. Man war dadurch
etwas zu zuverſichtlich geworden und hatte die Erfolge nicht
abgewartet. Schon den 14. Januar 1843 klagte Fröbel:

'Auf litterariſche Unternehmungen können wir vor der Hand
kaum weiter eintreten, da unſere Mittel nun total erſchöpft ſind
und erſt das Reſultat der nächſten Meſſe abgewartet werden muß.
Unſere Fonds ſind für den bedeutenden Umſchwung, den unſer
Geſchäft ſo ſchnell erhalten, zu klein. Wir werden eine höchſt
brillante Jahresrechnung machen, allein das hilft dem Uebel des
zu geringen Betriebscapitals noch nicht ab, da die Unternehmungen fortwährend wachſen.'

Ein halbes Jahr ſpäter war die Verlegenheit noch größer.
Den 12. Juli ſpricht ſich Fröbel alſo über die damalige Lage
aus:

'Es ist wahrhaft schandbar, wie es uns mit diesen Schuften
geht. Sie stellen sich, als ob viele unserer Artikel noch nicht
abgesetzt seien, remittieren dieselben nicht, sondern behalten sie
„zur Disposition" um nicht zahlen zu müssen. So ist unsere
Einnahme nicht den dritten Theil so groß als wir vorausgesetzt
haben, da noch viele Handlungen hinzukommen, die gar nicht
gezahlt haben. Wir haben ungeheuer viel gedruckt in diesem
Jahre, es sind wenigstens 20 Ballen seit meiner Rückkehr versandt worden und noch sind sehr wichtige Sachen unter der Presse.
Da haben wir nun unsere Kräfte überspannt und wissen nicht,
woher wir Geld bekommen sollen, um fällige Honorare und
Druckerrechnungen zu bezahlen. Es ist des Teufels zu werden,
daß man nicht reich ist, wenn man weiß, daß man das Geld
wirklich gut anwenden würde.'

Das Geschäft hätte einen glücklicheren Verlauf nehmen
müssen, wenn es mit mehr Geschäftskenntniß und Vorsicht geführt worden wäre. Von Anfang an schadete das Zuviel, es
wurden zu viel und zu umfangreiche Werke in Verlag genommen und zu große Auflagen gemacht. Es kann mitunter für
den Verleger von großem Nutzen sein, eine große Auflage auf
den Markt zu bringen, buchhändlerisch ist es immer gewagt,
selbst wenn die Bücher nur von geringem Umfange sind: von
meinen Gassenliedern waren 10,000 gedruckt! Schon den 2. Dec.
43 bestätigte Fröbel was ich gefürchtet hatte: 'Der Versuch,
nur auf feste Bestellung abzugeben, ist mißglückt, denn es sind
bis jetzt nur 1200 Ex. abgegangen.'

Unser Geschäft war bald abgemacht und wir gingen zu
angenehmerer Unterhaltung über. Ich verlebte einige recht frohe
Tage in Fröbel's Hause. Eines Nachmittags machten wir
einen Spaziergang auf die Höhen: vor uns lag ein liebliches
Thal im Sonnenscheine und aus der Ferne, blickten die schnee-

bebeckten Alpen. Den Abend waren bei uns der Lehrer Flögler mit Frau und die Musiker Methfessel und Kirchner. Wir sprachen viel über das Aristokratische in deutscher Kunst und Wissenschaft, über Italien, deutsche Gelehrsamkeit u. dgl. Den andern Tag, 4. Nov., kehrte ich nach Zürich zurück.

Follen war die letzten Tage, die wir noch beisammen waren, sehr ernst und mitunter recht verstimmt, er sah für sich kein Heil mehr in der Schweiz, und das, was er hier erlebt hatte und noch zu erleben fürchtete, wirkte dermaßen auf sein Gemüth, daß er sich mit Bitterkeit über die Schweiz aussprach. Den Tag vor meiner Abreise überreichte er mir

Auch ein Schweizer-Heimweh.

Festgebannt ans Land der Prose
Wo mir jede Hoffnung welkt
Und die Zeit aus dürrem Schoße
Langeweile nur mir melkt —

Festgebannt ans Land der Prose
Wie ans warme Bett der Floh
Wo die Poesie, die Rose
Scheu zu kahlen Alpen floh —

Wo sie langsam, wie die Schnecken
Mit dem Haus spazieren gehn
Und die Hörner gleich verstecken,
Wenn sie eine Mücke sehn —

Wo die Freiheit in der Tasche
Stets ihr grimmig Fäustchen hält,
Zitternd schon wenn eine Masche
An dem Staatenstrumpfe fällt —

Wo der Muth der Freiheitsknechte
Heimlich Schlachtparole gab:
Daß man für die Freiheit fechte
Tapfer — mit dem Bettelstab —:

Hier, ach hier nun soll ich bleiben
In dem abgestandnen Land,
Hier die kalten Hände reiben
Harrend auf des Geistes Brand?!

Herz, mein Herz, mit Recht sehr traurig!
Nach den Menschen steht mein Sinn;
Hier verkäs' ich, hier verbaur' ich
Bis ich selber Made bin.

Sonneck, bei Zürich,   A. A. L. Follen.
  10. Novbr. 1844.

Den 11. November reiste ich über Basel, St. Louis,
Mühlhausen und Straßburg nach Offenburg, wo ich den fol=
genden Abend um 8 ankam.

Den 13. fuhr ich mit Seeger nach Oberkirch. Ich ver=
weilte zwei Tage, die reich waren an Beweisen inniger Theil=
nahme. Ein Bericht sagt darüber:

'Jeder Abend vereinte eine so große Anzahl seiner Verehrer
um ihn, als die geräumigen Hallen fassen konnten. Den größten
Theil der Zeit füllte Gesang seiner Lieder. Die Wirkung der
von Hoffmann selbst vorgetragenen war bald allgemeine Begeisterung, bald stürmischer Beifall, bald stille Wehmuth, je nach dem
Texte der Gedichte.'

Als ich den 15. nach Offenburg zurückgekehrt war, trafen
Abgeordnete von Lahr ein, die mich dahin abholen wollten.
Die vorhergegangenen schriftlichen Einladungen waren mir nicht
zu Handen gekommen. Ehe wir die Wagen bestiegen, sollte

mir noch zu Gemüth geführt werden, daß ich mich wieder in
Deutschland befände. Der Herr Oberamtmann hatte drei Gen=
darmen in den Gasthof geschickt, zwei blieben draußen vor der
Thür, der eine trat in den Speisesaal um zu untersuchen, ob
mein Paß in Ordnung wäre. 'O, der ist immer in Ordnung!'
rief höhnisch Seeger dem Sicherheitscommissarius zu. Und er
war es auch, ich hatte ihn zur Vorsicht noch in Straßburg
visieren lassen. Der Gendarm überzeugte sich von der Richtig=
keit, und wir fuhren mit einem lauten Hurrah zum Hause
hinaus.

In Lahr werde ich herzlich bewillkommnet. Man erzählt
mir, in wie gutem Andenken ich stehe, wie von Jung und Alt
meine Lieder gesungen würden ꝛc. Nachdem wir im Rappen
eine Zeitlang verweilt, gehen wir in die Sonne zum Abendessen.
Große Gesellschaft. Die Kinder begrüßen mich mit dem Ge=
sange meines 'Hohenliedes vom Censor.' Der Bürgermeister
Baum bringt ein Hoch auf mich aus. Ich danke mit dem
Liede: 'Der Bürgermeister von Seckenheim,' das ich erst gestern
Morgen verfaßt habe. Es ist von großer Wirkung, besonders
mit dadurch, daß es auf einer Thatsache beruht. Allgemeine
Heiterkeit, die sich noch steigert, als Anwalt Hofer seinen Trink=
spruch vorträgt:

Dem geschätzten Abgesetzten,
Dessen Lieder uns entflammen,
Den die Großen von sich stoßen,
Die Censoren all' verdammen;

Dem geschätzten Abgesetzten,
Der ein Ohr im Volk gefunden,
Das ihn ehret, trotz ihr's wehret,
Die uns schon so lang geschunden;

Dem geschätzten Abgesetzten,
Der für Recht und Freiheit streitet,
Der uns alle zu der Halle
Echten Bürgerthumes leitet;

Dem geschätzten Abgesetzten,
Der nicht Güter hat noch Stätte,
Daß er morgen ohne Sorgen
Sich ein eignes Lager bette;

Dem geschätzten Abgesetzten,
Der sich opfert den Bedrückten,
Selbst gedrückt ist, doch beglückt ist
Ueber die durch ihn Beglückten;

Dem geschätzten Abgesetzten!
Ihm sei Glück und Heil und Segen,
Daß er singe und uns bringe
Bald der Freiheit Ziel entgegen!

Viele kommen zu mir, reichen mir die Hand und erklä=
ren, ich sollte Bürger werden, nicht Ehrenbürger, sondern acti=
ver; wenn ich des Bürgerrechts bedürftig wäre, so sollte es
meinerseits nur ein Wort kosten.

Den folgenden Tag ist noch ein großes Gastmal mir zu
Ehren im Pflug. Bürger und Bauern nehmen daran Theil.
Alles sehr heiter. Zuletzt kommen noch die Kinder und singen
den Censor. Ich reiche jedem Obst und ein Glas Champagner.

Hofer, Maurer und der Rathsschreiber Schuhmacher be=
gleiten mich nach Offenburg zurück.

17. Nov. Der Oberamtmann Lichtenauer entschuldigt sich
gegen Seeger wegen der Gendarmen. Dieser sagt darauf: 'Die
Schmach, die unserm Freunde angethan ist, suchten wir gestern
Abend wieder gut zu machen: wir Bürger haben dem Manne
unsere Hochachtung zu bezeigen gesucht. Wenn Sie übrigens

so freundlich jetzt sprechen, so muß ich darauf erwiedern, daß Sie uns der Gefährlichste sind. Wir haben es viel lieber, wenn die Beamten gerade herausgehen, und wenn sie dann auch grob sind, dann wissen wir doch, wie wir mit ihnen dran sind.'

Nachmittags nach Achern. Beim Bier-Richter große Versammlung. Ich werde bewillkommnet und danke mit Liedern, die sich eines großen Beifalls erfreuen.

Den folgenden Tag begleiten mich der Abgeordnete Richter, der Adlerwirth und noch einige Herren nach Bühl. Von dort gehe ich weiter und bin um 6 Abends in Carlsruhe. Mit Hecker und Welcker geplaudert bis 2 Uhr.

19. Nov. in Mannheim. Eben ist die zweite Sammlung meiner Kinderlieder angekommen:

Funfzig neue Kinderlieder von Hoffmann von Fallersleben. Nach Original- und bekannten Weisen mit Clavierbegleitung von Ernst Richter. Mit Beiträgen von Marx, Felix Mendelssohn-Bartholdy, Otto Nicolai, C. G. Reißiger, Robert Schumann und Louis Spohr. Mannheim 1845. Verlag von Friedrich Bassermann.

20. Nov. in Heidelberg. Mittagsessen bei Welcker: Deeg, Dr. Hagen. Nach Tische Spaziergang, dann in die Harmonie. Abendessen im Hôtel de Bavière: Welcker, Bissing, Dr. Hagen, Prof. Henle u. a. Ich singe mehrere Lieder. Es geht sehr munter her. Später findet sich noch der 'Liederkranz' ein und begrüßt mich. Welcker knüpft an meine Anwesenheit den Vorschlag zur Bildung eines allgemeinen Unterstützungsvereins für Politisch-Verfolgte.

Die Mannheimer Abendzeitung berichtete über diesen 'einen Abend, wie wir nicht sobald wieder erleben werden':

'Man muß Hoffmann seine Gedichte selbst singen hören, man muß selbst den Eindruck beobachten können, den die göttliche Gabe des Sängers, seine Lebendigkeit, sein Vortrag, die Kraft seiner Begeisterung, die Schärfe seines Spottes und Hohnes auf die Zuhörer macht, dies Alles muß man selbst mitgemacht haben, um ein vollständiges Bild von dem Dichter sich entwerfen zu können.' Der Artikel enthält trotz der Censurlücke des Lobes noch mehr, unter anderem 'wahrhaftig, ein Lied von Hoffmann wirkt mehr als hundert Zeitungsartikel.'

Kein Wunder, daß so etwas von Seiten der Regierung nicht unbeachtet blieb. Schon den 26. Nov. erfolgte ein Ministerial-Erlaß, 'wonach dem Prof. Hoffmann auf den Grund seiner Reden (?) und Gedichte aufregenden und verdächtigenden Inhalts das Gastrecht im Großherzogthum gekündigt werden soll.' Die Ausführung dieses Beschlusses unterblieb natürlich, weil ich damals schon nicht mehr in Baden war.

———

Von Heidelberg ging ich nach Mannheim und dann mit dem Dampfschiffe nach Geisenheim und blieb dort

22. Nov. bis 6. December.

Ich wohnte wieder bei Karl Dresel. Ich verlebte einige stille Tage, da ich mich wenig an den geselligen Vergnügungen der Familie betheiligte, auch oft sehr unwohl war. Ich saß meist auf meinem Zimmer, schrieb Briefe, las, dichtete und vollendete eine neue Sammlung Lieder, der ich den Titel gab 'Geräuschlose Zündhölzer.' Ich schickte sie an Follen.

Den 1. December erhielt ich schon Antwort.

Sonneck, 29. Novbr. Morgens.

Lieber Freund! Dein Brief mit seinem reichen Inhalt hat eine sehr belebende, wohlthätige Wärme über Brust und Nieren bei mir verbreitet. Deine Erfolge sind mir immer die erfreulichsten, weil sie in einer Schicht der vaterländischen Luft sich ereignen, welche den Meisten, ja Allen Freunden des Vaterlandes keine Lebensluft zum Dasein gewährt und das längere Verweilen unmöglich macht. Andere populäre Schriftsteller waren es dadurch daß sie sich nicht sowohl zum Volk herabließen, als vielmehr sich unter dasselbe stellten und es noch mehr erniedrigten, indem sie die gemeine Seite desselben mit Schuhwichse und Firniß glänzend machten. Du gehst den entgegengesetzten Weg: Alles was Edles und Reinmenschliches im Volke lebt, weißt Du anzugreifen und an dieser Stelle hebst Du es empor, durch welche Operation dann natürlich eben diese noblere Seite desselben obenauf und zur Herrschaft kommt. — Schreib doch, eh Du von G. verreist, ob man — versteht sich, detractis deducendis — in der Basler Nazionalzeitung etwas von Deiner Reise im Badischen, wo jenes Blatt gelesen wird, und z. B. das prächtige Impromptü von Hofer, mittheilen soll?

Ebenso erfreulich waren mir Deine Berichte wegen der Unterstützungskasse; meine Freunde hier, die Deinen Brief, im bekannten Lokal, ebenfalls mit freudigem Interesse gelesen haben, wollen ebenfalls Theil nehmen. Es kann, muß und wird auf diesem Wege gerathen! Sofern man die Gelder, wegen Umstände, in D. nicht ganz sicher glaubte, würde ich und unsere Freunde gern behülflich sein; ein Comitté von dortigen und hiesigen, könnte dann die Unterstützungsquoten bestimmen.

. . . .

Grüße mir Deine lieben Wirthe im schönen Geisenheim, welches mir stets im schönsten Reflex vor dem Erinnerungsauge steht.

— Allerdings werden wir mit den Zündhölzchen noch zuwarten sollen, bis wieder Brennmaterial zurecht gelegt ist.

A. A. L. F.

Bald darauf folgte ein zweiter Brief, der mich sehr betrübte: was ich fürchtete, schien allmählich in Erfüllung zu gehen, nämlich die Auflösung des Lit. Comptoirs.

Lieber Freund! Ich schreibe Dir mit vielfältig bewegtem Gemüthe. Mein jüngster, letzter Bruder, Paul, ist in NAmerika gestorben, in der Kraft seines Mannesalters. Er hatte eben in St. Louis eine deutsche Zeitung gegründet. Er hinterläßt eine zahlreiche Familie, die ich früher nahmhaft unterstützte und nun wieder werde unterstützen müssen, was mir, nach all den bisherigen Geldopfern und den täglich andringenden Anforderungen unabweisbarer Hülflosigkeit, sehr schwer fällt. Die nie verharschte Wunde, welche der Tod meines Bruders Karl*) mir geschlagen, ist dadurch aufs neue empfindlich gereizt worden. Dazu kommt die Niederlage der Jesuitengegner in Luzern, nachdem ein fast sicherer Erfolg durch unglückliche Zufälle, freilich aber zunächst durch die Feigheit der Luzerner sogenannten Liberalen selbst, vereitelt worden. Diese Niederlage wirft einen schwarzen Schatten, wie eine Sonnenfinsterniß, über das ganze Dasein der Schweiz und macht den Zustand fast unerträglich; denn nun wird die Zeit kommen, wo die übertünchte Niederträchtigkeit, genußsüchtige Feigheit und herzlose Liberalität sich als weise Legalität breit macht und jedes edle Gefühl, jeden hochherzigen Aufopfrungsmuth für Frevel und Knabenwitz taxieren und niedertreten wird. All diese

----

*) Kam ums Leben beim Brand des Dampfbootes Lexington am 12. Januar 1840 unweit der Küste von Connecticut zwischen Newyork und Boston.   H.

Eulenstimmen haben in der einbrechenden Dämmerung sich bereits krächzend vernehmen lassen. — Meine einzige, aber schwache Hoffnung steht noch auf der heute nach Burgdorf ausgeschriebenen Volksversammlung, deren Führer wahrscheinlich einen bewaffneten Einfall in Luzern beabsichtigen, um dem verfassungsbrüchigen Blutregiment der Jesuiten in der Schweiz den Gnadenstoß zu geben. Dazu spende Gott seinen Segen!

Um das Unheil zu komplettieren, erhalten wir heute die Nachricht, daß uns ein großer und sehr werthvoller Bücherballen, der längst visiert die Gränze passiert hatte, in Leipzig säsiert worden ist. Das war bisher unerhört und unser Kommissionär, der bemerkt, daß dieses Verfahren Aufsehn errege, räth uns, einen Advokaten zu bestellen. — Ich fürchte, daß Fr. aus Konnivenz etwas Frembes mit versandt hat, was Du erräthst und gegen dessen Berührung ich mich stets gesträubt hatte. Dann, fürchte ich, steht unsere Sache übel und ein Verbot in genere ist uns in Aussicht. Dieß wäre ökonomisch für mich, der ich über F. 30,000 zur Rettung und Aufrechthaltung dieser einzig für das große, liebe Deutschland arbeitenden freien Presse aufgeboten, unverwindbar! wenn diesen Menschen, die die großen Worte machen, irgend es Ernst ist, nicht wie Schufte in ihrem Maulthum zu ersaufen, so sollen sie sich jetzt rühren und uns aufrecht erhalten! wenn wir nicht schleunig und nachhaltig unterstützt werben, so ist es zu spät.

Sieh was Du wirken kannst; ich kann nicht weiter. — Es wäre unnütz, über fernere Unternehmungen unter solchen Auspizien zu verhandeln.

Möge es Dir wohlergehn! meine Familie grüßt Dich freundlich und die Kleinen danken für die schönen Lieder. Mit Treue Dein Freund

A. A. L. F.

Sonneck, 11. Dzbr. 1844.

In den letzten Tagen kam noch zu uns ein Gast, Dr. Grosse, ein geborener Osteroder, jetzt Züricher Bürger. Der Mann ist in einer traurigen Lage; während sein Schicksal meine Theilnahme in Anspruch nimmt, verleidet mir sein wunderliches, zerfahrenes und heftiges Wesen allen Verkehr mit ihm.

7. Dec. nach Frankfurt mit Karl Dresel, seiner Frau und Dr. Grosse. Den Abend bin ich bei Gutzkow, den andern Tag bei Ebner. Abends sind Grosse's Sachen angekommen. Er liest uns einige seiner Poesien vor, die mich aber eben so wenig ansprechen wie ihr Verfasser.

9. Dec. mit der Schnellpost in unangenehmer Reisegesellschaft den langen Weg nach Leipzig. Mein erster Gang zu Engelmann. Er überreicht mir die erst vor einiger Zeit fertig gewordenen

<blockquote>

Spenden zur deutschen Litteraturgeschichte von Hoffmann von Fallersleben. Erstes Bändchen: Aphorismen und Sprichwörter aus dem 16. und 17. Jahrhundert, meist politischen Inhalts. Zweites Bändchen: Adam Puschmann, Bartholomäus Ringwaldt, Martin Opitz, Benjamin Schmolck, Johann Christian Günther, Daniel Stoppe, Einige Vor- Opitzianer. Leipzig, W. Engelmann 1844. 8°. (I. 154 SS. II. 240 SS.)

</blockquote>

Abends im Hôtel de Bavière mit Robert Blum. Später setzt sich zu uns der Moorcommissär Wehner. Er erzählt die Geschichte seiner Anfechtungen in Hannover, spricht viel von seinen politischen Ansichten, seinen Beziehungen zum hannoverschen Cabinett und seinen Reisen für den Zollverein.

Den 11. Dec. mache ich einen Ausflug nach Dresden, Löbau, Herrenhut und Bauzen, und bin den 18. wieder in Leipzig. Im Hôtel de Bavière treffe ich Herrn Wehner.

Er erzählt mir, er habe mit Pertz wegen meiner Bibliothek verhandelt und überreicht einen Brief. Pertz schreibt mir, nachdem er meine Preise ermäßigt hat, 'und halte ich mich daher nicht berechtigt, mehr als 1400 bis 1500 ₰ für das Ganze in Anschlag zu bringen.'

Das veranlaßt mich nach Berlin zu gehen, das mir freilich von Polizeiwegen verboten ist. Den 20. Dec. kehre ich bei Dr. Rutenberg ein. Es ist 2 Uhr. Wir fahren in die Stadt. Pertz nicht zu Hause. Ich wiederhole um 4 Uhr meinen Besuch und treffe ihn. Er ist sehr freundlich, aber sehr verlegen. Wir gehen aus seinem Zimmer in die Bibliothek und besprechen uns über den Kauf meiner Handschriften. Wir einigen uns über 1600 ₰. Ich eile zu Rutenberg, der in der Nähe auf mich wartet. Ich gehe mit ihm zur Post und fahre bald darauf ab. Um 9 in Oranienburg.

Den folgenden Tag nach Mecklenburg. Eine Nacht in Scharpzow. Von da in einer schönen Kutsche mit vier Pferden zum alten Müller in Gerdshagen.

Unterwegs erlebe ich noch eine ergötzliche Geschichte. In Vietgeest lasse ich anhalten bei Herrn Drewes. Während die Pferde gefüttert werden, bestelle ich für den Kutscher ein Vesperbrot und für mich Kaffee. Auf dem Tische liegt eine Zeitung. Ich blicke hinein und finde, daß von mir gemeldet wird, ich würde nächstens nach Mecklenburg zurückkehren. 'Da steht ja, der H. v. F. wird nächstens wiederkommen.' — 'Ja, sagt der Wirth, ich hab's gelesen. Wenn ich den Mann mal sehen könnte, ich gäbe was drum!' — 'J, sage ich, der wird schon mal hierher kommen.' — 'Hierher? ach, im Leben nicht!' — 'Aber doch! er kommt, ja, er ist schon da — ich bin's!' — Der Mann war außer sich vor Freude. Jetzt frage ich nach der Zeche. Er will durchaus nichts nehmen, und ich muß, wie so oft und so Mancher außer mir mit dem Danke meine Schuld bezahlen.

Den Tag vor Weihnachten kommen die Holdorfer. Freudiges Wiedersehen und frohe Feiertage. Den 29. fahren wir nach Holdorf. Den 30. besuche ich die Buchholzer. Am Silvester-Tage bin ich wieder in Holdorf. Hier begrüßen wir in heiterster Stimmung das Neue Jahr mit meinem Liebe:

So singen wir, so trinken wir
Uns froh hinein ins Neue Jahr!

Daß ich als Preuße sehr leicht in einen Preßprozeß verwickelt und der Majestätsbeleidigung angeklagt und verurtheilt werden könnte — diese Besorgniß quälte mich sehr und trieb mich, Alles aufzubieten, um so bald als möglich mein preußisches Heimats- und Staatsbürgerrecht mit einem andern zu vertauschen. Da in vorigem Jahre meine Bemühungen in Mecklenburg erfolglos waren, so hoffte ich in Baden meinen Zweck zu erreichen. Noch ehe das alte Jahr zu Ende, den Tag nach meiner Ankunft in Holdorf wandte ich mich an den Bürgermeister Baum in Lahr.

Holdorf 30. December 1844.

Eingedenk des schönen mir unvergeßlichen 15. Novembers in Lahr, habe ich bereits die nöthigen Schritte gethan, mein preußisches Bürgerrecht aufzugeben, und spreche nun Ihnen meinen Wunsch aus, Bürger in Lahr zu werden.

Die Verleihung des Bürgerrechts in Lahr wird dem zweifelhaften drückenden Zustande, worin ich seit meiner Absetzung in Preußen leben muß, ein Ende machen, mich persönlich sicher stellen und mir zur immerwährenden Ehre und Freude gereichen.

Ich wende mich an Sie, weil Ihre Theilnahme mir den Weg zu diesem Schritte zuerst gezeigt hat und es Ihnen zunächst zukommt, den braven Bürgern Lahrs meinen Wunsch vorzutragen.

Mit den herzlichsten Grüßen

Ihr

H. v. F.

Den 27. Januar 45. antwortete Baum. Gemeinderath und Bürgerausschuß hatten die Zusicherung ertheilt, mich als Bürger aufzunehmen. 'Es unterliegt diesemnach durchaus keinem Zweifel, daß w i r Ihnen das Bürgerrecht ertheilen, jedoch sind noch einige Bedenken darüber vorhanden, ob dieses Bürgerrecht in Kraft treten kann d. h. das Indigenat ertheilen wird.' — Obschon ich die Bedingungen, unter welchen das Lahrer Bürgerrecht verliehen wird, leicht erfüllen konnte, so betrachtete ich doch die Ablehnung der Indigenatsertheilung von Seiten der badischen Regierung für gewiß, und verfolgte nicht weiter die Sache.

Ich war nun wieder auf Meklenburg angewiesen. An die drei Städte Güstrow, Rostock und Wismar hatte ich wol gedacht, die Bedingungen zum Bürgerwerden waren aber meinerseits schwer zu erfüllen, und die nachherigen Gemeindesteuern standen mit dem was ich zu erreichen suchte in gar keinem Verhältnisse. Ich versuchte es nun mit unserm nächsten Städtchen Brüel. Durch Vermittelung unsers freundlichen Nachbars, des Pastors Zarncke in Zahrenstorf verhandelte ich mit dem Bürgermeister Born. Alles ging gut. Als ich aber eine günstige Entscheidung erhalten sollte, erfolgte folgender Bescheid mit einem Ochsenkopf-Stempel von 2 Schillingen:

Unter Remission der Anlagen des Vortrags vom 18. d. M.

erwidern wir Ihnen: daß wir uns, in Beyhalt*) bestehender gesetzlicher Vorschriften, de jure außer Stande befinden, Ihnen das gewünschte Bürgerrecht hiesiger Stadt zu Theil werden zu lassen.

Bruel den 27. April 1845.
Bürgermeister und Rath
Born.

Wir waren sehr überrascht. Am 18. hatte ich mit Rudolf Müller den Herrn Bürgermeister besucht und ihm meine Eingabe überreicht; er fand Alles in bester Ordnung, lud uns zum Abendessen ein und wir waren sehr vergnügt und kehrten des Erfolgs sicher im herrlichen Mondenschein heim. Herr Born hatte dem Herrn Pastor Zarncke auf dreimalige Anfragen, ob nichts dem Antrage entgegen stehe, erklärt: 'Nein! Unbedenklich!' Aber der Herr Bürgermeister war in Schwerin gewesen und hatte von seinem Herrn Schwager, einem Manne der Regierung, die Mahnung erhalten: 'Wenn er einen solchen Menschen zum Brüeler Bürger mache, so würde er sich das Allerhöchste Mißfallen zuziehen.'

Die Sache machte etwas Aufsehen, aber dabei blieb es. Es hätte übrigens gar nicht so vieler Umstände bedurft, um mich zum Ziele gelangen zu lassen. Ein eigentliches meklenburgisches Staatsbürgerrecht gab es nicht, aber jede Stadt und jedes Domanium oder jeder Ritter hatte das Recht, jemandem das Heimatsrecht zu ertheilen. Nachdem dies meinen Freunden klar geworden, war die Angelegenheit schnell erledigt. Dr. Samuel Schnelle, der mir erst einen Wohnungsschein ertheilt hatte, nahm mich bald darauf als Insassen seines Gutes auf:

---

*) Fehlt in Grimm's Wörterbuch. 　　　　　　　H.

Dem Herrn Dr. Hoffmann von Fallersleben, hiebevor Professor in Breslau wird hiedurch das Einwohnerrecht in Buchholz und durch dasselbe Heimathsrecht in diesem Gute zugesichert und ertheilt.

Zur Urkunde Dessen ist diesem Heimathsschein das hiesige Gerichtssiegel beigedruckt.

Buchholz in Mekl.-Schwerin   S. Schnelle Dr.
   am 10ten Julii 1845.   als Guts- u. Gerichtsherr.

Ich schickte eine durch einen Notar beglaubigte Abschrift an die Regierung in Breslau, dieselbige entließ mich darauf hin aus dem preußischen Unterthanen-Verbande.

Weit und breit war große Freude, daß durch ein so einfaches Mittel den polizeilichen Verfolgungen vorgebeugt war. — Die Nachricht ging in viele deutsche Zeitungen über und wurde als ein erfreuliches Ereigniß begrüßt. Auch die 'Ludwigsluster Blätter' sprachen sich beifällig aus:

'So sind die Hoheitsrechte, welche unseren Rittern über ihre Hufen zustehen, denn doch zu etwas gut. Hoffmann ist jetzt ritterschaftlicher Hintersasse und als solcher naturalisierter Meklenburger und vor allen Anfechtungen, die er wohl von meklenburgischer Seite überall nicht zu befahren hatte, so sicher als säße er in Abrahams Schoß.'

Nur einige Standesgenossen des Dr. Schnelle konnten nicht begreifen, wie derselbe dazu gekommen, einen Menschen in sein Gut aufzunehmen, den er doch zu nichts gebrauchen könnte, ja sogar noch unterhalten müßte, wenn er in seinem Nichtsthun alt und hinfällig würde rc.

Auf solche Bedenken erwiederte ein Witzkopf: 'Der rc. Hoffmann ist Kuhhirt, hat aber im Sommer einen Stellvertreter.'

Das mochte Glaßbrenner zu Ohren gekommen sein und er ver=
sah es mit einer andern Pointe in seinem Büchlein: '1845 im
Berliner Guckkasten'*):

> Guckkästner. Nanu weiter! Rrrr, ein andres Bild: Hür,
> meine Herrschaften, präsentiert sich Ihnen der wendische Kuh=
> hirte Hoffmann von Fallersleben, wie er eben uf Doctor
> Schnelle's Jut bläst, deß es in Mecklenburg Morgen
> wird.

> Bücke. Wenn Sie entschuldigen wollen, ich denke — —

> Guckkästner. Ja, ich dhu' des, aber überall wird des nich
> entschuldigt.

> Bücke. Ich wollte sagen: ich denke, Hoffmann von Fallers=
> leben is en deutscher Dichter?

> Guckkästner. Ja, aber um in Deutschland bleiben zu kön=
> nen, is er Kuhhirte jeworden.

> Erster Junge. Na, aber versteht er denn des aber
> ooch?

> Guckkästner. O ja, er hat schon früher des Rindvieh recht
> jut behandelt. Rrrr.....

Den Januar war ich meist immer in Holdorf. Unser
stilles ländliches Winterleben blieb sich ziemlich gleich. Es kamen
zwar Besuche, aber sie störten mich eben so wenig wie die
Besuche, welche ich dann und wann in der Nachbarschaft
machte: ich fand immer Zeit und Lust zum Arbeiten und Dichten.
Der gute Erfolg meiner beiden Sammlungen Kinderlieder mit
Clavierbegleitung ermunterte mich zu einer dritten Sammlung.
Schon gegen Ende des Monats waren über 25 Liedertexte ge=
dichtet, meist zu Volksweisen. Es handelte sich nur darum diese

---

*) Hamburg, Druck und Verlag von H. G. Voigt 1846.

Weifen mit einer entsprechenden Begleitung zu verfehen. Da war mir denn der Organift Theodor Friefe in Wismar em=pfohlen, ein tüchtiger Mufiker, der fich diefer Arbeit gern unter=ziehen und Alles zu meiner Zufriedenheit ausführen würde. Ich fchickte ihm mehrere Texte und Melodien, und fchrieb ihm, nächftens würde ich felbft kommen und Alles mit ihm be=fprechen.

Das gefchah bald, denn nach einigen Tagen fuhr ich im Glaswagen, mit vier ftattlichen Pferden befpannt, nach Wismar hinüber. Dr. Birckenftädt hatte mich zu fich eingeladen. Bald nach meiner Ankunft fanden fich viele Gäfte zum Mittagseffen ein. Kaum faßen wir bei Tifche, fo begann auch eine recht heitere Unterhaltung. Ich wurde fehr luftig, kein Wunder: zwei liebenswürdige Mädchen waren meine Nachbarinnen. Fräu=lein Mathilde entzückte mich durch ihr liebliches Wefen und ihre jugendliche Schönheit.

Ich verweilte noch einige Tage in Wismar, machte einige neue Bekanntfchaften: Dr. Haupt, Dr. Stahmer, Dr. Nölting, Dr. Gerds, fah noch einige Male Mathilde, befprach mich mit Friefe wegen der Kinderlieder, und war viel in Gefellfchaft.

Den Abend vor meiner Abreife nahm ich noch Theil an einer Sitzung des wiffenfchaftlich gefelligen Vereins. Rector Crain hielt einen Vortrag: 'Wismar vor 30 Jahren.' Nach=her folgte ein gemeinfchaftliches Abendeffen.

Ich kehrte den 6. Februar nach Holdorf zurück. Von allem Lieben und Schönen was ich erlebt, war mir die lieb=lichfte Erinnerung Mathilde, und es war natürlich, daß fich diefe Erinnerung in Sehnfucht verwandelte, und fo entftand denn denfelben Tag noch ein Lied, das nachher Hellmuth Wöhler fehr hübfch in Mufik fetzte.

Ich sah wol ein liebliches Blümlein —
Und Frühling ward es um mich.
O weh! und da war es verschwunden,
O weh! und mein Frühling wich.

Und wenn ich des Frühlings gedenke,
Erstirbt auf den Lippen das Lied.
Es blühte so wunderbar lieblich!
Ich weiß nicht, wie mir geschieht.

O lächle, o lächle noch Einmal
Mir in mein Leben hinein!
O laß es für mich, o du Blümlein,
Einmal doch noch Frühling sein!

Den 7. Februar waren wir zur Geburtstagsfeier in
Gerdshagen. Als wir zurückkamen, war unterdessen Herr Friese
bei uns eingekehrt. Er spielte uns seine Compositionen meiner
Kinderlieder vor, und wir waren über die meisten sehr erfreut.
Er spielte uns dann auch die Begleitungen zu einigen Volks=
weisen mit meinen Texten. Da kam es denn allerdings vor,
daß wir Manches anders wünschten. Friese, der gewiß sein
Fach gut verstand und auch etwas Tüchtiges leisten konnte,
hatte jedoch mit vielen Künstlern den Fehler gemein, daß sie, zu
sehr von der Vortrefflichkeit ihrer Leistungen überzeugt, nur schwer
auf die Ansichten Anderer eingehen. Ich pflegte in solchen
Fällen nicht weiter in ihn zu bringen, dies oder jenes zu ändern,
er war empfindlich und wurde bei wiederholtem Bitten nur noch
eigensinniger. Viele Lieder legte ich lieber zurück. Dadurch
ward nun freilich mein Werk nicht sonderlich gefördert. Wenn
wir merkten, daß er verstimmt wurde, so suchten wir ihn bald
wieder in gute Laune zu bringen, und da er sehr gutmüthig und
gefällig war, so wurde er leicht immer wieder für meinen Zweck
gewonnen. Er blieb einige Tage bei uns, und bei allen Neckereien,

womit ihn Rudolf zugleich bewirthete, gefiel ihm unser Landleben sehr, es war doch etwas anderes als Orgel spielen und Stunden geben müssen.

Um diese Zeit war Advocat W. Raabe in Buchholz zum Besuch. Er kam eines Tages zu mir herüber und bat mich um Beiträge zu seinem 'Meklenburgischen Volksbuch.' Ich hatte nichts vorräthig, versprach aber beizusteuern was ich dafür Geeignetes verfaßte. Raabe war damals eifrig bemüht, das politische Leben durch Wort und Schrift zu wecken. Er gab die 'Ludwigsluster Blätter' heraus, die freilich eines besseren Lenzes werth waren, als solcher zur Zeit in Meklenburg zu sein pflegte.

Nach Buchholz wanderte ich oft und gern hinüber, zu Wagen, zu Roß, zu Fuß. Es war für mich eine angenehme Zerstreuung und Anregung. Wenn ich mich mit Schnelle über die Tagesbegebenheiten und Zeitfragen genug unterhalten hatte, dann eilte ich zu den Kindern, scherzte, spielte und sang mit ihnen.

Eines Tages war ich zum Mittagsessen geladen und traf unter den Gästen auch Otto Wien und Stever. Wir besprachen meine künftigen Reisen. Da ward denn beschlossen, zunächst sollte ich nach Hohenfelde zu Wien, dann den 9. März nach Wustrow zu Stever kommen.

Den folgenden Tag, 19. Febr., holte mich Wien ab, und bei ziemlicher Kälte und scharfem Winde fuhren wir im offenen Wagen über Güstrow und kamen frisch und munter in Hohenfelde an.

Wien gehört zu jenen nicht zu häufigen Menschen, welche die Güte und das Wohlwollen selbst sind, in einem angeborenen Gefühle für das Gute und Edle immer den rechten Pfad zu finden und zu wandeln wissen, überall gern gesehen, willkommen als Fremde und Bekannte, geehrt als gute Nachbaren, geliebt als Freunde. Es war einem wohl mit ihm und bei ihm, als Gast zeigte er sich anspruchlos, als Wirth rücksichtsvoll und liebenswürdig. Obschon er bei seinen drei Gütern wohlhabender war als viele seiner bürgerlichen Standesgenossen, so ließ er doch niemals wie diese manchmal den Junker durchschimmern.

Durch die unbeschränkte, bewundernswerthe Gastfreundschaft, die ich überall wohin ich kam kennen lernte, war besonders in hiesiger Gegend der Verkehr sehr erleichtert, Freunde und Nachbaren sahen sich oft, und als bürgerliche Ritter hielten sie zu einander, da sie mit ihren adelichen Standesgenossen keinen Umgang pflegten.

Der bedeutendste unter ihnen war Herr Pogge auf Roggow. Wir kannten uns schon vom vorigen Jahre her und so kam ich als alter Bekannter zu ihm und seiner Familie. Ich stand noch in gutem Andenken. Die Kinder hatten fleißig meine Lieder gesungen und Sophie bewahrte noch das Veilchen, das ich ihr im vorigen Jahre geschenkt hatte.

So oft wir beisammen waren, kamen wir bald auf die mecklenburgischen Zustände zu sprechen, zumal wenn sich auch die Nachbaren eingefunden hatten. Das geschah denn auch bei unserm ersten Wiedersehen, als Christian Klockmann erschien, diese naturwüchsige, derbe Natur. Bei seinem Mutterwitz und manchen gesunden Ansichten glaubte er den Gegensatz gegen die adelichen Ritter glücklich darstellen zu können. Obschon er manchen guten Witz machte und durch sein mecklenburgisches Platt, was er gewöhnlich sprach, seine Unterhaltung anziehend zu machen

wußte, so konnte er doch auch mitunter recht platt und gewöhnlich werden.

Es war mir unvergeßlich geblieben, wie im vorigen Jahre
Klockmann so maßlos auf den Zollverein schimpfte. Das hatte
mich nun neulich zu einem Liede*) veranlaßt. Jetzt traf es
sich prächtig es zum Besten zu geben. Es kamen darin seine
eigenen Worte vor:

> Ihr seid nur arme Schlucker,
> Versteuert hoch den Zucker,
> Kaffee, Taback und Wein.
> Wenn wir zu Wurst und Schinken
> Den besten Rothspon trinken,
> Schmachtet ihr im Zollverein.
> Hali halo! hali halo!
> Bei uns geht's immer so 2c.

Die ganze Gesellschaft lachte sehr, und ich sang nun gleich
hinterdrein 'Old-Mecklenburg for ever!'**) nach der Mel.
'Vom hoh'n Olymp herab.'

> Wir Mecklenburger sind nur Herr'n und Knechte,
> Nichts als die Luft ist uns gemein.
> Gleich sollten sein die Pflichten und die Rechte,
> Wir sollten freie Bürger sein!

> **Chor.**

> Dat ginge wol Alles, doch gēt et man nich,
> Dat litt ja, dat litt ja be Ridderschaft nich.

---

*) 'Eine ritterschaftliche Stimme beim Rothspon', gedruckt im Mek-
lenb. Volksbuch für 1846. S. 3.

**) Mekl. Volksb. S. 1.

Beide Lieder fanden so großen Beifall, daß ich nur auf einen passenden Stoff wartete, um meinem Liederpaare noch ein meklenburgisches Lied hinzuzufügen. Der Stoff fand sich. Pogge erzählte mir den Rangstreit der neulichen Wegebesichtigungs-Commission und beschrieb mir die drei dabei betheiligten Personen. Schon den folgenden Tag war mein Lied fertig, und so oft ich es vortrug, war es immer von erheiternder Wirkung:*)

Eine Hundegeschichte.

Und endlich kommt der Landtag
Zu einem festen Beschluß,
Daß man auch Wege bauen
Und im Stande halten muß.

Der Großherr sendet den Pudel
Mit fürstlichem Rang und Sitz,
Die Ritterschaft sendet den Bulbogg,
Die Landschaft ihren Spitz.

Die sollen als Wegcommissäre
Sich Alles genau besehn,
Die Dämme, die Gräben und Brücken,
Landstraßen und Chausseen.

Sie kommen zu Fuß zusammen
Bei einer Frohnerei,
Der Pudel und der Bulbogg,
Der Spitz ist auch dabei.

Doch weil das Wetter so schlecht ist,
Weil's stürmt und regnet zur Zeit,
Da nehmen sie eine Carrosse
Zu größ'rer Bequemlichkeit.

Der Kutscher hat vorgefahren,
Der Pudel steiget ein,

---

*) Meklenb. Volksbuch S. 172—174.

Und von den anderen beiden
Will keiner der letzte sein.

Der Pudel sitzt gemüthlich
Wol auf dem Vordersitz,
Und neben ihn setzt sich zur Seite
Gar eilig der kleine Spitz.

Da bellet grimmig der Buldogg:
'O Spitz, was machest Du?
Der nächste Sitz nach dem Pudel,
Der kommt ja mir nur zu!'

Der Spitz bleibt ruhig sitzen
Und sieht ihn an und lacht:
'Wo steht denn das geschrieben?
Das ist noch nicht ausgemacht.'

Das kränket zu sehr den Buldogg
In seinem rothen Rock,
Er springt voll Wuth aus dem Wagen
Und setzt sich auf den Bock.

Der Buldogg führet Beschwerde
Und thut es dem Ausschuß kund,
Er sei von Geburt was Beßres
Als jeder andere Hund.

Ein Landtag wird gehalten:
Da streitet man Tag und Nacht,
Doch ist nach mancher Sitzung
Noch immer nicht ausgemacht:

Wer haben soll von beiden —
Der Buldogg oder der Spitz —
Für alle und ewige Zeiten
Im Wagen den Vordersitz.

Als ich der Frau Wien mein Scherzgedicht vorgelesen hatte,
war sie ganz entzückt darüber und bat mich um eine Abschrift.
'Ja, recht gerne, aber — fügte ich scherzhaft hinzu — was ist

denn mein Honorar? Wenn ich noch einen neuen Rock bekäme!'
— Sie ging auf den Handel ein: sie erhielt eine Abschrift und
ich einen neuen Rock, für eine Hundegeschichte immer ein an=
ständigeres Honorar als die seidene Weste, welche Klopstock für
seinen Messias erhielt.

Unter den Frauen, mit denen ich in Gesellschaft war, nahm
am meisten meine Theilnahme in Anspruch Frau Auguste Pogge,
die zweite Gattin des Zierstorfer Pogge, dessen Wesen und
Wirken noch in dankbarem Andenken fortlebt. Frau Pogge
war bei tiefem Gemüthe und hellem Verstande fein gebildet,
freisinnig, opferwillig, und von inniger Theilnahme beseelt an
dem Entwickelungskampfe des Vaterlandes und den großen
Ideen der Zeit. Es schien ihr ein Bedürfniß, sich über reli=
giöse und politische Dinge zu unterhalten und auszusprechen, und
ich muß gestehen, daß ich mich jedesmal freute über dies schöne
Streben sich und Anderen klar zu werden, und daß jedesmal
meine Verehrung für sie zunahm, wie ich es denn auch meinen
Freunden nicht verhehlte und ihr selbst auf mancherlei Weise
zu erkennen gab. — Als wir am Geburtstagsfeste ihrer Schwä=
gerin uns viel über Religion und Freiheit unterhielten, wurden
wir unterbrochen, und sie fragte nur noch: 'Was verstehen Sie
denn unter Freiheit?' Ich blieb die Antwort nicht schuldig,
den andern Tag überreichte ich ihr dies Lied:

Freiheit! Freiheit!
Das ist der alte ew'ge Klang,
Der durch die Weltgeschichte dringt,
Und Hoffnung uns in Sag' und Sang
Auf eine schön're Zukunft bringt!

Freiheit! Freiheit
Von aller Vorurtheile Nacht,
Von Lehr- und von Gewissenszwang,

Von jeder Willkür übermacht,
Von Zunft und Innung, Stand und Rang!

Freiheit! Freiheit
Für jede edle Geisteskraft
In Wort und Schrift, in Rath und That,
Für jede Kunst und Wissenschaft,
Für Volksgedeih'n in Kirch' und Staat!

Freiheit! Freiheit!
Ich sing' es hell und ruf' es laut,
Es halle fort von Ort zu Ort,
Es sei des Kindes erster Laut,
Es sei des Greises letztes Wort!

Freiheit! Freiheit!
Willkommen alter ew'ger Klang,
Der durch die Weltgeschichte bringt,
Und Hoffnung uns in Sag' und Sang
Auf eine schön're Zukunft bringt!

Ende Februars verließ ich Hohenfelde. Der Winter war noch ziemlich strenge. Überall lag Schnee. Nur auf den Kunststraßen war die Schlittenbahn oft unterbrochen und darum begleitete mich der junge Wien auch im Wagen. Als wir aber in die Landwege kamen, ward das Fahren sehr beschwerlich und dicht vor Holdorf blieben wir in einem zugeschneiten Hohlweg stecken, mußten aussteigen und zu Fuß bis an unser Ziel wandern.

Vorläufig blieb ich in Holdorf. Bis zu meiner nächsten Reise waren nur noch acht Tage, und um bis dahin in der Übung zu bleiben, kutschierte ich fast jeden Tag in die Nachbarschaft.

Am 9. März fuhr ich in Schnelle's Kutsche über Wismar nach Wustrow. Es ging im Schnee zwar langsam, aber sanft,

denn dieser Wagen, den ich den 'Schnelle'schen Gesundheits-
wagen' nannte, war sonst sehr freigebig in erschütternden
Stößen.

Den Mittag war ich in Wismar und noch vor Sonnen=
untergang in Wustrow. Das Gut liegt auf einer Insel, die
nur durch einen schmalen Streifen mit dem Lande verbunden
ist. Der Anblick der See war mir wieder neu, aber wie immer
entzückend. Stever empfing mich recht freundlich, herzlich zu
sein war nicht seine Sache. Er hatte selbst seinen Freunden
gegenüber etwas Vornehmes, Kaltes, und gehörte in dieser Beziehung und durch Neigungen und früheren Verkehr mehr zu
den adelichen als bürgerlichen Rittern. Er galt für freisinnig
und fortschrittlich, weil er neben und mit Schnelle bemüht war,
dafür zu wirken, daß die bürgerlichen Mitglieder der Ritterschaft
dieselben Rechte erlangten, welche den adelichen zustanden. Er
hatte sich vertraut gemacht mit der meklenburgischen Verfassung,
und kannte die Rechte und Pflichten des Landesherrn, der Ritter=
schaft und Landschaft, und wußte was er wollte und wollen
mußte. Er verstand die Kunst ruhig zu bleiben, auch dann,
wenn seine Gegner ihn verleiten wollten, ebenfalls heftig zu
werden. Er war deshalb auf den Landtagen, wo die Ritter
jede gründliche Besprechung und Erörterung einer Frage so
gerne mit Lärmen und Schreien nicht aufkommen lassen mochten,
für seine Partei von großer Wichtigkeit.

Nach mir traf Schlettwein von Bandelstorf ein, und später
Wien. Es kam nun Gemüthlichkeit in unsere Gesellschaft.

Den andern Tag machten wir eine Fahrt auf dem Eise
des Binnenwassers, meine erste Seeschlittenfahrt.

Den dritten Tag fuhren wir zusammen nach Rostock. Ich
besuchte Prof. Türck. Er ist hocherfreut und immer noch der

liebe Freund wie in Bonn. — Abends großes Gastmal in der Sonne: mehrere bürgerliche Ritter und ihre Rostocker Gesinnungsgenossen. Eine lange, aber kurzweilige Sitzung. Erst gegen Morgen zu Bette.

Den vierten Tag Mittagsmal bei Türck: Schnelle, Wien, Stever, die Professoren Willbrand und Wunderlich 2c. Große Heiterkeit. Ich erzählte wol an die hundert Geschichten und hatte ein beifälliges Publicum, der Oberappellations-Rath Ackermann, mein Nachbar, kam gar nicht aus dem Lachen heraus.

Den 12. März mit Stever nach Wustrow zurück. Bei Sonnenuntergang dort. Die See hatte einen blauen Schimmer, als ob das Eis Wasser wäre.

In den nächsten Tagen stieg die Kälte auf 12°. Wir suchten uns zu Hause zu unterhalten. Nur den vorletzten Tag vor meiner Abreise machten wir noch einen Ausflug nach Mechelstorf zu Herrn Bencard.

Den 17—25. März bei Dr. Birckenstädt in Wismar. Den ersten Abend im 'wissenschaftlich geselligen Verein', der sein zweijähriges Stiftungsfest feierte. Dr. Sievers hielt einen Vortrag über die neuesten deutschen Lyriker. Er sprach auch über mich und wußte nicht, daß ich unter den Zuhörern war. — Großes Abendessen. Einige hübsche Mädchen überreichten mir einen Lorbeerkranz und baten mich, ein Lied zu singen. Ich hatte mich lange dagegen gewehrt, endlich mußte ich ihren Bitten nachgeben, ich sang. Da nahm mich Haupt in ein Nebenzimmer, um mich vor allen weiteren Aufforderungen zum Singen zu schützen. Half nichts, auch dort wußten mich Frauen und Mädchen zu finden und zu bitten, und ich sang. — Um 4 Uhr Morgens erst nach Haus.

In den folgenden Tagen machte ich noch viele Bekanntſchaften und war geſellig ſehr in Anſpruch genommen. Es fehlte nicht an anregender, lehrreicher Unterhaltung, die ich beſonders der freundlichen Aufmerkſamkeit meines Wirthes, des Dr. Birckenſtädt und Dr. Haupt zu danken hatte.

Es war nach dem Kalender Frühlingsanfang, aber fußhoher Schnee gefallen. So war es denn auch mit meinem Frühlinge beſchaffen, den Mathilde bringen ſollte. Mein letztes Lied an ſie begann:

> Schließt euch, Augen, ſchließt euch wieder!
> Habt zu früh den Lenz geſehn,
> Und ihr, meines Herzens Lieder,
> Möget wieder ſchlafen gehn!

Ich blieb noch die Oſterfeiertage in Wismar, dann holte mich ein Wagen nach Holdorf ab.

Ich ſehnte mich nach ruhigen Tagen und ich fand ſie jetzt. Hatte in der Winterzeit mein Herz am liebſten in der Kinderwelt gelebt und für ſie gedichtet, ſo ſollte jetzt mein Geiſt für die Männerwelt etwas ſchaffen, das gute Früchte in ſchlechter Zeit trüge. Ich wollte ein Buch verfaſſen, das eine Zeugniß-Sammlung aus der Vergangenheit für die Gegenwart enthalten ſollte: 'Unſere Zeitfragen, beſprochen von den deutſchen Schriftſtellern 1750—1830.' Ich hatte bereits damit im vorigen Sommer begonnen. Von Geiſenheim aus ſchrieb ich den 27. Auguſt an Rudolf Müller:

Vorläufig habe ich hier genug zu thun, und ich bin auch ziemlich fleißig. Seit vielen Jahren hat mich ein Plan beſchäftigt, der mir jetzt immer klarer geworden iſt, ſo daß ich jetzt endlich an ſeine Ausführung gegangen bin. Ich dächte, ich hätte ſchon mit Dir darüber geſprochen, es iſt eine politiſche Blumenleſe. Ich will das politiſche Wiſſen, was uns heute noth thut, das zeitgemäße, zusammenfassen in einer chronologischen Reihe von Aussprüchen, Ansichten, Meinungen und Überzeugungen, Ergebnissen der Erfahrung und des Nachdenkens von Männern in den verschiedenartigsten Verhältnissen seit 1740 bis heute. Ich will den Fortschritt in der Entwickelung des Staatslebens beweisen, ich will den Weg zum Wahren, Guten und Rechten zeigen, und die Gesinnung dafür kräftigen.

Das Buch muß wirken. Vetter Michel hat einen gewaltigen Respect vor Autoritäten. Es darf etwas noch so wahr und richtig sein, er betrachtet es mit Schüchternheit, wenn es nicht aus dem Munde eines hochgestellten oder anerkannt gelehrten Mannes kommt; der Respect wächst, wenn der Mann längst todt ist, ihm also kein Ehrgeiz, kein Eigennutz in der heutigen Welt zugeschrieben werden kann.

Aus den Bibliotheken meiner Freunde und durch deren Vermittelung hatte ich reichen Stoff erhalten. Ich arbeitete recht fleißig, ich las und schrieb aus. So gerne ich bei dieser Arbeit weilte und zu ihr immer wieder zurückkehrte, so war doch der Gedanke an die Censur für mich sehr störend, ja niederschlagend. Wie willkürlich sie gegen Alles einschritt, welches ihr irgend staatsgefährlich schien, bewies sie täglich, ja stündlich, selbst die Sprüche der heil. Schrift waren ihr nicht heilig — es konnte Alles gestrichen werden.

Den 14. Mai war ich wieder unterwegs. Ich fuhr mit Rudolf zur Thierschau. In der Kühle der Nacht waren bereits unsere beiden gemästeten Schweine hingeschafft. Sie erhielten den zweiten und dritten Schweinepreis, während dem von Josua Klockmann mit süßer Milch gemästeten (es wog 902 Pfd.!) der erste zuerkannt wurde. — Gegen Abend fuhr ich mit Wien nach Hohenfelde und blieb den folgenden Tag dort. Von der

Kuh- und Stierschau zu Güstrow hätte ich weiter nichts gehabt als was der Psalmist (22, 13) sagt: 'Große Farren haben mich umgeben, fette Ochsen haben mich umringet.'

Den dritten Tag mit Wien zum Wettrennen. Viele Freunde und Bekannte. Das Bauern= und Herrenrennen in Gegenwart des Großherzogs. Um 12 Uhr eilte alles Volk zur Stadt, wir blieben auf dem Walle. Da hieß es: 'Der Großherzog kostet in einer Halle Wurst und Käse.' Ich ging auch hinein. Der Großherzog war im eifrigen Gespräche mit den Preisrichtern. Einige Umstehende fragten mich, ob ich auch Sr. kön. Hoheit vorgestellt sein wolle. Herr Engel, Vorsteher des patriotischen Vereins, stellte mich dem Großherzog vor: 'Es freut mich, Ihre persönliche Bekanntschaft zu machen. Ich habe es erfahren, Sie sind schon einige Zeit bei uns. Meklen= burg ist ein schönes, ist ein herrliches Land.' — Um doch auch etwas zu sagen, bemerkte ich: 'Es ist sehr erfreulich, daß Ew. kön. Hoheit mit Ihrer Gegenwart diese ländlichen Feste beehren, Sie werden dadurch dem Ganzen einen hohen Aufschwung geben.' Dann kamen wir auf die Wege zu sprechen. Ich meinte, es würde für dieselben sehr gut sein, wenn kön. Hoheit öfter im Lande reisten. — Die Umstehenden hörten sich Alles genau an. Trotzdem erzählte man sich nachher, der Großherzog habe mir den guten Rath ertheilt, ich sollte mich um dergleichen Dinge nicht bekümmern. Der Großherzog war sehr freundlich und heiter, und dachte gar nicht daran, als Oberpolizeigewalt irgend jemandem eine landesväterliche Ermahnung zu ertheilen.

Ich blieb nun noch einige Tage in Hohenfelde. Dann brachte mich Wien nach Malchin, besorgte mir einen Paß, und ich fuhr mit der Post weiter.

Es war am 20. Mai. Zwischen Scharpzow und Staven=

hagen waren die grünen Felder weiß von Schloſſen und Schnee und ſogar das friſche Grün der Bäume und Sträuche war mit Schnee bedeckt.

In Oranienburg kehrte ich bei Hempel ein. Er war ſo gütig geweſen, meine Bücher zu beherbergen und beherbergte jetzt mich ſelbſt. Hempel hatte ſein Bürgermeiſteramt aufgegeben, er wollte nicht länger mehr ein Handlanger der Polizei ſein.

Den 22. Mai gab Runge eine große Geſellſchaft, die er 'ein großes Zauberfeſt' nannte. Es waren zweiundzwanzig Perſonen eingeladen, außer den Herren auch Frauen und Fräulein. Auch Glaßbrenner mit Frau, der erſt Mittags mit der Strelitzer Poſt angekommen war, nahm Theil. Runge ſorgte auch heute dafür, daß ſich keine Langeweile blicken ließ, er wurde aber in ſeinem Beſtreben, die Geſellſchaft geiſtig anzuregen und zu beleben, heute überflügelt durch ſeinen Strelitzer Gaſt. Glaßbrenner las uns einige Abſchnitte aus ſeinem neueſten Werke: 'Neuer Reinefe Fuchs'*). Der Erfolg konnte nicht glänzender ſein, unſer Genuß war ein großer, ein überraſchender, wir waren alle erfreut und gerührt. Als ich mit ihm allein war und noch ganz erfüllt von der ſchönen Wirkung ſeines Gedichts, reichte ich ihm die Hand: 'Lieber Glaßbrenner, ich bin ſo freudig überraſcht, ich weiß nicht wie ich Ihnen meinen Dank beſſer kundgeben ſoll als dadurch, daß ich Ihnen mein Du anbiete.' Ich ſprach mich dann den folgenden Tag noch in einem Briefe an ihn abermals ſehr theilnehmend über ſeinen Reinefe aus.

Schon den 25. Mai antwortete er mir aus Berlin, wohin er ſich von Oranienburg aus begeben hatte:

---

*) Erſchien Leipzig, Lord 1846, in 2. verb. Aufl., Frankfurt, Meidinger u. Sohn, und in 4. verb. Leipzig, Keil 1866.

Dank, herzlichsten Dank, mein lieber Bruder in Gott! Ich habe geweint über Deine schriftliche Anerkennung meines Gedichtes, bei welcher Dich Dein Freiheitsgefühl zu so großen Worten hingerissen. Wie kann ein so kindlich reines Herz in einem so langen, bärtigen Körper wohnen! Wohl seit fünf Jahren klettre ich an Dir, Felsen, hinauf, und nun erst habe ich die Rose Deiner Seele gefunden, die für die Guten duftet, deren Dornen die Bösen treffen. Ach, Hoffmann, Du weißt gar nicht, was Du mit Deinem Lobe an mir gethan hast! Aus Deinen Thränen, die bei meinem Gedichte flossen, wird mein Ruhm emporblühen: ein kleines, anmuthiges Blümchen. Schau' mein ganzes literarisches Leben an und glaube, daß ich das ernst meine. Als mir das Gefühl der Freiheit in den Kopf stieg und dann wieder in's Herz zurückkam, und mir fast die Brust zersprengte: da konnte ich mit meinem kleinen Talente und mit meinem noch kleineren Wissen den unendlichen Drang nicht bewältigen; ich schwamm und schwamm ohne festes Ziel, ohne innere Sicherheit, wohin die Wogen der Zeit mich trieben. Denke an das Meer in meinem Reineke Fuchs: ich hatte der Urkraft gegenüber den Gedanken, den bewältigenden, nicht gefunden; mein Witz unterdrückte die Poesie und diese blieb immer ungesehen zwischen den Zeilen liegen. Noch heut bin ich der Masse nichts mehr als ein Lustigmacher, als ein Hofnarr, der der Tyrannei unter der Maske des Scherzes bittere Wahrheiten zuruft. Das wäre nun schon, gut verstanden, Etwas, aber ich will die Tyrannei nicht belustigen, ich will nicht ihr Narr sein! Deine Lieder kamen, die so leicht scheinen, weil sie so leicht in Kopf und Herz gehen, und so schwer sind: da wurde es licht in mir, da fand ich den Gedanken für mein Talent, und:

auf dem geschnitzelten Splitter
zieht der kecke, tollkühne Ritter

auf und über das Meer dem Lande der Freiheit zu. Ich dichte

ein Bändchen Lieder; sie finden Theilnahme bei den Besseren, aber das Volk wirft sie bei Seite, will das Gute darin gar nicht sehen, weil es den Lustigmacher nicht verlieren will. Was ist das? frage ich mich und fand bald die Antwort. Lieder sind immer nur noch einzelne Gedanken in Form gebracht: das Volk will ein Werk haben, ehe es an Dich glaubt. Nun schreibe ich in Neustrelitz, fern von der Welt des Heute den Fuchs. Ich packe das Werk ein, weiß aber nicht, daß, ob es ein Werk ist; in banger Hoffnung (wahrhaftig wahr!) reise ich und rutsche nach Preußen, das in der Welt liegt. Auf dem Markte in Oranienburg sehe ich Dich und augenblicks wird es mir klar, daß hier das immer mit bedeutenderen Menschen poetische Schicksal mitspielt. Aut — aut! ruft es mir in's Ohr; faßt Dein Gedicht Diesen, so bist Du durch, wo nicht, so bleibst Du Lustigmacher!

Denke Dir nun, was in meiner Seele in der Zauberküche unsres Runge, des Dritten im Bunde, vorging. — — — Ich küsse Dich!

. . . .

Gestern war ich auf dem Berliner Corso. Trotz des kalten, regnerischen Wetters wohl an 2000 Wagen und eine Unmasse Volkes: aber ohne Freude, ohne laute Aeußerung. Der Zeitgeist ist doch ein Schalk! Die Großen, die Reichen finden seltner Gelegenheiten, sich so recht hohngrinzend der Armuth gegenüberzustellen! Noch ist diese stumm — aber doch schon stumm — sie freut sich doch nicht mehr, sie ruft doch schon nicht mehr Hurrah über ihre glänzend gestaltete Thränen. Nur zu! Es ist überhaupt sehr dumpf, drückend, sehr gewitterschwül hier. Mir ist, als hätt' ich ganz hinten am Horizonte schon ein Blitzchen bemerkt.

Ich reiche Dir nochmals meine Hand. Vergiß mein nicht!

wo Du bist, was Du treibst! Meine Adele grüßt Dich mit mir herzlich.

Auf hier und dort

Berlin, am 25. Mai
Dein
1845.
Adolph.

Adresse: An Seine Majestät den Dichter.

Nachdem ich meine Bücherkisten gepackt und vernagelt und Alles bereit hatte was ich mitnehmen wollte, reiste ich über Wentow, Neustrelitz und Scharpzow nach Hohenfelde zurück und verweilte hier nur noch einige Tage.

Eines Nachmittags besuchten wir Schlieffensberg, ein Gut des Freih. Martin Ernst von Schlieffen. Wir sahen uns die Gemälde und Bücher an und erfreuten uns an der schönen Aussicht. Ich las viel in den Memoiren des alten wunder=lichen Herrn. Es werden noch viele seltsame Dinge erzählt von seinen Gewohnheiten und Neigungen während seines hie=sigen Aufenthalts. Er war zuletzt (1789—1792) kön. preußi=scher Generallieutenant und Gouverneur von Wesel. Er lebte dann auf seinem Gute Windhagen bei Cassel und starb daselbst, nachdem er sein 93. Lebensjahr erreicht hatte, 15. Sept. 1825.*)

Den 30. Mai wieder in Holdorf. Den folgenden Tag eilte ich nach Buchholz hinüber. Ich wunderte mich nicht wenig, daß man noch nichts wußte von Ausweisung Itzstein's und Hecker's aus Berlin, die doch schon am 23. Morgens um 6 Uhr erfolgte. Auch der Advocat Raabe, der vor einigen

---

*) Seine eigene Lebensbeschreibung bei Strieber, Hess. Gel.-Gesch. 13. Bd. S. 29—47. Vergl. Nekrolog der Deutschen 1825. S. 1527 bis 1529.

Tagen kam, hatte nichts davon erfahren. Wir entwarfen sofort eine Adresse.

Ich war sehr froh, daß ich meine Reise nicht bis Berlin ausgedehnt hatte, man hätte gewiß einen Zusammenhang aufgefunden. Schon am Abend des 23. erhielt ich Briefe von Nauwerck und Rutenberg, worin sie mir meldeten, Itzstein sei im strengsten Incognito in Berlin, oder komme dorthin. Und denselben Tag hatte der neue Bürgermeister von Oranienburg bei Hrn. v. Puttkammer angefragt, ob meine Ausweisung aus Berlin noch in Kraft sei.

Kaum war ich wieder in Holdorf, so lockte mich das schöne Sommerwetter abermals hinaus. Den 12. Juni trat ich eine Rundreise in Meklenburg an: Wismar, Wustrow, Gerdshagen bei Kröpelin, Gerdshagen bei Güstrow, Hohenfelde. Überall die alten Freunde und Bekannten, die alten Wege und die alten Gegenden. Das einzige Neue, welches ich kennen lernte, war diesmal das Bützower Pferderennen und die sogenannte meklenburgische Schweiz, wohin wir von Zierstorf aus einen Ausflug machten. Den 26. wieder in Holdorf.

Um die oft wiederkehrenden rheumatischen Schmerzen zu beseitigen, oder doch wenigstens zu lindern, schien mir ein Seebad am erfolgreichsten zu sein, und so entschloß ich mich endlich dazu, ich wollte es mit Cuxhaven versuchen.

Den 14. Juli reiste ich ab, blieb zwei Tage in Zarrentin und anderthalb in Boizenburg. Hier verlebte ich einen angenehmen Abend. Pastor Schönherr hatte Reinhard und mich zum Abendessen eingeladen. Während wir noch bei Tische saßen, brachte mir die Liedertafel ein Ständchen.

In Hamburg verweilte ich nur wenige Tage und beschränkte

mich in meinem Verkehr meist nur auf Dr. Wille und meinen Vetter Wiede.

Der Besitzer des Alster-Pavillons, Herr Dürst, hatte mich gebeten, für ihn ein Gedicht zu verfassen, womit er Zschokke, der hier jetzt anwesend sei und ihm gegenüber wohne, begrüßen könnte. Ich that ihm den Gefallen. Als ich eines Abends vorbeispazierte, prangte über dem Eingange zum Pavillon ein Transparent, farbig und schön erleuchtet mit meinen Versen:

> Du des deutschen Volkes Liebling,
> Würdigster Repräsentant
> Deutschen Geistes und Gesinnung
> In dem fernen Schweizerland.
>
> Sei willkommen, edler Zschokke!
> Sei gegrüßt mit Herz und Hand,
> Sei willkommen, Elbgeborner!
> Hier an unserm Elbestrand.
>
> Wie Du wirktest, wirke lange,
> Lange noch für Licht und Recht,
> Daß noch lange Dank Dir bringe
> Unser heutiges Geschlecht!

Den 22. Juli fuhr ich mit dem Dampfschiffe Henriette nach Cuxhaven. Ich wohnte wieder bei Dölle. Ich benachrichtigte meine Freunde in Otterndorf von meiner Ankunft und ich erhielt sofort Antwort: 'Wir kommen morgen.'

Dr. Johannes Minckwitz besuchte mich. Ich weiß nicht, wie ich zu der Ehre kam, wahrscheinlich langweilte er sich und suchte Unterhaltung. Er hatte eigentlich nach Helgoland gewollt, der neuliche Sturm hielt ihn hier zurück. Ein eigenes Schicksal, daß ich nun wieder mit einem zusammenkam, der eine königl. preußische Pension bezieht. Wie ich das erfuhr, bemerkte ich scherzhaft: 'Ich bitte Sie um Gotteswillen, geben Sie dieselbe

nicht auf, sonst heißt es wieder, ich sei Schuld daran.' Der
Mann macht gar nicht den widerwärtigen Eindruck, den er als
Schriftsteller zu machen versteht, denn es giebt wol nicht leicht
auf dem ganzen 'illustrierten neuhochdeutschen Parnaß' einen
Menschen, der so eingebildet, so anmaßend und einseitig ist wie
dieser Plat(en)ierte Dr. Johannes Minckwitz.

Aus meinem Baden wollte nicht viel werden; nichts gefiel
mir, weder Bad noch Gesellschaft noch Gegend. Bei Tische
war mir erst recht unbehaglich, lauter Kinder und alte Weiber,
ich sprach kein Wort. Endlich besuchten mich einige Ottern=
dorfer und brachten etwas Leben in mein eintöniges Dasein.
Den fünften Tag holte mich Christian Schmoldt zu sich ab.

Ich war nun im Lande Hadeln zu Otterndorf=Westerende.
Schmoldt mit seinen Freunden war eifrig bemüht, für Unter=
haltung und Zeitvertreib zu sorgen. Er ließ mir am Strande
eine Bretterbude aufrichten, damit ich bequem baden konnte.
Ich badete denn auch die ersten Tage, das Wetter aber wurde
bald so schlecht, daß ich alles Baden aufgeben mußte.

Den 29. Juli führte uns eine traurige Veranlassung nach
Otterndorf. Eduard Hintze, ein vortrefflicher lieber Mensch,
wurde begraben. Um 7 kam der Leichenzug, die beiden Geist=
lichen voran, fast alle Männer des Gefolges in schwarzen Chor=
mänteln. Kein Gesang, nur am Grabe ein Vaterunser. So
einfach die ganze Feier, so tief ergreifend war sie.

Den folgenden Tag machte ich mit Behrens und August
von Seht einen Ausflug nach Bederkesa. Wir fuhren durch
das Hadelnsche Sietland. In dem letzten Orte frühstückten
wir und kamen in ein Sumpfwiesenland, überall von Wasser=
gräben durchzogen. Der Weg war nur so breit, daß nur Ein
Wagen fahren konnte. Der Boden bebte unter uns und um

uns, und die kleinen Fische in den Seitengräben sprangen empor.
Glücklicherweise begegnete uns kein Fuhrwerk. Eine weite Strecke
mußten wir so fahren, bis wir endlich wieder festen Boden
gewannen und schneller von hinnen kommen konnten. Zuletzt
wurden wir auch noch von einem Regenschauer überrascht. Trotz=
dem trafen wir in heiterer Stimmung in Bederkesa ein. Böse
war eben haushälterisch beschäftigt und saß vor dem Backofen.
Wir waren ihm willkommene Gäste. Er bewirthete uns vor=
trefflich und würzte das Mal mit seinen ergötzlichen Geschichten
und selbst gezogenen Kirschen und Himbeeren. Auf einem an=
deren Wege durch die Geest über Wester= und Oster=Wanna
kehrten wir heim, aber erst gegen 12 war ich zu Hause.

Sonntag den 3. August fuhren wir hinüber nach Cux=
haven. Es war der sogenannte goldene Sonntag, weil früher
die Hadeler die Spielbank besuchten. Letztere besteht nicht mehr,
aber der Besuch des Ortes an diesem Tage dauert fort. Wir
trafen viele Freunde und Bekannte, spazierten auf dem dürfti=
gen Jahrmarkte umher, sahen uns die Gaukler und Seiltänzer
an und fanden dann das beste Vergnügen in unserer Gesell=
schaft, als wir zu Nacht speisten.

Den folgenden Tag besuchten wir Joh. Schmoldt im Lande
Kedingen. Dieser Theil der Marschen war mir noch unbekannt.

Den 7. August waren wir mit unseren Freunden auf dem
Vogelschießen bei Timm. Weil wir glaubten, daß wir beob=
achtet würden, so zogen wir uns in ein kleines Zimmer zurück,
und waren unter uns und ganz vergnügt. Als wir auf den
Deichen heimfuhren, äußerte ich mich gegen Schmoldt: 'Es
freut mich recht, daß ich gar nicht von der Polizei behelligt bin
und nun morgen ruhig abreisen kann.'

Den andern Morgen weckte mich mein Freund und zeigte

mir an, ein Gendarm wollte mich sprechen: 'Nun, so mag er kommen!' — 'Was wünschen Sie?' — 'Ich habe Ihnen im Auftrage der Landdrostei anzuzeigen, daß Sie sofort das Königreich zu verlassen haben.' — 'Wer sind Sie denn?' — 'Das können Sie an meiner Uniform sehen: ich bin der Landgendarm Debör, und das muß Ihnen genügen.' — 'Nun, erwiederte ich, ich werde gleich so frei sein.'

Große Betrübniß im ganzen Hause. Frau und Kinder weinten, ich aber packte ruhig ein und Schmoldt fuhr mich in seinem hübschen Cabriolet zum Lande hinaus.

Hochlöbliche Landdrostei hätte sich ihre gehässige Maßregel sparen können, wenn sie nur noch einige Stunden gewartet. Herr Schöne hatte mich als Gast des Hamburgischen Quartettvereines zum Itzehoer Sängerfeste eingeladen und ich stand eben im Begriffe dieser Einladung zu folgen.

In Cuxhaven wartete ich das Helgolander Dampfschiff ab. Nachdem ich mit meinem Freunde noch gemüthlich gefrühstückt, ihm für seine freundliche Theilnahme innig gedankt und alle hatte herzlich grüßen lassen, nahm mich der Patriot an Bord.

Im Lande Hadeln war man empört über diese landesväterliche Willkür. Schon am 11. August sendeten mir 43 Hadeler, meist Hofbesitzer, eine Adresse und versicherten mich 'der innigsten Theilnahme und der vollkommensten Hochachtung, und daß mein Name stets mit Vertrauen und Stolz unter ihnen genannt werden würde.'

Den 14. August enthielt die Neue Hamburger Zeitung folgenden Artikel:

***** **Otterndorf** vom 12. August. Noch immer wird in allen Kreisen die Ausweisung des Prof. Hoffmann von Fallersleben lebhaft besprochen. Jeder findet in der Art, wie dieselbe geschah, einen offenbaren Eingriff in die Landesverfassung. Als das Land Hadeln an Hannover fiel, wurden ihm alle seine alten Rechte und Freiheiten verbürgt. Dazu gehörte denn auch die ganze Einrichtung seiner Untergerichte, welchen alle Polizei- und Rechtssachen zustehen. Kein Polizeibeamter darf das Haus eines Einwohners betreten, ohne einen schriftlichen Befehl dazu vom Schultheißen nachzuweisen. Der Landgendarm Debör hatte aber im Hause des Hofbesitzers Christian Schmoldt, dessen Gast Hoff=mann war, nichts der Art vorzuzeigen und verlangte, daß seine Worte und seine Uniform zu jeder amtlichen Handlung genügten. Wenn die Regierungen und ihre Freunde immer so sehr auf das **historische Recht,** auf die Ueberlieferung pochen, warum halten sie aber nur **dann** darauf, wenn es **ihnen** eben zweckdienlich scheint? H. konnte bei Aufrechthaltung **unserer** Verfassung nicht so leicht verbannt werden. Unsere Hadeler Gerichtsverfassung ist so wie sie einem Lande geziemt, dessen Bewohner sich von jeher durch Biederkeit und Freisinn auszeichneten, einem Lande, das noch bis heute keinen Adel kennt, also auch keine Patrimonial-gerichte. Hadeln hat 12 Unter- oder Kirchspielsgerichte, jedes bestehet aus einem Schultheißen, zwei oder drei Landschöffen und einem Kirchspielsschreiber, jeder muß ein unbescholtener, mit dem Rechte vertrauter Mann sein, juristische Gelehrsamkeit wird nicht dazu erfordert. In den 12 Kirchspielen wird monatlich einmal Gericht gehalten. Zu Grunde liegt das alte Landrecht von 1583 und die Polizeiverordnung von 1597, nebst verschiedenen Landes-ordnungen und löblichen Gebräuchen und Gewohnheiten. Zu dem Bereich der Untergerichte gehören, wie gesagt, alle Rechtshändel der Einwohner und alle Polizeisachen. Appellation geschieht an das Obergericht, wobei die Unterrichter Beisitzer sind. Es ist ein seltener Fall, daß die Erkenntnisse der Untergerichte dort nicht bestätigt werden. Die Hadeler sind sich der Vorzüge ihrer Ge-

richtsverfassung bewußt, denn es ist ein Vorzug, daß sie von
ihres Gleichen gerichtet werden, ferner, daß der Hergang schnell
und mit wenig Kosten verbunden ist, daß die Anwälte wenig oder
gar nichts zu thun haben, weil fast alle Händel bei den Unter-
gerichten geschlichtet werden, und daß es keinen Unterrichter giebt,
der von seinem Amte leben müßte. Es ist beklagenswerth, daß
das neue Institut der Gensdarmen mit seinen geheimen Cabinets-
und Landdrostei-Befehlen, auch die letzten Ueberreste unseres altdeutschen Volksrechts immer mehr verdrängt.

Auch im übrigen Deutschland machte die Sache großes
Aufsehn, ein Aufsehn, das zu dem Erfolge, den die Regierung
Ernst Augusts zu erzielen gedachte, in gar keinem Verhältnisse
stand.

Philipp Nathusius widmete mir

Ein schönes unschuldiges Liedlein
vom Ernst und vom Scherz
zu singen in diesem Jahr und Mond.

Da war ein lustiger Gesell,
Man nannt' ihn nur den Scherzen,
Zog singend hell durch's deutsche Land
Und lockte viele Herzen.

War gern gesehn wohin er kam:
Welch Deutscher liebt nicht Scherzen?
Er zieht wohl auch mal 'n schief Gesicht,
Doch ist er brav von Herzen.

Die Kleinen mocht' er gern erfreu'n,
Die Großen gern wohl necken:
Je nun, ihr führt so gut den Stock,
So fühlt auch mal den Stecken.

Schiert' ihn nicht viel, ob wen ergötzt,
Ob wen verdroß sein Pfeifen,
Thät unversehn's wohl auch ins Reich
Des Ernsts hinüberstreifen.

Als dessen inne ward der Ernst,
Das thät ihn baß verdrießen;
Gar trüb er sitzt und residiert,
Sein stummes Reich zu Füßen.

Der Ernst, der Ernst, der liebet nicht
Das Scherzen und das Lachen,
Soll jeder gar ein sau'r Gesicht
Als wie er selber machen.

Am meisten aber wurmt' es ihn,
Wie man thät munkelieren,
Daß jener gar ihn selber sollt'
In seinen Scherzen führen.

Er brummt' in seinen weißen Bart:
Wart! ich will Dich kuranzen!
Da horchten auf der Haß und Neid,
Denn das sind seine Schranzen.

Und als ins Land kam wieder Scherz,
Da schickten sie Gensd'armen,
Die brachten ihn auf Schub hinaus:
Ist das nicht zum Erbarmen?

Dem guten Scherz zu wehren gar
Mit Säbeln und mit Stangen? —
Ach nein, es ist zum Lachen nur:
Hört nur, wie's weiter gangen.

Der Scherz zog lachend seines Wegs,
Zog hin mit Sang und Wippchen,
Und schlägt dem Ernste nach wie vor
Im Stillen manches Schnippchen.

Der Ernst der sitzt mit finsterm Sinn
Auf seinem Thron und wachet:
Und heimlich durch sein ganzes Land
Zieht doch der Scherz und lachet.

———

Auf dem Verdecke spaziert ein großer, stattlicher Herr mit einem jugendlichen, heitern Gesichte, umspielt von braunen Locken. Es soll ein Hamburger Kaufmann sein, und das scheint mir gar nicht so, ich merke doch gar nicht so etwas Philisterhaftes an ihm. Sein freundlicher Blick flößt mir Vertrauen ein, ich wage es ihn anzureden. Da erfahre ich denn, daß er zum Hamburger Quartett-Verein gehört und ebenfalls zum Sängerfeste geht. Er heißt Konrad Wolff, stammt aus Crefeld und ist Kaufmann in Hamburg.

'Also zum Sängerfeste? Ei, bemerke ich, das ist ja hübsch, da können wir ja die Reise zusammen machen, wenn es Ihnen recht ist!' Und es ist ihm ganz recht. Wir kehren in Glückstadt ein und nehmen uns Extrapost. Auf einem langen offenen Korwagen gerüttelt und geschüttelt, aber doch fortwährend in angenehmer Unterhaltung, erreichen wir unser Ziel. Wir kehren in die Stadt Hamburg ein. Wir sind einen Tag zu früh gekommen und suchen uns nun so gut als es geht die Zeit zu vertreiben. Wir spazieren überall umher, sehen uns die Zurüstungen an, die große Halle u. s. w.

9. August. Mit Dr. Körner, den wir gestern Abend kennen lernten, nach Amönenhöhe und dem Eichthale. Am Nachmittage warten wir unsern Quartettverein ab. Es treffen viele Gesangvereine und Hamburger ein, aber nicht die unsrigen. Bei anbrechender Dunkelheit wird die Stadt erleuchtet. Um 9 gehen wir in die Festhalle. Viele Kieler Studenten sitzen in ziemlicher Entfernung von uns und commersieren. Als sie von meiner Anwesenheit hören, eilen sie zu mir und begrüßen mich mit einem Hoch. Ich danke ihnen mit einem Liede. Darauf reden Dr. Lorentzen und Advocat A. F. Schröder von Glückstadt. Es wird mir wieder ein Hoch gebracht und Alles drängt

sich nach unserm Tische zu. Da sage ich zu meinem Reise=
gefährten: 'Jetzt wird es mir zu bunt — es ist Zeit — wir
wollen gehen.' Ein großer Schwarm giebt uns das Geleit zur
Stadt Hamburg, bleibt dann draußen im Kreise stehen und
bringt mir ein Ständchen.

10. Aug. Am Morgen Proben der Sänger. Eröffnungs=
rede des Bürgermeisters Rötger im Rathhause. Einfaches
Mittagsessen in der Festhalle. Ich bin unterdessen zu Hause
und betheilige mich erst an den Festlichkeiten, als die Störfahrt
nach der Amönenhöhe beginnt. Die sechs Fahrzeuge werden von
Pferden gezogen, uns scheint es bequemer und angenehmer neben=
her zu wandern. Auf der Höhe Raum genug für Sänger und
Zuhörer, Tische und Bänke im Freien, Hallen und Zelte, In=
strumentalmusik und Vorträge einzelner Gesangvereine. Wald
und Wetter schön, während das Feuerwerk viel zu wünschen
übrig läßt. Gegen Abend heim. Bei unserer Rückkehr finden
wir die Festhalle dunkel, und sie bleibt dunkel. So ist denn
einer Wiederholung des gestrigen Abends weise vorgebeugt. Wir
gehen in die Stadt Hamburg. Auch Andere haben diesen guten
Gedanken und kehren dort ein. Es geht sehr laut und lebendig
her. Im Vorzimmer spielen und singen einige Harfenmädchen.
Unter ihren Liedern ist auch mein 'Zwischen Frankreich und
dem Böhmerwald'. Einiges ist verstümmelt, so sangen sie statt:
'Singe, sprach die Römerin' jedesmal 'Singe, sprach die
Böhmerin.'

11. Aug. Geistliches Concert in der Laurentiuskirche. Ich
habe die Zeit verschlafen. Um 2 Festzug nach dem Eichthale.
Dort wurden viele Lieder vorgetragen. Da die Dichter bei den
Sängern und Sängerfesten Nebensache sind und deshalb fast
nie genannt werden, so erfahre auch ich nur aus dem Vortrage

erst, daß eins meiner Lieder unter den ausgewählten ist, nämlich
'Morgen marschieren wir'; im Programm steht nur: 'Sol-
datenabschied, comp. von J. Stern.' — Wolff und ich kehren
mit dem Zuge in die Stadt zurück, und fahren gleich darauf
zur Stadt hinaus, wir überlassen gerne das große Festessen den
650 norddeutschen Sängern.

Ich war also nur von Anfang bis zu Ende ein harmloser
Zuschauer und Zuhörer gewesen und hatte weder die Gastfreundschaft der Itzehoer in Anspruch genommen noch irgend eine
Aufmerksamkeit erwartet. Daß ich den ersten Abend begrüßt
wurde, hatte ich weder veranlaßt noch gewünscht. Trotzdem
wurde in dem Festberichte des Itzehoer Wochenblatts vom
14. August meiner in einer Weise gedacht, woraus sich nur der
Ärger erklärt, daß etwas wider das polizeilich festgestellte Programm geschehen konnte. Der Berichterstatter spricht sich also
aus:

'Später versammelte man sich in der Festhalle zur freien
Unterhaltung, wobei Gesang und Reden mit einander wechselten.
Hier war der bekannte Hoffmann von Fallersleben der
Löwe des Abends. Derselbe trug mehrere seiner unpolitischen Lieder vor, und wurde von seinen Freunden, Dr Karl Lorentzen
aus Kiel und Andern, durch Toastreden unterstützt. Man erfuhr
aus diesen, daß Hoffmann kürzlich aus dem Königreich Hannover verwiesen worden, was mit der Wegweisung der Badischen
Abgeordneten v. Itzstein und Hecker aus Berlin in Parallele
gestellt wurde. Übrigens wollten uns die Lieder, welche Hoffmann vortrug, nicht recht passend vorkommen. Diese politischen
Fibelverse (wie wir sie wohl nennen möchten) mögen dienlich sein,
um das politische Bewußtsein zu wecken, wo es noch
tief schlummert. In Schleswig-Holstein aber wacht
es mit klaren Augen; hier ist man schon zu weit

fortgeschritten, um an solchen Dingen viel Gefallen
zu finden; in solcher Masse vorgetragen, wie es geschah, werden
die Lieder mit ihren ewigen Refrains von Schimschimschim und
Juchjuchhe sogar langweilig. Sie fanden daher auch nur getheilten
Beifall, und als man endlich den Herrn Hoffmann nach seiner
Wohnung begleitete und ihm dort ein Hoch brachte, schloß sich
nur ein Theil der Gesellschaft, meistens wohl aus jungen Stu-
dierenden bestehend, dem Zuge an.'

Es war vorauszusehen, daß solche Äußerungen Entgeg-
nungen hervorrufen würden. Das geschah denn auch bald, und
das 'kön. privilegierte Itzehoer Wochenblatt' wurde von allen
Seiten angegriffen wegen seiner Charakterlosigkeit und Erbärmlichkeit, und hatte am Ende, statt mir zu schaden, nur sich
geschadet. Von den vielen Gegenartikeln möge nur der Anfang
eines derselben mitgetheilt werden, er dient zur Aufklärung
dieser damals viel besprochenen Angelegenheit. Hamb. Neue
Zeitung vom 5. Sept.:

Q **Kiel** vom 3. September. Das diesjährige große **norddeutsche** Sängerfest ist hier noch immer der Gegenstand der Besprechung. Wir können uns nicht genug wundern, daß unsere
vielen sogenannt freisinnigen Blätter sich bis jetzt mit Auszügen
aus dem bekannten Festberichte des 'Itzehoer Wochenblatts' begnügen. Es verdienet aber eine weitere Besprechung, denn unserer
Meinung nach bildet gerade **dieses** Sängerfest einen entscheidenden
Abschnitt in der Geschichte unserer Sängerfeste: entweder werden
diese hinführo der Tummelplatz genußsüchtiger und einseitiger Dilettanten, oder ein Vereinigungspunkt gesinnungsreicher Männer
sein, in denen Kunst- und Vaterlandsliebe sich verschwistern und
zeitgemäß entwickeln. Der Festbericht des „königl. privilegierten
Itzehoer Wochenblatts" ist sehr breit, aber sucht absichtlich gewisse
Dinge zu verschweigen, deren Kenntniß uns erst in den Stand

fetzt, ein richtiges Urtheil über das ganze Fest und seine Nach-
wirkungen zu gewinnen. Der Itzehoer Bürgermeister **Rötger**,
mit dem Titel Justizrath, war wegen seiner fröhlichen und freisinnigen Reden in Lübeck zum Präses des heurigen Festes gewählt
worden. Es war für ihn eine schwierige Aufgabe, diesem Ehren-
amte und seiner amtlichen Stellung als Polizeibehörde zugleich zu
genügen. Die Vorfälle am ersten Abend, besonders das Ständchen, das man dem Prof. Hoffmann vor der Stadt Hamburg
brachte, hatte den Herrn Bürgermeister etwas besorgt gemacht, es
mögte sich zu viel Politisches in das Fest mischen. Am folgenden
Tage eröffnete er die Proben des geistlichen Concerts mit einer
Rede, worin er unter anderm sagte: „Der Zeitgeist ist unser ge-
fährlichster Feind, der Zeitgeist untergräbt, unterwühlt Alles, ihm
ist jedes Mittel gerecht, um zu seinem Zwecke zu gelangen.
Meine Herren, er droht auch unsere harmlosen Sängerfeste zu
vernichten." Um aber noch mehr alles Politische wegzuscheuchen,
sprach er endlich die denkwürdigen Worte: „Meine Herren, **die
Kunst ist ernst.**" Den Mittag zeigte sich dieses Gegentheil des
Schiller'schen Ausspruches: Ernst ist das Leben, **heiter** ist die
Kunst. Das Mittagsessen in der Festhalle glich einem Leichen-
schmause: da ließ sich keine Musik hören, kein Lied, keine Rede,
nicht einmal ein Trinkspruch, und am Abend, als sich nach dem
Abbrennen des schleswig-holsteinischen Wappens die Sänger in
der Dunkelheit heimbegaben, brannte nur ein kleines Endchen
Talglicht in der großen Festhalle und wir hatten weiter keinen
Zufluchtsort als das Bett, denn — **die Kunst ist ernst,** sagt
Rötger.

Acht vergnügte Tage in Hamburg. Mit Konrad Wolff
viel spaziert, Dr. Wienbarg näher kennen gelernt, und das
Thaliatheater besucht.

Eines Nachmittags sitze ich mit Wolff auf dem Balcon

in London Tavern. Wir freuen uns der schönen Aussicht auf den Spiegel der Elbe, die durch hinauf= und herabsegelnde Schiffe belebt ist. Da hören wir Jubelgeschrei: ein Schiff mit den bunten Flaggen aller seefahrenden Völker wird vom Stapel gelassen und segelt stattlich an uns vorüber. Dann ist es wieder still. Da kommt den Strom herab ein großer Dampfer, die Flagge sieht aus wie eine Trauerflagge, sie ist vom Dampfe so geschwärzt, daß sich kaum eine Farbe erkennen läßt. Auf dem Verdecke sind viele Menschen, sie sitzen ruhig und still — ein Auswandererschiff. Uns kommen die Thränen in die Augen. In wenigen Augenblicken ein solcher Wechsel von Freud' und Leid!

Mein Vetter F. Wiede machte mir den Vorschlag, mit ihm nach Schleswig=Holstein zu reisen; sein Freund Martin Herm. Cords würde sich von Preez ab anschließen. Ich ging darauf ein: wir fuhren auf der Eisenbahn bis Neumünster und dann mit Extrapost zu seinem Schwiegersohn Jacob Schoel.

20. Aug. Ausflug nach Hessenstein. Herrliche Aussicht auf die Ostsee. Zu Mittag in Lütjenburg, Abends wieder in Preez.

21. Aug. Ausflug nach Aschberg. Schöne Aussicht auf den Plöner See.

22. Aug. Nach Kiel. Mit Dr. Lorentzen und Hohlfeld von Löbau nach Düsternbrook. Schöne kommt eben von Kopenhagen zurück und erzählt uns Wunderdinge von den Dänen.

23. Aug. Wunderschöne Fahrt auf Christian VIII. nach Flensburg. Abends in der Stadt Hamburg.

24. Aug. Der Anwalt Wolfhagen holt mich ab. Wir gehen auf die Anhöhen. Hübsche Aussichten. Dann besuchen wir die Harmonie: deutsche und dänische Blätter, unter anderen

'Corsaren.' Nachmittags Spaziergang in ein benachbartes Holz.
Es ist Sonntag. Musik, viele Menschen, aber kein Leben.
Dann besuche ich die Schulbibliothek. Ich finde eine Papier=
handschrift mit dem Flensburger Stadtrecht, ascetischen Werken
und Spottliedern auf Luther. — Abends zusammen mit einigen
deutschgesinnten Flensburgern: 54,46' nördlicher Breite.

25. Aug. Schleswig. Schönes Wetter. Vor Tische be=
suche ich Wilh. Hartwig Beseler. Er wohnt am andern Ende
Schleswigs, sehr weit von unserm Gasthofe. Ich trete dem
Manne offen und voll lebendiger Theilnahme an Schleswig=
Holstein entgegen. Er bleibt mehr als kühl, unsere ganze Un=
terhaltung hat für mich etwas Peinliches. Da ist es mir denn
noch sehr angenehm, daß ich eben so schnell wieder zurückkom=
men kann, wie ich hergekommen bin: ein Gast hatte mir seinen
Wagen geliehen, der draußen auf mich wartete.

Nach Tische besuchen wir die schönsten Punkte der Umge=
gend. Abends im Club, der hier den vornehmen Namen 'Mu=
seum' führt. Ich treffe dort Dr. Heiberg, Advocat Chemnitz,
Umdichter des 'Schleswig=Holstein meerumschlungen' und den
Componisten des Liedes, Musikdirector Bellmann, Advocat
Gülich u. a.

Die lange Trennung von Deutschland hat den Schleswi=
gern meist nichts von uns als unsere Sprache gelassen. Das
Dänenwesen steckt sehr tief in ihnen und tritt überall hervor.
Ich fand die Leute im Museum kalt und zurückhaltend, fast
gleichgültig. Es war ein unerquickliches Zusammensein. — In
diesem Sinne mochte ich mich wol hie und da geäußert haben,
das dann zu weiterer Kunde gekommen war. Bald nachdem
ich Schleswig verlassen hatte, brachte die Hamb. Neue Zeitung
vom 9. Sept. folgenden Artikel:

Hamburg am 9. September. Es ist nicht leicht, aus dem unfruchtbaren Wust, womit das „Itzeh. Wochenbl." seine Leser ein Mal die Woche bewirthet, etwas Schmackhaftes herauszufinden. Unsere Leser wollen es uns daher nachsehen, wenn wir nachfolgenden außergewöhnlichen Artikel aus Schleswig vom 1. September erst heute bringen: „Wir haben hier auch einen flüchtigen Besuch von dem Hrn. Prof. **Hoffmann v. Fallersleben** gehabt, der, wie so viele deutsche Männer, lebhaftes Interesse an unsern politischen Zuständen nimmt. Wenn er, wie wir vernommen, der Ansicht sein soll, daß die politische Entwickelung in Schleswig-Holstein noch nicht tief eingedrungen sei, er also mit dem Urtheile, welches neulich ein Berichterstatter über das Sängerfest in Itzehoe in Betreff der politischen Verse des Hrn. Hoffmann v. Fallersleben aussprach — womit wir unsern Theils aber nicht übereinstimmen können — in geraden Widerspruch tritt, so müssen wir doch bemerken, daß ein so flüchtiger Aufenthalt zu keinem ganz abschließenden Urtheile hinführen kann. Der norddeutsche Volksstamm, namentlich Schleswig-Holsteins, ist zurückhaltend; er ist ruhig, und mag seinen Großvaterstuhl ungerne verlassen. Ist er durch irgend ein Ereigniß auf die Straße gekommen, so eilt er, sobald die Polizei erscheint, in das Haus zurück, und versichert oft, er sei nicht mit da gewesen. Als ruhiger Staatsbürger ist er aber meistens ein Gefühlsmensch. Er fühlt die Sache, und sie kann ihn schmerzen, aber das Gefühl kommt langsam bei ihm zur That. Viele entziehen sich daher auch der Berührung mit den Trägern der politischen Bewegung, namentlich, wenn solche von dem Ostracismus (Verbannung, Ausweisung 2c.) getroffen sind. Andere kennen keine Gastfreundschaft, sobald diese mit einiger Unbequemlichkeit oder einer kleinen Ausgabe gepaart ist. Hr. Hoffmann war hier mehr schweigsam; wir haben wenigstens von seinen, das politische Selbstbewußtsein aufregenden Versen nichts vernommen. Wahr ist es, daß im Ganzen, so viel wir wissen, die Politik über die.Ideen eines schleswig-holsteinischen Staatslebens nicht hinausgeht, und daß diese Ideen selbst in concreto; d. h. in den einzelnen rechtlichen Beziehungen, noch an großer Unklarheit und Inconsequenz leiden. Der eigentliche und absolute Gradmesser des politischen Bewußtseins eines Volkes ist: das Verlangen einer freien Presse, und wo diese fehlt, die Anwendung aller gesetzlichen Mittel, um diese zu erlangen. Unsere guten Stände aber sowohl, als das Volk, schweigen. Einzelne Lerchen machen keinen Frühling."

26. Aug. Eckernförde. Als wir Abends bei Tische sitzen, ruft eine Stimme: 'Die Liedertafel kommt!' Es erscheinen einige Eckernförder mit dreifarbigen Bändern und Liederbüchern, setzen sich zu uns und bestellen sich Carbonaden. Nach anderthalb Stunden lassen sie sich zwei Flaschen Wein bringen und versuchen zu singen. Der Versuch gelingt schlecht, und wir gehen verwundert zu Bett.

27. Aug. Um 1 schon in Rendsburg. Nachmittags mit Advocat Baudiß in der Harmonie und im Schützenhause, Abends im Rathskeller. In einem kleinen unterirdischen Zimmer sitzen etwa 30 Menschen vor ihrem Glas Grog. Feierliche Stille, die ich nur einmal durch ein Lied zu unterbrechen wage. Selbst als später einige Mitglieder der Liedertafel kommen und singen 'Schleswig-Holstein meerumschlungen', fährt man fort ruhig zu sitzen. Diese Kälte, diese stumme Nüchternheit im Weinkeller!

Das politische Bewußtsein scheint darin zu bestehen, daß man eine dreifarbige Flagge flattern läßt, Reden hält und Lieder singt, so lange es nämlich noch polizeilich erlaubt ist. Die Leute, die an der Spitze der Bewegung stehen, kennen sich unter einander nur wenig und wissen auch von uns nur wenig oder gar nichts.

28. Aug. Um 3 nach Heide. So sind wir denn im Lande der freien Ditmarschen. Wir treffen noch die letzten Schulmeister von ihrer heutigen Zusammenkunft. Reimers von Melborf setzt sich zu uns und trinkt mit uns, er ist ganz glücklich meine Bekanntschaft gemacht zu haben.

29. Aug. Die Vollmachten sind heute in Heide zusammen, um sich zu berathen über die Festlichkeiten beim Empfang des Königs. So eine Vollmacht sitzt neben mir. Reimers stellt mich ihr vor: 'Das ist der berühmte Hoffmann von Fallersleben.' — 'Also der Herr Hoffmann von Hadersleben!'

Mein Vetter hatte immer von 'fixen Kerls' gesprochen. Nachgerade müssen sie kommen, denn übermorgen wollen wir schon in Hamburg sein.

Wir fahren mit Extrapost nach Melborf. Mit Reimers besuche ich die Kirche, Pastor Hanssen und Kaufmann Carstens. Bei letzterem finden sich bald die freisinnigen Melborfer ein. Wir gehen mit ihnen zur Holländerei, andere folgen. Im großen Saale vereinigt sich Alles. Jetzt sind sie da, die 'fixen Kerls.' Es entwickelt sich große Heiterkeit und Begeisterung. Unter Reden, Trinksprüchen und Gesängen kommt die Mitternacht heran. Es scheint als ob man mir eine bessere Idee von der Schleswig-Holsteinschen Bewegung beibringen will als es in Itzehoe geschah.

30. Aug. Bei Herrn Carstens gefrühstückt. Viele kommen um mich noch einmal zu sehen und Abschied zu nehmen: Dr. Kolster mit Frau und Kindern, u. a. Die Primaner des Gymnasiums bitten mich um die beiden Lieder: 'Sind wir wieder einmal recht dänisch gewes'n' und 'Zwei deutsche Stämm' im Norden.' Ich schreibe sie ihnen ab und singe sie ihnen dann vor. Bald nachher kommen sie mit Abschriften und bitten mich,

selbige mit meinem Namen zu unterzeichnen. Dann sangen wir
die beiden Lieder gemeinschaftlich. Sie wollen mich durchaus
mit Gesang und dreifarbigen Fahnen nach Hause begleiten. Der=
gleichen wird freundlichst verbeten.

Um Mittag abgereist. Wir übernachten in Itzehoe.

31. Aug. Gegen Abend in Hamburg. Ich wohne im
Alsterhôtel.

Vierzehn Tage verweilte ich noch in Hamburg, das gerade
im Herbste am allerschönsten ist. Ich spazierte viel umher,
und war mit Freunden und Bekannten oft zusammen. Wolff
machte mich mit seinen Verwandten bekannt, Schöne ging mit
mir die neue Sammlung meiner Kinderlieder durch, und mit
Wienbarg und Wille unterhielt ich mich viel über Schleswig=
Holstein. Ich erwartete meinen Freund Resch, der in Helgo=
land badete, sonst hätte ich meinen Aufenthalt nicht so lange
ausgedehnt. Endlich kam Resch. Wir verwendeten noch zwei
Tage auf Hamburgs Sehens= und Merkwürdigkeiten. Dann
nahm ich ihn mit nach Meklenburg.

Kaum hatten wir das Land betreten, so mußte Resch über
die meklenburgische Gastfreundschaft erstaunen. So etwas hatte
er noch nie erlebt, wie er denn als Dresdener überhaupt von
Gastfreundschaft keine Ahndung hatte. Überall wohin wir
kamen wurden wir nicht wie Fremde, sondern wie alte liebe
Freunde und Bekannte angesehen: in Boizenburg, Schwerin,
Holdorf, Gerdshagen bei Kröpelin, Doberan, Rostock.

In Doberan ist gerade Jahrmarkt. Wir ergötzen uns
an den Volkstrachten. Später gehen wir auf den Jungfern=
berg und ins Holz. Den andern Tag fahren wir bei wunder=
schönem Wetter nach dem heiligen Damme. Wir sind stunden=
lang am Strande. Resch zeichnet und ich sitze auf einem Steine

und schaue in die See. Nach 3 Uhr kehren wir erst nach Doberan zurück und haben dann noch Zeit, die schöne Kirche mit ihren Merkwürdigkeiten zu besehen und einen Spaziergang auf den Sageberg zu machen. Prachtvoller Sonnenuntergang.

In Rostock verleben wir einen sehr heitern Tag in der Familie Schleuder. Mit den liebenswürdigen Töchtern fahren wir in einem Boote nach Warnemünde und kehren dann zu Lande heim. — Den folgenden Tag herrliches Herbstwetter. Wir spazieren um die Stadt. Nach Tisch begleite ich Resch zur Post. Er ist außer sich über diese 14tägige Reise, es ist ihm Alles wie ein Traum, und da er in der Geographie ein Franzose ist, so wird er bald gar nicht mehr wissen, wo er gewesen ist.

Den 1. Oct. holt mich Wien von Bandelstorf ab, wo ich zwei Tage bei Schlettwein war. Ich bleibe nun einige Tage in Hohenfelde und mache von hier aus Besuche in Zierstorf, Roggow und Warnkenhagen. Ich will abreisen, Wien aber bittet mich zu bleiben bis Pastor Fuchs kommt. Dieser hat seine Stellung als Pastor von Kölzow aufgegeben und wandert nach Texas aus.

Den 9. Oct. spät Abends kommen die Auswanderer an, Fuchs mit seinem Vetter und Franck. Wir unterhalten uns lebhaft über Texas. Fuchs singt mit seiner lieblichen Stimme mehrere meiner Lieder, die alle auf seine Auswanderung Bezug haben. Uns kommen die Thränen in die Augen.

Den folgenden Tag unterhalten wir uns fast nur über Auswanderung und Deutschlands Gegenwart und Zukunft. Auch ich in meiner Lage müßte auswandern, aber was ich später einst dichtete:

Ich bleib' in meinem Vaterlande,
Sein Loos soll auch das meine sein,
Sein Leid und seine Schmach und Schande,
So wie sein Ruhm und Glück ist mein.
In meinem Vaterlande will ich bleiben,
Und keine Macht der Welt soll mich vertreiben!

— dies Gefühl siegte über alle augenblicklichen Verstimmungen und leidenschaftlichen Wünsche.

Und doch konnte ich dem Drange nicht widerstehen, Wünsche und Hoffnungen auszusprechen, deren Verwirklichung Anderen eine Rechtfertigung und ein Trost sein konnte. Und so dichtete ich denn meinem lieben Fuchs ein Abschiedslied:

Der Stern von Texas.

Hin nach Texas, hin nach Texas,
Wo der Stern im blauen Felde
Eine neue Welt verkündet,
Jedes Herz für Recht und Freiheit
Und für Wahrheit froh entzündet —
    Dahin sehnt mein Herz sich ganz.

Hin nach Texas, hin nach Texas,
Wo der Fluch der Überlief'rung
Und der alte Köhlerglaube
Vor der reinen Menschenliebe
Endlich wird zu Asch' und Staube —
    Dahin sehnt mein Herz sich ganz.

Hin nach Texas, hin nach Texas,
Wo die Pflugschar wird das Zeichen
Der Versöhnung und Erhebung,
Daß die Menschheit wieder feiert
Ihren Maitag der Belebung —
    Dahin sehnt mein Herz sich ganz.

Hin nach Texas, hin nach Texas!
Goldner Stern, du bist der Bote
Unsers neuen, schön'ren Lebens:
Denn was freie Herzen hoffen,
Hofften sie noch nie vergebens.
Sei gegrüßt, du goldner Stern! ·

Den 11. begleite ich die Auswanderer nach Güstrow. Wir singen noch Einmal: 'Hin nach Texas!' Es ist ein schwerer Abschied. Ich fahre dann betrübt weiter nach meinem vorläufigen Texas, nach Holdorf.

Es folgen stille Tage. Ich bin ernst und dabei sehr unruhig. Den Tag, als das Auswandererschiff nach Texas geht, bin ich sehr traurig gestimmt, ich habe viel weinen müssen. Ich ordne den Briefwechsel meines Bruders und fange an, ihn durchzulesen. Wie viel Freud' und Leid in Einer Familie!

Den 4. November fahren wir zu Theodor Müller's Hochzeit nach Gerdshagen bei Kröpelin. Es ist heute Polterabend. Viele Hochzeitsgäste kommen nach uns an: Pastor Schönherr und Kaufmann Linsen von Boizenburg. Braut und Bräutigam werden reich beschenkt. Kleine Mädchen treten als Vierlanderinnen auf, allerliebst. Es sind die Enkelinnen von Papa Mühlenbruch, der jetzt erst von ihrer Anwesenheit erfährt. Eine kleine Zigeunerin sagt wahr in folgenden Versen, die ich ihr von Holdorf geschickt hatte:

Mir hat geträumt gar wunderbar,
Es ist schon her manch liebes Jahr.
Der Traum der lässet mir keine Ruh —
Eine Stimme rief mir vom Himmel zu:
Mach dich auf! mach dich auf! so rief sie mir,
Und such ein Brautpaar sehr weit von hier,
Sehr weit von hier an der Welt Enden,

Im Lande der Obotriten und Wenden.
Da wohnen ſie, Bräutigam und Braut
In zwei Orten von gleichnamigem Laut.
Sie haben zwei Namen, die paſſen faſt,
Wie etwa der Müller zur Mühle paßt.
Und haſt du ſie gefunden, ſo thu ihnen kund.
Was du jetzt vernimmſt aus meinem Mund.
Laß reichen die Hand dir und ſag ihnen wahr
Mit folgenden Worten und alſo zwar:

Vom Himmel herab wünſch' ich das Beſte
Euch zu Eurem Geburtstagsfeſte.
Und weil die Welt auf Geld ſo viel hält,
So ſoll's Euch niemals fehlen an Geld,
Damit Ihr richtig Zinſen und Pachtung zahlt
Und Euch niemand ins Schuldregiſter malt.
Geſund ſollen bleiben Eure Küh' und Rinder,
Nie ſollen ſie ſehen den Arzt noch den Schinder.
Eure Pferde ſollen nie haben Spath noch Rotz,
Sondern allem Wind und Wetter bieten Trotz.
Eure Kartoffeln ſollen nie bekommen die Seuche,
Eure Schweine aber immer fette Bäuche.
Eure Schafe ſoll die ſchönſte Wolle bedecken,
Daß ſich die Juden die Finger darnach lecken.
Nie ſoll's Euch fehlen auf Schüſſel und Teller,
In Speicher und Scheuer, in Küch' und Keller.
Von allen Seiten ſoll Euch kommen Zufluß,
Nie ſollt Ihr bedürfen des Alten Zuſchuß.
Eure Kinder ſollen munter und friſch
Wie die Palmen ſitzen um Euren Tiſch.
Ihr ſollt mit ihnen geſund und heiter
Das Leben genießen — u. ſ. w.

Das war der Traum, ich hab' ihn enthüllt,
Hoffentlich wird er ganz und gar erfüllt.
Doch ſollt' Euch etwas daran fehlen,
So ſoll's mich weiter auch nicht quälen.
Ihr wißt, daß ſchon Mancher vernahm
Eine Stimme die ihm vom Himmel kam,

Und hinterdrein kam kein Glück für ihn,
Als ob der Himmel so nur zu spotten schien.
Doch weiß ich eine himmlische Stimme,
    Die treibet niemals Spott:
Helft Euch selber, so hilft Euch Gott!

Darauf Abendessen, Tanz und allgemeine Heiterkeit.

5. Nov. Hochzeitsfest. Um 2 Trauung. Schönherr spricht einbringlich, Alles weint, er ist selbst sehr bewegt. Nach der Trauung Pause. Von 4—8 Festessen. Dann commersieren wir und beschließen das fröhliche Fest in größter Fröhlichkeit.

Acht Tage später reisen wir nach dem andern Gerdshagen, wo das junge Ehepaar, wie es in Meklenburg üblich ist, seinen Kirchgang hält.

———

Vier Wochen war ich nun wieder ruhig in Holdorf und wußte mich litterarisch und poetisch zu beschäftigen. Nebenbei gewährte es uns ein besonderes Vergnügen, Zeitungsartikel zu verfassen. Wir brachten allerlei Ereignisse zur Sprache, und damit niemand glauben konnte, Alles käme aus Einer und derselben Quelle, so wurden unsre Berichte bald mit diesem, bald mit jenem beliebigen Orte versehen. Alle Welt wunderte sich: 'Nun schreiben sie gar aus Kriewitz, aus Gnoien ꝛc.!' Freilich kam uns dabei sehr zu statten, daß wir die persönlichen und örtlichen Verhältnisse oft sehr genau kannten. Die Hamburger Neue Zeitung nahm Alles sehr gern auf und hatte ihren Leserkreis bei uns eben wegen dieser meklenburgischen Berichte sehr erweitert. Anfang Decembers sandten wir ihr einen Artikel aus Sachsenberg, der neu eingerichteten meklenburgischen Irrenanstalt. Sie brachte ihn in ihrer 286. Nummer vom 6. December. Er lautet also:

* **Sachsenberg** vom 3. December. Aus unserer nächsten Nachbarschaft hat sich das Gerücht verbreitet, daß man wirklich ernstlich daran denke, den Rector Reinhard in Boizenburg seines Amtes zu entsetzen. Unsere hohe Schweriner Geistlichkeit soll es nämlich übel vermerkt haben, daß sich besagter Rector mit einer Schriftstellerei befasse, die das Heiligste antaste, z. B. den Trierer Rock und den Pietismus. Wir würden lächeln über dergleichen Gerüchte, wenn sie nicht durch die Richtung einer gewissen Partei unter unseren Geistlichen einen Halt bekämen. Wohin diese Partei will, lernen wir aus dem „Hamburger **Unparteiischen**". Der giebt uns in einem Artikel aus dem Meklenburgischen vom 18. Novbr. über die vorbereitete neue Agende naiven Aufschluß und lehrt uns mit folgenden Schlußworten, was wir davon zu erwarten haben: „So stimmen z. B. fast alle 36 mitarbeitenden Geistlichen der Schweriner Superintendentur darin überein, daß bei der Taufhandlung die Entsagungsformel: Entsagest Du dem **Teufel** und allen seinen Werken und allem seinem Wesen? — nicht fehlen dürfe, da nun doch einmal Schrift und Kirchenlehre einen Teufel und Fürsten dieser Welt haben. Nur zwei Vota haben den **Teufel** aus der Taufhandlung weggewünscht, dagegen zwei andere sich den **Satan** ausgebeten." — Geistliche Anmaßung und Herrschsucht haben auch einst bei uns ihr Spiel getrieben. Noch lebt im Gedächtniß Vieler die theologische Facultät der weiland Bützower Universität. Sollte sich aber heutigen Tages etwas ungerügt und ungestraft wiederholen können, was uns in jene dunkelen Zeiten unseres Vaterlandes zurückführte?! Nur Eine Geschichte von damals statt vieler, von einem glaubwürdigen Zeugen, einem gebornen Meklenburger: J. H. Voß schreibt den 15. Dec. 1775 an seine damalige Braut, Ernestine Boie: „Hab' ich Dir schon Biester's Schicksal erzählt? Er war Conrector in Bützow, und feierte diesen Sommer Klopstock's Geburtstag auf dem Lande. Unter anderem mußten einige Mädchen

um einen Altar tanzen und Blumen darauf werfen. Dies ward
bekannt, man hatt' ihn im Verdacht des Heidenthums, und nahm
ihn sein Amt. Stell' Dir die Aufklärung in meinem lieben
Vaterlande vor!"

Das nahm aber die Regierung sehr übel, in der Mitte
Decembers wurde die Hamburger Neue Zeitung verboten. Nur
durch persönliche Verwendung des Redacteurs und Besitzers des
Blattes wurde das Verbot aufgehoben, aber uns war nun das
vergnügliche Zeitungswerk für immer gelegt.

Dennoch konnten wir es nicht lassen, der guten Presse
und der Censur ein Schnippchen zu schlagen. Der Hamburgische
Unparteiische wurde mit einer Recension eines Werkes be=
glückt, das gar nicht vorhanden war, sich aber auf einen Vor=
fall bezog, der auch zu unserer Kenntniß gelangte, daß nämlich
zwei Junker jüngst auf dem Landtage handgemein geworden
waren. Die Aufklärung darüber mußte nun wieder die Hamb.
Neue Zeitung geben:

△ **Malchin** vom 16. Januar. Die Gegner der freien
Presse behaupten noch immer, daß die Censur das sicherste Mittel
sei, gegen persönliche Verunglimpfungen und Beleidigungen zu
schützen. Diese Behauptung wird von Tage zu Tage lächerlicher;
denn wir sehen täglich, daß der kleine Krieg der Parteien, da sie
keinen großen offenen führen dürfen, versteckt, mit Täuschung der
alleraufmerksamsten Censur fortgesetzt wird. Es kommen die wun=
derlichsten Geschichten vor, die bei freier Presse gar keine Bedeu=
tung hätten, jetzt aber, wo sie nur mit hoher obrigkeitlicher Ge=
nehmigung erscheinen können, eine gewisse Bedeutung erlangen —
jeder Leser glaubt nämlich: das muß wahr sein! Das würde sonst
die alles überwachende, gewissenhaft prüfende, gründlich urtheilende
Censur verhindert haben! Und doch ist Alles **nicht wahr**. Be=
kanntlich enthielt der „Hamb. unparteiische Correspondent" vom

12. Januar d. J. (No. 10) folgenden Buchtitel: „**Das Faust=
recht, jus manuarium, in historischer und rechtlicher, theo=
retischer und praktischer Beziehung, entwickelt von F. A.
von Oertzen. Mit einer Vorrede von F. v. Bassewitz.
Schwerin, Stiller'sche Hofbuchhandlung. 1846. 8⁰. (XIII.
321 SS.)**" — Das ganze Werk ist eine reine (Erfindung*), in
der wir weiter nichts sehen, als eine Anspielung auf ein viel be=
sprochenes Ereigniß des vorletzten meklenb. Landtags hier bei uns
in Malchin. Die **lobpreisende** Recension ist bis auf Anfang
und Schluß wörtlich geschöpft aus dem großen **Pierer'schen
Lexicon,** siehe den Artikel: Faustrecht.

Der Landtag zu Sternberg war den 16. December ge=
schlossen worden, und wenn auch die Schließung eine verfrühte,
weil einige der wichtigsten Anträge gar nicht zur Sprache ge=
kommen waren, so war man doch mit den Ergebnissen zufrieden.
Den beiden Vorkämpfern für zeitgemäßere politische Entwicke=
lung eine öffentliche Anerkennung kundzugeben, hielten die Ge=
sinnungsgenossen für eine ehrenvolle Pflicht. Es wurde in
Wismar ein Festessen zum 20. Dec. veranstaltet zu Ehren
Schnelle's und Stever's. 110 Personen nahmen Theil. In
Reden, Trinksprüchen und Liedern wurde ihnen der Dank aus=
gebracht für ihr vaterländisches Streben und ihr edeles erfolg=
reiches Wirken. Auch ich betheiligte mich bei dieser freien Hul=
digung durch ein Lied, das selbst vor den Augen der Censur
Gnade gefunden hatte:

------

*) Wir gaben seiner Zeit in No. 13 d. Ztg. die behufige Erklärung
der Stiller'schen Hofbuchhandlung und die Klage des „Corresp." über
diese Mystification.   Anmerk. d. Red. d. „H. N. Z."

Willkommen!

Seid uns gegrüßt, Ihr Fortschrittsmänner Beide,
Ihr unsers Landes Schmuck und Zier!
War't Ihr vereinet sonst zu Freud' und Leide,
Heut' ein' Euch nnr die Freude hier.

Chor.

Freudig begrüßet mit Herz und mit Hand
Euch das erwachende Vaterland.

Wir sind hier keine Zunft und keine Innung,
Die heute ihren Dank Euch zollt:
Wir sind vereint durch Gleichheit der Gesinnung,
Durch das, was Ihr erstrebt und wollt.

Chor.

Freudig begrüßet ꝛc.

Ihr habt im Kampf für's Recht den Kranz erfochten,
Den schönsten, den die Liebe wand:
Es ist der Kranz, den freudig Euch geflochten
Das dankbar treue Vaterland.

Chor.

Freudig begrüßet ꝛc.

Wohlan, Ihr mögt es ferner muthig wagen!
Bleibt treu und kämpfet ohne Wank!
Daß einst das Vaterland in schön'ren Tagen
Euch bringen kann den schön'ren Dank.

Chor.

Freudig begrüßet ꝛc.

Ruft Euer Vorwärts! jedem ins Gedächtniß,
Daß jeder bleibe kampfbereit,
Daß Euer Wirken komm' als ein Vermächtniß
Voll Segen auf die künft'ge Zeit.

Chor.

Freudig begrüßet ꝛc.

Den andern Morgen frühstückte ich mit Schnelle und Stever. Beide waren sehr erfreut über die glänzende Anerkennung.

Ich wohnte wieder bei Dr. Birckenstädt, und blieb die Feiertage über in Wismar. An Unterhaltung fehlte es nicht. Am Silvesterabend war Ball, wir aber blieben zu Hause, Dr. Stahmer unser Gast. Als Schlag 12 alle Glocken läuteten, begrüßten wir fröhlich und wohlgemuth das Neue Jahr.

Seit dem 5. Januar (1846) bin ich wieder in Holdorf. Die winterliche Stille wirkt beruhigend und ladet zum Arbeiten ein, doch bin ich zum Dichten noch gar nicht gesammelt genug und in gehöriger Stimmung. So eben schreibe ich deshalb an Erk, daß ich zur Pestalozzi=Feier in Berlin (P's 100jähr. Geburtstag 12. Jan.) kein Lied machen könne, und kaum habe ich es geschrieben, so entsteht auch ein Lied, dem es denn wol ergehen wird wie den meisten Gelegenheitsgedichten, die mehr oder weniger Zeit und Mühe kosten: es wird einmal gesungen und dann vergessen werden.

Das dritte Heft meiner Kinderlieder mit Clavierbegleitung liegt mir sehr am Herzen. Da mir kein tüchtiger Musiker zur Seite steht, so kann ich es immer noch nicht zum Abschlusse bringen. Ich lasse mir viele Singweisen mit der Begleitung immer wieder vorspielen, es entstehen neue Bedenken, und so muß ich denn wol auf eine Vollendung hier vorläufig verzichten.

Unterdessen kommt mir wie gerufen ein neues Unternehmen in den Sinn. Es erscheint mir angenehm in der Ausführung und zeitgemäß: 'Deutsches Volksliederbuch', etwa 200 Lieder mit eingedruckten Singweisen. Ich bin für diese neue Arbeit so eingenommen, daß ich sie sofort in Angriff nehme.

Es schien mir immer nothwendiger, jetzt meine Bibliothek in der Nähe zu haben. Sie stand in Kisten eingepackt in Birkenwerder, wohin sie mein Freund Hempel zur Aufbewahrung von Oranienburg mitgenommen hatte. Ich entschloß mich daher, dorthin zu reisen und meine Bücher flott zu machen.

In Scharpzow verweilte ich einige Tage bei Karl Müller. Ich traf mit Glaßbrenner zusammen, der so gewaltige Eile hatte, daß er nicht einmal das Faß Austern abwartete, welches jeden Augenblick eintreffen konnte. Den folgenden Tag kamen 500 frische Austern, die denn auch von uns und unseren und ihren Freunden am dritten Tage alle verzehrt waren. Es war also von dieser Seite weiter kein Hinderniß und ich setzte meine Reise fort.

In Strelitz verweilte ich einige Tage. Ich besuchte die Fasanerie mit ihren Stammgästen, die alle Domino oder Whist spielten, und das Theater, worin zur Vorfeier des Geburtstages der Frau Erbgroßherzogin Oberon gegeben wurde. Glaßbrenner war in bester Laune und sorgte für ergötzliche Unterhaltung. Die Abende waren wir immer fröhlich beisammen, zweimal bei ihm, dann einmal bei Christlieb in großer Gesellschaft, meist von Schauspielern. Mein Greiz-Schleiz-Lobensteiner Lied*) war damals noch neu. Ich trug es den letzten Abend viermal vor, es war immer von großer Wirkung.

Der Gutsbesitzer Brandes auf Wentow holte mich zu sich ab und beförderte mich dann weiter nach Birkenwerder.

Hier verweilte ich so lange bis meine Sachen versendbar wurden. Eine große Fuhr: 10 Kisten, 1 Tonne und 1 Sopha.

---

*) Es hat in unsern Tagen
    Sich Großes zugetragen :c.

Hempel und die übrigen Freunde waren so gütig, mir Alles bis Brüel hinzuschaffen.

Den letzten Januar kam ich mit Brandes nach Scharpzow. Nach einigen Tagen ging ich mit K. Müller auf den Ochsenhandel, dann zu seinen Verwandten und endlich zum Geburtstage des alten Müller (7. Febr.) in Gerdshagen. Hier traf ich mit Rudolf zusammen und reiste mit ihm nach Holdorf.

So lieb mir immer meine Bibliothek gewesen war, so fing sie jetzt an mir zur Last zu werden. Ich hatte sie mit großen Kosten von Breslau über Leipzig und Berlin mir nachkommen lassen. Jetzt mußte ich für sie in Brüel ein Zimmer miethen und noch nebenbei 7 Thlr. 10 Schillinge Versicherungsgelder bezahlen. Ich ging ernstlich damit um, sie zu verkaufen. Die Handschriften und vielen Bruchstücke machten mir viel Arbeit, aber trotzdem war ich Mitte März mit dem Verzeichnen fertig.

Während dieser nicht eben immer erquicklichen Beschäftigung kam doch zuweilen eine poetische Stimmung, und so entstanden dann mehrere Kinderlieder, auch mein Geleitslied: 'Nun zu guter Letzt', welches Mendelssohn*) so schön componiert hat.

30. März wieder nach Hohenfelde. Zu meinem Geburtstage sind die Zierstorfer eingeladen. Wien überreicht mir die hübschen Geschenke der Schnelle'schen Kinder. Von allen beglückwünscht und selbst froh, freue ich mich der allgemeinen heiteren Stimmung.

Mit Georg Pogge nach Liepen zu Herrn Wächter, den ich schon länger kenne. Wir werden sehr freundlich empfangen

---

*) 'Letztes Lied für Männerchor, componiert Ende des Sommers 1847', Op. 76.

in einem alten verfallenden und in einem neuen Wohnhause.
An jedem der beiden folgenden Tage ist großes Mittagsmal
in der Nachbarschaft, woran wir auf Bitten unsers Wirths
theilnehmen. Alles recht schön, nur die Gesellschaft etwas lang=
weilig. Wächter findet das selbst und als wir Abschied nehmen,
ladet er mich ein bald wieder bei ihm einzukehren und fügt die
Worte des Mephistopheles also verwandelt hinzu:

> Dann werd' ich Euch vor allen Dingen
> In andere Gesellschaft bringen.

Ich war während dieser Zeit öfter in Zierstorf und freue
mich noch immer der frohen Stunden, die mir dort zu Theil
wurden.

Nachträglich erhielt ich noch zu meinem Geburtstag ein
hübsches Gedicht, das ein Schweriner Buchdrucker, Ludwig
Burkes selbst gedichtet und gedruckt hatte, begleitet von einer
herzlichen brieflichen Beglückwünschung. Die letzten Strophen
lauten :

> Sieh, wenn früh die Lerchen trillern
> In der Luft, auf grüner Au,
> Und an Halm' und Blüthen schillern
> Tausend Tröpflein Morgenthau.
>
> Kommt ein Mann des Wegs gegangen,
> Hört er muntern Vogelsang,
> Sieht er Alles festlich prangen,
> Wogt sein Herz in süßem Drang.
>
> Tönet über Thal und Hügel
> Feierlich noch Glockenklang,
> Schwellen ihm der Seele Flügel,
> Von den Lippen strömt Gesang.
>
> So begeistern Deine Lieder
> Meine Seele allezeit;
> Was sie fühlet, giebt sie wieder
> Dir in reger Dankbarkeit.

18. April in Holdorf. Kurz nach meiner Ankunft sind die Verwandten von Gerdshagen eingetroffen, alle wohl und vergnügt und ich mit ihnen. So wie ich aber die angekommenen Briefe lese, erschüttert mich tief die Trauerbotschaft: Henriette todt! Ich suche meinen Schmerz zu unterdrücken. Als ich aber allein auf meinem Zimmer bin, da weihe ich dem Andenken der treuen Freundin manche Thräne, bis endlich die stille Mitternacht meine müden Augen schließt.

In Zahrenstorf treffe ich den Stud. Friedrich Zarncke. Später besucht er mich zweimal in Holdorf. Wir sprechen viel über deutsche Philologie und ich wünsche sehr, daß er von meinem Buche gleiches Namens eine neue Ausgabe veranstalten möge, da ich wol schwerlich wieder in eine Lage kommen würde, eine solche Arbeit wieder aufzunehmen. Wie ich sehe, daß er von der Wichtigkeit eines solchen Werkes überzeugt ist und Lust zeigt, sich damit ernstlich zu befassen, so hole ich aus meiner Bibliothek in Brüel die Hinrichsschen Kataloge, meine Hefte über deutsche Philologie und meine Nachträge und eile damit nach Zahrenstorf. Nachdem ich ihm nochmals die Sache aus Herz lege, übergebe ich ihm meine ganze dazu gehörige Sammlung. In der frohen Hoffnung auf glücklichen Erfolg nehmen wir Abschied.

6. Mai begleitet mich Rudolf nach Schwerin und ich reise noch die Nacht weiter nach Boizenburg. Dort besteige ich das Dampfschiff und bin schon den folgenden Tag Morgens 10 Uhr zu Hamburg im Alsterhôtel.

Dr. Wille wie immer der erste der mir begegnet. Mit ihm zur Kunstausstellung in den Arkaden der Börse. Viele Bilder, aber kein einziges, das einen neuen großartigen Gedanken bildlich darstellte. Es ist als ob unsere Künstler an

Herz und Geist Bankerott gemacht hätten. Vor den Bildern, deren Verkaufspreis sehr hoch angegeben ist, stehen immer Beschauer und Bewunderer — echt hamburgisch: das Geld bestimmt auch den Kunstwerth.

Im Laufe des Tages treffe ich auch den Syndicus Sieveking. Ich erzähle ihm von meiner Bibliothek und bin der Meinung, es wäre doch hübsch, wenn selbige vom Staate Hamburg erworben würde, ich wollte mich mit einer Leibrente begnügen. Da lacht der Hamburger Staatsmann: 'Leibrente! Sie leben ewig!'

Den folgenden Tag spaziere ich nach Wandsbeck. Es handelt sich um den Druck meiner texanischen Lieder. Ich hatte meinem ausgewanderten Freunde versprochen, ich wollte ihm diese Lieder gedruckt nachsenden, zugleich auch die Melodien dazu, damit er dann beides in der neuen Welt später einmal nachdrucken lassen könnte. Die Lieder waren schon Ende Aprils druckfertig. Ich hatte mich bei meinen wenigen Hülfsmitteln doch so in Texas hineingelebt, daß ich ganz heimisch darin war und dafür und daraus dichten konnte. Noch während meines Hamburger Aufenthalts ist die kleine Sammlung gedruckt, 46 Seiten in 8°. mit dem Titel:

TEXANISCHE LIEDER. Aus mündlicher und schriftlicher Mittheilung deutscher Texaner. MIT SINGWEISEN. SAN FELIPE DE AUSTIN bei Adolf Fuchs & Co.

Die Auflage war sehr klein und so ist denn bald das Büchlein eine große Seltenheit geworden, ich besitze selbst nur noch zwei Exemplare.

11. Mai. Mittagsessen bei Rainville, das erst um 5 Uhr beginnt. Herr Dr. Fischer, Redacteur der Hamb. Neuen Zeitung, hat außer mir noch die Herren Chaufepié und W.

Grisson eingeladen. Wir unterhalten uns viel über America.
Grisson ist ein genauer Kenner der dortigen Zustände, er war
über fünf Jahre dort und hat bald nachher ein lesenswerthes
Werk darüber herausgegeben.*)

Neun Tage später großes Spargelessen im Schiffspavillon,
wozu auch ich eingeladen bin. Über hundert Herren nehmen
Theil. Wir sitzen an einer langen Tafel im saalartigen Haupt-
zimmer eines alten Schiffwracks, das zum Wohnhause eingerichtet ist und sogar Küche und Keller hat. Auf einer Bühne
an dem einen Ende der Tafel sitzen die Musicanten. Spargel
auf allerlei Art bereitet werden aufgetragen, als selbständige
Gerichte oder in Verbindung mit anderen Speisen, ein eigen-
thümliches Gastmal. Es geht ganz lustig zu, es fehlt auch
nicht an Trinksprüchen. Als ein Mitglied der Gesellschaft ein
Hoch auf mich, 'den Professor der Freiheit', ausgebracht hat,
danke ich mit einem Hoch auf Hamburg:

> Hamburg, Deutschlands einzige Weltstadt,
> Hamburg, das so viel Credit und Geld hat,
> Hamburg, das den Weg in alle Länder findet
> Und durch seinen Handel die Welt verbindet,
> Durch Naturschönheit und Herrlichkeit
> Seine Schwestern überstrahlet weit und breit,
> Hamburg hat noch einen schön'ren, höheren Ruhm:
> Das freie deutsche Bürgerthum!
> Mög' es jedem Bürger gelangen zum Bewußtsein,
> Mög' es jedem Bürger eine wahre Lust sein,
> Daß er gehört zu Hamburgs Bürgerschaft,
> Daß mit Freisinn, Männer-Muth und Kraft
> Auch er für das Ganze wirkt und lebt,
> Nach Gemeinwohl und Bürgerglück ringt und strebt.

*) Beiträge zur Charakteristik der Vereinigten Staaten von Nord-
America. Hamb. 1844.

Hoch lebe Hamburgs schön'rer, höherer Ruhm:
Sein freies deutsches Bürgerthum!

———

Mein Volksliederbuch war so weit gediehen, daß ich des=
halb mit einem Verleger in Unterhandlung treten konnte. Man
hatte mir Herrn C. M. Eb, den Verleger und Drucker der
Eisenbahn-Zeitung empfohlen. Er war geneigt den Verlag zu
übernehmen. Einige Tage später hatte er jedoch sich anders
besonnen, er schickte eine Druckprobe und Berechnung der Druck=
kosten und meinte, daß, wenn er nur als Drucker 'figuriere',
dies für mich viel vortheilhafter wäre ꝛc. Kurzum, es war
nichts. Das einzige Angenehme dabei, daß ich mit Schloenbach
Bergedorf und Schuselka kennen lernte und mit diesem später
noch öfter zusammen war.

Noch ehe ich nach Cuxhaven ging, überraschte mich Dr.
Fischer mit einem Blatte der Mannheimer Abendzeitung, worin
Itzstein anzeigt, daß ihm mehrere Bürger von Lahr funfzig
Gulden für mich hätten zukommen lassen mit den Worten:

Je vis pour chanter. Otez-moi cela,
Et je chanterai pour vivre.
                    Béranger.

Frankreich mit freier Presse,
Britannia zumal,
Sie fragen ihre Dichter
Nicht ob sie auch loyal.
Dort ist es eine Wahrheit
Was Schiller sagt so schön:
Der König und der Dichter
Steh'n auf der Menschheit Höh'n.
Doch sprich, du deutscher Barde,
Du heimatloser Mann,
Sprich, ob sich dessen rühmen
Dein Vaterland auch kann!

Zu leben um zu dichten,
Das steht noch etwa frei,
Doch dichten um zu leben,
Damit ist es vorbei.

22. Mai. Um meine Hadelnschen Freunde zu sehen, fahre ich nach Curhaven, denn zu ihnen durfte ich ja nicht gehen. Gleich nach meiner Ankunft benachrichtige ich sie durch den Telegraphen. Ich wohne wieder im Hôtel Belvedere bei Dölle.

Den anderen Tag ist recht schönes Wetter. Aus meinem Fenster sehe ich auf die ruhige See, drin sich der blaue Himmel spiegelt. Ich bin sehr wehmüthig gestimmt.

Am Nachmittag kommen die Freunde mit ihren Frauen und Töchtern. Wir trinken Kaffee am langen Tische auf dem Balcon. Nachher spazieren wir am Hafen. Eine Austernjolle läuft ein. August Hintze macht sich um uns verdient, er kauft einen Theil der Ladung. Wir halten einen Austernschmaus vor dem Hôtel Belvedere. — Abends um 9 großes Abendessen. Schmoldt heißt mich willkommen. Die ganze Gesellschaft erhebt sich und bringt mir ein dreimaliges Hoch. Es ist mir eigen um's Herz, nur unter Thränen kann ich meinen Dank aussprechen:

'Das Land konnte man mir nehmen, aber nicht die Herzen, und das ist ein freudiger Trost! Ich lasse die Freundinnen im Lande Hadeln hochleben! Mögen sie in unserer Gesinnung fortan leben und wirken!'

Ich bleibe nun noch einige Tage hier. Obschon auf mich beschränkt, gewährt mir die See Unterhaltung genug, denn der Jahrmarkt in Ritzebüttel bietet nichts Erquickliches dar.

Den 27. Mai holen mich meine Freunde ab: Christian und Johann Schmoldt und Behrens. Von Hamburg aus

gehen wir nach Meklenburg, und ich führe sie zu meinen dor=
tigen Freunden.

In Holdorf und Buchholz verleben wir recht froh die
Pfingsttage. Dann begleite ich sie zur Thierschau und zum
Wettrennen nach Güstrow, ich bleibe in Hohenfelde. Den
5. Juni gehen wir nach Holdorf zurück. Sehr befriedigt von
dem was sie kennen lernten und erfreut über die freundliche
Aufnahme kehrten sie den 7. heim.

Ich ordne meine Sachen, schreibe die Vorrede zu meinem
Kataloge und trete eine neue Reise an.

13. Juni in Ludwigslust. Im Großherzog wo ich wohne,
finden sich die Freisinnigen ein.

Der Gesangverein der Handwerker bringt mir ein Ständchen und die Trompeter der großherzoglichen Dragoner müssen
mir zu Ehren blasen. Es geht sehr munter her, und der Gast=
wirth Cabell scheint noch zufriedener zu sein als wir.

Den folgenden Tag nach Grabow. Weil aber Christian
Rose nicht zu Hause ist, so kommen wir bald nach Ludwigslust
zurück. Am Abend im Schloßgarten Harmonie d. h. musicalische
Unterhaltung.

Den Morgen um 3 Uhr fahre ich mit Dr. Schwartze nach
Wittenberge. Wir erreichen das Dampfschiff in dem Augenblicke
als es eben abfahren will.

Den 16. Juni von Magdeburg mit der Post nach Neu-
Haldensleben und dann zu Fuß nach Alt-Haldensleben zu
Philipp Nathusius.

Ich fühlte mich sofort wieder heimisch, es schien mir mein
jetziger Aufenthalt nur eine unmittelbare Fortsetzung des frü=
heren, im Frühling 1843: dieselbe Häuslichkeit, dieselben Men=
schen, dieselben Beschäftigungen, Neigungen und Liebhabereien.

Und wenn die ganze Familie, besonders Philipp damals auch schon in politischen und religiösen Dingen eine Schwenkung gemacht haben mochte, so war letztere doch für mich nicht vorhanden, weil ich eben nicht daran glauben konnte und wollte. Als Philipp glaubte, ich wundere mich, daß Geibel nächstens auch hieher kommen würde, und er erklärte: 'Hier ist neutrales Gebiet', dachte ich nicht daran, wie ernstlich das gemeint war. Ich sprach mich nach wie vor sehr unbefangen aus über die verschiedenen Zeitfragen und Richtungen und über Schriftstellerei. Ich suchte ihn zu ermuntern, doch seine Arbeit über Claudius zu vollenden und das Leben seines Vaters zu schreiben, da ihm doch dazu der reichste Stoff noch zu Gebote stände. Auf einem Spaziergange kamen wir wieder auf die schriftstellerische Thätigkeit zu sprechen. Plötzlich, als ob er von neuem seinen Beruf dazu stärker als je fühlte, rief er aus: 'Nun will ich auch jedes Jahr drei Bücher herausgeben.' Ich lachte und machte den schlechten Witz: 'Nun, nun! doch nicht wie der Bürgermeister von Krähwinkel?'

Maria hatte mich gleich nach meiner Ankunft mit zwei neuen Compositionen meiner Lieder bewillkommnet. Ich war sehr erfreut darüber, sie ähnelten in Einfachheit und Lieblichkeit unseren schönen Volksweisen. Ich bat die Componistin dringend, doch so fortzufahren, und damit auch Andere sich daran erfreuen könnten, eine kleine Sammlung drucken zu lassen. Meine Bitte sah ich bald erfüllt. Maria wählte sechs Lieder aus, ließ sie noch von einem benachbarten Musiker durchsehen und übergab mir die Reinschrift.

Da ich noch immer nicht die dritte Sammlung meiner Kinderlieder zum Abschluß gebracht hatte, so war es mir sehr lieb, daß sich Maria dabei noch betheiligen konnte. Sie steuerte vier Compositionen bei*) und vier Begleitungen. Ihre Freude war groß, meine vielleicht noch größer, denn diese Beisteuer entsprach so ganz meinen Wünschen.

Auch dankbar muß ich noch der freundlichen Mitwirkung einer Verwandtin Marias erwähnen, des Fräul. Auguste Oberbeck. Sie schrieb mir einige meiner Melodien auf, lieferte einige Begleitungen zu andern und spielte mir viele Weisen vor, um sie zu prüfen, ob sie meinen Zwecken entsprächen.

Maria hatte 'Bilder aus der Kinderwelt' gedichtet. Wir wünschten, daß sie in weiteren Kreisen bekannt würden. Ich besorgte deshalb eine Abschrift für den Druck und erklärte mich bereit, mich nach einem Verleger umzusehen.

Die Morgenstunden und die Nachmittage, wenn ich nicht gesellig in Anspruch genommen wurde, konnte ich ganz ungestört für mich verwenden. Ich war denn auch ziemlich fleißig, ich las und sammelte für meine politische Blumenlese so wie für das Volksliederbuch und machte eine Abschrift meines Bücherverzeichnisses, das ich in der Haenelschen Hofbuchdruckerei in Magdeburg drucken ließ. Ich hatte viele Arbeit damit, die Correctur war eine sehr lästige und mitunter sehr ärgerliche. Einmal war ein Stück Manuscript nicht mitgeschickt und ich mußte deshalb nach Magdeburg hinüber, um seiner habhaft zu werden, es wurde denn auch schließlich noch in der Druckerei wieder aufgefunden.

Unser Stillleben wurde selten unterbrochen. In den ersten Tagen des Julis besuchte mich meine Schwester Minna mit ihren Kindern. — Mit Elster machte ich einen Ausflug nach

---

*) Vierzig Kinderlieder Nr. 12. 17. 18. u. 30.

Göringsdorf und Meiendorf zu August Nathusius, Philipps Bruder. Wir besahen seine Parkanlagen, Bibliothek, Hunde und Bildnißsammlung. Für letztere überließ ich ihm meine Sammlung deutscher Dichter, worunter einige sehr werthvolle Blätter. — Dreimal war ich in Magdeburg und besuchte die Nathusiusschen Verwandten.

Zum Dichten fühlte ich mich selten gestimmt: es entstanden nur drei Kinderlieder. Es war aber auch kein Bedürfniß, es dichtete für mich genug der ganze Park mit seinen mancherlei herrlichen Bäumen und Sträuchen, seinen lieblichen Blumen, Schmetterlingen und Vogelgesang.

Große Freude hatte ich an den herrlichen Blumen, die unter der Pflege des Gärtners Alvensleben eine wahre Zierde des Parks waren. Nicht weit vom Eingange war ein Beet mit Levkojen von solcher Pracht wie ich noch nie gesehen hatte. Der Duft war so lieblich, daß Maria sich des Abends dorthin einen Stuhl bringen ließ und lange dort weilen konnte. Unvergeßlich ist mir auch die prachtvolle duftende Blume des Cactus grandiflorus, der Königin der Nacht, die eigentlich die Sonne der Nacht heißen sollte, denn sie ist wie mit gelben Strahlen umgeben und blüht um Mitternacht auf.

Den 25. Juli verließ ich Althalbensleben und folgte einer Einladung Wilh. Nathusius nach seinem Gute Königsborn.

Wilhelm war ein echter Sportsman: der Kreis seiner Liebhabereien und Geschäfte begann mit Hunden und Pferden, dann folgten Viehzucht, Landbau, Garten- und Parkanlagen, und dann erst kamen Politik, Litteratur und Kunst. Seine Frau nahm an allen diesen Dingen Antheil, aber nicht mehr wie eine deutsche Hausfrau, die ihrem Manne diese Aufmerksamkeit schuldig zu sein glaubt. Sie fand mehr Freude an Litteratur und

Kunst. Sie hatte ein zartes Gemüth, das von Anderen mehr verkannt als erkannt wurde. Sie erfreute sich eben damals des Besuchs von einer Jugendfreundin und schien dadurch noch ganz besonders heiter angeregt zu sein, obschon sie jetzt mit derselben gewiß nicht immer übereinstimmte, denn Elvira — so hieß die Freundin — war sehr freisinnig und hatte mit ihren Brüdern in Königsberg und Magdeburg zu dem Kreise gehört, worin Jacoby geliebt und verehrt wurde. Elvira, sehr hübsch und jugendlich frisch, heiteren Gemüthes und voll lebendiger Theilnahme für die höchsten Angelegenheiten des Lebens, war für mich eine liebliche Erscheinung, ich war sehr bewegt und träumte wieder einmal von schöneren Tagen.

Die Morgenstunden saß ich auf meinem Zimmer und arbeitete. Zunächst beschäftigten mich die Diavolini. Ich las manche italienische Reisebeschreibung. Dann sammelte ich auch für die politische Blumenlese. In Leitzkau hoffte ich Ausbeute. Es war dort die Fideicommiß-Bibliothek der Familie von Münchhausen. Ich fuhr mit Wilhelm hinüber. Ich sah die Bibliothek durch und fand Einiges für meinen Zweck, welches mir der Herr Baron zur Benutzung anvertraute.

Mein Katalog war noch immer nicht vollendet. Endlich kam der letzte Viertelbogen zur Correctur, und nach acht Tagen schickte mir Hänel 200 Exemplare. Der Herr Hofbuchdrucker hatte es b i l l i g einrichten wollen, mir den Bogen o h n e Papier zu 7½ $ berechnet und ich mußte 56 $ 26 Sgr. zahlen.

BIBLIOTHECA HOFFMANNI FALLERSLEBENSIS. LEIPZIG 1846. Im Selbstverlage des Verfassers. (93 SS. mit 1101 Nummern.)

Um alle Aufragen und Mindergebote von vorn herein zu beseitigen, hatte ich jetzt eine bestimmte Summe für meine Bibliothek angesetzt und im Vorworte mich also ausgesprochen:

'Da sich keine Aussichten dargeboten haben, im Vaterlande meine Bibliothek nach Wunsch zu verkaufen, so fühle ich mich jetzt gezwungen, das was ich mit Liebe und Eifer für deutsche Sprache und Litteraturgeschichte seit mehr denn dreißig Jahren gesammelt habe, der ganzen Welt zum Kauf anzubieten. Mein Angebot für die ganze hier verzeichnete Bibliothek ist 2000 Thaler preuß. Courant, es kann also auf Gebote darunter und dergleichen keine Rücksicht genommen werden.'

Elvira war bereits den 30. Juli abgereist, kam aber den andern Tag von Herrn Crelinger begleitet zurück, jedoch nur auf einige Stunden. Ich entschloß mich sie zu begleiten und blieb zwei Tage als Gast ihres Bruders in Magdeburg.

Den folgenden Tag nahm ich mit ihr Theil an einer Wasserfahrt nach dem Herrenkruge in großer Gesellschaft von lauter Lichtfreunden, dabei auch Uhlich, den ich schon früher kennen gelernt hatte. Wir waren ziemlich vergnügt, nur wurden wir sehr geplagt von den unzähligen Schnaken (Gnatten), die uns fortwährend umschwärmten, als ob wir lauter Lichter wären.

So nahm ich denn Abschied von Elvira. Ich unterhielt noch eine Zeit lang einen Briefwechsel mit ihr, und als sie endlich kein Brief mehr erreichen konnte, da blieb mir noch ihr Bild und lebte in der frohen Erinnerung fort.

Ich erlebte dann noch ein großes Familienessen in Königsborn. Die letzten Tage war ich krank, und als ich mich kaum wieder erholt hatte, nahm ich Abschied von dem freundlichen gastfreien Königsborn und von aller der lieben Theilnahme, die noch den Scheidenden begleitete: Frau Maria hatte noch heimlich ein halb Dutzend gestrickter Strümpfe zu den meinigen gelegt, eine sehr willkommene Gabe für jeden Wanderer, zumal für einen der keine gewirkten tragen kann.

12—15. August in Leipzig.

Engelmann übernimmt den Verkauf meines Katalogs und den Verlag meiner Kinderlieder. — Mendelssohn nicht zu Hause. Die Köchin, die mich noch von Soden her kennt, erzählt mir, daß ihr Herr morgen nach England reist.

13. Aug. Mendelssohn ist krank. Frau M. empfängt mich sehr freundlich. Ich übergebe ihr Marias Lieder für ihren Mann zu gefälliger Durchsicht. Gegen Abend wiederhole ich meinen Besuch. M. liegt im Bette, die Reise ist aufgegeben. — Mit Zarncke zu Capellmeister Lortzing. Auf mein Anliegen, meine Kinderlieder durchzusehen, geht er bereitwillig ein. Morgen soll ich Näheres erfahren.

14. Aug. Die Polizei verlangt meinen Paß und visiert ihn mir nach Braunschweig. — Lortzing hat die Durchsicht meiner Lieder vollendet und drei Compositionen umgeschrieben, Nr. 7. 16. 33. Ich bin sehr erfreut über diese große Gefälligkeit und danke ihm herzlich. Da er nächstens als Capellmeister des Theaters an der Wien nach Wien geht, so unterhalten wir uns viel über österreichische Zustände. Mendelssohn treffe ich kurz vor seiner Abreise. Er hat Marias Compositionen durchgesehen und schimpft auf seinen Neuhaldensleber 'Collegen', der noch weniger von der Sache verstände als Maria. Seine Änderungen betreffen nur so zu sagen grammatische Schnitzer. Er freut sich sehr, daß wir uns im Winter auf länger sehen.

15. Aug. Bussenius nimmt die 'Bilder aus der Kinder=
welt' von Maria Nathusius in Verlag.*) — Whistling's
Compagnon spielt sich Marias Compositionen durch und bringt
sie mir wieder; er meint, es sei zu wenig ꝛc. Dann gehe ich
damit zu Hofmeister. Der sieht sie sich an und wickelt sie wie=
der ein: 'Ein Verleger kann nicht gegen den Strom schwimmen.
Gehen Sie zu Breitkopf's! Wenn die hören, daß die Lieder
Mendelsohn gefallen haben, nehmen sie sie gleich — die bücken
sich tief vor Allem was Mendelsohn ist und heißt, und sind
Leute die mit vielem Gelde arbeiten.' — Ich gehe nun auch
zu Härtel. Sehr freundlich, aber — es ist auch weiter nichts.

16. Aug. Nach Magdeburg. Bei Schönebeck treffe ich
mit Phil. Nathusius zusammen. Ich erzähle ihm die Ergebnisse
meiner Bemühungen für Marias Werke. Um 1 gehen wir zur
Trauung seines Vetters Moritz Nathusius. Nachher großer
Hochzeitschmaus, gegen 60 Gäste.

17. Aug. Im blauen Engel zu Braunschweig. Abends
mit Dr. Birckenstädt in der Zauberflöte.

18. Aug. Den ganzen Tag mit meinen Verwandten zu=
sammen, darunter auch Ida (meine nachherige Frau), 'die mich
noch nie gesehen hat.'

19. Aug. Wir besuchen das herzogliche Museum. Das
Meiste kenne ich noch von meiner Schülerzeit her. Mittags
mit der Familie in einem Garten vor dem Augustthore gespeist.
Ich erfahre, daß man mir ein Ständchen bringen will. Es
läßt sich nicht abwenden. Um 10 ist die Straße vor dem
blauen Engel voll Menschen. Die Sänger des Bürgervereins

---

*) Später: Leipzig, Arnoldische Buchhandl. 1848. 8⁰. (54 SS. und
6 Steintaf.)

singen drei meiner Lieder, darunter 'Zwischen Frankreich und dem Böhmerwald' nach der Composition des sel. Behrens. Ich danke mit einem Hoch auf die bessere Zukunft Deutschlands. Nachher bleiben die Theilnehmer mit mir im Saale des blauen Engels. Gesänge wechseln mit ernsten und heiteren Reden bis spät hinein in die Nacht. Ein Schreiben aus Braun=schweig im Hamb. Correspondenten über diesen Abend schließt also:

'Besonders anerkennend muß hervorgehoben werden, daß auch nicht ein Polizeidiener beauftragt war, die Aufmerksamkeit, welche man dem Dichter darbrachte, mit Argusaugen zu be=obachten, so daß die Versammlung sich frei und heiter bewegen konnte.'

Das hatte doch gewiß nicht die Leipziger Polizei beabsichtigt, als sie mir meinen Paß abforderte und nach Braunschweig visierte.

20. Aug. Den Tag über Besuche gemacht. Abends im sächsischen Hofe mit Künstlern und Litteraten: Mühlenbrecht, Fesca, Schmezer, Teichs, Köchy, Menadier, Schmelzkopf ꝛc. Es wird viel gesungen und musiciert.

21. Aug. Die Kunstausstellung besucht. Abends mit der Post nach Holzminden.

22. Aug. Mittags dort. Ich wohne beim Conrector Dauber. Seit 26 Jahren haben wir uns nicht gesehen. Große Freude bei ihm und seinem Schwager Steinacker, der auch noch unser Göttinger Studiengenosse war. Erst mit ihnen und ihren Familien und den alten Steinacker's im Garten an der Weser, später einen Augenblick im Club. Im Fremdenbuche lese ich meinen Namen von meiner Hand mit dem Datum: 22. April 1820.

Spät Abends bringt mir die Liedertafel ein Ständchen. Die Sänger mit farbigen Stocklaternen stellen sich im Halbkreise auf und singen drei meiner Lieder. Nach dem ersten (Deutschland, Deutschland über Alles!) bringt mir Steinacker, der Vorsteher, ein Hoch aus. Ich danke mit den Worten: 'Gott gebe, daß das deutsche Lied bald eine Wahrheit werde und deutsche Gesinnung zur That!'

Es waren acht frohe Tage, die ich hier verlebte mit Dauber und Steinacker und ihren Familien und Freunden. Eines Abends improvisierte Beermann im Club und da ich gerade zugegen war, so gedachte er auch meiner in seinen harmlosen Reimen.

Dem Bildhauer Strümpell mußte ich zu einer größeren Büste sitzen, wonach er später eine kleine modellierte.

Die Kölner Zeitung hatte vor einigen Wochen einen Schmähartikel aus der Europa gegen mich benutzt, um mich auf's Neue zu schmähen und mir vorgeworfen, daß ich 'dem lieben deutschen Vetter Michel zum Dank für seine großmüthigen Unterstützungen wieder allerhand Schmeicheleien gesagt' hätte (in den Texanischen Liedern). Dieselbe Köln. Zeitung brachte jetzt einen Artikel aus Holzminden, den sie nach jenem früheren eigentlich nicht hätte aufnehmen dürfen.*) Darin heißt es unter anderm:

'Hoffmann ist älter geworden, aber sein Herz, sein Gemüth ist jung und frisch; seine „Kinderlieder", von denen jetzt zwei Hefte mit Melodieen und Begleitung erschienen sind, das dritte aber nächstens zu erwarten ist, sind das Lieblichste, Innigste und

*) Köln. Zeit. Nr. 254. 1846.

wahrhaft Kindlichste, was Dichtung und Tonkunst in diesem
Fache je geliefert haben, gleichwie die reifere Gegenwart ihn als
glühenden Freiheitsfreund je nach dem genommenen Standpunkte
liebt oder fürchtet.'

————————

Reise durch Westfalen, 2. Sept. bis 10. Oct.

Aus dem lieblichen Weserthale bei Corvey und Höxter
komme ich bald in die bewaldeten Anhöhen des Teutoburger
Waldes. Die Straße geht meist auf den Höhenzügen. Überall
freundliche Dörfer, Gehölz, Wiesen und Kornfelder.

In Detmold besuche ich den Pastor Heinrichs, meinen
früheren Göttinger Studiengenossen. Ich muß bei ihm wohnen.
Wir besuchen den Falkenkrug und die Ressource, ich lerne
den Capellmeister Kiel und den Componisten H. Goedecke
kennen.

Den nächsten Tag Ausflug nach den Externsteinen und Bad
Meinberg.

5. Sept. in Nieder-Barkhausen, dem Gute meines italieni=
schen Reisegefährten Tenge. Mit seinem Sohne Fritz mache
ich viele Ausflüge: nach der Holte, Rietberg, dem Hermanns=
denkmale rc. und spaziere sehr oft hinüber nach dem nahen
Örlinghausen, wo ich mehrmals zusammenkomme mit dem treff=
lichen Pastor Volkhausen.

Einen Tag in Bielefeld. Abends mit Rempel auf dem
Johannisberge in großer lebhafter Gesellschaft.

19. Sept. Nachdem ich vom Sparnberg aus die schöne
Aussicht bewundert habe, fahre ich mit Fritz nach Gütersloh
und bin Gast des Apothekers Groneweg. Abends sehr vergnügt
in der Ressource.

Darauf zwei Tage in Rheda: Justiz-Rath Groneweg, Apotheker Steiff, Dr. Lüning. Die communistischen Ideen, wie sie aus Frankreich herüber gekommen sind, haben unter diesen freisinnigen Leuten vielen Anhang gefunden. So lange man sich damit beschäftigt, diese Ideen kennen zu lernen als eine Zeiterscheinung, habe ich nichts dawider; will man sie aber in ihrer Consequenz ins Leben einführen, so halte ich das nicht allein für lächerlich, sondern auch für höchst gefährlich.

Trotzdem, daß ich kein Hehl machte aus dieser meiner Ansicht, so erschien es mir doch zu komisch, wenn die Behörden, oder nun gar die Officiere gegen den Communismus zu Felde zogen, als ob dadurch bereits Staat und Kirche ernstlich bedroht wären.

Ein hoher Officier zu Münster hatte dieser Tage erst eine Ansprache an die Freiwilligen und die unter seinen Befehlen stehenden Officiere gehalten, worin denn auch folgende Worte:*)

'Wissen Sie, was es heißt, Socialist und Communist sein? Ich will es Ihnen sagen. Es heißt, den erhabenen Intentionen Sr. Majestät des Königs den Rücken zuwenden. Der Communismus will Alles gleich machen; er will dem ruhigen Bürger sein wohlerworbenes Eigenthum nehmen, und es vertheilen. Alle Mittel sind ihm gleich: Sengen, Brennen, Rauben, Morden. Eine solche Pestbeule ist der Communismus. Er wird gepredigt von nicht klugen, aber geistvollen Leuten, und ist deshalb gefährlich ec.'

Ein Hauptmann fügte dieser Rede seines Vorgesetzten noch

---

*) Trier'sche Zeitung 1846. Nr. 259.

einen Zusatz an die Freiwilligen seiner Compagnie hinzu, worin denn auch folgender Satz:

'Solche Ideen entspringen auch nur dummen Rotzlöffeln, einfältigen Blagen (Kindern), denen fünfzig aufgezählt werden müßten.'

Diese beiden Reden waren in ihrer Urgestalt schon sehr ergötzlich, um sie aber noch ergötzlicher zu machen, brachte ich sie in Verse, und wir sangen sie dann nach zwei sehr hübschen Volksweisen.

21. Sept. mit der Post nach Herdike und von da zu Fuß über Wetter nach Hove. In diesem stillen, in Bäumen und Büschen versteckten Landsitze verlebte ich drei Wochen bei meinem Freunde, dem Hauptmann Voerster. Ich fand wonach ich mich lange gesehnt hatte, ein angenehmes, ruhiges Landleben. Ich las und dichtete, beschäftigte mich im Garten, spazierte im Walde, auf den Bergen, im Thale, überall begegneten mir liebe Jugenderinnerungen, ich fühlte mich recht heimisch in dem freundlichen Ruhrthale. Besuche gab es wenige, auch wir machten nur wenig Ausflüge in die Umgegend. Unsere Abendunterhaltungen boten uns reichlich Ersatz für den Mangel an Gesellschaft. Es fehlte nie an Stoff. Voerster erzählte aus seinem Kriegsleben und von seinen späteren Erlebnissen. Ruhig und besonnen, reich an Erfahrungen hatte er ein richtiges Verständniß der Vergangenheit in ihren Richtungen und Bestrebungen, wußte sich aber in der Neuzeit nicht zurecht zu finden. Als mich einige Stunden vor meiner Abreise der Lieutenant Anneke und Referendar Hammacher von Münster besuchten und bei uns zu Tische blieben, kamen allerlei neue Ansichten und Meinungen zur Sprache. Voerster war, wie ich bald merkte, gar nicht sehr erbaut davon.

Den 11. October nach Schloß Roland bei Düsseldorf. Voerster begleitete mich bis Elberfeld, wo wir auf dem Bahnhof Abschied nahmen. Um 6 Uhr Abends in Düsseldorf. Fahne wartete schon auf mich. Wir fuhren in die Stadt und nach dem Nachtessen noch hinaus nach Schloß Roland.

Ich war ein lange schon erwarteter Gast und wurde sehr herzlich empfangen.

Das Gebäude ist ganz im Stile der ländlichen Wohnsitze des alten französischen Adels und hat große Räume, die für die winterliche Jahreszeit sich nicht gut zum Wohnen eignen, aber für andere Zwecke gut verwendbar sind. Fahne konnte seine Bibliothek, seine Kunstsachen und Alterthümer zu bequemer Benutzung aufstellen.*) Der Park ist einfach und von mäßigem Umfange, aber zum Ausruhen und Spazierengehen genügend, in der Mitte ein großer Rasenplatz, an den Seiten Bäume und Buschwerk. In der Nachbarschaft auf der Anhöhe Gehölz, Baumgänge, Felder und Wiesen.

Ich bewohnte ein großes Zimmer, worin es mir aber erst recht heimlich wurde, als ein Ofen darein gesetzt und drin eingeheizt werden konnte.

Die ländliche Stille, die freundliche Umgebung, die Nähe litterarischer Hülfsmittel, die schöne Gelegenheit zu anregender und belehrender Unterhaltung, die liebreiche Gastfreundschaft — Alles war einladend, dichterisch und wissenschaftlich sich zu beschäftigen. Und das that ich denn auch mit Lust und Liebe.

---

*) Alles später von Fahne selbst beschrieben: Schloss Roland, seine Bilder-Gallerie und Kunstschätze. Cöln, Heberle 1853. gr. 4⁰. mit Abbildungen.

Zunächst nahm ich wieder die Diavolini in Angriff. Ich las vieles über Italien und sammelte mir Belegstellen aus wohlmeinenden Schriftstellern.

Eines Tages besuchten uns drei Maler: Ernst Fröhlich, Wilh. Krafft und Eckhardt. Wir kamen auf die Engländer zu sprechen, die einem den Rhein so verleiden können. Jeder erzählte eine oder mehrere schnurrige Geschichten. Halt! dachte ich, wie wäre es, wenn man eine Reihe Bilder zusammen brächte, wovon jedes einen Engländer in irgend einer Beziehung zu einer bestimmten Handlung an einem bestimmten Orte darstellte? Ich theilte schnell meine Idee den Malern mit und sie erklärten sich bereit, sich bei der Ausführung zu betheiligen.

Nach einigen Tagen, als sich wieder die Maler einfanden — diesmal Fröhlich, Krafft, Sonderland, Arnz — las ich ihnen schon 19 Bildertexte vor. Wir besprachen die Ausführung der Bilder. Die einzelnen Texte wollten die Künstler unter sich vertheilen. Den 21. Oct. waren 36 Texte fertig. Ich schrieb sie ins Reine und taufte das Büchlein:

Die Engländer am Rhein. Von H. v. F. Mit 36 Bildern von Düsseldorfer Künstlern.

Fahne drang jetzt darauf, ich müsse nun auch noch eine Vorrede schreiben. Das geschah denn auch meinerseits und es handelte sich jetzt nur noch um einen Verleger.

So bereitwillig bald dieser, bald jener Kunsthändler sich zeigte, so kam es doch nie zu einem Abschlusse. Und so ist denn die Sache bis heute geblieben, das Manuscript bewahrt Fahne auf, wahrscheinlich unter seinen Alterthümern.

Es hätte sich wol etwas daraus machen lassen. Fröhlich hatte z. B. ein Bild geliefert: 'Sir Jug vor dem Lurleifelsen,' das ganz gelungen war.

Sehr angenehm war mir das mehrmalige Zusammensein mit Karl Lessing. Ich hatte von seiner Leonore an ihn nie mehr aus den Augen verloren und jede seiner neuen Schöpfungen mit Freuden begrüßt, mich innig daran erquickt, und ihn früh schon als Menschen lieb gewonnen und verehrt. Ich besuchte ihn, er war sehr erfreut und gegen seine sonstige Art sehr gesprächig. Wir unterhielten uns über seine Familie, die ich von Schlesien und Berlin her kannte, über seinen Ruf nach Frankfurt, seinen Orden pour le mérite, den ich auch zu sehen bekam, über die Stellung der Künstler, die verschiedenen Richtungen in der Kunst u. dgl.

Einige Tage darauf kam er mit Schrödter zu uns. Es wurde eine große Bowle aufgetragen und unter heiteren Gesprächen geleert. Es hatten sich noch Fröhlich und Arnz eingefunden. Unsere beiden Hauptgäste tranken aus silbernen Bechern.

Später nochmals bei Lessing. Ich traf dort Schrödter, Karl Hübner und Wolfgang Müller. Belebte Unterhaltung. Lessing hatte sich eine Sammlung von Bildnissen seiner Freunde, von ihm selbst gezeichnet, angelegt; es waren wol an die 40, Maler, Dichter und Verwandte. Er wollte mich auch dieser Freundschafts-Gallerie einverleiben, er fragte mich, ob ich gut säße und wann ich kommen könnte? Leider konnte ich nicht auf dies freundliche Anerbieten eingehen, meine Abreise war schon für den folgenden Tag beschlossen.

Der Verkehr mit den Düsseldorfer Künstlern hatte mich vielfach angeregt. Fahne meinte, sie würden sich gerne betheiligen, wenn ich etwas Größeres ihnen darbieten könnte. Da gerieth ich denn auf einen herrlichen Stoff für dichterische und bildliche Darstellung: das deutsche Volksleben. Zu meinen früheren Liedern, die hieher paßten, wollte ich neue dichten, und wenn ich einige Maler dafür gewonnen hätte, sollte später einmal dies Werk erscheinen unter dem Titel:

'Des deutschen Volkes Freud' und Leid in Liedern und Bildern.'

Lessing's Berufung nach Frankfurt hatte überall viel Aufsehen gemacht, noch mehr aber seine Ablehnung. Daß Lessing fortan wieder in Düsseldorf blieb, war für seine Freunde und Verehrer und ganz Düsseldorf ein freudiges Ereigniß. Den letzten October sollte deshalb ihm zu Ehren ein großes Festmal gegeben werden.

Auch meinerseits wollte ich etwas dafür thun und sendete ein Lessing-Lied ein, das freundlich auf- und angenommen, gedruckt, vertheilt und gesungen wurde. Die Freunde Lessing's hatten jedoch aus zarter Rücksicht auf Schadow die zweite Strophe unterdrückt. Ich gebe es hier, wie es auch die Kölner Zeitung nach meiner Mittheilung am 2. November enthielt:

Ein Lessing-Lied.

Mel. Noch ist Polen nicht verloren ꝛc.

Unserm Lessing Hoch! dem Maler,
Ihm, dem freien Mann,
Der nur frei der Kunst will leben,
Frei nur leben kann!

Chor: Vaterland, freue dich!
Deutsche Kunst wird fortbestehen —
Lessing, unser Stern,
Leuchtet nah' und fern.

Muthig wie ein junger Leue
Ging er seinen Gang,

Brach den Fluch der überliefrung
Und der Schule Zwang.

    Chor: Vaterland, freue dich! ec.

Nicht das Fremde konnt' ihn fesseln,
Deutsch nur wollt' er sein,
Schuf aus seines Volkes Leben
Seine Schilderei'n.

    Chor: Vaterland, freue dich)! ec.

Was er sann in stillen Stunden,
Was er rein empfand,
Steht vor uns wie hingezaubert
Jetzt von seiner Hand.

    Chor: Vaterland, freue dich! ec.

Unbekümmert um die Menge,
Um ihr Lob zumal,
Galt's ihm nur, wenn er genügte
Seinem Ideal.

    Chor: Vaterland, freue dich! ec.

Unserm Lessing Hoch! dem Maler,
Ihm, dem freien Mann,
Der nur frei der Kunst will leben,
Frei nur leben kann!

    Chor: Vaterland, freue dich!
        Deutsche Kunst wird fortbestehen —
        Lessing, unser Stern,
        Leuchtet nah' und fern.

Obschon ich mich ganz ruhig verhalten und der Polizei nicht den mindesten Anlaß gegeben hatte, mir ihre Aufmerksamkeit zu schenken, so sorgte doch der 'Rheinische Beobachter' nachträglich dafür, auf mich aufmerksam zu machen. Am 29. October beginnt er seinen Lügenartikel also: 'Hoffmann von Fallersleben weilt fortwährend bei einem in der Nähe wohnenden Guts= besitzer, von wo aus er bei den Freunden desselben die Runde macht, und ihm zu Ehren fast täglich Feste statt finden, zu denen aus der Stadt Gesinnungsgenossen geladen werden.'

Fahne war empört darüber und erließ in der Kölner Zei= tung Nr. 311 einen langen Rechenschaftsbericht über mein Thun und Treiben. Er fühlte selbst, daß diese Epistel zu lang ge= rathen: 'Ich bin weitläufig geworden, aber es war nothwendig, um der Zeitungsmittheilung ihren vergifteten Stachel zu nehmen. Verläumden kann man mit zwei Worten, aber Verläumbungen widerlegen, kostet oft große Mühe.'

Seit Jahr und Tag waren viel ärgere Artikel gegen mich losgelassen. Ich fühlte mich nie veranlaßt, dawider aufzutreten. Gegen alle Schmäh= und Schandartikel der armseligen Lohn= schreiber, litterarischen Lumpe und Wegelagerer in ihrem sicheren Versteck — niemand wagte es sich zu nennen! — hatte ich nur den schönen Wahlspruch Georg von Frundsberg's bei der Hand: 'Viel Feind, viel Ehr!' Eins nur betrübte mich! Die völlige Verdorbenheit der Tagespresse. Blätter, welche für freisinnig gelten wollten, (z. B. die Trier'sche Zeitung!) und heute mei= nes Lobes und Ruhmes überströmten, schütteten morgen das Füllhorn ihrer Gemeinheiten und Niederträchtigkeiten über mich aus.

31. Oct. in Köln, 1. Nov. in Bonn. Dort besuchte ich Levin Schücking, Roderich Benedix und Buchhändler Eisen, hier Welcker und Simrock. Abends einige Stunden zusammen mit Kinkel und Simrock im Trierschen Hof. Wir unterhielten uns viel über Deutschland.

2. Nov. bis 27. Dec. in Geisenheim.

Ich war wieder ein Gast Karl Dresel's und lebte wieder sehr angenehme Tage in geselliger und litterarischer Beziehung und fühlte mich wieder recht heimisch in dem schönen Rheingau.

Gleich nach meiner Ankunft kam die Auswanderung nach Texas zur Sprache. Gustav Dresel hatte die Absicht, im künftigen Frühjahr abermals dahin zu gehen. Er stand in Unterhandlung mit dem fürstlichen 'Verein zum Schutz vaterländischer Auswanderer in Mainz.' Es lag diesem daran, bessere Erfolge zu erzielen und Männer zu gewinnen, die dazu beitrügen, das Unternehmen in der Gunst des Volkes zu heben.

Darum hatte denn Graf Castell, der Vicepräsident des Vereins, dem Dr. Grosse allerlei auf den Verein bezügliche Arbeiten übertragen. Grosse fand sich bald in seiner neuen Eigenschaft bei uns ein. Er sprach sich aus über den Mainzer Verein, die Auswanderungsfrage, die deutsche Presse und seine persönlichen Verhältnisse, und wie er dazu beitragen würde, im Volke bessere Ansichten über den Verein und dessen Zwecke zu verbreiten.

Der Verein, der nur aus lauter Fürsten und Grafen bestand, erwarb sich kein Vertrauen im Volke, und die neuesten Nachrichten aus Neubraunfels, der Schöpfung des Vereins, waren gar nicht der Art, das Vertrauen zu heben. Die Ansiedler beklagten sich, daß sie im Lande der Freiheit und Selbstregierung als Unterthanen behandelt würden und daß man die Ansiedelung nicht sich selbst überlassen wollte, sondern sie in ihrer Entwickelung stets bevormunde u. dgl.

Um eine günstigere Stimmung für den Verein herbeizuführen, ward die gute Presse in Thätigkeit gesetzt, und sonst noch manches Mittel aufgeboten. Dahin rechne ich denn auch, daß der Verein auch mich zu gewinnen suchte. Schon früher hatte er mir durch Gustav Dresel ein Blockhaus und hinreichendes Land anbieten lassen. Daß ich zur Annahme bereit sein würde, glaubte man vorauszusetzen. Stand doch schon vor Jahr und Tag in der Bremer Zeitung: 'Es rüstet sich wieder eine Anzahl Deutscher, nach Texas auszuwandern. Man will einer dortigen deutschen Niederlassung den Namen Fallersleben geben; der, dem dieser Name gilt, wird bald nachfolgen.'

Eines Tages überbrachte mir Dr. Grosse die vom Grafen v. Castell eigenhändig abgefaßte und unterzeichnete Schenkungsurkunde über 300 Acres vom 6. Nov. 1846.

Gustav arbeitete fleißig an seinem texanischen Tagebuche, und las uns das Vollendete nach und nach in den Abendstunden vor. Als er sehr weit damit gediehen war, gab er mir das Fertige zur Durchsicht. Ich unterzog mich um so lieber dieser Arbeit, als ich den Verfasser zum Aufzeichnen seiner merkwürdigen Erlebnisse veranlaßt hatte.

Für die politische Blumenlese war ich fortwährend sehr thätig. Ich fand Stoff genug in Karl's Bibliothek und in der öffentlichen zu Wiesbaden. Ich war eben mit Kant fertig geworden und wollte meine Auszüge drucken lassen. Herr Könitzer (Jägersche Buchhandlung) hatte den Verlag übernommen. Nach einiger Zeit gab er mir das Manuscript wieder zurück, der Censor habe das Imprimatur verweigert. Ich wendete mich nun an Leske, die Darmstädter Censur war vernünftiger, das Büchlein erschien:

Immanuel Kant über die religiösen und politischen Fragen der Gegenwart. Darmstadt 1847. 8º. (48 SS.)

Übrigens hatte ich meinen Namen weggelassen, sonst würde

vielleicht der Darmstädter Censor gerade daran Anstoß genommen und ebenfalls die Druckerlaubniß verweigert haben.

So sehr es für mich ein Bedürfniß war zu arbeiten, so schien mir doch auch eine Nothwendigkeit, dadurch zugleich Geld zu verdienen. Auf große wissenschaftliche Werke konnte ich mich bei meinem Wanderleben nicht einlassen; auch würde der Aufwand von Zeit und Kräften und das Herbeischaffen von Hülfsmitteln in gar keinem Verhältnisse gewesen sein zu dem etwaigen Geldgewinne. Bei Arbeiten von minderem Umfange und zeitgemäßem Inhalte würde mir, sobald sie nur irgend die Politik berührten, Censur und Polizei immer hindernd in den Weg treten. Letzteres würde noch mehr der Fall sein, wenn ich mich nur mit Publicistik befaßte. Da dachte ich nun einen andern zwar mühsamen, aber sicher zum Ziele führenden Weg einzuschlagen. Ich wollte eine Geschichte der deutschen Litteratur ausarbeiten, die sollte den Sommer 47 vollendet sein. Dann wollte ich in Frankfurt Vorlesungen halten, und im J. 1848 in London und Newyork. Zu letzterem Zwecke wollte ich dann noch recht tüchtig englisch lernen. Ich theilte brieflich diesen Plan Freiligrath mit (29. Nov.), und besprach ihn auch mit meinen Freunden, aber — weiter kam ich nicht damit. Es gehörte dazu auch wieder ein ruhiges, sorgenfreies Leben, und eben dazu ließen mich 'die großmüthigen Unterstützungen des deutschen Volkes', die nur die Kölner Zeitung kannte, nicht gelangen.

Um in meinen achtwöchentlichen Aufenthalt etwas Abwechselung zu bringen, und auch um mich zu entschädigen für die Tage wo ich krank war, unternahm ich einige Ausflüge nach Hallgarten, Bingen, Kreuznach und Wiesbaden. Das Wetter hielt sich lange recht schön. Noch am 11. November fand ich bei Itzstein im Garten blühende Rosen, Nelken, Fuchsien, Reseden und reife Erdbeeren.

In dem nahen Rüdesheim war ich natürlich öfter. Mehrere Abende besuchte ich mit den übrigen das Schauspiel. Es hatte sich nämlich für den Winter dort eine wandernde Schauspielergesellschaft niedergelassen. Die Wahl der Stücke war oft schlecht und das Spiel ebenso schlecht. Wir aber hatten doch immer unsern Spaß, und es gab mitunter sogar einen Kunstgenuß. So wurde z. B. der 'verwunschene Prinz' meisterhaft gegeben. Die armen Leute waren zuletzt so herunter gekommen, daß sie selbst zum Trauerspiel wurden. Wir unterstützten sie auf mancherlei Weise, und es war oft recht ergötzlich, wenn in einem neuen Stücke die Prima Donna in einem neuen Kleide auftrat und meine Nachbarin sagte zu ihrem Manne: 'Sieh mal, mein Kleid macht sich doch ganz gut!' Wie manche Hose und Weste, wie mancher Rock aus unserer Garderobe betrat hier die Bretter, welche die Welt bedeuten!

In einer großen Familie wie die Dresel'sche gab es das ganze Jahr hindurch immer Familienfeste, die nie ungefeiert blieben. Jetzt aber gegen Ende des Jahres gab es ein außerordentliches: das Dresel'sche Ehepaar feierte seine silberne Hochzeit am 23. December.

Am Morgen war Beglückwünschung und Überreichung der Geschenke. Die Kinder hatten sich alle von Wittemann malen lassen. Mittags großes Festessen. Ich brachte ein Hoch aus, das mit den Worten schloß:

> Und am ganzen Rheine schall' es
> und wiederhall' es
> Von Basel bis Wesel:
> Hoch lebe Papa und Mama Dresel.

Dann fang ich ein langes Familienlied nach der Weife:
'Prinz Eugenius, edler Ritter.' Jedes Mitglied der Familie
und jeder anwefende Freund wurde in irgend einer Eigenthüm=
lichkeit und in feiner Beziehung zum Fefte befungen. Mein
guter Wille, eine dem fröhlichen Fefte entfprechende Stimmung
herbeizuführen, wurde belohnt, es entwickelte fich bei Alt und
Jung große Heiterkeit. — Abends Salongefellfchaft. Die un-
teren Räume in vollem Glanze. Die Hoboiften von Wiesbaden
fpielten. Es wurde viel getanzt und des edelen Weines nicht
vergeffen. Zu allgemeiner Zufriedenheit der Gefeierten wie der
Feiernden endete die filberne Hochzeit.

Das Weihnachtsfeft über blieb ich noch in Geifenheim.
Die liebfte Chriftbefcherung war für mich einige Tage nach
dem Fefte die dritte Sammlung meiner Kinderlieder:

> Vierzig Kinderlieder von Hoffmann von Fallersleben. Nach Original=
> und Volksweifen mit Clavierbegleitung. Nebft einem alphabeti=
> fchen Inhaltsverzeichniffe aller drei Sammlungen. Leipzig, 1847.
> Wilh. Engelmann. Qu. 4⁰. 47 SS.

Daß meine Bibliothek zu Kauf ftände, war wol in öffent=
lichen Blättern angezeigt, auch wol näher befprochen worden.
Dann war es wieder ftill; ich bekam keine Anfragen, keine
Angebote. Da erfuhr ich denn in einem Briefe von Philipp
Nathufius vom 12. Oct., daß fich Frau Bettina von Arnim
der Sache annähme.

'Bettina fchreibt mir Anfangs: „Vielleicht wird durch Hum=
boldt's Vermittelung möglich gemacht, daß Hoffmann wieder das
fchäbige Berlin durchftreifen kann, wie die gefcheuete Fledermaus,
von der jeder Philifter fürchtet, fie könne ihm in die Haare
kommen." — Im letzten Briefe (ein Datum haben fie niemals)
fchreibt fie aber: „Pfui du garftige Stadt Berlin, wie viel ver=

läumberische Rachen hast du aufgesperrt, um den Hoffmann zu
verschlingen! Welchen Berg von Lügen hast du über ihm auf-
gehäuft!" — Das ist Alles, woraus aber doch soviel zu erhellen
scheint, daß sie noch wenig Aussicht hat.'

'Ihren Bücher-Catalog hatte sie das erste Mal verloren und
verlangte mehrere Exemplare. Ich habe Engelmann beauftragt,
2 oder 3 hinzuschicken, die sie denn auch erhalten hat. — Wie
sie es stets mehr liebt durch die Luft als auf der Erde zu fahren,
so macht sie gleich einen etwas ungewöhnlichen Vorschlag, nämlich
ein Buch aus Beiträgen von allerlei Litteraten herauszugeben, von
dessen Erlös Ihre Bibliothek angekauft und dann allenfalls an die
Königl. Bibliothek oder anderweitig wieder losgeschlagen werde.
Mir will dies noch nicht recht einleuchten, doch hat sie mich beauftragt, bei Ihnen anzufragen, „ob Sie zugeben, daß die Bibliothek zu unserer Disposition gestellt werde, insofern wir das Buch
zu deren Ankaufe herausgeben?" — Sie hat mich schon um
Antwort gemahnt, ich bitte also, mir gefälligst u m g e h e n d ein
Wort darüber zu sagen.'

Das that ich denn sofort und am 17. November schrieb
mir Philipp schon wieder:

'Bettina antwortet mir so eben auf meinen ihr in Folge
Ihres lieben Briefes von Geisenheim gemachten Bericht, nachdem
sie zuvor etwas gescholten, daß ich sie so lange hätte warten lassen:

„Seitdem hat es allseitig in öffentlichen Blättern über den
Ankauf von H.'s Bibliothek Anregung gegeben, aber nichts ist
erfolgt, ich habe also vor ungefähr 8 Tagen hier von meinem
Landthron (Wiegersdorf bei Jüterbogk) aus, Order gegeben in
den Zeitungen zu melden, ohne daß man meinen Namen nenne:
Ein Buch, dessen Inhalt selbst empfunden und nicht erborgt, sei
unter der Presse, um mit seinem Ertrag den Werth von H.s
Bibliothek zu decken, ohne damit dem Ankauf von anderer Seite

entgegen zu treten oder vorzugreifen; denn es sei lediglich um zu verhindern, daß die werthvolle Sammlung nicht allenfalls ein Gegenstand der Speculation werde, um sie in dem so mäßigen Preise noch herabzudrücken, oder aber zerrissen werde, ihr Ankauf stehe also immer noch jedem würdigen Interessenten frei. — Es kann sein, daß ich hierin zu voreilig gehandelt habe, da ich die Meinung Deines Freundes nicht kannte; aber die häufigen Zeitungsmeldungen mußten mir die Überzeugung geben, daß es dem H. auf dem Nagel brenne und von anderer Seite habe ich erfahren, daß die Interessenten es auch für ihre Speculation so nahmen, so dachte ich und fühlte mich bringend bewogen, diesen Lauerern den Faden von der Angel kurz abzuschneiden. — Hiermit verbinde ich noch eine Absicht, nämlich sobald die Anzeige bekannt ist, meine Meinung da auszusprechen, wo es machtwirkend sein kann (wahrscheinlich deutet dies auf einen Ankauf Seitens der Berliner Bibl. Ph. N.). — Was nun H.s Meinung belangt, daß ein Buch schwerlich zu Stande zu bringen sei, so ist dies schon zu Stande gebracht und verkauft wird es auch binnen Jahresfrist. — Aber leicht könnte es sein, daß ihn irgend etwas bei diesen Nebensachen meiner Seits verletze, man kennt die Etikette der bedeutenden Literaten nicht genau; ich thue daher augenblicklich das Nöthige, um falls es noch nicht zu spät ist, meinen Auftrag einstweilen noch zurückzuhalten; ist es aber schon zu spät, so mag H. öffentlich widersprechen, was zum wenigsten die gute Wirkung haben kann, die das Böcklein bei dem Feinde machte, welches muthwillig auf den Wällen jener belagerten Festung herumtanzte. Der Feind dachte: 'Ei, wenn die Ziegenböcklein auf dem Wall Kobolz schlagen, da muß noch Proviant genug in der Festung sein,' und entsetzte die Festung."

'Der Schluß ist: „Adieu und schreibe gleich an Hoffmann." —

'Dieses Auftrages habe ich mich nun hiermit so treu als

möglich entlebigt, indem ich Ihnen den Sie betreffenden Theil
des Briefes wörtlich abgeschrieben habe. — Ich meine, Schaden
kann Ihnen diese Art Einmischung Bettinens immer nicht thun,
da Sie ja dabei immer freie Hand behalten. Es ist so ihre Art,
daß ihr guter und ebler Wille sich sofort entêtirt und diejenigen, denen sie Gefallen erweisen will, zugleich bemeistert.'

'Haben Sie die Güte, ihr sogleich nach Empfang dieses,
direct zu schreiben, da sie sich so ernstlich der Sache annimmt
und die Zeit nicht erwarten zu können scheint. Ihre Adresse ist
jetzt Wiegersdorf bei Jüterbogk über „Nonnendorf".'

Schon den 25. Nov. schrieb ich an Bettina und den
3. Dec. antwortete sie:

Ich habe Ihre Zeilen erhalten lieber Hoffmann. Da Sie
mit mir einverstanden sind, so werden Sie nächstens die Anzeige
in den Blättern finden. Noch einen Versuch hab ich jetzt gemacht um Ihnen schneller zu einem günstigen Resultat zu helfen.
Indem ich durch competente Vermittlung dem König die Mittheilung zukommen lasse wie es Ihnen mit der Verhandlung mit
der königlichen Bibliothek ergangen. Ich glaube nemlich gar nicht
daß Ihr Antrag dem König damals gemacht worden ist, sondern
daß man gleich von vorne herein auf Ihre mißliche Lage baute
um Sie zu einem Verkauf unter dem Preiß zu bewegen. Hum-
bold hoffe ich wird dem König das Nothwendige (das heißt die
Wahrheit) sagen so wie ich sie offen nebst meiner Anmerkung zu-
gesendet habe unterdessen wird die Anzeige erscheinen und sollte
ich eine abschlägliche Antwort erfahren so wird sofort das Manuscript unter die Presse wandern, ich werde Ihnen darüber berichten sobald ichs erfahre. Suchen Sie dann von Ihrer Seite
Ihre Freunde auf das Buch aufmerksam zu machen, auf das alle
die Theil an Ihnen nehmen sich dafür interessiren bis die 2000
Thaler beisammen sind. es bleibt deswegen doch immer den Käu-

fern unbenommen diesen Kauf zu machen, nur sollen Sie geschützt sein gegen ähnliche Versuche und Propositionen wie die von Perts. — Leben Sie recht wohl und Gott möge auch Ihnen zugestehen daß der Frühling wieder schöne Blüthen der Hoffnung trage. Sprechen Sie nicht von der Sache.

  am 3. December 1846.   Bettine

Am 10. December enthielt die Kölnische Zeitung (Nr. 344) folgenden Artikel:

Der Dichter und weiland Prof. Hoffmann von Fallersleben hat sich schon seit längerer Zeit veranlaßt gefühlt, seine Bibliothek mit allen ihren Reichthümern an literarhistorischen Werken und mit ihren seltenen altdeutschen Schätzen zum öffentlichen Verkaufe zu bringen. Schon hatte man erfahren, daß eine große öffentliche Bibliothek mit jenem Gelehrten wegen des Ankaufes seiner mit vielem Fleiße und in zwanzigjährigen Mühen zusammengebrachten Sammlung in Unterhandlung getreten war — doch die Sache zerschlug sich: der Gelehrte mochte wohl nicht um ein ihm theures Werk gern viel hin und her gefeilscht sehen. Er ließ einen Catalog drucken und setzte darin den Preis von 2000 Thalern als diejenige Summe fest, die ihm genüge. Zwanzig Jahre lang hatte Hoffmann zu einem Zwecke eine reichhaltige Bibliothek gesammelt, und nun treibt ihn die Noth, sie zu versteigern! Eine Sammlung von einem dem Sammler unschätzbaren Werthe für zweitausend Thaler feil bieten zu müssen! Als im vorigen Jahrhunderte Diderot von der Noth so gedrängt war, daß er mit schwerem Herzen daran ging, seine Bibliothek zu verkaufen, da begriff Catharina von Rußland sehr wohl den Schmerz des Gelehrten, aus Noth ein Stück seines Lebens verkaufen zu müssen: sie kaufte ihm die Bibliothek ab und ernannte für ihre neue Acquisition Diderot mit einem jährlichen Gehalte auf Lebenszeit zum Verwalter. Für Hoffmann steht, wie wir hören, nach einem

Punkte hin Aehnliches in Aussicht. Die Catharina fehlt zwar, die Zeit ist demokratischer geworden. Eine unserer gefeiertsten literarischen Größen will sich der auf den Markt gebrachten Bibliothek annehmen; durch den Verkauf eines Buches denkt sie die ganze Sammlung ihrem Besitzer zu erhalten. „Dieses Buch gehört Hoffmann von Fallersleben" im eigentlichsten Sinne. Gelingt diese Absicht nicht ganz, so wird Hoffmann wenigstens sich davor geschützt sehen, einen widrigen Kleinhandel mit seltenen Waaren treiben und à tout prix „losschlagen" zu müssen. Es werden Subscriptionen von der hiesigen v. Arnim'schen Verlags-Expedition angenommen werden; sind wir recht unterrichtet, so würden nur so viel Abzüge von dem Werke gemacht werden, als Bestellungen eingelaufen sind.

Zu Ende des Jahres machte ich einen Ausflug über Frankfurt nach Mannheim. Ich war hier Itzstein's Gast und verkehrte meist nur mit seinen Freunden. Silvester feierten wir mit Hecker, Grohe und Mathy bei v. Soiron. Bei Hecker waren wir Neujahr zum Mittagsessen.

Den 3. Januar ging ich nach Darmstadt und besuchte Leske und Duller. Abends im Theater: Fidelio wurde meisterhaft gegeben.

5. Jan. bis 22. Febr. in Geisenheim. Auch der fernere Aufenthalt war ein sehr angenehmer: ich konnte frei über meine Zeit verfügen und hatte Anlaß und Stoff genug, mich geistig zu beschäftigen. Meine heitere Stimmung wurde nur dann getrübt, wenn mich rheumatische Schmerzen zu sehr plagten, so daß ich unfrei wurde, weder arbeiten noch ausgehen konnte.

An den üblichen Wintervergnügungen, woran sich die jüngeren Mitglieder der Familie gerne betheiligten, fand ich keine Freude. Obschon ich Ehrenmitglied des Rheingauer Carnevals-

Vereins war, so fand ich mich doch nur Einmal dazu in
Winkel ein.

Zu Ausflügen war das Wetter nur selten einladend.
Einige Male besuchte ich Itzstein in Hallgarten und eines Tages war ich mit Karl bei Hofmann in Winkel. Der alte Herr
mußte uns wieder Einiges aus seinem Leben mittheilen und er
erzählte mit großer Lebendigkeit. Wir erfuhren Manches was
wir bisher noch nicht wußten, z. B. daß er in der Vendée
dreimal verwundet wurde, in London Fox 2c. näher kennen
lernte, in Hamburg bei Klopstock verborgen weilte, in Bingen
die Bürger zum Schwören brachte und den Commissaire gé-
néral verhaftete u. dgl.

Die Abende pflegte ich in der Familie etwas vorzulesen.
Leider war meine Zuhörerschaft oft nur eine Zeit lang aufmerksam, Morpheus entführte einen nach dem anderen in sein
stilles Reich.

Eine sehr angenehme Unterhaltung gewährte mir Karl's
Autographensammlung. Es waren darin Briefe und Aufzeichnungen namhafter deutscher Dichter und Künstler.

Gustav hatte in den ersten Tagen Februars sein texani-
sches Tagebuch vollendet. Ich schrieb eine Vorrede dazu und
bereitete das Ganze zum Druck vor. Herr Könitzer in Frankfurt war geneigt es in Verlag zu nehmen. Nach Durchsicht
des Manuscripts trat er zurück, der Inhalt entsprach nicht
seinen Erwartungen, er hatte wahrscheinlich ein Buch für Leih-
bibliotheksleser erwartet. Victor v. Zabern, mit dem ich mich
bereits geeinigt hatte, trat ebenfalls zurück.

Nachdem Gustav's Verhältniß zum Texasverein geordnet
war, stand seine Abreise bevor. Er kam den 21. Februar von
Wiesbaden. Einige Darmstädter hatten sich ihm angeschlossen:

Dr. v. Herff, Forstmann Spieß, Ingenieur Schleicher und
Schenk. Den Abend fanden sich seine Rheingauer Freunde ein,
ferner der Generalagent Settegast von Biebrich und Eberhard
Soherr von Bingen. Maler Müller hatte in Gustav's Stammbuch eine Zwiebel mit Blättern gezeichnet. Jeder von uns
schrieb auf ein Blatt seinen Namen. Es waren unser 37.
Wir waren noch einmal im Dresel'schen Hause heiter zusammen.

Den andern Tag begleiteten wir Gustav auf dem Dampfschiffe bis St. Goar. Der Abschied ward allen schwer, kein
Auge blieb trocken.

Gustav war mir von Karls Brüdern der liebste. Sein
lebendiges, entschlossenes und entschiedenes Wesen, seine unver-
wüstliche gute Laune, seine redliche Gesinnung erwarben ihm
allgemeine Achtung und Liebe. Jung an Lebensjahren, aber alt
an Erfahrungen ging er mit Vertrauen der Zukunft entgegen,
er war ein rechter Hinterwäldler voll Thatkraft und Ausdauer.

Zum Abschiede gab ich ihm noch ein Lied mit:

Leb wohl! leb wohl! zwar hielte gerne
Dich unsre Liebe hier zurück —
Du willst, und ziehest in die Ferne:
Des Menschen Will' ist auch sein Glück.

Du siehst dort viel, was hier uns fehlet;
Was wir erstreben, ist dort schon!
Was hier uns ängstet, drückt und quälet,
Ist dort gemildert, ist entfloh'n.

Wenn Dich umspielt der Freiheit Oden
Auf Texas blumigen Prärie'n,
Dann denk, daß wir auf unserm Boden
Der Freiheit Blume auch erzieh'n.

Wir wollen gleiche Recht' und Pflichten,
Wir wollen keinen Herrn und Knecht,

Auf Vorrecht, Stand und Rang verzichten,
Wir wollen Freiheit, Ehr' und Recht.

O denk an uns und unser Streben —
Schon strahlt der Zukunft Sonnenschein!
Frei ist auch unser Thun und Leben —
Es lohnt ein Deutscher noch zu sein!

Und wenn von Deutschland frohe Kunde
Einst bringt zu Dir nach Texas hin,
Dann ruf in dieser schönen Stunde:
'Wohl mir, daß ich ein Deutscher bin!'

'Das sind die Rebenberge wieder!
Das ist des Rheines grüner Strand!
Heil dir, du Land der Freud' und Lieder!
Mein Vaterland, mein Heimatland!'

Ob er die Kunde von des deutschen Volkes Hoffnungen noch vernommen? Er sah seine Heimat nicht wieder: er starb auf dem Wege von Galveston nach Neubraunfels in Morris Farm 14. Sept. 1848.

Schon lange hatte ich meine Abreise beschlossen, aber auf Karls und seiner Frau Elise dringendes Bitten noch aufgeschoben, bis auch Gustav abreisen würde. Ich war sehr gerührt von aller liebevollen Theilnahme und sprach mich in einigen Ghaselen aus, die ich in Elises Stammbuch einschrieb.

O scheide nicht!

Die Lerche singt im Sonnenschein,
    o scheide nicht!
Sie singt: Der Frühling stellt sich ein!
    o scheide nicht!
O bleib nach langer Winterrast
    und Winterleid
Und sieh im Frühlingsschmuck den Rhein!
    o scheide nicht!

Bald blüh'n die Blumen wiederum
  und jede spricht:
Laß Dir's bei uns doch heimisch sein!
  o scheide nicht!
Unruhig wird der Wein im Faß'
  und ruft Dir zu
Und ladet Dich zum Trunke ein:
  o scheide nicht!
Und aus der Freundin Haus' ertönt
  ein trauter Ruf,
Und manches Herze stimmt mit ein:
  o scheide nicht!

Doch ich muß fort!

Es ist so schön in dieser Welt am Rhein,
  doch ich muß fort!
Und schöner Euer Freund und Gast zu sein,
  doch ich muß fort!
Ich war so heiter, fühlte mich so frei,
  ich lebte gern
Mit Euch vereinet und für mich allein:
  doch ich muß fort!
Ich hör' es gerne, daß Ihr sagt zu mir:
  'wenn's Winter war,'
So soll's für Dich bei uns auch Frühling sein!'
  doch ich muß fort!
Ihr wollt beleben die Erinnerung
  durch neue Lust
Und an die schönen Tage schön're reih'n:
  doch ich muß fort!
In meine Taggedanken stiehlet sich
  dasselbe Wort
Und selbst in meine Träume flicht sich ein:
  doch ich muß fort!

Gedenket mein!

So laßt mich denn zum Abschied sagen:
    gedenket mein!
Jetzt in des Frühlings schönen Tagen:
    gedenket mein!
Die Blumen und die Nachtigallen
    in Wald und Busch,
Sie sollen Euch dasselbe sagen:
    gedenket mein!
Die Sonnenstrahlen und die Lüftchen
    auf Berg und Thal,
Sie sollen lind' und leise klagen:
    gedenket mein!
Ich aber will getrost ergreifen
    den Wanderstab,
Denn Ihr in diesen Frühlingstagen
    gedenket mein.

---

23. Febr. in Wiesbaden, den folgenden Tag in Mainz und Frankfurt. Der alte Schott schenkt mir die bei ihm erschienenen Compositionen meiner Lieder, als von Franz Lachner, Kalliwoda und Leopold Lenz.

25. Febr. Einige Stunden in Darmstadt. Ich besuche Leske und Duller. Mit dem letzten Zuge nach Mannheim. Abends bei Itzstein. Die folgenden Tage viel mit seinen Freunden verkehrt.

28. Febr. Deputierten = Essen bei Helmreich: Itzstein, Hecker, Bassermann, Mathy, v. Soiron, Welker, Schmidt, Peter, Kapp, ferner Hermann Kurz von Carlsruhe und Helmreich's Associé Moll.

1. März. Dr. Gustav von Struve besucht. Er nimmt mich gleich beim Kopfe und sucht meine guten und schlechten Eigenschaften aus der Schädelbildung zu ermitteln. Ein merk-

würdiger Mensch; er studiert die Knochen und genießt kein Fleisch.

2. März. Mit Itzstein nach Heidelberg. Ich lerne Johanna kennen.

4. März. Hecker und der Bürgermeister Hörner von Seckenheim bei uns zu Gast. — Meine ersten Ghaselen an Johanna.

6. März. Mittagsessen bei Hecker: Itzstein, Helmreich, Karl Dresel ꝛc. Wir sind ganz vergnügt, auf Einmal springt Hecker auf und meldet uns, daß er nicht länger Abgeordneter bleiben und schon morgen die Niederlegung seines Mandats beim Ministerium einreichen werde. Wir alle höchst überrascht suchen es ihm auszureden, jeder bringt neue Gründe vor, die Hecker bestimmen müßten nicht auszutreten, jetzt nicht, überhaupt nicht und nie. Hecker bleibt bei seinem Entschlusse. Itzstein sitzt da ganz betrübt und trostlos; wir alle leiden mit.

9. März. Bei uns Abgeordneten-Essen: Hecker, Mathy, Helmreich, v. Soiron. Den folgenden Tag mit Helmreich und Moll nach Stuttgart.

11. März. Sehr kalt, es hat die Nacht geschneit und sind am Morgen noch gegen 5° Kälte. Ich mache Besuche. Friedrich Römer freundlich theilnehmend und gesprächig. — Gustav Schwab, jetzt Ober-Consistorialrath, wohnt unglaublich hoch. Er kennt mich kaum wieder, ist sehr freundlich und kann sich nicht genug wundern über Freiligrath's Ça ira, 'das sind Gedichte, die wird selbst ein H. v. F. nicht billigen.' — Wolfgang Menzel wundert sich: 'Kerl, Du bist ja noch ganz jung, Du hast ja noch nicht einmal graue Haare!' — 'Nun, ich soll auch wol noch den Leuten den Gefallen thun, alt zu werden?'

Nach einem sehr langweiligen Mittagsessen an der Gasttafel im Hôtel Marquardt mit dem Eilwagen um 4 nach Tübingen. Auch diesmal zur Post oder Traube eingekehrt. Ein halb Dutzend Professoren, alle mit Brillen auf der Nase, unterhalten sich im Schwabendeutsch über die Münchener Ereignisse und den Canton Wallis, rauchen schlechte Cigarren, trinken ihren Schoppen und gehen kurz vor der Bürgerstunde heim. Zuletzt für mich doch noch Unterhaltung. Helmreich und Moll finden sich ein und wir bleiben noch einige Stündchen vergnügt beisammen.

12. März. Heiterer Himmel, scharfer Wind, 14° unter 0, ein unglaubliches Wetter kurz vor Frühlingsanfang! Ich besuche den Oberbibliothecar Prof. Keller. Er findet den Preis meiner Bibliothek zu hoch. Ich setze ihm aus einander, 2000 ℔ sei nur ein Ausgebot, darüber könne man wol gehen, aber nicht darunter. Ich merke schon an seiner Miene, daß aus unserm Handel nichts wird. Die Thaler fallen ihm zu schwer auf's Herz, wenn es noch Gulden wären! Er führt mich in die Bibliothek. Da sehe ich viele Bücher und noch zwei Bibliothecare: Tafel und Klüpfel, letzterer ist Schwab's Schwiegersohn.

Sehr erfreulich ist mir die persönliche Bekanntschaft mit F. Silcher. Er war mir immer einer der liebsten Componisten meiner Lieder gewesen. Durch seine einfache, schöne Melodie zu 'Morgen müssen wir verreisen' ist mein Lied erst recht zum Volksliede geworden. Wir sprechen viel über Volksweisen. Bei einem späteren Besuche frage ich ihn, ob sich Ghaselen wol componieren lassen? Er will's versuchen, und ich besorge ihm die Abschrift einiger meiner Ghaselen.

Noch am Vormittage besuche ich auch Uhland. Wir sprechen von unseren Reisen und seinen Studien. Er hat die deutschen

Volkslieder bei Seite gelegt und beschäftigt sich mit Sagen=
forschungen.

Nach Tische besuchen mich Keller, Reyscher und Uhland.
Letzterer ist schon vorher einmal da gewesen und hat mir die
beiden Bände seiner deutschen Volkslieder gebracht — ein mir
sehr liebes, willkommenes Geschenk! Er holt mich ab, ich soll
bei ihm einen Kalbsbraten verzehren helfen. Ein sehr gemüth=
liches Abendessen. Uhland sehr heiter und gesprächig wie auch
seine Frau. Während wir traulich mit einander plaudern und
ich gar nichts ahnde, ertönt Gesang: die Studenten bringen
mir ein Ständchen. Uhland führt mich auf den Balcon seines
Hauses.*) Nachdem mir ein Hoch ausgebracht ist, bringe ich
als Dank ein Hoch dem 'Vorwärts'. Ich spreche laut und
so deutlich, daß jedes Wort verstanden wird, und wenn ich durch
Beifallrufen unterbrochen werde, so warte ich, bis Alles wieder
ruhig ist.

Vorwärts!
sei das Losungswort, hier und dort,
Ueberall und immerfort
Für jeden, der mit deutschem Sinn und Gemüth
Für Deutschlands Freiheit und Einheit glüht,
Und es erkennt für eine heilige Pflicht,
Daß er für Recht und Freiheit ficht,
Er mag an der Ostsee oder am Rhein sein,
Beim Bier sitzen oder beim Wein sein!

Vorwärts!
sei der Ruf in unsern Herzenskammern,
Wenn um uns die Frömmler wimmern und jammern,

---

*) S. die Abbildung in der Illustrirten Zeitung, 30. Bd. (1858)
S. 176.

Daß keiner sei ein echter Christ
Und daß die Welt so schlecht geworden ist,
Weil nicht jeder mit ihnen
Auf ihre Weise Gott will dienen.

Vorwärts!
sei der Ruf der Freudigkeit,
Wenn Unsinn, Dummheit und Schlechtigkeit
Zurückhalten möchte unsere Zeit;
Wenn arme Ritter mit Diplomen und Wappen,
Und ihre Helfershelfer und Knappen,
Bürgerliche Canaillen auf Schusters Rappen,
Wenn alte Gecken und junge Laffen,
Schriftgelehrte, Pharisäer und Pfaffen
Die Welt von Anno Toback möchten wieder erschaffen.

Vorwärts!
sei unser Fluch und unser Segen,
Kommt uns etwa einer entgegen
      sauertöpfig,
      rappelköpfig,
      gänseköpfig,
      philisterzöpfig,
Der uns beweisen will,
Es gehe Alles am besten nur mit Censur,
Und daß ohne Soldaten untergingen die Staaten,
Und daß ohne Polizei keine Wohlfahrt sei.

Vorwärts!
sei mit uns auf allen Wegen und Stegen,
Zu Wasser und zu Lande, im Wind und im Regen,
Im Schnee und im Sande,
Durch Felder und Wälder,
Durch Straßen und Gassen,
Daheim und da drauß,
In die Welt hinein und aus der Welt hinaus!

    Nieder mit unsern Berückern und Bedrückern!
    Nieder mit den Zurückern!
      Vorwärts, vorwärts hoch!

> Und Jeder hoch wer ihm anhängt,
> Und wenn er's auch heut' erst anfängt!

Großer Jubel. Dann singen sie: 'Wenn heut' ein Geist hernieder stiege', und bringen dem Dichter des Liedes ein dreimaliges Hoch!

Wir bleiben bis 11 Uhr in heiterster Stimmung beisammen. Uhland erzählt mir noch eine hübsche Geschichte. Handwerksburschen sangen einst: 'Ich hatt' einen Kameraden.' Als sie näher kamen, sang der eine, mit Bewegung des Armes nach Uhland hindeutend: 'Als wär's ein Stück von Dir!'

Zum Andenken widmete mir Uhland noch einige Zeilen:

> Wenn Wind' und Wogen schweren Kampf gekämpft
> Die furchtbare Gewitternacht entlang,
> Und leuchtend nun der Gott des Tages steigt:
> Da ziehen die Orkane grollend ab,
> Da schäumt und murret lange noch die Flut
> Und wirft unsel'ge Trümmer an den Strand.
> Vom Himmel aber stralt das gold'ne Licht,
> Die Luft ist blau, es glättet sich die See,
> Und andre Schiffe steuern auf ihr Ziel
> Mit rüst'gem Ruderschlag und günst'gem Hauch.

Zu freundschaftlicher Erinnerung

Tübingen, 12. März 1847.   L. Uhland.

13. März wieder in Stuttgart. Ich besuche F. Römer und gehe mit ihm spazieren, den alten Tübinger Weg hinauf bis zum Denkmale des Baumeisters der neuen Straße, dann auf dieser wieder zurück. Mit ihm ins Museum. Unten die Allgemeine Zeitung und der Schwäbische Merkur, oben wieder der Schwäbische Merkur und die Allgemeine Zeitung. Freilich daneben noch viele andere Blätter. Ich lerne den Maler Ale-

zander Simon kennen. Er ist jetzt Kunstkritiker und Publicist mit 8 Kindern, reich an Humor, Talent und Kunststreben, und arm an Hab' und Gut und Glück.

Abends mit Römer in den König von Wirtenberg. In einem kleinen sehr stark geheizten Zimmer die freisinnigen Advocaten und Bürger Stuttgarts: Fezer, Tafel, Murschel, Zumsteeg u. a.

14. März. Am Morgen mit Simon das Schillerdenkmal und die Siegessäule besehen. Um 11 mit Römer nach Eßlingen. Von dort zu Fuß über den steilen Berg nach Nellingen. Großes Gastmal, woran wir mit unseren Begleitern und den später eintreffenden Stuttgartern theilnehmen, gegen 30 Personen. Es geht sehr heiter und lebendig her. Reden, Lieder und Trinksprüche wechseln mit einander ab. Als sich noch viele Wahlmänner aus dem Oberamte eingefunden haben, singe ich den Bürgermeister von Seckenheim:

> Der Amtmann, der Amtmann, der schmunzelt und spricht:
> Ich bitt' euch, ihr Bauern, o wählt den doch nicht! ꝛc.

Das packt die Bauern. Allgemeiner Jubel. — Um 5 in großer Begleitung nach Eßlingen. In den drei Kronen Neckar-Schaumwein versucht und mit dem Abendzuge heim.

15. März. Die Polizei sieht sich meinen Paß an. Er ist glücklicherweise erst den letzten April abgelaufen. — Mit Römer Vater und Sohn, Simon und Seeger im Thale spaziert bis über Heslach hinaus. Abends im König von Wirtenberg. Es ist eine Eigenthümlichkeit des Stuttgarter Wirthshauslebens: einunddieselbe Gesellschaft besucht jeden Abend in der Woche ein anderes Wirthshaus und findet immer einen von den übrigen Gästen getrennten Raum.

Der alte Schott schreibt mir zur Erinnerung an Stuttgart und ihn folgendes Sonett:

Das deutsche Vaterland.

Verzweifelt nicht am deutschen Vaterlande!
  Nur wer sich selbst verloren ist verloren,
  Und jeder fühlt sich da, wo er geboren,
  Umschlungen von geheimnißvollem Bande.
Ob auch das Schicksal gegen uns verschworen,
  Ob groß und ungemessen unsre Schande,
  Ob auch zerstückt die Einheit deutscher Lande,
  Als Knechte Wir vor allen auserkoren,
Laßt doch Ihr Brüder! unverzagt uns eilen,
  Der allgemeinen Mutter tiefe Wunden
  Und der Zerreißung bittern Schmerz zu heilen,
Thu' Jeder seine Pflicht zu allen Stunden,
  So wird, so muß in allen seinen Theilen
  Das schöne große Vaterland gefunden.

Zur Erinnerung
an Ihren Aufenthalt in Stutt-
gart und an Ihren Freund
Dr. C. F. A. Schott.

Stuttgart
      den 15. März 1847,
dem Tage als vor 32 Jahren die von
König Friedrich oktrohirte Verfassung
von den Wirtembergschen Landständen
        zurückgewiesen wurde.

16. März. Am Nachmittag mit den beiden Römer und Simon nach Hohenheim. Prof. Pistorius zeigt uns die Modellkammer mit ihren vielerlei Pflügen und sonstigen Ackergeräthen, dann die Stiere, Kühe und Schafe. — Abends im Hirsch mit Römer und seiner Gesellschaft. Ich besinge den weiland kosmopolitischen Nachtwächter.

Dingelstedt war damals allgemein sehr unbeliebt und den Kreisen, worin ich mich bewegte, sogar verhaßt. Es war wol mehr daran Schuld sein hochfahrendes Wesen als der Glaube, er übe bei Hofe einen den Volksinteressen nachtheiligen Einfluß aus. Auch außerhalb Wirtenberg hatte sich damals die Ansicht über Dingelstedt sehr geändert.

Der Verfasser des Artikels Dingelstedt im Meyerschen Conversations-Lexicon (1846) ist ganz voll überschwänglichen Lobes der Gedichte des Nachtwächters, ('in denen neben der feinsten Ironie, den launigsten Einfällen und dem trefflichsten Humor eine Großartigkeit der Gesinnung und der Anschauung und ein poetischer Duft athmet —',) aber wenig erbaut von den späteren Lebensverhältnissen des Dichters und seinen Poesien.

'Den ersten Ruhepunkt auf seiner Wanderung fand D. in Augsburg, wo er bei der Redaction der Allgemeinen Zeitung betheiligt war; bald darauf reiste er als Correspondent dieser Zeitschrift, von Cotta salariert, nach Wien und Paris, wo er längere Zeit sich verweilte. Indeß hatte diese journalistische Thätigkeit die Sympathien für ihn bereits gewaltig geschwächt; man wollte eine Verleugnung der Gesinnung, ja ein Hinneigen zur reactionären Partei in den mit seiner Chiffre unterzeichneten Berichten erkennen und beobachtete fortan mit Argwohn alle seine Schritte. Dieser Argwohn fand neue Nahrung, als ihn nach seiner Rückkehr aus Paris der Kronprinz von Würtemberg zu seinem Bibliothecar und Vorleser erwählte und er bald darauf zum Hofrath ernannt wurde. Mag man darüber urtheilen, wie man will, so ist so viel gewiß, daß die glänzende gesellschaftliche Stellung und der Hofrathstitel D.s seiner Poesie allerdings nicht von Nutzen gewesen ist, denn die seit jenem Wendepunkt seines Lebens immer spärlicher gewordenen Erzeugnisse seiner Muse haben auch an poetischem und ästhetischem Werthe verloren.'

17. März. Mittagsessen beim Rechtsconsulenten Tafel. Gäste: Dr. Schott, Römer d. j., Murschel, Heinrich und Gott-

lieb Müller. Dann Spaziergang nach Heslach. Im Thale warm, an den Berglehnen sogar heiß, auf den Bergen kalter Wind, es thauet nicht im Schatten. Abends im Adler.

18. März. Fahrt nach der Solitude mit Röbinger, Römer, Fezer und Simon. Nachher mit letzterem zu Traugott Bromme. Wir unterhalten uns viel über Auswanderung, America und Texas. Ich bitte Bromme, mir einige Zeilen zum Andenken zu verehren. Den andern Tag überreicht er mir ein Folioblatt, worauf er in zierlicher Schrift auf unser gestriges Gespräch Bezug nehmend, seine weiteren Ansichten kund giebt. Überschrift: 'Muthmaßlicher Anfang einer neuen Abhandlung, deren Idee Prof. Hoffmann von Fallersleben in mir erweckt.'

'Warum ich den Prediger der Auswanderung mache? — weil ich in ihr die einzige Abhülfe der Noth erkenne, die einer ansteckenden Krankheit gleich, in allen Klassen der bürgerlichen Gesellschaft um sich greift. — Meine feste Überzeugung ist es, daß politische Umgestaltungen, wie sie unsre Kammermitglieder wollen, das Übel nicht zu heben vermögen, und dies ist auch die Ursache, warum ich mich, trotz dem, daß ich mit einem großen Theile unsrer Liberalen durch meine Gründung der Sächsischen Vaterlandsblätter, sel. Andenkens, näher bekannt und befreundet worden bin, nicht an ihre Partei angeschlossen, sondern vorgezogen habe, auf eignen Füßen, unabhängig von jeder Partei, stehen zu bleiben, und für mich allein zu wirken. Das Feld, auf welchem ich mich bewege, kenne ich durchaus; an leeren Declamationen habe ich kein Vergnügen, und werden die Vorschläge, die ich thue, auch von denen, die helfen könnten, nicht beachtet, nun, so kommt doch einmal eine Zeit, wo man sie hervorsuchen wird, oder Einzelne beuten sie zum Vortheil der Ihrigen aus, und dann habe ich doch nicht umsonst gewirkt! — Von Be-

glückungsversuchen ganzer Nationen bin ich kein Freund, denn ich
kenne meine Schwäche; habe auch, leider, viele Volksbeglücker kennen gelernt, die einer Schlinge von einer Viertelelle bunten Ban-
des nicht widerstehen konnten, und dann ganz anders pfiffen, oder
die auf einem Ämtchen, wie auf einer Leimruthe kleben blieben;
— ich bin so kurzsichtig, daß ich, wenn's Noth betrifft, die Noth
eines Volkes nicht zu sehen vermag, die Noth des Individuums
aber in allen Nüancen fühle; würde nun jeder wie ich, nur
darauf hinzuwirken suchen, der Noth des Individuums ein Ende
zu machen, so wäre meiner Ansicht nach die Noth des Volkes
aufgehoben, und alle wären Freiherren, wenn auch nicht von
Adel!' (Er führt nun näher an, wo und warum überall so
große Noth ist, und schließt dann mit den Worten:) 'Daher:
Unterstützung der freiwilligen Auswanderung, nicht aber einer
Ausbannung, wie sie in Groß-Zimmern und anderen Orten vorgekommen! — Das Gespräch mit Ihnen, mein wackerer Freund,
hat in mir die Bearbeitung eines neuen Auswanderungsplanes
für Proletarier hervorgerufen, den ich einem Volksbuche einverleiben, und Jedermann das Recht geben werde, denselben nach-
zudrucken. — Findet derselbe Beifall und Unterstützung, gelangt
er irgendwo zur Ausführung und Proletarier durch ihn zu Eigenthum, haben sie es lediglich unserm Hoffmann von Fallersleben
zu verdanken, der die Idee bei mir erweckt, die eine schlaflose
Nacht zur Reife gebracht hat.'

19. März. Meine beiden Scherzgedichte über den Nachtwächter finden großen Beifall, jeder möchte sie haben, und so
entschließe ich mich denn sie drucken zu lassen. Sie sollen im
Beobachter erscheinen, die Censur aber streicht von dem einen
die drei letzten Strophen. Sie werden also ohne Censur gedruckt und zwar auf schlechtem Papiere und ganz nach Art der
Lieder 'Gedruckt in diesem Jahr.'

1847. Stuttgart.

Der selige kosmopolitische Nachtwächter.

Zwei schöne neue Lieder aus Schwaben.

Das Erste.

„Ein Dichter, der für sich nur Ruhe und Dunkelheit verlangt".*)

Im Ton: Ich bin der Doctor Eisenbart.

Ich mußt' einmal ein Schulfuchs sein
Und treiben Griechisch und Latein.
Der Schulstaub macht nicht froh noch feist,
Verdirbt uns Lebensmuth und Geist.

Da dacht' ich nun, wie fang' ich's an,
Daß ich zu was gelangen kann?
Mir fehlet Ehre, fehlet Geld —
Wolan, ich werd' ein Freiheitsheld!

Nachtwächter ward ich und im Zorn
Stieß ich gewaltig in das Horn.
Ich hatte zwar mich nie genannt,
Mein Name ward jedoch bekannt.

Man lobte mich, man pries mich sehr,
Erwies mir überall viel Ehr.
Doch blieb ich arm und schlecht gestellt,
Die Ehre brachte mir kein Geld.

Da zog ich nach Paris hinein,
Dort, dacht' ich, stellt das Glück sich ein.
Doch blieb ich nur Franz Dingelstedt,
Ein armer deutscher Volkspoet.

Da fiel mir armen Teufel ein:
Du mußt Geheimer Hofrath sein!
Nach Deutschland kehrt' ich schnell zurück
Und macht' in Stuttgart gleich mein Glück.

———

*) Eigene Worte des kön. württemb. Legationsraths Franz Dingelstedt in der Augsb. Allg. Zeitung 1847. Seite 572.

Wie's Einem wunderlich doch geht!
Ich bin anjetzt ein Hofpoet,
Ein Säng'rin-Gatt' und Renegat,
Und wirklich Königlicher Rath!

Was ich gewollt, ich hab's erreicht:
Denn dem Genie wird Alles leicht.
Als Dichter such' ich jetzt zur Zeit
Gar nichts als Ruh' und Dunkelheit.

————————

Das Zweite.
Die schwäbische Gemüthlich'eit.

Im Ton: Drei Mönchlein wurde anbefohlen.

Wir sind recht gute Leute wir Schwaben,
Und weil wir so viel Gemüthlichkeit haben,
Meint Mancher, es sei uns Alles recht,
Und ist's auch über die Maßen schlecht.

Wir ehren und lieben wer gut und bieder,
Die Heuchler und Kriecher sind uns zuwider;
Man täuscht uns heute, doch morgen nicht:
Erkannt wird bald ein Lump und Wicht.

Wer einmal treulos ist geworden,
Hat er auch hohe Titel und Orden,
Und wär' er auch geheimer Rath,
Er heißt bei uns nur Renegat.

Und was er auch spricht und schreibt und dichtet,
Er ist und bleibt einmal gerichtet,
Es nimmt von ihm, und litt' er auch Noth,
Nicht mal ein Hund ein Stücklein Brot.

Das ist die Gemüthlichkeit der Schwaben,
Die hat schon Manchen lebendig begraben,
Noch eh' er selber ward so gescheit,
Zu suchen Ruh' und Dunkelheit.

————————

Pariſer Reliquie

aus dem Nachlaſſe des weiland Kosmopolitiſchen Nachtwächters.

An Georg Herwegh.

Ein guter Bürger willſt Du werden?
Pfui, Freund — Ein guter Bürger — Du?
Das alſo war Dein Ziel auf Erden?
Dem ſtürmten Deine Lieder zu?
O, nimm's zurück, das ekle Wort!
Wer mag ſich ſo gemein geberden?
Nein, nein, mich reißt es weiter fort:
Ich muß Geheimer-Hofrath werden!

Um meine Wiege ſah die Amme
Schon frühe den Prophetenſchein,
Und in mir dieſe ew'ge Flamme,
Sie kann, ſie darf nicht Lüge ſein.
Bleib' Du im Thal, wo Dir's behagt
Und graſe mit den Pöbelheerden,
In mir ſteht feſt, was ich geſagt:
Ich muß Geheimer-Hofrath werden!

Daß unſre Wege ſich ſo theilen,
Glaub' mir Georg! es thut mir weh!
Du gehſt zum Bier: und ich berweilen
Zu einem Oberappellationsgerichtsvicepräſidenten-Thee.
Du haſt erfüllt Dein ſtilles Loos,
Das meine liegt noch den Behörden
Der dunkeln Zukunft ſchwer im Schoß:
Ich muß Geheimer-Hofrath werden!

So Mancher hat's doch ſchon erreicht,
Der höher noch als ich gedachte,
Der krummer ſeinen Vers vielleicht
Und krummer ſeinen Rücken machte.
Was Einer kann, das kann auch Ich! — —
Und, trotz Gefährden und Beſchwerden,
Schwör' ich's — St. Huber, höre mich! —
Ich muß Geheimer-Hofrath werden.

Sieh: ein Logis im ersten Stocke,
Recht weit und reich, mit Maß geheizt,
Ein Kreuzchen auf dem schwarzen Rocke,
Das sich kokett versteckt und spreizt,
Ein Chaischen, ein Livreechen drauf,
Und fährt's auch mit Fiacre-Pferden —
Bruder! die Seele geht mir auf:
Ich muß Geheimer-Hofrath werden!

Noch lebt ein Gott: Verdienst zu lohnen,
Noch steht manch edles Fürstenhaus;
Gott theilt den Fürsten ihre Kronen,
Die Fürsten uns die Titel aus.
Gewiß, gewiß! ich find' es noch
Mein letztes Ziel auf dieser Erden;
Wär's nur um Voigtens Nekrolog: —
Ich muß Geheimer-Hofrath werden.

(Paris Nov. 1841.)

———————

Mittagsessen bei Röbinger mit Simon und dem Herausgeber des Beobachters. — Nachmittags Spazierfahrt nach Ober- und Unter-Türkheim mit Stückle, Tafel und Simon. Wunderschönes Wetter, rasche Pferde, heitere Gesellschaft und guter Wein.

20. März. Mittagsessen bei Fezer. Spaziergang auf die Berge. Abends im König von Wirtenberg. Wir singen viel und sind wieder sehr heiter.

21. März. Mittagsessen bei Römer. Gäste: der alte Schott, sein Schwiegersohn Kottenkamp, Tafel, Simon, zwei Söhne Römer's. Der alte Schott läßt einen silbernen Becher kreisen mit altem Würzburger.

22. März. Ich nehme Abschied. Mehrere meiner neuen Freunde begleiten mich zum Postwagen. Gerührt von den vie-

len Beweisen der Theilnahme verlasse ich Stuttgart. Ich übernachte in Heilbronn, und gehe den andern Tag mit dem Dampfschiffe nach Heidelberg.

Ich lebte nun bis in die Mitte des Mais meist in Heidelberg als Welcker's Gast. Ich hatte oft Gelegenheit, Johanna zu sehen und zu sprechen, der Frühling im Neckarthale ward für mich ein Liebesfrühling.

> Ich sah Dich nur ein einzig Mal
>   Und dann nicht mehr;
> Da war Dein Blick ein Hoffnungsstrahl,
>   Und dann nicht mehr.
> Nur Einmal träumte noch mein Herz
>   Von Liebesglück
> Und kannte keine Sehnsuchtqual,
>   Und dann nicht mehr.
> Nur Einmal war das Schicksal mir
>   Gerecht und ließ
> Nur zwischen Freuden mir die Wahl,
>   Und dann nicht mehr.
> Du warst bei mir, ich war bei Dir,
>   Und Frühling war's
> Durch Dich im ganzen Neckarthal,
>   Und dann nicht mehr.

Diese und noch andere Ghaselen entstanden in den Tagen kurz nachher als ich Johanna das erste Mal sah.

Während ich in Stuttgart war, hatte einer meiner Freunde Gelegenheit, diese Gedichte Johanna zu überreichen.

Als ich nach einigen Wochen nach Heidelberg zurückgekehrt war, sendete sie mir ebenfalls einige Ghaselen. Die vom 17. und 18. März lauten:

Weiß nicht was ich Dir sagen soll —
 Das Herz ist mir so schwer!
Mein Auge ist so thränenvoll,
 Das Herz ist mir so schwer!
Ich fühle Lust und Leid zugleich,
 Denk' ich der Liebe nach,
Die Deiner Dichterbrust entquoll:
 Das Herz ist mir so schwer.
Ich staune ob der Wunderpracht,
 Die mir Dein Herz erschloß,
Und finde nicht des Dankes Zoll:
 Das Herz ist mir so schwer.
Du sprichst so warm, ach so beredt
 Zu mir in Deinem Sang,
Der mir wie Frühlingsruf erscholl:
 Das Herz ist mir so schwer.
Du bist es werth geliebt zu sein,
 Doch liebt mein Herz schon lang:
O hege meinem Glück nicht Groll!
 Mir ist das Herz so schwer!

Das schöne Lied, das Du gesungen,
Ist meinem Ohr noch nicht verklungen,
Bei Tag und Nacht hab' ich's gelesen,
Und fühlte stets mich tief durchdrungen.
Ich möcht' Dir gern von Herzen danken,
Doch ist es mir nur schlecht gelungen,
Und Dir auch dieses hier zu bieten,
Hab' ich nur schwer den Muth errungen.
Ich wollt', die Frühlingslüfte hätten
Es duftend hin zu Dir geschwungen,
Und dürften sie auch nicht verbergen,
Daß Du mein Herz nicht ganz bezwungen,
So könnten sie doch oft Dir sagen,
Daß keine Zeit Dein Bild verschlungen,
Und daß kein Ton verrauscht von allen,
Die Du am Neckarstrand gesungen.

Unser öfteres Zusammensein, ihre innige Theilnahme an meinem Leben, ihre Freude über jedes Lied, jeden Blumenstrauß, jeden Blüthenzweig, über Alles womit ich sie zu erfreuen hoffte, erhöhte meine Liebe zu ihr und stimmte mich heiter und poetisch.

> Mir ist als müßt' ich immer sagen:
>   Ich liebe Dich,
> Und mag nicht auszusprechen wagen:
>   Ich liebe Dich.
> Die Maienlüfte säuseln wieder,
>   Ich lausche hin,
> Und alle Blüthenzweige klagen:
>   Ich liebe Dich.
> Der Sang der Vögel ist erwachet,
>   Ich lausche hin,
> Und alle Nachtigallen schlagen:
>   Ich liebe Dich.
> So frag die Lüfte, frag die Blumen,
>   Die Vögel all,
> Vielleicht, daß sie für mich Dir sagen:
>   Ich liebe Dich.
> Ich wandle fern von Dir und habe
>   Nur Einen Trost
> In diesen schönen Frühlingstagen:
>   Ich liebe Dich.

An meinem Geburtstage (2. April) hatte auch Johanna meiner gedacht: sie überreichte mir eine Brieftasche mit meinem Namenszuge, von ihrer Hand gestickt, und einem Gedichte:

> Wohl danken möcht' ich ohne Ende
> Dir für den duft'gen Minnesang,
> Für Deine süße Blumenspende,
> Die wie ein Frühling zu mir drang.
>
> Der frische Odem Deiner Lieder
> Hat mich gar heimlich angeweht,
> Sie klingen tief im Herzen wieder,
> Das ja zu lieben auch versteht.

Den Frühling trag' ich längst im Herzen,
Die Liebe läßt ihn nimmer zieh'n;
Sie hält ihn fest in Glück und Schmerzen
Und heißt ihn täglich mir erblüh'n.

Und hat der Lenz nicht aller Orten
Die junge Erde ausgeschmückt?
Ist nicht auch Frühling Dir geworden,
Und hat er Dich nicht auch beglückt?

Ich muß mich Deiner Liebe freuen,
Sie ist so wunderschön und rein!
Dir kann ein Frühling sich erneuen,
Doch — Freunde laß uns immer sein.

Als ich den Schluß las, da kamen mir Uhland's schöne
Worte entgegen:

Ja, Schicksal! ich verstehe dich:
Mein Glück ist nicht von dieser Welt,
Es blüht im Traum der Dichtung nur:
Du sendest mir der Schmerzen viel
Und giebst für jedes Leid ein Lied. —

und ich liebte, litt und dichtete.

Es war ein Traum nur, war ein schöner Traum,
Und Alles hin!
Schön wie der Abendwolke gold'ner Saum,
Und Alles hin!
Von einem höhern sel'gern Dasein war
Mein Herz beseelt,
Ich fühlte heimisch mich hienieden kaum —
Und Alles hin!
Erfüllt schien jede Hoffnung, jeder Wunsch
Auf ewig mir,
Nur süße Früchte bot mein Lebensbaum —
Und Alles hin!
Leb wohl! leb wohl! nie rufe Dir wie mir
Ein Morgen zu:
'Du hast geträumt der Liebe schönen Traum —
Und Alles hin!'

Welcker wohnte auf einem Landsitze am Ende von Neuen=
heim, einer ehemaligen Besitzung des Prof. Gervinus. Das
Haus war nicht sehr groß, aber bequem eingerichtet, ausreichend
für eine kleine Familie. Durch seine prachtvolle Aussicht und
die freundlichen Gartenanlagen daneben mußte es, obschon es
wegen seiner Entfernung von der Stadt für den geselligen Ver=
kehr nicht günstig, doch seinen Bewohnern lieb und werth sein,
und seinen Gästen es werden.

Ich wohnte im obern Stocke und genoß einer weiten Aus=
sicht: mir gegenüber lag Heidelberg mit seinem Neckar, seinem
Schlosse und seinen Bergen. Fast jede Tageszeit bot mir ein
neues Bild der schönen Landschaft.

Wohlthuend und erheiternd wie die ländliche Stille und
die freundliche Umgebung wirkte auf mein Gemüth auch das
Familienleben, dem ich nicht wie ein gern gesehener Gast, son=
dern wie ein alter Freund angehörte.

Den 29. März feierten wir Papa Welcker's Geburtstag.
Ich begrüßte ihn mit folgenden Zeilen:

> So schreite denn beharrlich weiter
> Trotz Deiner Feinde Grimm und Hohn!
> Du nie gebeugter kühner Streiter,
> Dir bleibt Dein Ziel Dein schön'rer Lohn.
>
> Du sollst den Ruf der Freiheit tragen
> Fortan auch in die Welt hinein!
> Du sollst dem ganzen Volke sagen:
> 'Wir wollen freie Männer sein!'
>
> Und wenn wir's sind, wenn wir's erringen,
> Wonach Du strebst so treu und fest,
> Soll Dir ein schön'res Hoch erklingen
> Als heute zum Geburtstagsfest!

Wenige Tage nachher war mein Geburtstag. Welcker und seine Kinder brachten mir ihre Glückwünsche dar und eine große blumenumkränzte Brezel.

Welcker war damals sehr thätig und rührig. Er arbeitete viel an der neuen Auflage des Staatslexikons und hatte eben seine Schrift über die preußische Verfassung vollendet.*)

Auf Welcker's Wunsch besuchte ich seine Neuenheimer Nachbaren Gervinus, v. Rutenberg und Georg Weber, und mit ihm Schlosser und Paulus.

Schlosser empfing uns sehr freundlich und war sehr gesprächig. Er erzählte uns vom Grafen von Montfort, der ihn neulich noch besucht habe, von dessen Vetter Louis Napoleon, den er sehr gut kenne, und von der Großherzogin Stephanie. Es machte einen sonderbaren Eindruck, wenn der große Geschichtschreiber von so hohen Personen in seinem jeverschen Accente sprach und in seinen Worten nicht eben sehr wählerisch war. Er hatte damals bereits das 70ste Jahr überschritten, war aber noch recht munter, und es ließ sich voraussehen, daß er bei seiner regelmäßigen Lebensweise noch mehrere Jahre leben würde.**)

Einige Tage später besuchten wir Paulus. Er war sehr erfreut, und obschon er seit längerer Zeit kränkelte, so machte er doch in seiner Unterhaltung den Eindruck eines völlig gesunden Mannes. Wir sprachen mit ihm über Schiller, Göthe, die Revolution, die preußischen Zustände und das neue Testa-

---

*) Grundgesetz und Grundvertrag. Grundlagen zur Beurtheilung der preußischen Verfassungsfrage. Altona 1847.
**) Er starb erst 1861.

ment. Bei allen Dingen mußte er aus dem reichen Schatze seiner Erlebnisse und Forschensergebnisse etwas Belangreiches vorzubringen. Der gelehrte Theologe war nicht fremd auf vielen Gebieten des Wissens und hatte bis in sein hohes Alter den Tagesereignissen seine Aufmerksamkeit gewidmet. Zeugniß dafür gab sein vor zehn Jahren herausgegebenes Werk: 'Conversations-Saal und Geister-Revue',*) dessen Zweck war 'Vielen über Vieles zeitgemäßes Licht zu gewähren.' Als wir Abschied nahmen, drückte er mir herzlich die Hand: 'Nun, Sie müssen doch noch eine Genugthuung haben für das was Sie geleistet haben: Sie müssen noch die Reform erleben.'

Welcker machte mich nach und nach mit vielen seiner Freunde und Collegen bekannt. Gelegenheit ergab sich täglich durch die Harmonie, welche wir fleißig besuchten, dann auch die Mittags- und Abendessen, wozu auch ich immer mit eingeladen wurde. So war ich denn öfter zusammen mit Kapp, Häusser, Hagen, Heule, Pfeufer, Mittermaier, v. Vangerow, Deurer, Jolly.

Außerdem lernte ich kennen Ernst Meier, Professor der morgenländischen Sprachen zu Tübingen, Professor Anselm Feuerbach von Freiburg, Fickler, Herausgeber der Seeblätter, die Deutschkatholiken Heribert Rau, Brugger, Lommel und Dowiat.

Den beiden letzteren zu Ehren war ein großes Gastmal in der Harmonie. Es wurden viele Reden gehalten und Ge-

----

*) Stuttgart, Schweizerbart 1837. Ein leider viel zu wenig gekanntes Werk!

sundheiten ausgebracht. Dowiat sprach hinreißend und erweckte in vielen von uns die Hoffnung, daß er einst bedeutend für religiöse und politische Freiheit wirken werde. Welcker's Adresse an Heinrich Simon wurde vorgelesen, ausgelegt und unterzeichnet.

Einen sehr angenehmen traulichen Verkehr unterhielt ich mit der Familie des Hofraths Kapp und des Obervogts Peter, so wie mit Küchler. Sehr erfreulich war mir auch, daß ich mit Röth, den ich von Paris her kannte, einige Male wieder beisammen sein konnte.

Während ich bisher meist heiter gestimmt die Zeit verlebte, berührten mich sehr schmerzlich zwei traurige Ereignisse.

Am 7. April hatte ich einen Ausflug nach Geisenheim gemacht. Als ich dort eintraf, erzählte mir Karl Dresel den Anlaß und die Entwickelung seines kaufmännischen Unglücks. Obschon noch Verhandlungen im Gange waren, so überzeugte ich mich doch bald, daß das Haus Dresel seiner Auflösung entgegen gehen würde.

Tief bewegt nahmen wir den andern Tag Abschied von einander, es war zugleich ein Abschied von allen den frohen Tagen, deren wir uns hier erfreuten und sich hier für uns wol nie wieder erneuen würden.

Als ich am 9. April nach Heidelberg zurückkehrte, traf die Nachricht von Steinacker's Tode ein: er war an meinem Geburtstage, den 2. April gestorben. So tief mich diese Trauerbotschaft erschütterte, so war doch sofort mein Gedanke, etwas für die Familie zu thun. Steinacker hatte eine Frau und fünf unversorgte Kinder hinterlassen und statt eines Vermögens nur Schulden. Ich besprach mich mit Welcker, ging dann zu Gervinus, um ihn für eine Steinacker-Stiftung zu gewinnen und

gewann endlich Küchler dafür. Darauf begab ich mich in der=
selben Angelegenheit nach Mannheim und fand v. Soiron be=
reitwillig, einen Aufruf zu erlassen.

Obschon mir Liebe und Frühling jetzt mehr waren als
alle Politik, so konnte ich mich doch der letzten nicht fern hal=
ten. Der tägliche Verkehr mit Welcker und seinen Freunden
gab mir immer Anlaß und Anregung zu politischer Betheili=
gung, und während Andere durch Gespräche und Reden
für Entscheidung irgend einer Tagesfrage im liberalen Sinne
zu wirken suchten, mußte ich durch Trinksprüche und Lieder die
Stimmung beleben. Dies war namentlich der Fall bei dem
großen Welcker'schen Deputierten=Essen am 1. Mai.

Zugegen waren 15 Abgeordnete: Blankenhorn (Bürger=
meister zu Mülheim), Bleidorn (Bürgermeister zu Durlach),
Brentano (Advocat zu Rastadt), Buhl, Heimburger, v. Itzstein,
Junghans II. (Advocat zu Mosbach), Kapp, Mathy, Metz,
Mittermaier, Peter, Rindischwender, v. Soiron, Welcker; ferner
F. Römer von Stuttgart, Dr. Rudolf Welcker von Mannheim,
Fräulein Feuerbach und Fritz, die drei Töchter Welcker's und
sein Sohn Otto. Nachdem manches Hoch ausgebracht und der
Champagner die Heiterkeit erhöht hatte, bat man mich zu sin=
gen, und ich sang und hatte ein dankbares Publicum. Itzstein
schrieb den andern Tag: 'Wir kamen vergnügt von Heidelberg
hier an, was wir Welcker's Einladung und Deinen Liedern
verdanken — Aber singen kann sie Niemand wie Du, mit
dieser Kraft, mit dieser Mimik und diesem Accent.'

Schon in den ersten Tagen nach meiner Ankunft in Hei=
delberg bat mich Welcker, ich möchte doch für das Staatslexikon
mein Leben schreiben. So angenehm mir sonst ein solcher
Antrag gewesen wäre, so war er es mir im Augenblicke nicht;

um etwas mehr als das gewöhnliche Skizzenartige zu liefern, fehlten mir meine Aufzeichnungen und manche Vorarbeiten, die mir nothwendig schienen. Da es sich aber hier hauptsächlich um eine Seite meines Lebens, um die politische handelte, so verstand ich mich endlich dazu und begann meine Arbeit, die trotz allen Unterbrechungen doch schon nach vier Wochen vollendet war. Am 3. Mai überreichte ich sie Welcker'n, der sie dann mit folgenden Worten dem Staatslexikon einverleibte: *)

'Mit Vergnügen nimmt die Redaction des St.-Lex. die nachfolgende Lebensbeschreibung des mit bestem Recht vom deutschen Volke geliebten Dichters auf. Mit Recht, sagen wir, wenn Liebe, innige Liebe Gegenliebe verdient. Denn möchten wir den Grundton des geistigen Wesens dieses Dichters bezeichnen, so ist es die Liebe zu seinem deutschen Volk. In dieser Liebe durchdringt er die innersten Tiefen, Vorzüge und Eigenthümlichkeiten unseres Volkslebens, schildert sie in unnachahmlicher Treue und in liebevoller dichterischer Auffassung, ist begeistert und opferbereit für das edlere, für das freie Leben dieses Volkes, dessen Mißhandlung und Erniedrigung durch Freiheitsberaubung er mit Schmerz und Unwillen empfindet und bekämpft. Der Mangel einer parteilos oder prosaisch gerechten Beurtheilung fremder Völker, der alten wie der neuen, ist nur eine natürliche Schwäche dieser Liebe und Vorliebe, dieser dichterischen Auffassung, es ist die Schwäche des Verliebten, des Dichters. Sein Volk, so weit seine vaterländischen und seine ganz vortrefflichen Jugendlieder zu ihm drangen und vollends wo sie, die mit den Melodieen unzertrennlich verwachsen sind, im muntern Gesang in seiner Mitte

____

*) Staats-Lexikon 7. Bd. 2. Aufl. S. 88—112; in den Supplementen zur 1. Aufl. 3. Bd. S. 102—135. — In der 3. Aufl. ist sie weggelassen.

ertönten, am besten unter der Leitung des Dichters selbst, sein Volk versteht und würdigt und liebt den warmen, treuen, gesunden Vaterlandsfreund und Freiheits-Sänger und Kämpfer. So sag' ich als oftmaliger Zeuge dieser Volksgefühle und der erhebenden und wohlthätigen Wirkung der Hoffmann'schen Lieder. Man muß wohl noch in deutscher gelehrter oder ungelehrter Handwerkseinseitigkeit befangen sein, wenn man diesen Liedern poetischen und politischen Werth absprechen will; den poetischen vielleicht, weil sie mit dem ernsten für Manche sogar unbequemen Gegenstand vaterländischer Freiheit zusammengewachsen sind, und weil die politische Poesie bei denen weder für hof- noch für zunftmäßig gilt, die es übersahen, daß fast alle bewunderte Poesie der Griechen politische patriotische Poesie war, bei Denen, die selbst nie eine begeisterte, also auch nie eine poetische Liebe für das Vaterland kannten; den politischen Werth vielleicht, weil man vergißt, daß für alle wirksame vaterländische Bestrebungen das Volk jene mütterliche Erbe ist, welche allein denselben Lebenswärme, Kraft und Gedeihen geben kann, und daß es vor Allem Noth thut, in dem Volk die natürliche Wärme und Eigenthümlichkeit der Gesinnung, die Begeisterung und aufopfernde Liebe für das Vaterländische, für das Politische, für die Ehre und die Würde der Freiheit, den Haß und den Abscheu gegen entwürdigende Willkür und Knechtschaft zu beleben, kurz den Boden zu bereiten, in welchem alsdann die verständige politische Lehre und That wurzeln und reifen können, auf welchem jene politische Freiheitsmacht sich entwickeln kann, welcher allein die Unterdrückungsmacht weicht. Nie und nirgends noch wurde letztere durch bloße Theorieen und Cotterieen besiegt. Manchem Deutschen aber, der das Volk nicht kennt und liebt, empfiehlt man den vaterländischen Volksdichter wirksamer mit den Urtheilen der Ausländer, und so mögen am Schlusse dieser Anmerkung die Worte von N. Martin, Les poètes contemporains de l'Allemagne (Paris 1846) Platz finden: Mr. Hoffmann de Fallersleben est un champion infatigable, toujours sur la brèche. — La palme de la chanson populaire appartient de plein droit à Mr. H. de F.'

Anm. d. Red. d. St.-L.

Den 5. Mai verließ ich Heidelberg. Welcker's Töchter überreichten mir einen schönen Blumenstrauß. Ich war sehr ernst und schweigsam.

In Mannheim empfing mich Itzstein auf dem Bahnhofe und führte mich in sein gastliches Haus.

Bei meiner Ankunft fand ich ein Stammbuchblatt vor von Soiron. Wie er über politische Poesie denkt, so dachte mehr oder weniger damals jeder Freisinnige:

'Politische Poesie? Wie kann das sein? Wie könnte Politik poetisch sein? — So fragen sich die Alltagsmenschen und denken bei der Politik nur an die Politik der Kabinette, an jenes Ränkespiel hoher Schurken und vornehmer Wichte. Wißt Ihr denn nicht, daß Politik die Kunst die Menschheit zu beglücken — dasselbe Ziel, nach dem in seiner Art der Sänger strebt — und daß je mächtiger der Weltbeglückung Hindernisse, desto politischer die Dichtkunst werden muß?'

'Laß Dich nicht irre machen, fahre fort, mein Freund, zu geißeln mit verdientem Hohn und Spott der guten Sache Feinde; fahre fort zum Freiheitsdrange zu begeistern Jung und Alt! — und Dein Mühen wird täglich seegenreicher werden; denn Du wirst vorbereiten helfen den poetischsten der Erfolge: den Triumph der Freiheit.'

Mannheim im April 1847.

Alex. v. Soiron.

Bei dem schönen Frühlingswetter war ich wenig in Mannheim, ich machte einen Ausflug nach der Hard, dann nach

Heidelberg zu Ottilie Welcker's Geburtstag und später nach Schwetzingen. Hier wollte ich mit Welcker und seiner Familie an einem bestimmten Tage zusammentreffen. Ich erschien der Verabredung gemäß zur bestimmten Stunde, mußte aber dritte= halb Stunden auf Welcker warten. Unterdessen machte ich die Bekanntschaft mit Dr. Tiedemann, der mir viel von seinem Aufenthalte in America erzählte. Endlich traf Wel= cker ein.

Wir besuchten den berühmten Garten, der früher seine Bewunderer und Verehrer hatte, heute aber meist nur noch Neugierige anzieht. Die ursprünglich französischen Anlagen hat man zwar durch sogenannte englische dem bessern Geschmacke zu nähern gesucht, das Ganze ist aber doch nur ein Französisch mit englischen Brocken.

Hecker war von seiner Erholungsreise nach Algier zurück= gekehrt. Er erzählte viel von seinen Erlebnissen und den Ein= drücken, welche Land und Leute auf ihn gemacht. Von der französischen Wirthschaft war er schlecht erbaut, er schilderte die Franzosen als durchaus unfähig zu colonisieren, titel= und rangsüchtig, bestechlich, übermüthig, durch und durch entsittlicht.

Hecker war von seiner politischen Verstimmung geheilt und wieder theilnehmend und jugendlich frisch wie sonst. Das erfuhr ich zunächst, als sämmtliche Heckers zum Mittagsessen bei Itz= stein versammelt waren: Fritz, seine Frau, seine Schwester und der alte Hecker. Itzstein in guter Laune wie immer wenn er Gäste, und darunter liebenswürdige Frauen, bei sich ver= sammelt hatte, wußte durch seine Scherze unsere heitere Stim= mung zu erhöhen. Meine Aufmerksamkeit nahm besonders Hecker's Schwester in Anspruch. Sie war ihrem Bräutigam, dem Dr. Tiedemann nach America gefolgt und hatte vier Jahre

in Indiana, Illinois und Jowa mit ihm alle Freuden und
Leiden getheilt — eine poetische Erscheinung.

Den 15. Mai ging ich mit Itzstein auf sein Gut in
Hallgarten. Es fanden sich bald noch mehrere Gäste ein.

Den ersten Pfingsttag (23. Mai) war gerade der Jahres-
tag von Itzstein's Ausweisung aus Berlin. Wir feierten diesen
für uns doppelt festlichen Tag. Es war wundervolles Wetter.
Auf dem Hause flatterte die schwarzrothgoldene Fahne. Als der
Maitrank auf die Tafel gesetzt und jedes Glas gefüllt war,
brachte ich ein Hoch auf Itzstein aus:

> Der Mann, der in guten und bösen Tagen
> Das Banner der Freiheit hat getragen,
> Der manche Lanze für's Recht gebrochen,
> Manche bittere Wahrheit hat gesprochen,
> Der unerschütterlich fest gestanden
> Und die Ränke der Feinde machte zu Schanden,
> Der rein an Gesinnung, voll Selbstvertrauen
> Dem Fortschritt manche Bahn hat gehauen,
> Die Guten und Besten um sich geschart hat
> Und die Ehre des Vaterlandes bewahrt hat,
> Der für die gute Sache gekämpft und gestritten,
> Gehofft und gebangt, sich gefreut und gelitten,
> Der für das Volk unermüdlich geschafft und gewacht hat
> Und immer zuletzt an sich selber gedacht hat,
> Er, den das Volk seinen Vater nennt,
> Für den in Liebe das Herz der Jugend brennt,
> Den die Alten als Muster lieben und preisen,
> Den die Mütter als Vorbild den Kindern weisen,
> Den alle Deutsche mit Stolz nennen und ehren,
> Wenn's Fürsten und Schergen auch wollen verwehren,
> Er, dessen Name in beiden Welten lebet,
> Als Schiff sogar auf dem Weltmeer schwebet —

> Unfer Wirth, der Jüngling mit weißem Haar,
> Daß er kräftig und heiter noch manches Jahr
> Seinen Freunden zur Luft wie heute lebe,
> Für's Vaterland wie heute wirke und ftrebe —
> Das ift unfer Wunfch, das foll nie ein Witz fein:
> Hoch lebe unfer Vater Itzftein!

Alle erhoben fich und ftimmten jubelnd ein, und unter dem hellen Klange der Gläfer erfcholl ein herzliches Hoch dem edlen unermüdlichen Volksvertreter, unferm Vater Itzftein!

Es fcheint mir paffend, hier die Charakteriftik von Itzftein anzureihen, die in wenigen treffenden Zügen fein jugendfrifcher muthiger Mitkämpfer F. Hecker von ihm entwirft:

'Bülau (Allgem. Gefch. der Jahre 1830—38) fagt mit Recht: „Itzftein ift vielleicht das größte parlamentarifche Talent in Deutfchland." Keiner unferer Volksvertreter — der fächfifche Watzdorf vielleicht ausgenommen, der aber an Talent Itzftein nicht gleichfteht — bewegt fich, bei der größten Entfchiedenheit der Gefinnung und des Strebens, mit fo viel Feinheit, Tact, Ruhe, Gewandtheit und gewinnenden Aeußerlichkeiten wie Itzftein; Niemand weiß wie er die Haltung des feinen und vornehmen Mannes zu paaren mit der Geradheit und Natürlichkeit des wahren Volksvertreters, Niemand der Gegenpartei die tödtlichften Wunden, die fchärfften Schläge mit fo viel Anftand und Anmuth beizubringen, Niemand in dem hinreißendften Feuer der Begeifte-rung und des Zornes die volle Würde des Abgeordneten fo auf-recht zu erhalten und das fchöne Bild vollkommener Selbftbe-herrfchung fo rein darzuftellen. Aber durch diefe Verbindung des innigften Gefühls mit dem klarften Verftande, der heißen Ueber-zeugungskraft mit der kalten Ueberlegung, des begeifternden Dema-gogen — im edeln, nicht im polizeilichen Sinne — mit dem gewandten Weltmanne, ift er auch fo allgewaltig in der Kammer. Dabei weiß er eine titzliche Sache oft fo fchlau und fein zu wenden, daß die Gegenpartei sich schämen muß, gegen ihn zu stimmen, daß der Troß der Gleichgültigen, Fischblutigen und Meinungslosen oft willenlos ihm folgt und selbst die Vertreter der schroffen Gegenansicht sich oft überrumpeln lassen."

„Durch seine Persönlichkeit, durch sein umgängliches, freundliches Wesen gleicht er dabei die verschiedenartigen, oft sich mehr oder weniger abstoßenden Charaktere im Heerlager des Fortschrittes untereinander aus, legt kleine Streitigkeiten bei, sucht Einhelligkeit in den Handlungen und Ansichten im Interesse der Sache, für welche die Partei kämpft, herbeizuführen; macht aber nie eine Autorität oder seine Person im Vordergrunde geltend und bewirkt dadurch ein festes gleichmäßiges Handeln der verschiedenen Schattirungen unter den Liberalen. In dieser Bemühung um die Erhaltung der Einheit liegt das Geheimniß, daß Jeder ihn gern als den Anführer der Opposition anerkennt, weil er immer nur objectiv verfährt, die Sache vor die Augen führt und nicht für seine Person fordert, daß man ihn als Führer der Liberalen anerkenne und ihm folge."

„Als Redner ist Itzstein bewundernswerth. Seinem ausdrucksvollen, lebendigen, aber nie durch Abspiegelung heftiger Leidenschaft verzogenen Gesichte kommt eine kräftige wohlklingende Stimme zu Hülfe. Sein Vortrag ist fließend, einfach, klar, gewählt, einem kräftigen Strome vergleichbar. Seine Angriffe sind berechnet, gerade das Ziel treffend; er wird warm, feurig, begeistert, aber nie fortgerissen die Zügel verlierend; der Verstand beherrscht das Gefühl, das Gefühl erwärmt den Verstand. Dadurch wird er den Gegnern furchtbar gefährlich; er übersieht sein Terrain, sieht des Gegners Blöße, ohne sich beim Reden selbst eine Blöße zu geben; er schlägt den Gegner nieder, aber beleidigt nicht. Nie hat ihn der ruhige, sichere, parlamentarische Tact verlassen; nie wird er breit, schwülstig, gelehrt, unverständlich, zu blumenreich oder stürmisch; er denkt klar und spricht klar und Allen verständ-

lich. Seine Geberden entsprechen der Sprache. Er steht fest
und ruhig, gesticulirt wenig, aber kräftig und wirksam. Häufig
hat er die linke Hand im Busen des Frackes begraben und bedient sich nur der rechten zur Geste. Schleudert er nun aber in
kurzen, rascher auf einander folgenden Sätzen Angriff auf Angriff
gegen die Ministerbank, dann giebt er durch die geschlossene fest-
geballte Hand, die er hinausstreckt, der Rede einen mächtigen Nachdruck, als wolle er das geistige Schwert in dem Herzen des Gegners begraben, oder stemmt die geballte Rechte mit 2—3 leichten
Schlägen auf das Pultbrett der Tribüne, um sie zu einer nach-
drücklichern Geberde wieder zu erheben. Hat dann der Angriff
den Gipfelpunkt erreicht, so daß man kaum glauben kann, wie er
dahin gelangte, ohne die rednerische Schranke zu überschreiten, so
ruht seine Stimme einen Augenblick, der Blick haftet fest auf
dem Gegner und er beginnt mit Ruhe, gewöhnlicher klarer
Stimme einen neuen Absatz und schließt mit einem kräftigen
Schlagsatze."

„Itzstein ist mittler Größe, kräftig und doch schön gebaut.
Seine freie nach Verhältniß seiner Größe breite Brust giebt seiner
Gestalt, selbst abgesehen von seiner Gesichtsbildung, etwas Freies,
Festes und Offenes. Sein Gang ist fest und rasch, wie der eines
Mannes, der seine Zeit zu Rathe hält. Seine Haltung entspricht
der Gestalt; sie ist gerade und würdevoll; seine Bewegungen sind
leicht, der erste Anblick verräth den Mann von Welt, Bildung
und geistiger Größe. Er ist von einnehmender Gesichtsbildung:
eine freie, gewölbte, hohe Stirn, blaue, klare, forschende Augen,
ein durchdringender Blick, der ordentlich die Gedanken des Gegen-
überstehenden liest, eng geschlossene schmale Lippen, starke aber
wohlgeformte Nase und die innigste Harmonie der Züge zeigen
dem Beobachter sogleich den Denker und Staatsmann an. Die
Züge seines Gesichts sind nicht schroff oder starr, sondern fein
und beweglich, und wie sie in den Augenblicken des Nachdenkens

und Ernstes die Ruhe des Denkers ausdrücken, so nimmt, wenn ein heiterer und fröhlicher Gedanke es bewegt, das ganze Gesicht, besonders Mund und Augen, den Ausdruck der einnehmendsten Freundlichkeit an. Während bei manchen Menschen, namentlich schwankenden und zweideutigen Charakters, das Lächeln oder Lachen einen störenden Mißklang in die Züge bringt, vereinigen sich bei Itzstein alle Züge des Angesichts harmonisch zum Bilde des einnehmendsten Wohlwollens. Wahrlich, manchen Mann hat dieses freundliche Antlitz gewonnen und manchen Schwankenden in die Reihen zurückgeführt! Rechnet man zu dem Allen noch ein schneeweißes Haupt, mit einem zwar nicht üppigen, aber immer noch deckenden Haarwuchs, so hat man ein wirklich ideales Bild reifer, edler, ehrfurchtgebietender und kräftiger Männlichkeit. So markirt sein Gesicht indessen erscheint, so wenig hat ihn je ein Maler oder Zeichner glücklich getroffen. Der Grund davon ist einfach der, daß neben den Grundzügen des Antlitzes noch eine Mosaik von feinen Zügen in dem Kopfe ausgedrückt liegt, und der Zeichner über das Auffassen des Einen das Andere außer Acht läßt."

„Itzstein ist gesellig, umgänglich und gastfrei, der Fremde bei ihm leicht heimisch, weil nichts Pedantisches, Gezwungenes oder Gekünsteltes in seinem Wesen liegt, noch persönliche Eitelkeit aus seiner Unterhaltung herausblickt. Er ist offen, aber nie unüberlegt, er ist klug, aber nicht verschmitzt, er ist gegen Unbekannte zurückhaltend, aber ohne daß es merklich oder Mißtrauen verrathend und lästig wird."

„Unter dem Volke muß man ihn sehen. Dort giebt er dem Beobachter das Bild eines Volksmannes im schönsten Sinne. Leicht bewegt er sich unter Leuten jeder Art von Bildung und der verschiedensten Berufsart; Jedem freundlich, heiter, launig, fröhlich, weiß er wieder in die Umgangssprache ernste Wahrheiten einzuflechten. Spricht er zum Volke, so bewegt er sich nicht in

phantasiereicher Rede, sondern er spricht klar, gemeinfaßlich und
verständlich, die Rede wird weder gemein noch hochtrabend; sie
könnte in dem elegantesten Salon wie in der räucherigen Hütte
vorgetragen werden; an beiden Orten würde sie von Allen gefaßt
und die Sprache rein und edel befunden werden müssen; es ist
die Rede des natürlichen Verstandes an den gesunden Menschen-
verstand."

„Itzstein lebt höchst einfach und mäßig, trinkt selten Wein,
obgleich er auf seinem Gute Hallgarten selbst vortrefflichen zieht,
und bei öffentlichen Veranlassungen höchstens ein bis zwei Glas
Champagner. Er geht früh zur Ruhe und steht mit dem Tage
wieder auf; fünf bis sechs Stunden Schlaf genügen ihm vollkommen. Dafür aber trabt er auch rüstg wie ein Jüngling
durch die gesegneten Berge des Rheingaues und trotzt jeder
Witterung."

„Itzstein's Haus ist eine immer offene Herberge. Aus allen
Gegenden des deutschen Vaterlandes — nicht selten auch aus dem
fernen Auslande — erhält er Besuche. Den Einen führt die
Verehrung und Anhänglichkeit, den Andern bloße Neugierde zu
ihm. Alle empfängt er freundlich und herzlich, und wie karg ihm
auch die Zeit zugemessen ist, er hat doch für Jeden eine Stunde
traulicher Unterhaltung übrig. Dann aber ist sein Haus auch
eine Stätte unversiegbaren Trostes und stets bereiter Hülfe für
alle Verfolgte, Bedrängte und Unglückliche*). Keiner geht leer

---

*) Das Vertrauen des Volkes machte ihn zum Sammler für alle
diejenigen, die es unterstützen wollte. Er erhielt zu diesem Zwecke be-
deutende Summen Geldes, die ihm großen Theils ohne Unterschrift zu-
geschickt wurden. Seinen thätigen Bemühungen ist es hauptsächlich zu
verdanken, daß der Zweck der Unterstützung wirklich erreicht wurde. Er
sandte zur Unterstützung der (sogenannten sieben) Göttinger Professoren
über 1200 fl., für Jordan's Familie über 10,000 fl., für Seidenstiker
gegen 2500 fl. Minder reichlich fielen aus seine Sammlungen für Wei-

aus, welcher sich an ihn wendet. Welche Liebe und Verehrung, welches Vertrauen und welche Herzlichkeit ihm aber auch überall entgegengetreten, das weiß nur der, der Augenzeuge davon war. Itzstein's belebende, anregende, stärkende, veredelnde Freundschaft ist eines der höchsten Güter, welches sich der edle Mann erringen kann. Möge er noch lange als leuchtender Stern flammen an dem trüben Himmel der Gegenwart!"

Unter den Gästen in Hallgarten war auch Frau Directorin Schröder von Mannheim. Sie spielte die Bergzitter und sang dazu und hatte viel zur Erheiterung unserer Gesellschaft beigetragen. Als sie uns plötzlich verlassen wollte, richtete ich folgende Ghasele an sie:

Der Rheingau prangt in aller seiner Herrlichkeit!
    O weile noch!
Er ruft Dir zu: nun freue Dich der Maienzeit!
    O weile noch!
Nicht immer blüh'n die Bäume so wie heute Dir,
    Nicht immer singt
Die Nachtigall und mahnet Dich zur Fröhlichkeit:
    O weile noch!
Nicht immer blickt des Rheines Auge so Dich an
    Wie's hier geschieht,
Und winkt Dir aus der Ferne zu mit Freundlichkeit:
    O weile noch!

dig's Kinder, Siebenpfeiffer's Tochter, Heinzen's und Steinacker's Familie. Für Beseler haben die Sammlungen erst begonnen. Durch diese Sammlungen wurde Itzstein's Name im ganzen Vaterlande so bekannt, daß man ihn in manchem Schreiben mit dem Titel: „Vater der Unglücklichen", ferner: „Deutscher Säckelmeister" und „Vaterländischer Großalmosenier" beehrte.

Nicht immer hält Dich solch ein Wirth in solchem Haus
    So gern zurück
Und ist mit Dir und uns zum Scherze so bereit:
    O weile noch!
Spiel drum die Zitter, spiel' und sing' auch morgen noch,
    Auch Pfingsten noch!
Laß nah die Freude sein und jeden Abschied weit:
    O weile noch!
Laß nicht umsonst Hallgarten einen Garten sein,
    Wo 's hallt und klingt
Von lauter Sang und Lebenslust und Fröhlichkeit!
    O weile noch!

Obschon ich mich der Gesellschaft nicht entzog, so ergab sich doch oft Gelegenheit allein zu sein. Ich saß dann auf meinem stillen Zimmer und dichtete, oder ich wanderte hinaus in die freie Natur und freute mich des Frühlings und meiner Liebe.

    Still ruh' ich hier im kühlen Klee,
    Es fällt auf mich der Blüthenschnee;
    Ein Turteltäubchen hör' ich girren.
    Ich lasse meine Blicke irren
    Durch 's grüne Land, weit über'n Rhein,
    Weit in die blaue Fern' hinein,
    Und denke dein, und denke dein.

Ich war damals einige Tage recht unwohl, trotzdem aber nicht traurig oder gar muthlos. Auch hätte ich es mit Gleichmuth aufgenommen, wenn ich es damals erfahren, was mir das großh. badische Ministerium am 25. Mai zugedacht hatte: ich sollte nämlich aus Mannheim und drei benachbarten Ämtern ausgewiesen werden.

Itzstein war zum Abgeordneten-Ausschuß in Carlsruhe einberufen und reiste den 29. Mai ab. Den 1. Juni verließ auch ich Hallgarten und war einige Tage bei Settegast in Bieberich. Da er Generalagent des Texasvereines war, so unterhielten wir uns viel über Texas; auch erzählte uns Herr Cappes, der von dort erst vor Kurzem zurückgekehrt war, sehr viel von dem dortigen Leben.

Mit Settegast sah ich mir die Fronleichnams = Procession in Mainz an, sie dauerte viertehalb Stunden. Im Zuge gingen meist nur alte Weiber, Frauen, Mädchen, Schüler und Kinder, an der Spitze die Geistlichen, die Fahnen= und Heiligenbildträger und die Musicanten. Als das Allerheiligste kam, spielte die vorher schreitende österreichische Musikbande eine Polka. Ich schwieg, aber mein katholischer Freund bemerkte dazu: 'Das war das Allerschönste!'

Erfreulicher waren mir die mehrmaligen Spaziergänge im Biebericher Schloßgarten, der sich vor vielen anderen durch die großartige Einfachheit in seinen Anlagen auszeichnet. Selten findet man so riesige Platanen, Tulpen = und Kastanienbäume. Der Rasen war überall schön gehalten und die Teiche waren von allerlei Schwimmvögeln belebt. Sehenswerth waren auch die Gewächshäuser, die unter der Aufsicht und Pflege des tüchtigen Garteninspectors Tellemann sehr emporgekommen.

Den 5. Juni reiste ich über Frankfurt, Fulda, Gotha und Magdeburg nach Althaldensleben.

Philipp Nathusius beschäftigte sich wieder viel mit Politik, das Religiöse war bei ihm in den Hintergrund getreten. Das Ergebniß seiner damaligen Arbeit erschien unter dem Titel:

Statistische Übersichten über die Verhältnisse und wichtigsten Abstimmungen beider Kurien und über die künftigen ständischen Ausschüsse. (Berlin, Dümmler 1847.)

Maria gab mir ihren Roman 'die Kunstreiter' zum Lesen.*) Ich war sehr überrascht und sprach ihr meine Freude und Verwunderung aus. Ich las ihr meine Johannalieder vor. Sie war sehr erfreut, daß ich so etwas wieder dichtete. Ich gab ihr zum Componieren Abschrift von acht Liedern. Noch während meiner Anwesenheit hatte sie bereits drei componiert.

Nach fünftägigem Aufenthalt setzte ich meine Reise fort, ich ging durch die Altmark, besuchte meinen Vetter in Wittenberge und war am 13. Juni wieder in Holdorf.

Nachdem ich mich von einem längeren Unwohlsein erholt hatte, folgte ich einer Einladung des Hamburger Quartett-Vereines zum Sängerfeste nach Lübeck.

Es war das schönste und großartigste Fest dieser Art, welches ich je erlebt habe. Ich will deshalb aus meinen flüchtigen Aufzeichnungen und meiner Erinnerung Einiges mittheilen.

26. Juni. Abfahrt aus Hamburg in drei Extrapostwagen. Feierlicher Empfang in Oldesloe. Wir frühstücken in der Festhalle. Advocat Wolfhagen, den ich in Flensburg kennen lernte, sehr erfreut mich wieder zu sehen. Advocat Thomsen bringt ein Hoch auf mich aus. Die Schäffersche Liedertafel singt: 'Deutsche Worte hör' ich wieder.' Wir fahren unter allgemeinem Jubel ab.

Als wir das Lübecker Gebiet erreichen, schmücken wir uns, unsere Wagen und Pferde mit Laub. Mit entfalteten Bannern und Fahnen ziehen wir nach Lübeck ein. Ich im letzten Wagen führe die Fahne der Wilden. Auf dem ganzen Wege frohe Gesichter, Jubelgrüße, Böllerschüsse und Hurrahs. Die Stadt

---

*) Das Buch erschien nachher ohne ihren Namen unter dem Titel: 'Die Kunstreiter. Novelle. Berlin, A. Duncker 1847.' (293 SS.)

ist festlich geschmückt. Vor dem Rathhause empfängt uns eine jubelnde Menschenmenge. Wir erhalten unsere Festkarten und Festzeichen. Unter den Wohnungskarten habe ich zu wählen. Ich entscheide mich für Hrn. Lunau (Greensche Kartenfabrik). Sehr freundliche Aufnahme. Nach Tische gehe ich mit meinem Wirthe spazieren. Wir sehen uns die Festhalle an.

Ein großartiger Bau von bedeutender Höhe, 250 Fuß lang und 80 breit, den verschiedensten Zwecken vollkommen entsprechend: bald ein Concertsaal mit einer Tribüne für 1000 Sänger, bald ein Speisesaal für 16—1700 Personen, bald ein Tanzsaal für viele hundert Paare. An den Seiten sind die Küchen und Weinbehälter angebracht, und um rasch bei Feuersgefahr Hülfe zu schaffen, sind in den Wänden Feuerhaken und Leitern versteckt.

Um 9 Uhr gehe ich in den Rathsweinkeller. Nach und nach versammeln sich in den unermeßlichen Räumen wol an die 3000 Menschen. Noch nie habe ich unter der Erde so viel überirdische Fröhlichkeit erlebt. Erst bin ich bei den Hamburgern, dann bei Lachner und Marschner, endlich führt mich Conrad Wolff zu seinen Lübecker Freunden. Sie trinken in Johannisberger meine Gesundheit. Die Menge ist in Fluß und wogt uns zu, sie steht still und bringt mir ein Hoch aus. Ich soll singen, und singe das Lied von Greiz-Schleiz-Lobenstein. Ich werde gedrängt und gedrückt, jeder will mir die Hand reichen. Ich soll abermals singen. Ich muß auf den Tisch steigen und weiß nicht anders dem ungestümen Begehren zu begegnen als durch einen Spruch. Von allen Seiten bejubelt werde ich fortgerissen, bis mich ein Bekannter faßt und nach einem stillen Plätzchen rettet.

27. Juni. Es regnet immerfort. Ich bleibe den ganzen

Vormittag zu Hause. Um 4 Uhr Concert in der Festhalle. Es werden zehn Gesangstücke gesungen: Choräle, geistliche Motetten, Isis und Osiris, zuletzt die Anrufung des Bacchus aus der Antigone des Sophokles. Der Vortrag läßt nichts zu wünschen übrig, aber die Wirkung ist nur schwach, man sieht es den Zuhörern an, daß sie sich nicht befriedigt fühlen.

Gegen Abend hört der Regen auf und die Heiterkeit kehrt wieder ein in Stadt und Menschen. Die Festhalle ist wunderschön beleuchtet von außen und innen. Wol gegen 4000 Menschen wogen darin hin und her, und draußen wol eben so viel. Musik und Kerzenglanz in den beiden Erfrischungszelten wie in der großen Halle, Gesang dann und wann auf der Sängertribüne, bengalische Beleuchtung in allen Farben, unzählige Lämpchen, die wie ein Lichtgürtel den weiten Platz umgränzen — genug zum Sehen und Hören. Überdem glänzt noch am Sternenhimmel prachtvoll der Vollmond.

Nachdem auch ich mich an Allem gefreut, kehre ich in die Festhalle zurück und hoffe unter meinen Hamburgern unbemerkt sitzen zu können. Das dauert nicht lange, da holt mich ein begeisterter Lederhändler hervor, führt mich auf eine Erhöhung und bringt ein Hoch auf mich aus. Da bleibt mir denn wieder nichts übrig als zu danken, und mein Dank ist wieder wie gestern Abend ein Spruch, den ich wiederholen muß, als sich neue Zuhörer eingefunden haben.

28. Juni. Wunderschönes Wetter. Die Stadt ist festlich geschmückt: Flaggen in allerlei Farben flattern von den Dächern und aus den Fenstern herab. Um 1 Uhr versammeln wir uns auf dem Domplatze, jeder zu seinem Banner. Der Festzug geht die breite Straße entlang zur Festhalle. Ich trage den Wildenmann. Jubel und Begrüßung unterwegs. Um 3 Uhr

Concert vor der Festhalle. Es werden 11 Lieder vorgetragen unter Leitung von Marschner, Lachner, Methfessel, Friedrich Schneider und G. Schöne. Der Gesang, obschon aus beinahe zweitausend Kehlen, tönt nur schwach. Auch Schöne's Composition meines Liedes:

Das freie Wort von Ort zu Ort,
In jedem Munde das freie Wort! 2c.

die im geschlossenen Raume von großer Wirkung war, kann sich hier nicht geltend machen. Die Hitze ist groß und der Durst der Sänger und Hörer noch größer.

Um 5½ Uhr Festmal in der Festhalle an vierzig langen Tafeln. Musterhafte Ordnung, pünktliche Bedienung, nicht ein einziger Gast geht bei irgend einem Gerichte leer aus. Das Essen wie der Wein vortrefflich. Es wird manches Hoch ausgebracht, manche Rede gehalten. Zu uns bringt nur der Hall, wir jubeln aber immer mit, wenn es zum Gläserklange kommt, überzeugt, daß Alles gut gemeint ist. Bald wird der Lärm so groß, daß kein Redner mehr zu Worte kommen kann. Obschon endlich der Vorsteher des Festausschusses das Gastmal für aufgelöst erklärt, so erklären wir uns doch mit vielen anderen für unauflöslich und bleiben noch lange in heiterer Unterhaltung beisammen. — Zum Beschluß des genußreichen Tages sehen wir uns noch die prachtvolle Beleuchtung der Stadt an.

29. Juni. Festfahrt nach Travemünde. Wir versammeln uns auf dem Markte und ziehen von da nach dem Abfahrtsplatze an der Bastion Bellevue. Das schwedische Dampfschiff Malmö mit zwei Schleppern nimmt uns auf. Unter dem Jubel der Zuschauer fahren wir ab. Nach einer kurzen Strecke begrüßen uns vom Ufer her die Waisenkinder in ihrer Sonntagstracht, ein rührender Anblick, kein Auge bleibt trocken.

Kleine Fahrzeuge begleiten und umkreisen uns. Auf einer An=
höhe hält uns zu Ehren die Lübecker Reiterei, darauf bewill=
kommnen uns mit weißen Tüchern und Blumenkränzen zuwin=
kend weißgekleidete Jungfrauen, weiter hin warten auf uns die
Bewohner der Dörfer und Gehöfte und jubeln uns zu. So
begrüßt auf der ganzen Fahrt von tausenden fröhlichen Zu=
schauern kommen wir singend vor Travemünde an und werden
bewillkommnet von Böllerschüssen, Hurrahs und Tücherwehen
und dem Flaggen der umliegenden Schiffe.

Die Anordnung auch hier wieder eine musterhafte. Die
große Anzahl der Gäste konnte natürlich nicht an einem und
demselben Orte gespeist werden, sie war deshalb auf fünf
Wirthshäuser vertheilt. Diese fünf waren je mit Flaggen von
verschiedener Farbe bezeichnet, und so auch die Karten zum
Mittagsmal. Jeder Gast wußte also wo er speisen würde,
niemand konnte darüber in Zweifel sein.

Nach dem Mittagsmale finden wir uns vor der Bade=
anstalt ein, der größere Theil macht mit dem Alexander, einem
großen Petersburger Dampfschiffe, und dem Malmö eine kleine
Seefahrt.

In später Abendstunde beginnt die Heimfahrt. Obschon
der Vollmond scheint, so ist doch wenig Aussicht, überall flache
Ufer, nirgend mehr Jubel des Volks. Auf dem Schiffe wird
es stiller und die Fahrt langweilig. Der Capitän, unbekannt
mit dem Fahrwasser, fährt vorsichtig und deshalb sehr langsam.
Endlich schimmern uns die Lichter von Lübeck freundlich ent=
gegen, die Gesellschaft gelangt wieder in heitere Stimmung,
und findet sich zum Abschiede in der hell beleuchteten Festhalle
ein.

So endete das Lübecker Sängerfest, das als ein wirklich

deutsches gelungenes Volksfest allen Theilnehmern unvergeßlich geblieben sein muß.

30. Juni. Die Festgenossen begeben sich heim, ich bleibe noch bis morgen. — Abends im Rathskeller. Lübeckerinnen bringen mir ein Hoch aus, und ich danke ihnen mit meinem Liede:

> Seid mir gegrüßt, ihr deutschen Frauen,
> Der schön'ren Zukunft Morgenroth! &c.

Den andern Tag nehme ich Abschied von meinem Wirthe Hrn. Luna und seiner Frau Gemalin, herzlich dankend in Prosa und Versen für alles Liebe und Gute.

Ich übernachte in Oldesloe und fahre den folgenden Tag nach Hamburg. Ich verweile hier einige Tage in angenehmem Verkehre mit Freunden und Verwandten. Sehr erfreut mich, hier Prutz zu treffen. Er ist Dramaturg am Hamburger Stadttheater und hofft in dieser Stellung viel zu wirken und eine angenehme Zukunft sich zu schaffen.

In Schwerin treffe ich mit Rudolf Müller zusammen. Er will mit seiner Frau eine Vergnügungsreise nach Hamburg machen, woher ich eben komme. Er läßt nicht nach, ich muß mitreisen, und so bin ich denn wieder 7. Juli in Hamburg.

Wir besuchen Prutz und machen mit ihm und seiner Familie einen Ausflug nach Blankenese. Unterwegs besehen wir die bedeutenden Gartenanlagen von James Booth in Flottbeck.

Den folgenden Tag fahren wie auf dem Patrioten nach Cuxhaven. Christian Schmoldt, durch den Telegraphen benachrichtigt, holt Müller's ab, ich bleibe zurück.

10. Juli kommen unsere Otterndorfer Freunde herüber. Großes Abendessen. Zuletzt müssen noch die Stadtmusicanten zum Tanz aufspielen. Ich werde um Mitternacht ins Land Hadeln eingeschmuggelt.

11. Juli. Lustfahrt nach Dobrock, einem Bremerschen Gute in der Geest. Ich trete auf als 'Assessor Fuchs.'

12. Juli. Wir setzen über die Elbe nach Glückstadt, bleiben den Tag in Hamburg und kehren den folgenden nach Holdorf zurück.

Zwei musicalische Gäste finden sich ein, erst Hermann Hauer*), Organist der St. Jacobi-Kirche in Berlin, dann Ludwig Erk. Es wird viel musiciert, componiert und gesungen, für mich eine heitere Anregung zum Arbeiten und Dichten. Sehr willkommen ist mir besonders Erk's Besuch. Wir besprechen eine Sammlung Schullieder, hundert nach dem Alter und den Fähigkeiten der Kinder auf drei Hefte vertheilt. Erk ist sehr fleißig, die Melodien sind alle fertig und es bleibt mir nur noch übrig, die Texte hinzuzufügen.

Leider fällt mitten in unsern heitern Verkehr ein sehr trauriges Ereigniß: am 17. Juli starb Frau Elise Schnelle, geb. Stumpe. Ein unersetzlicher Verlust für den braven Dr. Schnelle und seine neun Kinder! Allgemein war die Theilnahme, denn sie war als Gattin, Mutter, Hausfrau und Freundin allgemein geliebt und verehrt; manches Auge hat ihr nachgeweint, manches Herz bewahrt ihr ein liebevolles Andenken.

Mein Beileid konnte ich persönlich nicht aussprechen, aus Rücksicht für unser Haus mußte ich mich fern halten, mehrere Kinder lagen dort nämlich an den Masern danieder. Otto Wien, der treue Freund der Schnelle'schen Familie, der mich besuchte, mußte der Überbringer meiner innigen Theilnahme sein. Ich widmete der verehrten Todten dies Lied:

---

*) S. über ihn v. Ledebur, Tonküustler-Lexikon Berlins S. 226. 227.

Dort unter den schattigen Linden,
Wo frische Blumen blüh'n,
Ruht aus eine gute Mutter
Von ihres Lebens Müh'n.

Sie sieht nicht ihre Kinder,
Sie ahnt nicht unsern Schmerz,
Geschlossen ist ihr Auge
Und ruhig bleibt ihr Herz.

Mit jedem Frühling werden
Die Linden wieder grün,
Und auf dem Grabeshügel
Die Blumen wieder blüh'n.

Dann blicken die Linden und Blumen
Gar fröhlich himmelwärts,
Doch unsern Blick beugt nieder
Zum Grabe tief der Schmerz.

---

28. Juli bis 9. August in Hohenfelde.

Karl Wien hatte seine junge Frau zu seinen Eltern ge=
bracht. Das gab nun Anlaß zu einigen Ausflügen, wobei sich
die befreundete Nachbarschaft betheiligte. Einen Tag waren wir
auf dem Schmookberge, dem höchsten Punkte hiesiger Gegend,
und nachdem wir uns der lohnenden weiten Aussicht gefreut
hatten, lagerten wir an einem Tannicht, machten ein großes
Feuer an und hielten ein ländliches Mal. — Einen andern
Tag fuhren wir nach Burg Schlitz, der sogenannten meklen=
burgischen Schweiz. Auf einem großen vierspännigen Leiter=
wagen saß die ganze fröhliche Gesellschaft. In schöner Natur
entwickelten wir unsere Mundvorräthe, spazierten, scherzten und
lachten, und kehrten fröhlich wie wir gekommen wieder heim.

Ich war in dieser Zeit auch öfter in Zierstorf. Es war
wohlthuend für mich, daß ich Gelegenheit fand mich über Vieles,

auch über mich auszusprechen. Frau Auguste Pogge nahm innigen Antheil an meinem Schicksal und wünschte gar sehr, daß ich der Welt gegenüber eine unabhängige Stellung einnähme. Der Wunsch war schön, aber die Erfüllung nur möglich durch Beseitigung von Dingen, über die wir keine Macht haben und deren günstigere Gestaltung nur abgewartet werden kann. Viele meiner Freunde machten mir Vorschläge, dies oder jenes zu beginnen, um mir ein selbstständiges sorgloses Leben zu gründen. Sie verkannten völlig meine Eigenthümlichkeit und meinen Freiheitssinn, die Grundbedingung meines ganzen geistigen und leiblichen Lebens. Hätte ich ihren Rath befolgt, so wäre ich höchstens in einem verlorenen Winkel Deutschlands ein anständiger Philister unter Philistern geworden, ganz nach dem Willen einer hochlöblichen Polizei und wäre mit ihnen selig im Herrn entschlafen. Meine Freunde dachten nicht daran, daß das was ihnen als Glück erschien, nie mein Glück sein noch werden konnte. So unangenehm mir oft Unterhaltungen über mein jetziges Wanderleben waren, so konnte es mich doch nur freuen, wenn sie aus so inniger Theilnahme wie hier hervorgingen. Sie endeten denn auch wie hier zu beiderseitiger Ergötzung. Und so mußte denn auch Frau Pogge sich und mir scherzhaft gestehen: 'Ich sehe wol, Sie sind unverbesserlich!'

Das junge Ehepaar verließ uns wieder, die gewöhnliche ländliche Stille trat wieder in unser Haus ein. Zum Abschiede überreichte ich Maria Wien folgende Zeilen:

> So halte fest was Dir beschieden
> In Deines Lebens Frühlingszeit!
> Nichts störe Deines Herzens Frieden!
> Nichts trübe Deine Heiterkeit!
>
> Wie Rosenknospen sich entfalten
> Am milden Frühlingssonnenglanz,

So mag Dein Leben sich gestalten
Zu einem reichen Freudenkranz.

Zu manchem Strauß für Dich gebunden
Nimm freundlich diesen Wunsch noch an
Und denk' in Deinen schön'ren Stunden
Mein in der Ferne dann und wann!

Ich fing nun an fleißig zu arbeiten: nach einigen Tagen hatte ich die Abschrift der 100 Schullieder vollendet.

Die letzte Hälfte Augusts verlebte ich in Holdorf.

Der erste Besuch bei Dr. Schnelle nach dem Tode seiner Frau war für mich ein sehr wehmüthiger. Wenn ich sonst kam, fand ich nur frohe Gesichter, die Kinder sprangen mir jubelnd entgegen. Jetzt Alles still. Vor Weinen konnte ich nicht sprechen, stumm reichte ich Schnelle und seiner Tochter Emilie die Hand und zeigte ihnen, was Itzstein über den Tod der Frau Schnelle geschrieben.

Während die Ernte in vollem Gange war und es draußen sehr lebendig herging, beschäftigte ich mich auf meinem stillen Zimmer viel mit dem Ordnen meiner Papiere. Besuch gab es wenig, Studiosus Zarncke kam zweimal zu mir herüber. Den 13. August feierten wir Rudolfs Geburtstag und den 16. Emilie Schnelle's.

Den 28. August ging ich wieder auf Reisen. Zunächst besuchte ich meinen Vetter in Wittenberge, dann seine Mutter in Havelberg und ging von da über Genthin nach Leipzig.

1. Sept. Engelmann übernimmt den Verlag der 100 Schullieder. Ich besuche Ruge und Fröbel, Juranh und Bussenius. Am Nachmittag im Café français mit Kuranda, Theodor Althaus und Otto Wigand. Am Abend erwarte ich Ruge in

Werthmann's Keller, vergebens, es kommen andere: Julian Schmidt, Althaus und Goldschmidt, Herausgeber der Kopenhagener Zeitschrift 'Corsaren.' Mit letzterm unterhalte ich mich über Caricaturen, deutsche Eigenthümlichkeit, dänische Sprache, dänisches Wesen.

2. Sept. Ruge schenkt mir sein neuestes Werk:

'Die politischen Lyriker unserer Zeit. Ein Denkmal mit Portraits und politischen Charakteristiken.' *)

Ruge hat unter den 15 politischen Dichtern mich als fünften aufgeführt, und weil es eben Ruge ist, der mich bespricht, so mag seine damalige Ansicht hier wiederholt werden. S. 76. 77. sagt er:

'Hoffmanns Persönlichkeit unterstützt die Wirkung seiner Gesänge in einem so überraschenden Grade, daß man dieselben Gedichte auf dem Papiere kaum wieder erkennt, von denen man in seinem Gesange zur lebhaftesten Aufregung fortgerissen war. Unterdessen sind Melodie und Text durch den Propheten, der sein eigener unermüdlicher Apostel ist, in allen Gegenden von Deutschland bekannt und in vielen heimisch geworden. Eine Erinnerung an einige seiner gelungensten Lieder hat daher vornehmlich den Sinn, ihm die Ehre zu vindicieren, daß er, nach einem langen Schlafe des Volksgeistes, die erste energisch und unermüdlich erneuerte Opposition durch politische Lyrik geführt'.

'Daß es möglich war, das unbefriedigte Volksgefühl in Humor aufzulösen, ist ein Symptom allgemeiner Bildung. Wie Berangers Humor sich zur Restauration, so verhält sich Hoffmanns Lyrik zu unserer Reaction und Philisterwelt. Die große Masse der aufgeklärten Bürger muß von einer freisinnigen Lebensansicht und von der Forderung politischer Reformen und eines

---

*) Leipzig, Verlagsbureau (Arnold Ruge) 1847. Die Portraits sind nicht sonderlich.

neuen Lebens in der Region des öffentlichen Wesens schon durch-
brungen sein, um den Hoffmann'schen Humor zu genießen. Wo
die alte Verstocktheit noch festsaß, da wirkte seine Satire sichtbar verstimmend; als man sich daher überzeugen konnte, daß die
Erheiterung bei Weitem der allgemeinste Eindruck war, bedurfte
es für den Politiker von Verstand keines Beweises mehr, in
welcher Stimmung die Mehrzahl des Volkes sich befinde.'

'Obgleich Hoffmann jetzt schon wieder mehr zurückgetreten
ist, so muß man doch gestehen, daß die Erscheinung und die
günstige Aufnahme seiner politischen Poesieen ein politisches Ex-
periment von großer Bedeutung war; und es ist nicht zweifelhaft, er wird noch eine Zeit erleben, welche an
ihm die jetzige Verfolgung wieder gut macht, da in
jedem Lande der Welt die allgemeine Stimmung die
bestimmende wenn nicht schon ist, es in Kurzem werden muß.'

Ruge hatte damals mit Fröbel sich geeinigt und setzte das
Züricher 'Literarische Comptoir' als 'Verlagsbureau' in Leipzig
fort. Die Polizei sah es auch so an: sie hatte deshalb gestern
dritthalb Stunden im Verlagsbureau nach dem Verlage des
lit. Comptoirs gefahndet, besonders nach meinen Liedern, dann
die Maculaturkammer versiegelt und war eben abmarschiert,
als ich eintrat.

Um 9 Uhr Abends wird mir gemeldet, daß mir ein Ständ-
chen gebracht werden würde. Ich gehe nach Haus. Auf der
Hausflur des Hôtel de Bavière versammeln sich Studenten
und Turner. Sie singen drei Lieder, darunter auch 'Zwischen
Frankreich und dem Böhmerwald.' Dann wird ein Hoch auf
mich ausgebracht. Ich danke mit einem auf 'die Männer des
Fortschritts', das dreimal von den Anwesenden wiederholt wird.
Darauf begiebt sich der Zug heim unter dem Singen des Liedes:

'Wie könnt' ich Dein vergessen,
Ich weiß, was Du mir bist!'

Gleich darauf kommt Ruge mit den jungen Gelehrten, die gewöhnlich in seiner Begleitung waren, wenn ich mich recht erinnere: Dr. Julian Schmidt (von Marienwerder), Friedemann, Dr. Goldschmidt, Dr. Beck, Dr. Cuno Fischer, Dr. Rösler, Dr. Althaus. Wir setzen uns an einen besonderen Tisch und bleiben in traulicher Unterhaltung beisammen bis 12 Uhr.

3. Sept. Schon lange hatte ich eine Sammlung einiger meiner Lieder veranstaltet, die ein- oder vierstimmig gesetzt unter dem Titel 'Deutschland' erscheinen sollten. Ich gehe damit zu Breitkopf und Härtel. Wir einigen uns, sie übernehmen den Verlag, erhalten mein Manuscript und zahlen mir 50 Thlr. Honorar.

4. Sept. Sächsisches Constitutionsfest. Der Marktplatz ist mit gelbem Sande bestreut, auf dem Rathsthurme wehen einige Fahnen, weiß und grün, mehrere Läden sind geschlossen, man weiß nicht recht, ob wegen des Schabbes oder wegen des Festes.

Noch denselben Tag nach Köthen. Ich besuche Dr. Alfred v. Behr und treffe seinen Bruder Ottomar. Wir fahren mit Brawigk's zum Erndtekranze nach Rösitz zu Herrn von Busch. Unterwegs unterhalte ich mich viel mit Ottomar. Er erzählt mir, daß der alte Meusebach am 22. Aug. gestorben ist. Dann kommen wir auf dessen Sohn Otfried und so auf Texas. Ottomar ist dort ansässig und kehrt dorthin zurück. Er ist über America sehr unterrichtet und hat neulich eine nützliche Schrift herausgegeben:

'Guter Rath für Auswanderer nach den vereinigten Staaten von Nordamerika.' (Lpz. Friese.)

5. Sept. Abends bringen mir die Bürger ein Ständchen. Sie stellen sich vor unserm Hause am Markte auf und singen 'Deutschland, Deutschland über Alles!' nach der Composition des Musikdirectors Thiele.*) Ich gehe hinunter, spreche ihnen meinen Dank aus und begleite sie zum Keller, wo wir mit meinen Freunden noch bis 12 Uhr vergnügt beisammen sind.

6. Sept. Schützenfest. Die Schützen ziehen mit klingendem Spiel über den Markt und holen den König ab. Alfred als Adjutant muß sich bei diesem Kriegesspiele betheiligen, er schnallt sich den Säbel um und schließt sich in ernster Würde dem Zuge an.

Mittags große Tafel bei uns. Alfred's Vetter, Hermann Behr erzählt viel von Australien. Er hatte als Arzt die Altlutheraner dorthin begleitet und war erst vor einigen Monaten heimgekehrt.

Später nehmen wir theil an dem Abendessen der Schützen, das im Freien bei 7° Wärme stattfindet und das Gute hat, daß wir uns nicht den Magen überladen.

7. Sept. in Althaldensleben.

Heinrich Nathusius, der jüngste Bruder von Philipp, verheirathet sich mit Fräulein Behmer, Tochter des Amtmanns in Merzien. Der Polterabend wird hier gehalten. Es finden große Vorbereitungen statt: der Bibliotheksaal wird zur Schaubühne hergerichtet, im Palmenhause werden die tropischen Pflanzen und Blumen aufgestellt, Philipp zieht um, 2c. Es finden sich Gäste von nah und fern ein: zwei Elster mit ihrem Freunde Weidenbach, der die Lepsius'sche Reise nach Ägypten mitmachte, Alexander von Meibom, Dr. Bernhardi von Cassel, Hoffmann-

*) Später gedruckt im Orpheus 13. Bd. Nr. 72. S. 4., 4stimmig.

Bang (ein Däne), und viele Verwandte der großen Nathusius=
schen und Engelhardschen Familie.

11. Sept. Um 7 Abends beginnen die Festspiele. 'Apollo
und die Musen' von den 9 Behmerschen Kindern. — 'Jung
efriet hat keinen noch erüet', Lustspiel von Julius Elster, aller=
liebst, acht Personen treten auf und spielen vortrefflich. Das
braunschweigische Platt erinnert mich wehmüthig an meine Kind=
heit. — Flachslied zu einem lebenden Bilde: das Innere einer
wohlhäbigen Bauernwirthschaft. — Anna Nathusius überreicht
Pantoffel und Stiefelknecht mit hübschen passenden Worten in
braunschw. Platt. — Festspiel: 'Richard Löwenherz und Ritter
Percy' von Philipp und Maria Nathusius. — Lebende Bilder:
die Liebe, die Ehe, Theorie, Praxis; Schweizer Alpenleben;
Morgenland und Abendland; Mädchen aus dem Märchenlande.
Zum Schlusse komme ich als chinesischer Dolmetscher.

Nach so mancherlei geistigen Genüssen gehen wir zu den
leiblichen über: die ganze Gesellschaft versammelt sich zum Abend=
essen. Nach aufgehobener Tafel beginnt der Tanz und dauert
bis 2 Uhr.

12. Sept. Mit Philipp Nathusius nach Kalbe über Mag=
deburg. Hier lerne ich vor dem Erzherzog Stephan den Buch=
händler Otto Janke kennen, der mich zu sich nach Potsdam
einladet.

13. Sept. Die Hochzeitsgäste finden sich in Merzien ein.
Um 1 Trauung, um 2 Festmal im Gasthause. Es geht mir
etwas zu feierlich her und in solchen Fällen pflege ich denn
gewöhnlich ausgelassen lustig zu werden. So denn auch jetzt:
ich bringe sehr viele Gesundheiten aus, und weil ich lustig bin,
denke ich, jeder andere müsse es auch sein. Um 7 Aufbruch.

Ich gehe nach Köthen und sitze bald in einer ganz anderen Gesellschaft, nämlich mit meinen Freunden auf dem Rathskeller. Ein Schotte Namens Gordon macht mir den Antrag, ihn auf Reisen zu begleiten und ihm nebenbei das Deutsche beizubringen. Vor vier Jahren hätte ich vielleicht solch einen Antrag angenommen.

Es folgten nun für mich einige ruhige Tage. Wilhelm Nathusius hatte mich zu sich auf sein Gut Königsborn eingeladen. Ich lebte auch jetzt wieder eben so angenehm wie früher. Ich wohnte auf demselben geräumigen Zimmer im oberen Stock mit der freundlichen Aussicht auf den Park. Wenn Wilhelm mit seiner Landwirthschaft und seinen Sportsangelegenheiten sich beschäftigte, so saß ich oben und arbeitete, oder ich ging spazieren. Da gegen meine immer wiederkehrenden rheumatischen Schmerzen die bisherigen Mittel nicht angeschlagen hatten, so wollte ich es jetzt einmal mit der Traubenkur versuchen, und es war mir sehr lieb, daß ich sie hier beginnen konnte. Die ganze Südseite des Schafstalls war mit Reben bezogen und die frühreifen Trauben waren vollkommen reif und schmeckten sehr lieblich. Ich aß zu verschiedenen Tageszeiten je einen Teller voll, und befand mich sehr wohl dabei.

Abends unterhielten wir uns sehr traulich, und wenn wir aus dem Scherz in den Ernst kamen, so wandte sich unser Gespräch gewöhnlich dem Religiösen zu. So sprach ich mich denn eines Abends über Philipps religiöse Richtung aus und seine Hinneigung zum Pietismus. Wilhelm erklärte das für rein wissenschaftlich.

Obschon, wenigstens damals, die fünf Brüder in manchen Dingen gar nicht übereinstimmten, so war es doch merkwürdig, wie schonend sich jeder über des andern abweichende Ansichten, politische und religiöse Richtung u. dgl. aussprach. So hat sich denn endlich durch Nach= und Aufgeben die Blutsverwandtschaft zu einer Seelenverwandtschaft entwickelt, wie sie selten in einer selbst noch kleineren Familie vorkommt.

Schon lange hegte ich die Absicht, wieder einmal mit Frau Bettina zusammen zu kommen. Da mich Herr Janke nach Potsdam eingeladen hatte, so glaubte ich von dort aus schnell Berlin erreichen und unbemerkt darin einige Stunden weilen zu können, ich durfte bekanntlich seit meiner Ausweisung im Februar 1844 nicht mehr nach Berlin kommen.

Am 20. Sept. traf ich in Potsdam ein und wurde vom Buchhändler Otto Janke (Firma: Horvath'sche Buchhdl.) sehr freundlich aufgenommen. Ich mußte noch erst zu Mittag essen, dann spazierten wir nach Sanssouci. Als wir zurückkehrten, besuchte ich Frau von Meusebach. Abends war Gesellschaft bei Janke: sein Schwiegervater Advocat Sello und einige Lehrer.

21. Sept. um 10 nach Berlin. Bettinas Wohnung ist nicht weit vom Bahnhof, noch außerhalb der Ringmauer. Als ich eben zuversichtlich die Treppe hinaufsteige, da bedeutet mich die Hausmeisterin, die alte Appel, daß ich nicht vorgelassen werden könnte. Ich setze ihr auseinander, daß ich nur gekommen, um Frau von Arnim zu sprechen. Sie geht hinein und fragt an. Sie kommt wieder und giebt mir ungenügenden Be= scheid. Ich ärgerlich die Treppe hinunter. Da ruft mich Bet= tina zurück: 'Nur rasch, rasch! Aber sagen Sie niemandem, daß Sie bei mir waren — gleich kommt mein Advocat.' — Sie erzählt mir von ihrem Prozesse mit dem Magistrate, findet einen Zusammenhang zwischen ihrem Buche für mich und diesem Prozesse u. s. w. Da kommt der Advocat. Ich muß eiligst

zur Hinterthür hinaus durch die Küche in den Hof hinab zur
großen Belustigung der alten Appel. Um 3 soll ich zu Tische
kommen. Ich fahre in einer Droschke zu Erk. Es ist 12 Uhr
Mittags, er ist noch nicht aus dem Seminar zurück. Ich
unterhalte mich mit seiner Frau. Nach einer Weile tritt er
ein, freudig überrascht. Ich theile ihm meinen Plan mit, 1000
Volkslieder der Deutschen mit Singstimme und Clavierbegleitung herauszugeben, und lade ihn ein zu gemeinschaftlicher Herausgabe. Er ist gern bereit. Wir besprechen das Unternehmen
nach allen Seiten. Ich muß mit ihm zu Mittag essen. Um
3 in einer Droschke zu Bettina. Sie führt mich zu Tische.
Lebhafte Unterhaltung. Sie erzählt mir Alles was sich nach
der Grimmschen Geschichte für sie begeben hat, von den Rän-
ken gegen sie und mich, von dem kläglichen Benehmen ihrer
Freunde, von dem traurigen Ende des Stud. Albert Tiede ꝛc.
Um 5 wollte ich mich empfehlen. Daran war gar nicht zu
denken. Sie theilt mir die Aushängebogen ihres neuesten Buches
mit,*) sie zeigt mir die handschriftliche Fortsetzung dieses Brief-
wechsels mit Philipp Nathusius, sie spricht von der Vorrede,**)
was selbige Alles enthalten soll ꝛc. Dann kommen wir auf
meine Bibliothek, auf ihren Prozeß mit dem Magistrate, sie
liest mir darauf bezügliche Actenstücke vor ꝛc. Endlich besprechen wir, was für Meusebach's Bibliothek zu thun sei, damit

---

*) Es erschien unter dem Titel:
'Julius Pamphilius und die Ambrosia. Von Bettina Arnim. 1. 2.
Bd. Berlin 1848. Expedition des v. Arnim'schen Verlags.'
Es fand nicht den Beifall im Publikum, welchen Bettinas Freunde er-
wartet hatten. Vgl. Blätter für lit. Unterhaltung 1849. S. 14. 15. und
daselbst 1848. S. 1331. den Auszug aus dem Athenaeum.
**) Die Vorrede ist nie gedruckt und auch wol nie geschrieben worden.

ſelbige zur Ehre und zum Beſten des Vaterlandes erhalten und zugleich für die Familie ein dem hohen Werthe entſprechender Preis erzielt werde. Sie lieſt mir den darauf bezüglichen Brief an den König. Ich ſoll dazu noch Notizen geben. Wir verabreden eine Zuſammenkunft in Potsdam auf morgen 3 Uhr, wir wollen dann nach Baumgartenbrück hinausfahren. Ich nehme Abſchied und kehre mit dem 7 Uhrzuge nach Potsdam zurück.

Bei meiner Ankunft meldet mir Herr Janke, daß wir in die Dampfmühle eingeladen ſind auf Beethovenſche Sonaten und zu einem Abendeſſen — ein ſehr willkommener Dämpfer auf meine Aufregung. In heiterer Ruhe verlebte ich mit den übrigen Gäſten einen ſehr angenehmen Abend.

22. Sept. Frühmorgens zu Karl von Meuſebach. Wir frühſtücken zuſammen und plaudern bis 12 Uhr. Er erzählt mir von ſeines Bruders Otfried Thätigkeit in Neubraunfels für den Texasverein, von deſſen Ausflug ins Sabathal, und wie er ſeine Feinde glorreich beſiegt habe. Ich bekomme auch einen Bericht zu ſehen, den Otfried von Galveſton aus den 20. Januar 1846 an den Texasverein geſendet hat, darin meldet er, daß jetzt Friedrichsburg gegründet ſei, das nächſte Settlement, ſchon auf dem Grant, werde ‘Fallersleben’ ſein. Als Prinz Waldemar von Preußen Näheres über den Verein wiſſen wollte, wagte Karl nicht, den Bericht mit dieſem Stadtnamen mitzutheilen, ſtrich ‘Fallersleben’ dick aus und ſetzte ‘Humboldsburg’ darüber. Er zeigt mir ſelbſt ſeinen Cenſorſtrich, und wir müſſen beide lachen über dieſe unnöthige Vorſicht. — Karl erzählt dann noch von dem Tode ſeines Vaters und daß die Grimms nicht die mindeſte Theilnahme bewieſen hätten.

Um 12 gehen wir zu Lehmann und ſpeiſen zu Mittag.

Karl macht mir manche Mittheilungen aus dem Leben seines Vaters, dessen Äußerungen über mich u. dgl. Ich erkläre wie schon am Morgen abermals, daß ich in Betreff der Bibliothek zu Rath und That bereit sei. Unterdessen hat sich ein Garde-officier zu uns gesetzt, er leitet unsere Unterhaltung von den Familienangelegenheiten ab und da er ein Schweizer von Geburt ist, so bringt er das Gespräch auf die Schweizer Zustände.

Um 2 gehen wir auf den Bahnhof, begegnen Bettina, unterhalten uns mit ihr, und fahren dann zu Frau v. Witz-leben, Karls Schwester. Die arme Frau liegt seit langer Zeit von der Gicht gelähmt danieder — ein erbarmenswerther An-blick! Daß ich sie so wiedersehen mußte! Ich bin furchtbar ergriffen und vermag kaum zu reden. Wehmüthig nehme ich Abschied. — Mit Karl fahre ich dann nach Baumgartenbrück. Ich sehe mir die Gegend an, spaziere zwischen den Weingelän-den und trete ins Haus ein. Als ich die Bibliothek wieder-sehe, wird mir eigen zu Muthe: wie manche Erinnerungen für mich hangen an vielen dieser Bücher und ihrem unermüdlichen Sammler! Dem unruhigen Tage folgt ein stiller Abend. Um 9 Uhr treffen wir in Potsdam ein. Obschon ich sehr müde bin, so erzähle ich doch noch zu Hause von meinen heutigen Erlebnissen.

Den andern Tag kehrte ich nach Königsborn zurück. Mein erstes Geschäft war ein Bericht über die Meusebach'sche Biblio-thek, den ich denn auch sofort an Frau Bettina einsendete. Eines Abends fingen wir an ihr Buch zu lesen: das gab An-laß und Stoff zu lebhafter Unterhaltung. Ich sprach mich aus über die seltene Ehrlichkeit bei Beurtheilurg von litterarischen Werken und Kunstsachen, über Unklarheit in Darstellung unserer Gedanken und Gefühle, über Gefühlsschwelgerei u. dgl. Es gäbe Bücher, worin hochklingende Sätze vorkämen, die einen neuen großartigen Gedanken zu enthalten schienen, und wenn man die Sache näher untersuchte, so wäre es nur glänzender Unsinn. Da meinte Wilhelm: 'Dergleichen Bücher lese ich in Einem Zuge. Was ich nicht verstehe, kümmert mich nicht. Finde ich dann etwas Schönes, so freut es mich.'

Maria Nathusius (geb. v. Meibom) war ein poetisches Gemüth und pflegte auch wol selbst zu dichten. Sie hatte große Freude an meinen Johannaliedern, ich verehrte ihr einige. Noch mehr erfreute es sie, daß ich für ihre kleine Elsbeth, ein allerliebstes Kind, einige kleine Lieder dichtete und zum Andenken in das Elsbeth-Album einschrieb.

Das Wetter war mitunter unausstehlich, trotzdem spazierte ich viel umher und ergötzte mich an jedem Blümchen, das es gewagt hatte dem Winter entgegen zu blühen: ich pflückte noch Rosen, Reseda und Heliotrop im Freien und wand täglich ein Sträußchen.

———

In den letzten Tagen des September reiste ich durch Thüringen über Frankfurt in den Rheingau. Wie ich Itzstein auf seinem Gute nicht traf, ging ich zu ihm nach Mannheim. Den 4. Oct. begrüßte ich ihn, blieb aber vorläufig im Weinberg, weil Herr Franz von Holtzendorff-Vietmannsdorf dort bereits als Gast eingekehrt war. Mit diesem war ich viel zusammen, wir spazierten viel und machten auch einen Ausflug nach Heidelberg. Als ich ihn am 7. Oct. zur Eisenbahn begleitet hatte und zu Itzstein zurückgekehrt war, fand ich ein Schreiben des großh. Stadtamts vor, wonach mir aufgegeben ward, 'innerhalb 24 Stunden bei Zwangsvermeidung das

Großherzogthum Baden zu verlassen.' Das Schreiben berief sich auf einen Erlaß des Ministeriums des Innern vom 25. Mai und eine Verfügung der großh. Kreisregierung (Schaaff!) vom 27. Mai d. J. — Ich berieth mich sofort mit meinen Freunden. Hecker meinte, nur eine persönliche Verwendung beim Ministerium in Carlsruhe könne die Sache rückgängig machen. Itzstein war sehr betrübt, zumal so etwas unter dem Ministerium Bekk, seines Freundes geschehen konnte. Er war sofort bereit, mich nach Carlsruhe zu begleiten. — Den folgenden Tag fuhren wir hinüber. Helmreich und Dr. Gentil schlossen sich an. Unser erster Weg war zu Bekk. Es hieß, Excellenz wäre krank. Itzstein wurde jedoch vorgelassen und kam voll Hoffnung zurück. Wir wurden an Hrn. Brunner, Director im Ministerium des Innern verwiesen. Brunner empfing uns sehr freundlich und meinte, nachdem Itzstein den ganzen Hergang erzählt hatte, es habe eine falsche Auslegung des Ministerial-Rescripts den Beschluß des Stadtamts veran= laßt ꝛc. Itzstein machte eine schriftliche Eingabe, worin er als Zweck meines dortigen Aufenthalts die Traubenkur angab, und brachte sie selbst zu Brunner. Es erfolgte bald darauf an das Stadtamt ein Bescheid, mit welchem wir Abends spät ganz vergnügt nach Mannheim zurückkehrten.

Die Sache machte damals viel Aufsehen und wurde nicht eben mit zarter Schonung des Ministeriums Bekk in der Presse besprochen. Der 'Deutsche Zuschauer' vom 15. Oct. schließt einen Artikel:

'Dieser Beschluß bezeichnet auf einmal das Ministerium Bekk wie es leibt und lebt. Wenn sich das badische Volk nur auch ruhig verhalten wollte! Ein Deutscher, welcher sich um die Angelegenheiten seines deutschen Vaterlandes bekümmert, ist nicht

blos rechtlos, sondern geradezu von dem Polizeistaate als ein
Wild betrachtet, auf welches alle Hunde gehetzt werden dürfen.
Was in gut organisirten Staaten jedem Bürger zur heilig-
sten Pflicht gemacht wird: Theilnahme an den Angelegenheiten des Vaterlandes, gilt bei uns als ein Polizeiverbrechen, welches mit der strengsten Strafe der alten Zeit: Verweigerung des
Wassers und des Feuers (Ausweisung) belegt wird. — —'

Ich konnte nun vorläufig in Mannheim mit polizeilicher
Erlaubniß weilen. Ich machte öfter Besuche in Heidelberg.
Johanna zu sehen und zu sprechen war für mich ein Bedürfniß
meines Herzens. Obschon längst meine Hoffnung, ihr jemals
mehr als ein Freund werden zu können, verschwunden war, so
mußte mich doch der Augenblick, als sie mir das Geheimniß
ihres Herzens gestand, tief bewegen.

> Wie vom Glanz der Abendröthe
> Golden strahlt der Wolke Saum,
> Schien verklärt mein dunkles Leben —
> Aber Alles war ein Traum.
>
> Daß ich liebte, innig liebte,
> Wagt' ich Dir zu sagen kaum,
> Und ich sagt's und durfte hoffen —
> Aber Alles war ein Traum.
>
> Neue Blätter, neue Blüthen
> Trieb mein kranker Lebensbaum,
> Glücklich pries ich meine Zukunft —
> Aber Alles war ein Traum.
>
> Fahre hin denn, Lieb' und Hoffnung!
> Diese Welt hat keinen Raum,
> Wo mein Herz nicht sagen dürfte:
> Alles, Alles ist ein Traum!

Mehrere Tage war ich traurig und voll Unruhe. Erst
als ich mein Leid in Liedern ausgesprochen hatte und mit Jo-

hanna öfter zusammen gewesen war, wurde ich wieder ruhig
und heiter.

Und bin ich weiter nichts für Dich geblieben
Als nur ein Nachklang kurzer Frühlingstage,
Ist all mein Sehnen Dir und all mein Lieben
Ein Traum nur noch, ein Märchen, eine Sage —

Auch dann noch werd' ich Dich im Herzen tragen,
Auch dann noch Dein mich freu'n und Dich erheben,
Auch dann noch werd' ich Dank dem Tage sagen,
Der Dich erscheinen ließ auch meinem Leben.

Noch immer dachte ich an eine Traubenkur und ich machte
deshalb einen Ausflug in die Rheinpfalz, um zu sehen, an wel=
chem Orte dazu die beste Gelegenheit wäre. Von Neustadt
ging ich eines Tages nach Dürkheim. In den 'Vier Jahres=
zeiten' besuchte ich den Professor Sylvester Jordan. Hocher=
freut umarmte er mich. Ich traf ihn als er eben aus den
Trauben den Saft auspreßte um ihn zu trinken, statt die Bee=
ren zu essen, denn selbst die besten waren ziemlich herbe. Nach=
dem er diese seine Traubenkur für den Morgen beendet hatte,
führte er mich zu seinen Freunden in Pfäffingen und auf dem
Rückwege in ein kleines, aber gutes Gasthaus, wo ich ein gutes
Unterkommen fand. Nach Tische holte er mich von dort ab
mit seiner Gesellschaft und wir spazierten nach der Limburg,
einem ehemaligen Kloster, das jetzt zu einem Vergnügungsorte
eingerichtet ist. Wir unterhielten uns sehr angenehm und wur=
den beim Glase Wein alle recht heiter, besonders Jordan. Wir
kehrten nachher in die 'Vier Jahreszeiten' ein und speisten zu
Nacht. Da merkte ich recht, wie der einst so kräftige, klare
Mann durch die lange Gefangenschaft geistig und leiblich gelit=

ten hatte; es war ein wehmüthiges Gefühl, aus diesen Gesprächen, die wir hören mußten, seinen Jordan wieder zu erkennen. Ich hatte mich ruhig verhalten, die Gesellschaft schien
mir sehr verdächtig, ich ging zeitig heim.

Den andern Morgen kehrte ich bei Hrn. Fitz in Pfäffingen vor. Er begleitete mich bis Wachenheim. Dort erwartete
ich den Omnibus und fuhr bis in die Nähe des Schlößchen,
stattete dort einen Besuch ab und ging von Neustadt aus mit
dem letzten Zuge nach Ludwigshafen.

Dieser Traubenkurversuch hätte mir sehr schlecht bekommen
können, ich durfte nur noch ein Stündchen in Dürkheim bleiben. Gleich, nachdem ich das Gasthaus verlassen, war ein Polizist mit einem Gendarmen gekommen und hatten auf mich
gefahndet. Der Wirth sollte durchaus wissen, wohin ich mich
gewendet hätte; aber wenn er es wirklich gewußt, der brave
Mann würde es nicht gesagt haben.

Wenn zu der Ausweisung aus Hannover nun auch Baden
mit 280, und Baiern mit 1400 ☐Meilen gekommen wären,
so würden mir 2380 ☐Meilen vom deutschen Vaterlande verboten gewesen sein!

Obschon ich in Mannheim mit polizeilicher Erlaubniß weilen durfte, so war mir doch der Aufenthalt jetzt sehr verleidet.
Die Hetzereien des Mannheimer Morgenblattes dauerten fort.
Itzstein fand sich deshalb veranlaßt, an Bekk zu schreiben, daß
dies Schandblatt Lügen über mich verbreite.

Das war zu viel Ehre für das Morgenblatt und seine
Partei. Itzstein aber wollte, daß seinem Gaste nicht von neuem
eine Unbill widerführe. Über die Bülletins, welche über mich
erschienen, konnte ich nur lachen. So heißt es am 20. October:

'Wir sahen ihn 12 Schoppen Bier im rothen Schaaf genießen und hören heute, daß ihm die Arznei gut bekommen sei. Dies zur Beruhigung aller jener, welche für die Gesundheit des gefeierten deutschen Mannes fürchteten.'

Die Leute wußten recht gut, wie selten ich Bier trank, und wenn es ja einmal geschah, wie wenig ich trank.

Den 24. Oct. reiste ich mit Itzstein nach Hallgarten. Ich arbeitete von jetzt an fleißig an seinem Leben, benutzte seine mündlichen und schriftlichen Mittheilungen und was hie und da über ihn gedruckt war.

Den 8. November überbrachte ich Meidinger das Manuscript. Es erschien dann in Eduard Duller's Werk:

'Die Männer des Volks dargestellt von Freunden des Volks' 5. Bd. (1848) S. 75—184.

Meine Abreise von Hallgarten war beschlossen. Täglich wartete ich auf gutes Wetter, aber jeden Morgen war der Rhein in Nebel gehüllt und es kam kein Dampfschiff. Den 13. November fand sich der alte Dresel mit seinen Söhnen Karl und Julius zu Wagen ein. Sie nahmen mich mit nach Geisenheim und ich war nun dem Rhein näher.

Den folgenden Tag blieb ich dort und den 15. Nov. bestieg ich das Kölner Dampfboot 'Beethoven'. Wir hatten trotz dem sehr niedrigen Wasserstande eine angenehme und ziemlich schnelle Fahrt. Anderthalb Stunden unterhalb Engers, in der Gegend von Sebastian=Engers, wollte unser Boot einem Segelschiffe ausweichen, stieß auf einen versteckt liegenden Felsen, 'die Bretzel', und erhielt einen Leck, das Wasser drang in Masse hinein und der Capitän sah sich genöthigt, sein Fahrzeug auf eine Sandbank auflaufen zu lassen. Bald stand das Wasser 4 Fuß hoch im Schiffsraum. Sämmtliche Passagiere warteten auf dem Verdecke, bis ein Nachen nach und nach uns aufnahm und ans Land setzte. Von Engers aus ging ich mit dem Düsseldorfer Boote 'Concordia' bis Bonn. Das war das einzige Mal in meinem Leben, daß ich Schiffbruch litt.

Von Bonn ging ich dann über Köln nach Düsseldorf und so zu Fahne auf seinem Landsitz Schloß Roland.

Es war für mich eine angenehme Überraschung, daß Fahne sehr fleißig an der Vorrede zu meinen 'Diavolini' arbeitete und sie auch noch während meiner Anwesenheit vollendete. Es gab reichlichen Stoff über Kunst und Litteratur uns auszusprechen. Wir hatten wenig Verlangen in die Ferne zu schweifen. Nur zweimal spazierten wir nach Düsseldorf und begrüßten Lessing und Schrödter und den Buchdrucker Hermann Voß, für den ich das Leben seines Vaters Abraham schrieb, der erst dieser Tage begraben war.

Die Aushängebogen der Diavolini waren bereits in Fahne's Händen und nach einigen Wochen erschien das Büchlein mit seiner Vorrede unter dem Titel:

Diavolini. Von Hoffmann von Fallersleben. Zweite vermehrte Auflage. Cum Notis Variorum in usum Delphini. Darmstadt. Druck und Verlag von C. W. Leske. 1848. 8°. (XXI. 100 SS.)

Das Buch konnte in keiner ungünstigeren Zeit erscheinen, es konnte nicht einmal vergessen werden, weil es gar nicht bekannt geworden war. Darum mag denn Fahne's Vorrede abermals versuchen, ihren Zweck zu erreichen, den sie damals nicht erreichen konnte.

Antipasto.

Gervinus sagt irgendwo, ich meine in seiner Literatur-Geschichte: die Volksdichter sind die Träger des Rechten und Schlechten, oder übersetzt: des Rechten und Schlichten. Damit wäre aber erst eine Seite des Volksdichters erfaßt und zwar möchte ich sagen nur eine formale. Er hat aber noch eine weit wichtigere. Unter allen Dichtern ist keiner, der so vollständig die Herzen der Völker ergründet, und deshalb auch die Herzen der Völker so mächtig hinreißt, als gerade der Volksdichter. Er ist der erste Repräsentant seiner Zeit, der mächtigste Hebel der Zustände, ein sehr wichtiger Mann der Geschichte. Mit Volksgesang haben die Griechen ihre Feinde geschlagen, mit Volksgesang haben die Deutschen sich zu ihren Freiheitsschlachten begeistert, die Marseillaise hat mehr gewirkt, als die Guillotine und die tausend Geschütze Napoleon's.

Hoffmann ist Volksdichter. Abgesehen davon, ob man jede Richtung der Zeit, die er zum Gegenstande seiner Muse gemacht hat, vertreten will oder kann, ihm gebührt die Palme dafür, daß er mit großer Meisterschaft und unermüdeter Thätigkeit in den Gebrechen und Schwächen seine Zeit geschildert hat.

Man hat ihm freilich seine Verdienste nach dieser Seite bestreiten wollen, und um über seine Verse zu richten, ihn als Mensch verläumbet. Dieses große Kunststück hat namentlich ein Doctor, der sich als äußerst liberal herausstreichen läßt, in der Trierer Zeitung versucht. Die Logik ist allerdings ganz neu, und erinnert, weil sie von einem Doctor kommt, unwillkürlich an die kräftigen Manieren des vielbesungenen Dr. Eisenbart seligen Andenkens. Aber weil sie neu ist, hat sie Aufsehen erregt, und ist nicht ohne Folgen geblieben. Ein mecklenburgisches Schilda ist davon sogar so sehr infizirt, daß es den Dichter von seinem Bürgerverbande ausgeschlossen hat, weil er Verse geschrieben, die — von Dingelstedt herrühren.

Indessen, was inländische Verläumbung dem Dichter versagt, scheint das Ausland ihm vergelten zu wollen. In Frankreich, dem Lande welches jetzt in eben dem Maße, wie es früher deutsche Schriftsteller mißachtete, dieselben zum Gegenstande seiner

Studien macht, hat N. Martin, ein Mann von großer geistiger Fähigkeit und auf dem Gebiete der Aesthetik so viel besser bewandert, als er selbst zu den Dichtern gehört, ein Buch*) geschrieben, worin er die jetzt lebenden Deutschen Dichter behandelt. Er sagt darin von Hoffmann unter anderm Folgendes:

„Die deutschen Universitäten, diese gelehrten Stammhalter, welche in allen Zweigen des Wissens sorgsam gepflegt und strotzend von stets erneuerten Säften, unausgesetzt dem Wißbedürftigen ihre Früchte darbieten, nehmen einen wichtigen Platz in der deutschen Geschichte ein. Sie haben einen unermeßlichen Einfluß auf die moralische und politische Stellung ausgeübt, namentlich in den letzten dreißig Jahren. Durch sie haben Kritik und freie Forschung sich an die Spitze der Bewegung gestellt und sind durchgedrungen, durch sie ist jener kräftige, alles vermögende Geist, der vorsichtig prüfend und begründend und dennoch voll Enthusiasmus und Glauben so manche kühne Umwälzung der neuern Zeit hervorgerufen hat, jener Freiglaube, der im Anfange dieses Jahrhunderts das Zeichen und den Muth zur Aufopferung im Kampfe gegen den weltberühmten Despotismus Napoleon's gab, und der noch jüngst so häufig Einspruch gethan hat zu Gunsten der dem Lande versprochenen innern Freiheit, erstarkt und hat sich stets jung und kräftig erhalten trotz aller Versuche der Cabinete, ihn zu fesseln oder zu vernichten."

„Ich habe vorher die Ursachen und die vornehmsten Umstände erwähnt, welche jenseits des Rhein's den Streit zwischen der Regierung und den Dichtern, als den Organen der Wünsche und Bedürfnisse des Landes angefacht haben; ich habe auch Gelegenheit genommen auf die ernste und tiefe Gesinnung, auf die naive Begeisterung des deutschen Volksherzens, dessen Dolmetscher

---

*) Les poëtes contemporains de l'Allemagne. Paris. Jules Renouard et Cie rue de Tournon Nr. 6. 1846.

jene sind, aufmerksam zu machen; jetzt will ich mich mit einem Dichter beschäftigen, der als der Stellvertreter jenes Geistes und Wirkens der deutschen Universitäten betrachtet werden kann."

„Hoffmann von Fallersleben ist ein unermüdlicher Kämpfer, immer bei der Bresche. Sein erstes Werk Gedichte: „die unpolitischen Lieder" haben ihm seine Stelle als Professor der National-Literatur zu Breslau gekostet. Sein zweites Werkchen heißt „Gassenlieder." Liest man diese, mit hinreißender Heiterkeit leicht und aus freier Brust geschriebenen Verse, so möchte man glauben: Hoffmann sei noch jung und kaum von der Universität entlassen, während er doch schon in der absteigenden Epoche einer wohl erfüllten Laufbahn ist."

„Der bürgerliche Charakter der meisten vorgenannten Dichtungen Hoffmann's findet sich in seinen beiden allerneuesten Werkchen wieder. Ich will diese etwas näher betrachten, um einen genaueren Begriff von dem Dichter zu geben. Das eine davon führt den Titel: Hoffmann'sche Tropfen. Es liegt hierin ein Wortspiel. Aber warum hat sich Hoffmann mit dem Worte „Tropfen" begnügt, warum sagt er nicht Bäche, Ströme; will er damit etwa die Kürze seiner Arbeiten andeuten? Die nähere Betrachtung seines Buches veranlaßt mich zu dieser Ansicht. Der Dichter gibt darin nur kurze Gedichte mit kurzen Strophen und kurzen Versen, worin er ohne viel Umstände kurze Anläufe nimmt. Hieraus folgt, daß wir es nicht mit einem lyrischen Adler zu thun haben, dem der Raum nie groß genug ist für seinen stolzen Aufflug. Der Dichter, von dem wir hier sprechen, ist viel bescheidener. Er hüpft von einem Zweige zum andern, wie der Zaunkönig und wenn er seine Stimme erhebt, so möchte ich ihn dem Finken vergleichen. Hierin soll keineswegs eine Geringschätzung des Talentes des Dichters liegen, ich will damit nur eine Idee von seinen gewöhnlichen Weisen andeuten. Mag auch Hoffmann so oft als möglich sich Athem und

Flugweite versagen, seine Lyrik besitzt nichts desto weniger reelle Eigenschaften, und sogar überaus kostbare zumalen da, wo es auf die Verbreitung liberaler Ideen ankommt, die sich der Dichter zum besondern Vorwurf gemacht hat. Seine Dichtungsart ist leicht, sein Versbau wenig gelehrt, sein Bilderschmuck gering und stets aus dem gewöhnlichen Leben gegriffen, seine Sätze und wiederkehrenden Schluß-Verse sind in gewohnte Weisen eingekleidet, und so hat er die vortheilhaftesten Bedingungen für sich um seine Gedichte in die Volksbrust einzugraben, und die sichersten Formen, um auf die freieste Weise kühne Ideen in Umlauf zu setzen. Ein glänzenderes, mehr gewähltes Kleid, würde ihnen eine minder gute Aufnahme bei einem gewissen Publikum bereitet haben, welches ihm jetzt wegen seines groben Kleides doppelt gewogen ist."

„Wenn G. Herwegh reich ist an kühnen Aufflügen, denen des Adlers ähnlich, wenn Ferdinand Freiligrath den lebendigen Anlauf mit der graziösen Weise des symbolischen Balladen-Styls verpaart; wenn Heinrich Heine das glückliche Talent besitzt, den feinen Scherz auf aristokratische Weise mit tausend poetischen Funken zu vermischen, ein um das andere Mal gewichtig zart und leicht spielend: die Palme des Volksangs gebührt mit vollem Rechte Hoffmann von Fallersleben*) in der Weise, wie dem Paul de Kock bei uns ohne Widerrede der Preis des bürgerlichen Romans! Hoffmann besitzt im Allgemeinen etwas von dem, was jeden der drei Dichter auszeichnet. Er hat mehr Salz als Heine, obgleich dieser genug und sehr

---

*) Hat doch dieses von einem ganz andern Standpunkte aus sogar Vilmar in Marburg in seiner Geschichte der deutschen National-Literatur (Marburg und Leipzig 1846 S. 312) anerkannt. Er sagt: „Unter den lebenden bedeutenden Dichtern ist nur einer, welcher das alte Volkslied und zwar auf die vortrefflichste Weise zu reproduciren versteht: Heinrich Hoffmann von Fallersleben."

seines hat. Er macht unvergleichlich mehr Getön, als das Cla=
rin des Georg Herwegh und ich bin überzeugt, die hoch be=
geisterten Patrioten in den Weinstuben von Mainz werden einen
Hoffmann'schen Tropfen dem besten rheinischen Gewächse
von Ferdinand Freiligrath vorziehen."

Martin geht jetzt auf die einzelnen Gedichte in den Hoff=
mann'schen Tropfen über und fährt demnächst fort. „Das
letzte Werkchen Hoffmann's ist benannt Diavolini. Der
Dichter scheint darin einer Art Ermüdung verfallen zu sein oder
soll ich sagen poetischen Verzweiflung. Gewiß zu großer Ueber=
raschung seiner Freunde hat er plötzlich Deutschland verlassen und
Italien ist das Land seiner Lieder. Ihr glaubt am Ende, er
habe dort Deutschland wiedergefunden, und Oestreich habe ihm
Rechenschaft geben müssen über den Verfall der Volksherrschaft.
Enttäuscht Euch. Der Dichter hat sich nicht auf Reise begeben,
um sein Blut zu erhitzen; er ist jetzt ganz Humor, und ganz der
Idee voll, daß Alles gut sei; er will es abwarten, ob auf der
Reise sich etwas Tadelnswerthes aufdrängt. Man sollte glauben,
er reise nur auf Anweisung seines Arztes, um sich soviel möglich
auf Kosten dessen, was ihm in den Weg kommt, zu vergnügen.
Nichts ist dabei seinem Scherze heilig, selbst nicht der vom Papst
geweihte Rosenkranz. Neben dem römischen Hofe, den er als
Schüler Luther's mit spöttischer Erbitterung verfolgt, ist Vetter
Michel das Stichblatt seines Witzes. Unter Vetter Michel ver=
stehen die Deutschen das, was wir Jacques Bonhomme nen=
nen, einen unwissenden leichtgläubigen Menschen. Vetter Michel
nimmt in der Stufenleiter der lächerlichen Personen, einen nie=
brigeren Rang ein, als der Philister. Vetter Michel ist die Ein=
fältigkeit, welche es zur Dummheit gebracht hat, während der
Philister nicht einfältig, sondern mehr beschränkt genannt werden
kann, so daß er sich jedem Fortschritt, jeder Freiheit, überhaupt
allem was neu und bedenklich, widersetzt."

Nachdem Martin hierauf sich noch über den geistreichen Titel: Diavolini, geäußert hat, geht er viele von den Gedichten des Werkchens durch, und macht dazu treffliche Bemerkungen. Man sieht, Martin hat den Dichter studirt und ihn, wenn er auch den Begriff von Vetter Michel*) nicht richtig aufgefaßt hat, besser verstanden, als viele unserer deutschen Landsleute. Doch ich will nicht weiter abschweifen, ich will jetzt nur noch mittheilen, was zum Verständnisse der Diavolini dient, die unter meinen Augen entstanden sind.

Am 18. September 1844 auf dem neapolitanischen Dampfschiffe Lombardo machte ich des Dichters erste Bekanntschaft. Wir schwammen damals zwischen Genua und Livorno. Von da ab war ich bis zum Austritt aus Italien in seiner Gesellschaft. Wir sahen zusammen die Schätze Italiens, wir ergötzten uns an den mannigfaltigen Erscheinungen seines Volkslebens, wir drängten uns zusammen nach seinem Wissen, wir schwärmten zusammen in seiner Natur, wir kneipten in seinen Osterien, wir schwelgten in seinen Hotels, wir durchflogen zusammen seine Fluren und verscheuchten uns seine Widerwärtigkeiten durch heitere Launen und tönenden Gesang. So entstanden die Diavolini meist in Rom. Sie enthüpften der Feder wie Minerva dem Kopfe des Zeus. Wo eine schattige Baumstelle, eine heimische Bank zum Ruheplätzchen einlud, wo ein freundliches Mahl, eine gute Cigarre, ein fröhlicher Nachbar uns fesselte, da entwickelten sich diese Teufelchen**). Sie wurden in wenigen Minuten geboren,

---

*) Er ist das, was bei den Engländern John Bull, bei den Irländern Patrick ist, der eingefleischte Deutsche.

**) Das Wort Diavolini hat auch noch eine andere Bedeutung, die den Dichter ebenfalls zur Annahme dieses Titels bestimmt hat, und welche nicht minder bezeichnend ist. Man versteht darunter die Wurstkügelchen, confetti, womit sich die Italiener bei ihren Carnevalsspäßen necken und werfen.

bestimmt uns an irgend eine Unterhaltung, Beobachtung oder
Reflexion zu erinnern; sie waren das Register aus unserem Reise-
buche, und anfänglich gar nicht geschrieben, dem Druck übergeben
zu werden. Erst am Ziele der Reise schien es nicht ungerathen,
zum Frommen deutschen Werthes sie der Oeffentlichkeit zu übergeben. Sie erschienen zuerst im deutschen Taschenbuche, Zürich
und Winterthur im Verlag des litterarischen Comptoirs 1845
und erscheinen jetzt cum notis variorum, das heißt: mit An-
merkungen von (Italien nur **Wohlwollenden** deutschen) Schriftstellern zweckmäßig belegt und um zehn Stück, Nr. 7. 8. 9. 13.
14. 22. 32. 34. 40. 45., vermehrt.

Was nun die innere Veranlassung zu diesen Gedichten an-
geht, so muß man den Charakter des Dichters näher in's Auge
fassen. Hoffmann ist deutsch, durch und durch deutsch, sein
Kosmopolitismus gering, desto potenzirter sein Gefühl für Kunst
und Wissenschaften; seine Anforderungen an beide sind in demselben Maße strenge, als seine Begeisterung für alles deutsche
aufopfernd ist. So ist es denn nicht paradox, wenn ich sage,
daß überschwängliche Liebe zum deutschen Vaterlande und Verehrung für Kunst und Wissenschaften die Diavolini dictirt haben.

Im Vatican saß Hoffmann stundenlang vor der Trans-
figuration, er sah mit Wolluft die Schöpfungen eines Titian,
aber er sah auch Bilder wie das Martyrthum des heil. Lorenz,
er sah die vielen nichtssagenden Madonnen, und vor jeder zehn,
zwanzig Copisten, einer noch mehr wie der andere bemüht, das
Original so verstandlos als möglich zu übersetzen, damit es als
edeles Andenken an Italien die Sammlung eines exotischen Mä-
cenas ziere. Er sah auch die Läden der Conservatoren angefüllt
mit geistlosem Kram, doch hochgepriesen als italische Schöpfung.
(Nr. 30. 32. 39. 40. 42.)

Er sah die Werke des Michael Angelo und Palladio, und
verkannte nicht ihren Werth für den Baustyl; aber er fand ihret-

wegen in Italien von den großen kirchlichen Baudenkmalen deutschen Ursprungs die phantasiereichen, zur Einheit gehörigen, Por-
tale niedergerissen und durch schnörkelhafte, das Ganze entstellende
Façaden des neuen italienischen Geschmacks, oft nur gemalt,
ersetzt. (Nr. 15. 17.) Er kannte die Werke der italienischen
Virtuosen, er hörte mit Vergnügen die Vorträge in der Scala;
aber er hörte auch das heisere Gekreisch auf Plätzen und Märk-
ten, die eintönigen Serenaden, ein schauderhaftes Nachtgeheul,
und die gesanglosen barbarischen Laute wie Nr. 18*) probeweise
mittheilt. (Nr. 18. 35.) Er kannte die große Geschichte des
Landes von ihrem ersten Anfänger bis auf Bandiera und die
letzten Anstrengungen nach Nationalität; er sah aber auch die
Zerrissenheit des Landes, den Mangel an politischen Organen**)
und Tugenden, die religiöse Verdumpftheit (4. 5. 6.) und daneben
den gespreizten National-Stolz. (7. 8.)

Er kannte die litterarischen und antiquarischen Schätze des
Landes, er selbst strebte darnach sie zum Besten der Wissenschaft,
namentlich der Litteratur seines deutschen Vaterlandes zu benutzen;
aber er sah auch die verschlossenen Schränke der bibliotheca
vaticana, welche sich nur dem streng und lang geprüften Be-
sucher öffnen, er sah die vielen Polizei-Soldaten, welche das
Studium der Kunstwerke in den Kirchen bewachen***) und hörte

---

*) In die Anmerkung zu dieser Nummer S. 78 aus Wieland hat
sich ein Druckfehler eingeschlichen; es muß heißen für Singarbeit:
Singbarkeit.

**) Von den 5 Zeitungen, den einzigen welche in Italien erscheinen,
verdient nur die von Venedig diesen Titel.

***) In S. Paolo fuori le mura wurde uns das Abschreiben einer
Inschrift und in S. Giovanni in laterano das Zeichnen des constantini-
schen Kreuzganges, beide als gothische Denkmale von den römischen An-
tiquaren verachtet und noch nirgends veröffentlicht, verwehrt. Polizeisol-
daten dort, so wie überall in den bedeutenderen römischen Kirchen an
verborgenen Orten aufgestellt, verhinderten die Arbeit.

die Urtheile römischer Antiquare, denen nur römisches Alterthum des Studirens würdig schien.

Er nahm in Civita Castellana mit Entzücken wahr, wie bei sinkender Sonne die Gipfel des Soractes und umliegender Berge von der brennendsten Glut durch alle Regenbogen-Farben nach und nach in das tiefste Blau verglühten; er stand begeistert, als der Trasimener See im heiteren Sonnenschein vor ihm lag; aber er sah auch das nackte, lichte baumlose Italien, die langen, mit winzigen Myrtensträuchen angefüllten Heiden, die trostlose Campagna, den Aufenthalt wilder Büffel und giftigen Gewürms, die berühmte Allee von Albano, das heißt pathologisch merkwürdige Baumgestalten, die man, um doch Bäume vorzeigen zu können, mit Mauern, antiken Säulenschäften, und was sonst zur Hand war und zu kräftigen Stützen dienen konnte, aufrecht hält; er sah die gerühmten Villen, auch deßhalb Gärten genannt, weil schnurgerade, mühsam gepflegte, stinkende Buxushecken, aufgeflickte geschorene Krüppelbäume, untermischt mit langschaftigen Pinien, einen lautlosen Schatten gewähren, und den dazwischen liegenden schnörkelhaft gewundenen, mit mannigfachen Steinen mosaikartig gezierten, Blumenbeeten einigen Schutz gegen die Dürre sicheren.

So fand er Italien, und ihm, dem Deutschen, war der Vergleich mit Deutschland der nächste. Er fand der Vorzüge wenige, des Schlechten viel, des Beneidenswerthen gar nichts. Und nun las er nochmals die Schriftsteller über Italien. Er verkannte nicht ihr Verdienst, auf das Schöne, Große des Landes hingewiesen zu haben, aber er zürnte ihnen, da wo sie Mangel an Patriotismus an den Tag legten, und da, wo sie die deutschen Künste, der Entwickelung des Vaterlandes so wichtig, auf Abwege leiteten. Namentlich zürnt er den Schöngeistern und Reisebeschreibern. Tadelte er auch Weisen, wie sie Nicolai beliebt hat, so konnte er sich doch mit Vielem von Göthe und dessen Nachfolgern bis auf Herrn v. Lüdemann, als dieser die oben Seite 33 abgedruckte großartige Floskel schrieb, nicht befreunden. Sie standen wie Verräther am deutschen Volke vor seiner Seele, wenn sie zu dessen Herabwürdigung Alles priesen, selbst den Schmutz, der auf dem Meyerhofe am monte testaccio trotz aller dort wandernden Schweine und Gänse noch weniger auffällt, als auf den Straßen und Plätzen, selbst die Plätze im päpstlichen Palast Vatican nicht ausgeschlossen, wenn sie die stinkenden Facchini und ähnliches Pack, denen alle Thätigkeit abgeht, außer der, die Fremden mit möglichst geringer Mühe um ihr Geld zu prellen, als Götterkerle besangen, wenn sie die schmutzigen Trattorien und Osterien mit ihrem widerlichen Dunste, ihren besudelten Wänden, ihren schmierigen Kellnern wie Himmelskneipen priesen, wenn sie, denen die edelsten Bauwerke deutschen Fleißes keinen Laut der Anerkennung ablocken konnten, in übermäßigem Wortschwalle die neu italienischen Kirchen hervorhoben, und selbst das, was immer Schnörkelhaftes zum Hohne deutscher Arbeit an dessen Stelle gesetzt ist. In demselben Sinne zürnte er den Philologen, namentlich den Phantasten unter ihnen, jenen, von denen er einst in den Zwecklosen Blättern sang:

<blockquote>
In Rom's Latrinen weiß er gut Bescheid,
Er weiß euch jeden Fleck zu nennen;
Doch um sein Vaterland zu kennen,
Fand er noch nie Gelegenheit.
</blockquote>

Ganz besonders zürnte er dem deutschen Michel, der sich läßt:

<blockquote>
„Wie ein Bär am Seile ziehen."
</blockquote>

Ihm, der ohne Kritik, ohne Bedürfniß, blos aus Mode dem fremden Baal nachläuft, Sachen bewundert, die im deutschen Vaterlande weit besser geboten werden, in Staunen ausbricht, weil es sein Reisehandbuch so vorschreibt; und so, nutzlos seinem Vaterlande, für fremde Götzen seine Kräfte vergeudet. Für diesen

Theil liefert er Originale, die in den Nrn. 9. 10. 11. 13. 16. 19. 22. 26. 30. 37. 40. hinreichend gezeichnet sind.

So sind die Diavolini entstanden und durch sie die Sehnsucht nach dem Vaterlande: Nr. 48 ist die Cavatine des ganzen Werkchens.

Die Kritik wird freilich Manches zu bemerken haben — daß Hoffmann sie nicht scheut, dafür zeugt Nr. 49; er wird sich zu vertheidigen wissen.

Schloß Roland den 18. November 1847.　　　　Fahne.

Den 22. November setzte ich meine Reise fort. Ich besuchte in Hamm, Rheda, Bielefeld, Barkhausen, Holzminden und Braunschweig meine Freunde, und kehrte dann auf einige Tage vor in Königsborn und Althaldensleben.

Bei Philipp Nathusius konnte es mich nicht überraschen, daß er auf der Bahn des Rückschrittes Fortschritte machen würde; wol aber war es für mich überraschend, daß er so rasche gemacht hatte. Als wir den ersten Abend auf die Schweizer Zerwürfnisse zu sprechen kamen, nahm er die Jesuiten in Schutz. Er las keine Zeitungen und wußte nicht was seit 14 Tagen sich ereignet hatte. Seine politische Weisheit schöpfte er aus dem 'Volksblatt für Stadt und Land.'

Den 11. Dec. begab ich mich über Magdeburg nach Genthin und erreichte den folgenden Tag Grabow, blieb hier bis zum 13. bei Christian Rose, der mich den folgenden Tag nach Schwerin begleitete. Am 15. holte mich Rudolf ab nach Holdorf.

Den heiligen Abend vor Weihnachten feierte ich in der Schnelle'schen Familie zu Buchholz. Im großen Saale war die Bescherung, für jedes Kind ein Tischchen, im Hintergrunde ein großer Tannenbaum mit hellglänzenden Lichtern 2c.. Auch ich war bedacht: ein Verkleideter brachte mir ein großes Paket

mit einer schön gestickten Reisetasche. Die jüngeren Kinder
waren sehr lustig, die älteren ernst und still: der Schmerz über
den Verlust der Mutter mußte bei einem solchen heiteren Kin=
derfeste erst wieder recht lebendig werden.

Sehr angenehm war mir, daß sich Dr. Zarncke von Ber=
lin aus zum Besuch seiner Eltern eingefunden hatte. Wir
sahen uns öfter. Er erzählte mir viel von den Grimm's,
Lachmann, Maßmann u. a., von seinen Studien u. dgl. Da
er sich gerne mit Handschriftenkunde befassen möchte und keine
Gelegenheit dazu hatte, so erbot ich mich, ihn in dies Studium
einzuführen und schenkte ihm meinen ganzen Apparat. Später
war er mir behülflich beim Ordnen und Umpacken meiner
Bücher. Den ersten Weihnachtstag waren wir sehr vergnügt
beisammen in seiner Familie zu Zahrenstorf.